Anne McCullagh Rennie

Verschlungene Pfade

Deutsch von Karin Dufner

Weltbild

Originaltitel: *A Track Winding Back*

Besuchen Sie uns im Internet:
www.weltbild.de

Deutsche Erstausgabe 2008

Published by Arrangement with Anne McCullagh Rennie
Dieses Werk wurde vermittelt durch die Literarische Agentur
Thomas Schlück GmbH, 30827 Garbsen.

Projektleitung: Gerald Fiebig
Übersetzung: Karin Dufner
Redaktion: Carmen Dollhäubl
Umschlag: GROW COMMUNICATIONS
Agentur für Werbung und Gestaltung, Augsburg
Umschlagfoto: Jupiterimages
Satz: Florian Zeller
Druck und Bindung: Bagel Roto-Offset GmbH & Co. KG, Schleinitz

Gedruckt auf chlorfrei gebleichtem Papier

Printed in the EU

ISBN 978-3-89897-912-2

Für Jim, Patsy, Peter und Ellie, in Liebe.

Hör auf dein Herz. Nur dann wirst du das wahre Glück und die Liebe finden.
Annie McCullagh Rennie

Danksagung

An dieser Stelle möchte ich noch einmal allen danken, die mir beim Schreiben von *Verschlungene Pfade* geholfen haben. Mein aufrichtiger und tief empfundener Dank gilt denen, die so großzügig waren, ihr Wissen mit mir zu teilen und ihre Zeit zu opfern. In diesem Zusammenhang seien insbesondere die folgenden Personen erwähnt: Dr. Michael Armstrong und Diane Armstrong, Dr. Paul Priesz von der Notaufnahme des St. Vincent's Hospital, Ian Miller, Anwalt bei der Kanzlei *Hunt and Hunt*, Nola Rennie, Thalia und Carl Phelps, die so freundlich waren, mich auf ihre Schaffarm *Glen Eden* in Rowena, Neusüdwales, unweit von Tamworth, einzuladen und mir viele Stunden lang alles über die Abläufe in einem solchen landwirtschaftlichen Betrieb zu erklären. Außerdem Troy Dann, der Autor von *Outback Dreams*, Terry Underwood, die Autorin von *In the Middle of Nowhere*, die auch einen wundervollen Fotoband mit dem Titel *Riveren, My Home, Our Country*, veröffentlicht hat. Weiterhin Joanne Van Oz, Autorin von *Outback Heart*, und den Mitarbeitern des »Royal Flying Doctor Service«, der Luftrettung, die mir viele interessante Geschichten über dramatische Einsätze erzählt haben. Vielen Dank auch für die zahlreichen persönlichen Erfahrungsberichte über das Leben auf den abgelegenen Vieh- und Schaffarmen im australischen Busch und die Ferienaufenthalte in Top End. Diese Schilderungen haben mich sehr inspiriert.

Außerdem danke ich einmal mehr meiner guten Freundin und betriebsamen Agentin Selwa Anthony für die Ermutigung, die Begeisterungsfähigkeit und die ausgezeichneten Ratschläge, mit denen sie allen ihren Autoren liebevoll und unermüdlich zur Seite steht. Weiterhin danke ich meiner begabten und einfühlsamen Lektorin Julia Stiles, die sich während einer Weltreise mit diesem Roman beschäftigt und geduldig meine panischen Fragen beantwortet hat. Ich danke meinen Verlegern in Australien und dem Weltbild Buchverlag in Deutschland, Österreich und der Schweiz. Dank an alle Leser, die Spaß an meinen Büchern haben. Aber am meisten danke ich Patsy, Peter, Ellie und Jim. Ihr sorgt dafür, dass ich die Bodenhaftung nicht verliere, macht tolle Vorschläge für den Handlungsablauf, versorgt mich mit Tee und Plätzchen und muntert mich auf, wenn ich verzweifelt bin, damit ich weiterschreiben kann.

Erster Teil

1

Heute ist es so weit!«, sagte sich Cate Perry begeistert, während sie sich daranmachte, ihre Lieblingsziege zu melken. Vor lauter Aufregung hatte sie ein flaues Gefühl im Bauch. Es war ein kühler Julimorgen auf der *Ironbark Station*. Obwohl eben erst die Sonne aufging, ging es bereits hoch her, da die Farmarbeiter alles für den großen Viehtrieb in drei Tagen vorbereiteten. Geistesabwesend tätschelte Cate Elsies Flanke, ihre Gedanken ganz auf den vor ihr liegenden Tag gerichtet. Gestern Abend hatte ihr Vater ihr endlich die Erlaubnis gegeben, zum ersten Mal allein die zweisitzige Cessna 150 zu fliegen, die zum Inventar der Farm gehörte. Endlich würde ihr Traum wahr werden!

Seit Cate im Alter von drei Jahren zum ersten Mal neben ihrem Vater im Cockpit der Cessna gesessen hatte, sehnte sie sich danach, selbst das Steuer in der Hand zu halten. Mit zehn hatte sie verkündet, sie werde noch vor ihrem siebzehnten Geburtstag solo fliegen, und das war auch der Grund, warum es unbedingt heute sein musste. Außerdem wollte sie es ihrem besten Freund Alfredo Cristelli zeigen, der auch auf der Farm arbeitete, und behauptet hatte, sie würde es sich nicht trauen. Heute war ihre letzte Chance – morgen war ihr siebzehnter Geburtstag. Allerdings stand dem Ganzen noch etwas im Weg, nämlich ihre so schöne wie manipulative Stiefmutter.

Seufzend schob Cate die braune Locke zurück unter das Kopftuch, mit dem sie ihre wilde Mähne gebändigt hatte. Zum Glück war es ihr gelungen, sich davonzustehlen, bevor Tahlia einen weiteren Riesenstreit wegen ihrer Fliegerei vom Zaun brechen konnte. Schließlich hatte Cate ihrem Dad hoch und heilig versprochen, dass sich die Szene von gestern Abend nicht wiederholen würde. In Ermangelung eines besseren Plans wollte Cate sich deshalb nach dem Melken unbemerkt in die Speisekammer schleichen, die Milch in den Kühlschrank stellen und sich aus dem Staub machen, bevor Tahlia aufgestanden war.

Es war Trockenzeit, Winter in Top End, wie dieser Teil des Northern Territory genannt wurde. Nach der klaren Nacht war es noch recht kühl. Eine leichte Brise strich durch das dürre, strohgelbe Gras, und der Himmel, an dem sich die ersten Schäfchenwolken bildeten, war von einem makellosen Kobaltblau. *Ironbark Station* war berühmt für seine wunderschönen, sanftgesichtigen cremefarben bis bräunlichen Brahman-Rinder. Von der Provinzstadt Katherine aus waren sie mit dem Flugzeug in einem halben Tag zu erreichen, bis zur nächsten Farm waren es vierzig Kilometer. Rachel und Ken McCarthy, Cates Großeltern mütterlicherseits, hatten die Farm gegründet und das elegante Gehöft mit seinen kühlen Veranden und dem von fünf riesigen hundertjährigen Eukalyptusbäumen geschützten kleinen Garten gebaut. Rund um den Hofraum breiteten Baobabs mit ihren flaschenförmigen Stämmen ihre Äste aus und spendeten weiteren wohltuenden Schatten. Ein staubiger Pfad schlängelte sich in ausladenden Kurven, als hätte ein Betrunkener ihn angelegt, an dem Wellblechhangar vorbei, weiter durch die rote Erde und das Gestrüpp, und verschwand schließlich am Horizont.

Cates Zuhause war eine kleine, von geschäftigem Treiben erfüllte Oase, und sie konnte sich keinen schöneren Ort auf der Welt vorstellen. Vom nahe gelegenen Busch hörte man das schrille Gelächter der Kookaburras, und langhalsige Ibisse suchten auf der Koppel neben den Ziegen nach Futter. Der Duft von Steak und Eiern wehte durch die Morgenluft. Cate wechselte die Sitzposition, tastete nach dem Zitzenpaar am Bauch der Ziege und trällerte vor sich hin. Der fröhliche Trubel um sie herum lenkte sie vorübergehend von ihrem Problem – das darin bestand, Tahlia zu beschwichtigen – ab.

Cate, das einzige Kind von Brendan und Mary Perry, hatte in ihren ersten neun Lebensjahren nichts als Liebe und Geborgenheit erfahren. Ihre Eltern und Großeltern hatten sie vergöttert und verwöhnt und ihr viele Freiheiten gelassen, während sie damit beschäftigt waren, *Ironbark Station* aufzubauen. Von frühester Kindheit an war Cate ihrem Vater bei der Arbeit zur Hand gegangen; von ihm hatte sie die Liebe zur Farm mit ihren Rinderbeständen. Von ihrer Mutter, einer ausgezeichneten Köchin, hatte Cate nicht nur gelernt, wie man einen Haushalt führt, sondern auch, worauf es bei der Gartenpflege und der Versorgung der Ziegen ankommt. Außerdem hatte Mary eine angenehme Stimme und ermutigte Cate, die ihr darin nachkam, zum Singen.

So wurden die Liederabende am Lagerfeuer, zu denen

ihre Nachbarn oft aus Hunderten von Kilometern Entfernung einflogen, ein geschätzter Bestandteil des sozialen Lebens. Es begann mit dem köstlichen Duft von brutzelnden Steaks und Grillwürsten und dem angeregten Stimmengewirr der Besucher in der spätnachmittäglichen Luft. Wenn es dunkel wurde, holten die Gäste ihre Instrumente hervor, und bald hallten die Lieder von Slim Dusty, Smokey Dawson, der McKean Sisters und anderer beliebter australischer Countrymusiker durch die Nacht. Dazwischen wurden aus voller Kehle australische Volkslieder geschmettert. Brendan schrieb den Text von »The Road to Gundagai« um, ersetzte »Gundagai« durch »Ironbark«, und alle stimmten fröhlich ein: »There's a track winding back to an old-fashioned shack along the road to *Ironbark*! – Es führt ein Weg zurück zu einem alten Häuschen an der Straße nach Ironbark.« Es dauerte nicht lang, bis das Lied zur Familienhymne wurde.

Diese glückliche und harmonische Zeit hatte sich tief in Cates Gedächtnis eingeprägt. Doch dann, kurz vor ihrem neunten Geburtstag, starben Rachel und Ken innerhalb von drei Monaten, und bald darauf wurde auch Mary krank. Die nächsten anderthalb Jahre musste Cate traurig und hilflos zusehen, wie ihre Mutter langsam dahinsiechte und wie das Lächeln aus Brendans Augen verschwand. Trotz aller Beteuerungen ihres Vaters glaubte sie in ihrer kindlichen Naivität, dass sie schuld an der Krankheit ihrer Mutter und an seiner Verzweiflung war.

Nach Marys Tod klammerten Cate und Brendan sich aneinander und versuchten, sich gegenseitig Kraft zu geben, während sie langsam in den Alltag zurückfanden. Wie sehr sehnte sich Cate nach der Unbeschwertheit und dem Lachen, die ihre kleine Familie bis jetzt geprägt hatten. Zwei Jahre später lernte Brendan bei einem Viehzüchterkongress in den Whitsundays das atemberaubend schöne Mannequin Tahlia Shotton kennen. Der Glanz kehrte in seine Augen zurück, seine Schritte federten wieder, und sein Lachen hallte wie früher in den Mauern von *Ironbark Station* wider.

Als Brendan die viel jüngere Tahlia zur Frau nahm, war Cate fest entschlossen, mit ihrer neuen Stiefmutter zurechtzukommen, koste es, was es wolle. Deshalb belastete sie der gestrige Streit sehr, und sie hatte ein furchtbar schlechtes Gewissen, weil sie die Milch unbemerkt wegstellen und sich aus dem Staub machen wollte, bevor Tahlia Gelegenheit hatte, ihr weitere Arbeiten aufzutragen.

Heute. Nur heute. Ich mache es wieder gut – bei Dad und auch bei Tahlia, sagte sie sich.

Bei der gestrigen Debatte war es nämlich um Cates Mithilfe im Haushalt gegangen. Immer wieder fand Tahlia einen Weg, Cate Schuldgefühle einzuimpfen und stets hackte sie auf ihren Fehlern herum. Cate räumte zwar ein, dass sie manchmal recht eigensinnig sein konnte, empfand die ständigen Klagen jedoch als ausgesprochen ungerecht. Mit der Hitze ihrer Jugend hatte sie deshalb laut protestiert, woraufhin Tahlia das Ganze zu einer dramatischen Szene genutzt hatte. Von Schluchzern geschüttelt, hatte sie behauptet, Cate hasse sie und lasse sie alle Arbeit allein machen. Dann hatte sie sich Brendan weinend in die Arme geworfen. Beinahe wäre Cate die Erlaubnis, heute allein zu fliegen, wieder los gewesen. Nur durch inständiges Bitten und Betteln und den Schwur, Tahlia nie wieder gegen sich aufzubringen, hatte Cate Brendan erweichen können. Allerdings war es ziemlich knapp ausgegangen.

Wie auf ein Stichwort war jetzt plötzlich vom Haus her Tahlias Stimme zu hören. »Cate! Beeil dich mit den Ziegen. Du musst mir helfen, die Wohnzimmervorhänge abzunehmen, damit sie gewaschen werden können. Heute machen wir Frühjahrsputz.« Sie war ungewöhnlich früh auf den Beinen und schien sich von ihrem gestrigen Weinkrampf erholt zu haben.

Cate brach mitten im Lied ab, und ihr Griff um die Zitze der Ziege wurde unwillkürlich fester, sodass das Tier nach ihr austrat. »Ruhig, Elsie«, sagte sie und rückte den Milcheimer zurecht.

»Cate! Bist du taub?«, rief Tahlia ungeduldig.

»Ich komme!«, antwortete Cate bemüht freundlich. »Blöde Kuh, warum kann sie nicht so lange schlafen wie sonst auch?«, fügte sie leise hinzu. Sie zwang sich zur Gelassenheit. Schließlich hatte sie ihrem Dad versprochen, Tahlia zu unterstützen. Mit einem Wutausbruch war also niemandem gedient.

Cate war ein hübsches Mädchen. Sie hatte breite Schultern, war für ihr Alter ziemlich muskulös und hatte große blaue Augen, volle Lippen und eine leicht sonnengebräunte Haut, die ihrem markanten Gesicht eine aparte Schönheit verliehen. Allerdings wirkte sie mit ihrer kastanienbraunen Lockenmähne heute eher wie ein gereiztes Wildpferd als wie eine gut aussehende junge Frau. Sie war angespannt und fürchtete sich mehr vor dem heutigen Flug, als sie es sich selbst eingestehen wollte.

Sie griff nach dem Eimer mit der warmen sahnigen Milch und stieß einen Fluch aus, als etwas davon auf ihre Jeans schwappte. Dann ließ sie Elsie frei und sah der Ziege nach, während diese zu ihren Artgenossen hinüberlief.

Cate band das rosafarbene Kopftuch neu. »Einfach nicht reagieren«, befahl sie sich, als Tahlia erneut nach ihr rief. Durch den kleinen Gemüsegarten, wo in den Lavendelsträuchern die Bienen summten, hastete sie zurück ins Haus. Vielleicht konnte sie Tahlia ja davon überzeugen, dass der Tag für einen Frühjahrsputz denkbar ungeeignet war, denn wegen der Trockenzeit herrschte Wasserknappheit. Wann würde ihre Stiefmutter es endlich lernen! Im nächsten Moment jedoch kam sie zu dem Schluss, dass es wohl ratsamer wäre, das Brendan zu überlassen.

Ich werde ihr anbieten, gleich nach dem Flug zurückzukommen und den restlichen Tag über zu helfen, und morgen ebenfalls, auch wenn ich Geburtstag habe, nahm sie sich vor. *Das sollte genügen*. Nachdem sie diese Lösung gefunden hatte, fühlte sie sich gleich viel besser.

Eigentlich hatte Cate Tahlia gern, und wenn ihre Stiefmutter gute Laune hatte – was zugegebenermaßen in letzter Zeit nur selten vorkam –, hatten sie sogar eine Menge Spaß miteinander. Cate blickte hinauf zum Himmel. Es war wirklich ein wunderbarer Tag. Leise öffnete sie die Küchentür und spitzte die Ohren. Der Raum war leer, Tahlia nirgendwo zu sehen. Cate hörte nur das Ticken der alten Standuhr. Ihr Herz klopfte. Sie schlich in die Speisekammer, stellte den Milcheimer vorsichtig in den Kühlschrank und schlüpfte danach wieder nach draußen – wo sie prompt mit Tahlia zusammenstieß. Der Stapel gefaltete

Wäsche, den ihre Stiefmutter in den Armen trug, purzelte zu Boden.

»Pass doch auf!«, schrie Tahlia.

»Entschuldige«, erwiderte Cate und fing an, die Hemden aufzuheben. Neben ihrer gertenschlanken Stiefmutter kam sie sich sofort dick und hässlich vor. Tahlia trug eine teure Bluse aus rotweißer Baumwolle, die ihrer Figur schmeichelte, einen dazu passenden Rock und zierliche rote Riemchensandalen an ihren gepflegten Füßen. Ihre winzigen Zehennägel waren rot lackiert. Das lange blonde Haar wurde von einer Schildpattspange gehalten, sodass ihre hinreißenden, mandelförmigen braunen Augen noch besser zur Geltung kamen. Außerdem hatte sie ein ebenmäßiges herzförmiges Gesicht und eine makellose honigfarbene Haut. Nur das hässliche Stirnrunzeln minderte ihre Gesamtwirkung.

»Warum hast du es so eilig?«, wollte Tahlia wissen. »Nein, spar dir die Erklärung.« Sie hob ein Hemd vom Boden auf, schüttelte mit angewidertem Blick den Staub heraus und warf es Cate zu. »Das muss noch einmal gewaschen werden. Außerdem möchte ich, dass du sofort die Wohnzimmervorhänge abnimmst. Man weiß ja nie, ob vielleicht Besuch kommt. Dieses Haus ist ein Schweinestall.«

Cate zögerte, denn ihr war klar, dass allein das Wort »Fliegen« die Auseinandersetzung auslösen würde, der sie unter allen Umständen aus dem Weg gehen wollte.

»Nun, worauf wartest du?«, fragte Tahlia und musterte Cate kritisch bis hinunter zu ihren Jeans. »Ach, sieh dich nur an. Hoffentlich hast du im Haus keine Milch verschüttet!« Sie seufzte theatralisch.

Cate spürte, wie sich ihr Magen zusammenkrampfte. »Es

ist heute fast ein ganzer Eimer. Ich habe ihn in den Kühlschrank gestellt«, entgegnete sie, fest entschlossen, freundlich zu bleiben. Allerdings fand sie es auffallend, dass die Augen ihrer Stiefmutter stets trocken blieben, wenn Brendan nicht zugegen war. Am liebsten hätte sie Tahlia einfach stehen gelassen.

»Oh, Cate, wie kann man nur so ungeschickt sein? Ständig muss ich dir hinterherputzen. Geh und sieh nach, ob du etwas vergossen hast. Wenn ja, wisch es sofort auf. Sonst stinkt das ganze Haus nach Ziege. Anschließend kannst du die Vorhänge in die Waschmaschine stecken und die Handtücher aufhängen. Und danach beseitigst du dieses Durcheinander.« Genugtuung breitete sich auf ihrem Gesicht aus, als sie mit dem Kopf auf das Frühstücksgeschirr wies. Sie füllte den Teekessel mit Wasser aus dem Hahn. »Ach, ich brauche jetzt ein Tässchen Tee. Wir beide werden dafür sorgen, dass das ganze Haus blitzsauber ist, Cate. Ja? Also, was stehst du noch hier herum! Beweg dich.«

»Ich fliege heute solo. Dad ...«, platzte es aus Cate in ihrer Ratlosigkeit heraus.

»Ja, ja, schon gut. Ein andermal vielleicht.«

»Nein, Tahlia. Ich werde heute zum ersten Mal allein fliegen. Dad hat es erlaubt, hast du das schon vergessen? Er wartet im Hangar auf mich, weil er wollte, dass ich frühmorgens fliege. Sicher fragt er sich schon, wo ich bleibe. Morgen helfe ich dir beim Putzen, so viel du willst, obwohl ich Geburtstag habe. Übermorgen und überübermorgen auch. Ehrenwort.«

»Das kommt nicht in Frage! Ich brauche dich heute, und deshalb wirst du schön hierbleiben und tun, was ich dir sage. Dein Vater würde es sicher genauso sehen!«, gab Tahlia mit hochroten Wangen zurück und knallte den Teekessel auf die Herdplatte.

»Du hast doch keine Ahnung, wie mein Vater das sieht«, zischte Cate, mit ihrer Geduld am Ende. »Oh Gott, nein, Tahlia, entschuldige, ich wollte dich nicht kränken ... Aber du warst doch selbst dabei! Wir haben es so vereinbart. Dad hat mir versprochen, dass ich heute solo fliegen darf. Er sagte, solange ich mich benehme und dich nicht ärgere ... Ich will dich wirklich nicht gegen mich aufbringen, Tahlia, glaub mir. Der Flug heute ist nur so furchtbar wichtig für mich. Es ist meine letzte Chance, bevor ich siebzehn werde. Du weißt doch, wie viel es mir bedeutet. Bitte, versteh mich doch ...«

»Warum musst du mir immer widersprechen, Cate?« Mit gekränkter Miene ließ Tahlia sich auf einen Stuhl sinken. »Ich habe dieses Theater mit dir so satt. Weshalb kannst du nicht ein einziges Mal mitarbeiten, ohne ständig neue Ausreden zu finden?«

Ihre Unterlippe fing an zu zittern.

Cate wurde von Verzweiflung ergriffen. Die Situation drohte ihr zu entgleisen. »Nein, wirklich, Tahlia. Ich wollte dir nicht wehtun. Nach dem Flug mache ich alles, was du von mir verlangst. Aber ...«

Ungeduldig sprang Tahlia auf. »Jetzt fängst du schon wieder damit an, Cate. Ich bin es leid. Offenbar waren deine Beteuerungen von gestern Abend nicht ernst gemeint.« Tränen traten ihr in die Augen. Sie wischte sie mit ihren makellos manikürten Fingern weg.

»Doch, das waren sie!«, protestierte Cate bestürzt.

»Also gut. Ich glaube dir. Also Schluss mit den Albernheiten. Wir kümmern uns jetzt um die Wäsche.« Tahlia setzte ein strahlendes Lächeln auf. »Wir wollen doch nicht streiten, oder?«

Als die Standuhr die halbe Stunde schlug, wurde Cate von Panik ergriffen. Bald war die letzte Gelegenheit vorbei, ihren Traum wahr werden zu lassen. Sie konnte den plötzlichen Stimmungsumschwung ihrer Stiefmutter nicht deuten und hatte außerdem Schuldgefühle, weil sie Tahlia schon wieder zum Weinen gebracht hatte. Ratlos starrte sie sie an, wohl wissend, dass ihr Zögern sie nur noch mehr Zeit kostete.

»Es tut mir Leid, Tahlia«, stieß sie schließlich hervor. Dann drehte sie sich um und spurtete hinaus, während Tahlia ihr entgeistert nachblickte und hysterisch zu kreischen begann. »Ich mache alles wieder gut, versprochen«, rief Cate, doch weil sie so schnell rannte, waren ihre Worte für Tahlia nicht mehr zu verstehen. Ein Glück, dass sie diese Riemchensandalen trug. Außerdem wusste Cate, wie sehr ihre Stiefmutter den roten Staub hasste, weshalb sie ihr sicher nicht nachlaufen würde.

Morgen werde ich ganz besonders nett und hilfsbereit sein, sagte sich Cate, während sie langsamer wurde und sich umschaute. Ob Tahlia ihr vielleicht im Auto oder auf dem Motorrad nachkommen würde? Nein! Cate fiel ein gewaltiger Stein vom Herzen, und ein Lächeln breitete sich auf ihrem Gesicht aus. Ganz gleich, ob sie nun im Recht war oder nicht, wenigstens war ihr Ziel nun zum Greifen nah. Sie war immer noch sechzehn, und es war immer noch ein ganz wunderbarer Tag.

2

Die Missstimmung zwischen Cate und Tahlia hatte schleichend eingesetzt, denn anfangs hatte Cate ihre junge Stiefmutter sogar sehr gern gehabt. Zum Zeitpunkt der Hochzeit hatte Cate ein Internat besucht und Tahlia deshalb nur in den Ferien gesehen. Aber sie fand sie sympathisch, und da sie elf Jahre jünger war als Cates Mutter, war sie ihr zunächst wie eine ältere Schwester erschienen. Die beiden hatten sich rasch angefreundet, die Köpfe zusammengesteckt und gekichert, sich Videos angesehen und über Mode geplaudert. Cate war sich sehr erwachsen vorgekommen.

Tahlia hatte durch ihre Ehe mit Brendan ihr Lebensziel erreicht, nämlich gesellschaftliches Ansehen und Wohlstand. Allerdings hatte sie auch den Preis dafür bezahlt. Als fünfte Tochter des Stahlarbeiters Ewan Shotton war sie in ärmlichen Verhältnissen aufgewachsen und hatte immer um Aufmerksamkeit kämpfen müssen. Fest entschlossen, eine gute Partie zu machen, hatte sie sich von einer kleinen Modelagentur unter Vertrag nehmen lassen. Danach war es in ihrem Leben endlich bergauf gegangen. Brendan hatte sie auf Brampton Island kennengelernt, wo sie Aufnahmen für Dessouswerbung machte. Zu ihrer beider Überraschung war es Liebe auf den ersten Blick gewesen. Brendan hatte sich von der schönen und charmanten jungen Frau, die seinen Beschützerinstinkt weckte, sofort angezogen gefühlt, während Tahlia Gefallen an seiner ruhigen und zurückhaltenden Art gefunden hatte. Brendan hielt das Andenken an Mary zwar in Ehren, gewann aber endlich die Lebensfreude zurück. Tahlia, die einerseits recht kess, andererseits weiblich und anschmiegsam war, schürte in ihm eine längst verschüttet geglaubte Leidenschaft. Und da Brendan eine Lebensgefährtin und eine Mutter für Cate suchte, machte er ihr bei Sonnenaufgang am Strand einen Heiratsantrag.

Bis über beide Ohren verliebt, in der Geborgenheit von Brendans Zuneigung und wohl wissend, dass sie es als Frau eines wohlhabenden australischen Rinderzüchters endlich zu etwas gebracht hatte, gab Tahlia sich anfangs alle Mühe, Brendan zu verwöhnen. Ihr Liebesleben war sinnlich und befriedigend, und sie wünschten sich beide eine große Familie mit vielen Brüdern und Schwestern für Cate. Doch zu ihrer großen Enttäuschung wurde Tahlia einfach nicht schwanger, obwohl sie es sogar mit künstlicher Befruchtung versuchten. Während Brendan die Hoffnung nicht aufgab, fühlte sich Tahlia durch Cates Anwesenheit Tag für Tag an ihre eigene Unfruchtbarkeit erinnert und gab in ihrer wachsenden Verbitterung insgeheim Brendan die Schuld.

Mit fünfzehn hatte Cate dann aus heiterem Himmel verkündet, sie habe die Schule satt und wolle lieber von ihrem Vater lernen, wie man eine Farm führte. Da nach einigen schlechten Jahren das Geld knapp war, war Brendan froh über eine zusätzliche Arbeitskraft und erleichtert darüber, sich das Schulgeld sparen zu können. Außerdem hoffte er, seine Tochter würde Tahlia ein wenig Gesellschaft leisten und sie aufmuntern. Allerdings entpuppte sich das als fataler Irrtum, denn ab diesem Moment verschlechterte sich das Verhältnis der beiden von Tag zu Tag. Cate, die auf *Ironbark Station* ganz in ihrem Element und fest entschlossen war, sich vor ihrem Dad zu beweisen, lernte rasch, wie man Zäune flickte, Wasserlöcher kontrollierte und Vieh trieb. Wenn Brendan sie ließ, half sie auch beim Anbringen der Brandzeichen und erledigte auch sonst alle anfallenden Aufgaben. Je härter sie arbeitete und je kompetenter sie wurde, desto öfter kam es zwischen den beiden Frauen zum Streit. Tahlia deutete Cates Tüchtigkeit nur als Versuch, ihr ihre eigene Unfähigkeit in diesen Dingen unter die Nase zu reiben, und ihr Groll wuchs.

Mit ihrem jugendlichen Ungestüm und ihrem mangelnden Sinn für Diplomatie machte sich Cate – obwohl sie für ihr Alter schon sehr reif und verständig war – oft selbst das Leben unnötig schwer. Zum Beispiel hatte sie Tahlia angeboten, die Buchführung der Farm zu erledigen, da diese ständig klagte, damit überfordert zu sein. Allerdings rief die Begründung, sie, Cate, sei doch viel besser im Rechnen, nicht viel Begeisterung hervor. Tahlia fühlte sich bloßgestellt und nutzte in ihrer Wut seitdem jede Gelegenheit, einen Streit vom Zaun zu brechen. Völlig unbewandert in der Kunst der Intrige, ging Cate ihr immer wieder auf den Leim und unterlag jedes Mal. Doch trotz ihres Zorns auf ihre Stiefmutter, der es stets aufs Neue gelang, ihr die Schuld in die Schuhe zu schieben, versuchte Cate nur aus Stolz und aus Liebe zu ihrem Vater mit Tahlia auszukommen – wenn auch nur halbherzig.

Auch Tahlia hatte sich verändert, denn der Alltag auf einer abgelegenen Rinderfarm war eine größere Herausforderung als erwartet. Schon immer war sie leicht erregbar und häufig niedergeschlagen gewesen, und diese Stimmungsschwankungen traten nun noch stärker zutage. Sie setzte Brendan immer mehr unter Druck, bis manchmal selbst ihm der Geduldsfaden riss. Es kam zu lauten, tränenreichen Szenen, die damit endeten, dass Tahlia aus dem Zimmer stürzte und einen verdatterten Brendan und eine von Schuldgefühlen geplagte Cate zurückließ. Am nächsten Tag flehte Tahlia Brendan dann weinend um Verzeihung an und erdrückte Cate fast mit ihrer liebevollen Aufmerksamkeit. Eine Weile kehrte wieder Ruhe im Hause ein – bis alles wieder von vorn losging. Cate wusste, dass ihr Vater sie und Tahlia liebte, und gab deshalb nicht auf, auch wenn sie immer wieder ins Fettnäpfchen trat. Sicher, sie hatte Tahlia heute widersprochen. Aber zumindest hatte nicht alles mit Geschrei geendet; sie war ruhig geblieben und hatte Besserung gelobt, und darauf war sie stolz. Cate war so sehr in ihre Gedanken versunken, dass sie auf dem Weg zum Hangar beinahe von ihrem Hütehund, einem Australischen Cattle Dog, umgerannt worden wäre.

»Hallo, Streak!«, rief sie aus und tätschelte die Hündin, die ihren Namen – er bedeutete soviel wie »Streif« – ihrer Geschwindigkeit beim Viehtreiben verdankte. Streak umtänzelte Cate, sprang hechelnd an ihr hoch und wedelte heftig mit dem Schwanz. Cate umfasste die Schnauze der Hündin, streichelte sie und drückte ihr einen Kuss auf die weiche Stirn. Verzweiflung und Schuldgefühle waren auf einmal wie weggeblasen, und ihre gute Laune kehrte zurück. Nachdem sie das Kopftuch abgenommen hatte, richtete sie sich auf, schüttelte die kastanienbraune Mähne aus und band sich das Haar wieder zusammen. Als Brendan aus dem Hangar kam, empfing sie ihn mit einem breiten Lächeln.

»Hallo, meine Schöne, bist du bereit für deinen Soloflug?«, rief er.

»Hallo, Dad! Darauf kannst du wetten!« Cate lief ihm entgegen und fiel ihm um den Hals.

Brendan schloss seine Tochter in die kräftigen Arme, schwenkte sie durch die Luft und setzte sie wieder ab. Brendan Perry war ein blonder Hüne von Ende vierzig. Stolz musterten seine braunen Augen seine Tochter, die ihrer Mutter so ähnlich sah. Das Temperament hatte sie allerdings von ihm geerbt. Es würde eine große Erleichterung für ihn sein, wenn sie ihm aus der Luft beim Zusammentreiben des Viehs helfen und auch andere Arbeiten auf der Farm erledigen konnte, für die ein Flugzeug nötig war. Sie wurde so schnell erwachsen, und manchmal fragte sich Brendan, ob er ihr das Leben durch seine Hochzeit mit Tahlia nicht unnötig erschwert hatte. Es war nicht leicht, so jung die Mutter zu verlieren, ganz zu schweigen davon, mit ansehen zu müssen, wie eine so schöne Frau wie Tahlia ihren Platz einnahm.

»Deine Mutter wäre stolz auf dich«, sagte er liebevoll.

Cate warf ihm einen leicht erstaunten Blick zu. »Das hoffe ich«, meinte sie, legte ihrem Vater den Arm um die Taille und sah ihn ein wenig wehmütig an. »Jetzt aber los!«, fügte sie im nächsten Moment hinzu. »Wo steht die Maschine?«

»Ach, hast du heute etwas Besonderes vor?«, frotzelte Brendan und zupfte an Cates Kopftuch. »Was ist das? Wolltest du dich etwa mit diesem schmutzigen alten Lumpen auf dem Kopf in mein Flugzeug setzen?«

»Wenn ich zurück bin, muss ich Tahlia beim Frühjahrsputz helfen«, erwiderte Cate und hielt kurz inne. »Weißt du, Dad, am besten mache ich gleich reinen Tisch. Tahlia, nun, sie ist ein bisschen böse auf mich, weil wir …«

»Jetzt fliegst du erst mal. Über den Rest reden wir später«, unterbrach Brendan. Doch seine Miene verdüsterte sich. Tahlia wirkte schon seit einer Weile recht bedrückt. Der heutige und der morgige Tag gehörten Cate. Aber dann wurde es langsam Zeit, dass er mit seiner schönen Frau einen kleinen Ausflug in die Stadt machte. »Du nimmst den Zweisitzer. Alf schraubt drinnen an der anderen Cessna herum.« Er wies mit dem Kopf zum Hangar. »Geh schon mal rein und kümmere dich um die Vorflugkontrolle. Dann schieben wir die Maschine raus auf die Piste.«

Cate hätte ihren Vater umarmen und abküssen mögen, so froh war sie, dass er nicht mehr über ihren Streit mit Tahlia wissen wollte. Brendan konnte, wenn nötig, zwar sehr streng sein, aber er war immer gerecht.

»Heute ist deine letzte Chance!«, verkündete Alf Cristelli, kroch unter dem Rumpf der altgedienten zweisitzigen Cessna 150 hervor und wischte sich die Hände an einem öligen Lappen ab. »Mach ein bisschen Dampf. Die Sonne geht bald unter.« Beim Anblick des breitschultrigen Einundzwanzigjährigen mit dem dichten schwarzen Haarschopf, den glänzenden dunklen Augen und den fast unanständig langen Wimpern hätte das Herz der meisten jungen Mädchen wohl höher geschlagen. Nicht so bei Cate. Alf war ihr Kumpel, der Junge, den sie schon seit ihrer frühesten Kindheit kannte, der Freund, mit dem sie als kleines Mädchen gerauft hatte und mit dem sie fast über alles reden konnte. Nun grinste sie ihn wie gewöhnlich frech an.

»Hast du die fünfzig Dollar parat?«, fragte sie. Die beiden hatten gewettet, ob sie es schaffen würde, vor ihrem siebzehnten Geburtstag solo zu fliegen. Dann versetzte sie ihm einen spielerischen Klaps.

»Autsch! Ich dachte, du wolltest fliegen und nicht boxen. Entscheide dich.« Alf tat, als hätte er einen harten Schlag abbekommen. »Meinst du, du schaffst es?«

»Was soll das heißen?«, gab Cate mit gespielter Empörung zurück.

Alf lächelte und sah, wie ihre blauen Augen vor Aufregung und Vorfreude funkelten. Sie ahnte ja gar nicht, was für eine Anziehungskraft sie auf ihn ausübte. Wie gerne hätte er sie in die Arme genommen. Denn Alf war, ohne dass es Cate aufgefallen wäre, zum Mann herangewachsen und verliebte sich von Tag zu Tag mehr in sie. Wenn sie nicht die Tochter des Chefs gewesen wäre, hätte er schon vor Monaten sein Glück bei ihr versucht. Um sich abzulenken, warf er einen Blick auf die Uhr und schaute dann bemüht lässig hinauf in den blauen Himmel. Eine zarte Brise streifte seine Wange. »Das Wetter macht gar keinen guten Eindruck. Sie haben ein Gewitter angesagt«, verkündete er, ein spitzbübisches Funkeln in den Augen. Im ersten Moment hätte Cate ihm fast geglaubt, doch dann brach Alf in Gelächter aus. »Reingelegt … Es hätte aber doch sein können«, fügte er um Gnade flehend hinzu, als sie ihm noch einen Klaps versetzte.

»Wir haben Trockenzeit, du Blödmann!«

»Ach, das hatte ich ja ganz vergessen.« Grinsend hielt Alf ihr die Arme fest, als sie auf ihn einschlagen wollte.

»Schluss jetzt! Hört auf damit, Kinder!«, unterbrach Brendan die beiden jungen Leute schmunzelnd. »Willst du das Ding jetzt fliegen oder nicht, Cate? Wenn ja, sollten wir uns beeilen.«

»Ja, Alf, brav jetzt. Ich muss ein Flugzeug inspizieren!«, rief Cate.

»Die Maschine gehört dir!« Immer noch mit einem breiten Lächeln im Gesicht, trat Alf beiseite. Als sie an ihm vorbei zur Cessna ging, stieg ihm ihr frischer Duft in die Nase. Er beobachtete, wie sie das Äußere der Maschine in Augenschein nahm. Nach dem Check schoben sie die Cessna zu dritt auf die ungeteerte Flugpiste und richteten sie nach Norden aus.

Cates Herz schlug schneller, als sie sich in das enge Cockpit setzte und den Gurt anlegte. Nachdem sie sich die schweißnassen Hände an der Jeans abgewischt hatte, setzte sie den Kopfhörer auf, rückte das Mikrofon vor ihrem Mund zurecht, holte tief Luft und begann mit dem Startcheck. Sie kannte das Flugzeug wie ihre Westentasche und war mit über zweihundert Flugstunden – die letzten fünfzig hatte sie als Copilotin ihres Vaters abgeleistet – eine erfahrene Pilotin. Den Startcheck war sie schon tausendmal durchgegangen, gemeinsam mit Brendan und auch allein in Gedanken. Allerdings würde heute kein Dad neben ihr sitzen, der für sie in die Bresche sprang, wenn sie einen Fehler machte. In wenigen Minuten würde sie ganz allein über den Wolken schweben. Cate war gleichzeitig euphorisch und nervös, als sie die Kopfhörer wegschob, damit sie Brendan verstehen konnte. Dieser stand draußen vor dem Cockpitfenster, um ihr alles noch ein letztes Mal zu erklären.

»Also, du startest ganz normal mit Kurs nach Norden. Flieg zehn Kilometer den Pfad entlang und kehre an der ersten Windmühle beim grünen Wasserloch um. Du nimmst denselben Weg zurück und folgst dem Pfad bis zum Haus. Dabei musst du darauf achten, dass du die ganze Zeit die Straße im Blick hast. Wenn du sicher bist, dass die Piste frei ist, fliegst du eine Kehre und landest. Alles klar, Kleines?«

Cate nickte, schloss die Tür und rückte den Kopfhörer zurecht. Als Brendan sich vom Flugzeug entfernt hatte, rief sie »Propeller frei!« und betätigte den Zündschalter. Sofort sprang das Triebwerk an, und der Propeller begann sich zu drehen. Nachdem sie die letzten Kontrollen durchgeführt und sich vergewissert hatte, dass die Startbahn frei war, ließ Cate die Maschine anrollen und gab Gas. Die Cessna raste die Piste entlang. Cate zog die Steuerhörner zurück. Sie hatte ein flaues Gefühl im Magen, als sie spürte, wie das Fahrwerk vom Boden abhob. Dann war sie in der Luft. Wie während der vielen Flüge mit ihrem Vater sah sie zu, wie die Erde unter ihr kleiner wurde und die Nadel des Höhenmessers stieg. Aufregung ergriff sie. »Ich fliege ganz allein!«, rief sie. Doch nach einem kurzen Freudenschrei beruhigte sie sich wieder. *Ich muss mich aufs Fliegen konzentrieren*, sagte sie sich und kontrollierte die Flughöhe. Der Hangar und der Geländewagen unter ihr wirkten wie Spielzeuge. Brendan und Alf hoben sich wie ameisenkleine Pünktchen vom roten Boden ab. Cate ging in den Horizontalflug über, stellte die Trimmung ein, überprüfte Geschwindigkeit, Treibstoffstand und Kurs und genoss dann ihren ersten Soloflug.

Wie immer, wenn Cate über die Ländereien von *Ironbark Station* flog, empfand sie Ehrfurcht, Begeisterung und Liebe. In der Trockenzeit war der staubige rotbraune Boden ausgedörrt und rissig. In der schwülheißen, tropischen Regenzeit war alles üppig grün und überall blühten wilde Blumen. An der wundersamen Verwandlung, die der Regen auslöste, konnte Cate sich nicht sattsehen. Beeindruckende Gewitter zogen über das Land, begleitet von Blitzen, wie man sie nirgendwo sonst erlebte. Manchmal war die Farm, die in Cates Augen – ganz gleich ob bei Regen oder bei Dürre – das schönste Fleckchen Erde auf der ganzen Welt war, dann wochenlang von der Außenwelt abgeschnitten.

Voller Freude ließ sie den Blick über das weite Land schweifen, bis sie das grüne Wasserloch entdeckte. Die vertrauten Baumgruppen und Büsche gaben ihr das überwältigende Gefühl, hierher zu gehören. Rechts von ihr glitzerte das Sonnenlicht auf dem Damm, den ihr Vater und ihr Großvater selbst gebaut hatten, als Cate vier Jahre alt gewesen war. Links erkannte sie die von Weiden überschattete Biegung im Fluss, wo ihre Mutter ihr das Schwimmen beigebracht hatte. Dahinter befand sich ein weiterer Damm. Ihr Herz schlug schneller, als sie daran dachte, wie stolz ihre Mutter gewesen wäre, wenn sie sie heute hätte sehen können. Doch leider hatte Mary nicht erleben dürfen, wie ihre Tochter heranwuchs.

Die Maschine wurde von kleinen Turbulenzen geschüttelt. Cate fing sie ab. Vor sich bemerkte sie das üppig wuchernde Gras rund um das grüne Wasserloch. Fünf Minuten später überflog sie die Windmühle mit ihren quietschenden Flügeln, wendete triumphierend und machte sich auf den Rückweg. Dabei hielt sie Ausschau nach anderen Flugzeugen. Doch sie hatte den blauen Himmel ganz für sich. Nun musste sie nur noch wohlbehalten landen.

Das Starten und Landen war das Heikelste am Fliegen. Der Zwischenteil war dagegen ein Kinderspiel. Hier in der Einöde kam erschwerend hinzu, dass die Landebahn häufig nicht frei war. Kängurus stellten die größte Gefahr dar, denn sie grasten in Herden friedlich vor sich hin, ohne sich um herannahende Flugzeuge zu kümmern. Eine versehentlich überrollte Schlange im Fahrwerk konnte die Maschine gefährlich ins Schleudern bringen, ganz zu schweigen von den Vögeln, die immer wieder in die Propeller gerieten. Rings um den Flugplatz wimmelte es stets von Vögeln. Cate hatte vor dem Start einen Schwarm rosafarbener Kakadus bemerkt. Sie bekam Herzklopfen, als ihr die Tiere einfielen, und die warnenden Worte ihres Vaters klangen ihr in den Ohren. »Schau dir die Landebahn an. Wenn du nicht sicher bist, geh in den Tiefflug, um die Kängurus zu verscheuchen. Anschließend fliegst du eine Kehre und landest. Falls das nicht klappt, funk mich an. Dann vertreibe ich die Biester mit dem Auto.« Cate war froh, dass ihr Vater sie heute unten erwartete. Nur für alle Fälle.

Sie kontrollierte ihre Position: Sie war genau auf Kurs. Links von ihr war die unbefestigte Straße deutlich zu sehen, und sie konnte auf dem Wellblechdach des Hangars in großen Buchstaben die Aufschrift *Ironbark Station* lesen. Brendan und Alf wirkten wie Spielzeugfiguren. Cates Herz jubelte. Sie warf einen Blick aufs Instrumentenbrett: Flughöhe, Treibstoffstand und Geschwindigkeit, alles war in Ordnung. Als sie den Blick über den südwestlichen Horizont schweifen ließ, bemerkte sie ein kleines Pünktchen am Himmel. Ein anderes Flugzeug? Aber sie erwarteten doch niemanden! Cate schaute noch einmal hin. Ihr Puls ging schneller. Diesmal stellte sie fest, dass sich das Sonnenlicht auf etwas spiegelte. Eine Tragfläche? Es musste eine andere Maschine sein. Im nächsten Moment meldete sich per Funk eine Männerstimme.

»*Ironbark Station*. Hier ist Victor Alfa Alfa im Anflug auf eure Landebahn. Irgendwelche Hindernisse?«

Cate streckte die zitternde Hand nach dem Funkknopf aus. Doch Brendan war schneller.

»Victor Alfa Alfa, hier spricht *Ironbark Station*. Die Landebahn ist frei«, erwiderte er. »Aber pass auf. Cate fliegt nördlich der Piste ihr erstes Solo. Kannst du auf Kurs bleiben, bis sie umgekehrt und gelandet ist?«

»Hallo, Brendan. Ich bin es, Murray Jones. Ist Catie ganz allein da oben? Spitze. Wir halten uns südlich in etwa zehn Kilometern Entfernung. Funk uns an, wenn sie gelandet ist. Ach, ja, jetzt kann ich sie sehen. Viel Glück, Catie!«

»Victor Alfa Alfa, ich sehe dich auch, Murray«, funkte Cate. Ihre Stimme war inzwischen wieder ganz ruhig, ihre Hand ebenfalls. »Ich fliege jetzt meine Kehre. Dad, ist die Landebahn frei?«

»Dreh noch eine Runde, Catie. Da treiben sich ein paar Kängurus herum. Ich verscheuche sie.«

Als Cate die Maschine gewendet hatte, sah sie, wie Brendans Wagen die Landebahn verließ. »Die Luft ist rein, Cate. Also flieg deine Kehre und lande, wenn du so weit bist«, meldete er über Funk.

Cate graute immer ein wenig vor dem Landen. Außerdem hatte das Erscheinen des anderen Flugzeugs sie aus dem Konzept gebracht, weshalb sie beim Anflug auf die Landbahn ein bisschen nervös war. Doch sie konnte kein Hindernis entdecken. Mit schweißnassen Händen setzte sie die Klappen und betete, dass nicht plötzlich ein Vogelschwarm vor ihr auftauchen würde. Als sie beinahe Bodenkontakt hatte, zog sie das Steuer ganz vorsichtig zurück, sodass die Nase sich hob und die Cessna nur wenige Zentimeter über der Landebahn dahinflog. Dann spürte sie, dass sie aufgesetzt hatte, dann einen zweiten Holperer. Sie senkte den Bug und trat sanft auf die Bremse. Die Maschine rumpelte über den unebenen Boden und kam allmählich zum Stehen. Cate wendete, rollte von der Landebahn und stoppte vor dem Hangar. Es hatte geklappt. Sie hatte ihren ersten Soloflug hinter sich und war immer noch sechzehn Jahre alt! Nachdem sie den Motor abgeschaltet hatte, öffnete sie den Sicherheitsgurt, riss die Tür auf, sprang aus der Maschine und fiel Brendan um den Hals.

»Ich hab's geschafft, Dad! Ich bin Solo-Pilotin!« Freudentränen funkelten in ihren blauen Augen. Brendan war so bewegt, dass er keinen Ton herausbrachte. Auch seine Augen waren feucht.

»Gut gemacht«, sagte er mit vor Rührung belegter Stimme. »Eine traumhafte Landung. Ich bin ja so stolz auf dich.«

Cate hob den Kopf und küsste ihn auf die Wange. »Du

weinst ja, Dad«, stellte sie erstaunt fest. Aber im nächsten Moment bemerkte sie, dass auch ihr die Tränen übers Gesicht liefen. »Wir heulen alle beide!«, stieß sie lachend hervor.

»Das bildest du dir nur ein.« Brendan räusperte sich und küsste sie auf den Scheitel. »Und jetzt Schluss mit dem Unfug. Begrüßen wir unsere Gäste.«

In der Begeisterung über ihren Erfolg hatte Cate die Jones' ganz vergessen. Streak kam auf sie zugelaufen und umtänzelte sie. Cate bückte sich, um den Hund an sich zu drücken. »Ich bin jetzt Solo-Pilotin, Streak!« Als sie aufblickte, sah sie, wie Alf mit großen Schritten auf sie zukam.

»Ich schätze, ich bin dir was schuldig«, meinte er. Bewunderung stand in seinen dunklen Augen. Und noch etwas anderes, das Cate nicht ganz einordnen konnte. Er hielt ihr einen Fünfzigdollarschein hin. »Wahrscheinlich wirst du mir den heutigen Tag für den Rest meines Lebens unter die Nase reiben!« Er umarmte sie fest.

»Ganz richtig, Kumpel.« Cate erwiderte die Umarmung. Als sie spürte, wie angenehm warm sich sein Körper anfühlte, wünschte sie, sie wäre hübscher und femininer gewesen. Um ihre Verwirrung zu verbergen, machte sie sich los und riss ihm den Geldschein aus der Hand. »Die Firma dankt.« Ihre Wangen waren hochrot, als sie ihn angrinste.

»Ihr habt Besuch«, sagte Alf leise und wies mit dem Kopf auf das Flugzeug, das gerade ausrollte. Seine Stimme klang belegt, und auch sein Gesicht war gerötet. Er drehte sich zu Brendan. »Ich mache mich jetzt auf die Socken. Dad möchte, dass ich seinen alten Traktor repariere. Bis morgen. Noch mal, Hut ab. Toll, dass du heute geflogen bist«, fügte er, an

Cate gewandt, hinzu. Ein liebevoller Ausdruck lag in seinen Augen, als er ihre roten Wangen musterte.

»Tschüss, Alf.« Cate winkte ihm lächelnd nach. Dann hakte sie sich bei ihrem Vater unter und eilte mit ihm über das staubige Flugfeld. Noch immer ging sie wie auf Wolken und musste sich kneifen, da sie nicht glauben konnte, dass der heutige Flug kein Traum gewesen war. Morgen konnte sie endlich offiziell ihren Pilotenschein beantragen.

»Hallo, Murray, hallo, June«, begrüßte Brendan das Paar, das ihnen entgegenkam.

Murray schüttelte erst Brendan, dann Cate die Hand. »Also bist du jetzt Pilotin, Catie. Glückwunsch. Ach, wo sind nur die Jahre geblieben?«

»Wenn ich mich recht entsinne, hast du morgen Geburtstag«, meinte June, eine freundliche Frau von Anfang vierzig. Die Jones' und die Perrys waren schon zu Marys Lebzeiten befreundet gewesen. June hatte Cate, die bis zu Brendans Heirat mit Tahlia ohne Mutter hatte aufwachsen müssen, schon immer ins Herz geschlossen gehabt. Obwohl Marys Tod sie und Murray tief getroffen hatte, hatten sie Tahlia mit offenen Armen willkommen geheißen, denn dass die Ehe Brendan guttat, war nicht zu übersehen. Inzwischen waren June und Tahlia gute Freundinnen.

»Wir waren gerade in der Gegend, und da haben wir uns gedacht, wir könnten doch mal auf ein Bier und ein Schwätzchen vorbeischauen. Es ist ja schon eine Weile her, dass wir uns gesehen haben«, erklärte Murray.

»Hallo, June, Hallo, Murray«, erklang da eine Stimme hinter ihnen. Cate zuckte zusammen. Es war Tahlia, die immer noch ihre dünnen, inzwischen von rotem Staub bedeckten Sandalen trug. Offenbar hatte sie trotz allem beschlossen, zu Fuß zum Hangar zu kommen. Weil sie so ins Gespräch vertieft gewesen waren, hatten sie sie nicht kommen hören.

»Liebe Tahlia, du siehst einfach reizend aus! Wie geht es dir?« June umarmte ihre Freundin.

»Ausgezeichnet. Wie schön, endlich mal wieder mit einer Frau reden zu können«, seufzte Tahlia.

»Aber du hast doch Catie«, wandte June rasch ein, denn sie fand, dass Cate schon sehr erwachsen aussah. Außerdem war sie ausgesprochen hübsch mit ihren vom Erfolg dieses Vormittags geröteten Wangen.

»Das ist nicht dasselbe«, flüsterte Tahlia für alle hörbar. Dann fiel sie Murray lächelnd um den Hals. »Ach, wie nett, Freunde zu Besuch zu haben. Manchmal ist es so einsam hier. Allerdings muss ich mich für die Unordnung entschuldigen. Besser gesagt sollte Cate das tun. Du hast die Küche wie ein Schlachtfeld hinterlassen und auch die Vorhänge nicht abgenommen, obwohl ich dich heute Morgen darum gebeten hatte. Du wusstest, dass ich Hilfe brauche, und bist trotzdem einfach wortlos davongelaufen. Ach, du meine Güte. Und dabei wäre bei diesem Wetter alles so rasch trocken geworden. Das Haus wäre jetzt schon blitzblank.« Sie stöhnte auf. »Wisst ihr, ich hatte schon den ganzen Tag so ein Gefühl, dass wir heute Besuch kriegen würden.« June und Murray wurden mit einem strahlenden Lächeln bedacht. Cates Soloflug erwähnte sie mit keinem Wort.

Brendan küsste Tahlia auf die Wange. »Hallo, Liebling«, sagte er sanft, denn er ahnte, dass Ärger im Anzug war. »Cate hat gerade eine wirkliche Glanzleistung vollbracht.

Möchtest du ihr nicht gratulieren? Das Haus ist sicherlich so gut in Schuss wie immer«, fügte er rasch hinzu, als er ihr vielsagendes Schmollen bemerkte. »Ich glaube nicht, dass June und Murray sich an ein bisschen Chaos stören, solange der Teekessel aufgesetzt und das Bier kalt ist. Stimmt's?« Er klopfte Murray auf die Schulter.

Da Cate nun nicht mehr im Mittelpunkt stand, wurde Tahlias Miene versöhnlicher. Mit einem höflichen Lächeln auf den Lippen versuchte Cate, die Seitenhiebe ihrer Stiefmutter zu ignorieren. Die Anspielungen auf ihre mangelnde Mithilfe waren ihr peinlich, und sie ärgerte sich darüber, dass Tahlia behauptete, sie hätte Junes und Murrays Besuch vorausgeahnt. Schließlich war sie keine Hellseherin und suchte offenbar nur einen Vorwand, um den Streit von gestern wieder aufflackern zu lassen.

»Macht euch unseretwegen keine Mühe«, erwiderte June, der die Spannungen zwischen Cate und ihrer Stiefmutter sichtlich unangenehm waren. Sie legte Tahlia den Arm um die Taille. »Du bist so elegant wie immer. Anscheinend bekommt dir das Leben in der Wildnis. Ist es nicht wunderbar, dass unsere kleine Catie allein geflogen ist? Nun, so klein ist sie ja nicht mehr. Bei jeder Begegnung kommt sie mir erwachsener vor. So voller Selbstbewusstsein und Tatendrang. Ihr beide habt sie großartig erzogen. Und jetzt kann sie sich ganz frei bewegen.«

»Sie ist schon unabhängig genug«, zischte Tahlia. Erfüllt von Selbstmitleid, hatte sie Catie ihren Ungehorsam noch nicht verziehen. Außerdem hatte sie sich in den letzten Stunden in ihren Zorn hineingesteigert und war fest entschlossen zu erreichen, dass Brendan seine Tochter bestrafte. Wie auf ein Stichwort hin traten ihr nun die Tränen in die Augen. »Ach, June, du ahnst ja gar nicht, wie es ist, hier zu wohnen, allein das ganze Haus in Schuss zu halten und sich dazu noch mit einem störrischen und faulen Teenager herumzuplagen, der alles Erdenkliche tut, um mir das Leben zur Hölle zu machen. Brendan ist so mit seinen Rindern beschäftigt, dass er mich kaum noch wahrnimmt. Wenn wir nur eigene Kinder hätten, wäre alles sicher ganz …« Sie brach in Schluchzen aus und konnte nicht weitersprechen.

»Beruhige dich, Tahlia, so schlimm wird es schon nicht sein«, meinte June aufmunternd. Der Ausbruch hatte sie erschreckt, und sie wusste nicht so recht, wie sie damit umgehen sollte.

»Oh, doch, das ist es!«, schluchzte Tahlia. Inzwischen quollen ihr die Tränen nur so zwischen den langen Wimpern hervor und flossen die zarten Wangen hinunter.

»Können wir das nicht später besprechen?«, unterbrach Brendan mit dem Versuch, eine Szene zu vermeiden. Allerdings goss er damit nur Öl ins Feuer.

Tahlia blickte ihn mit leidender Miene an. »Das Problem ist, dass wir das niemals tun.«

»Tahlia …«, begann er.

»Hör auf, mich wie ein kleines Kind zu behandeln!«, kreischte Tahlia, und ihre Augen blitzten zornig. »Ständig ergreifst du Partei für sie und gegen mich. Eigentlich dachte ich, dass du mich liebst, aber ich muss mich wohl geirrt haben.«

»Weißt du, vor Cates Soloflug hatte ich beschlossen, dass wir uns einen kleinen Urlaub gönnen sollten«, erwiderte Brendan mit schier heldenhafter Geduld und legte zärtlich den Arm um Tahlia. »Es war eine anstrengende Woche«, fügte er, mit Blick auf die Gäste, hinzu.

Doch Tahlia riss sich los und schluchzte nur um so lauter. »Du verstehst mich einfach nicht. Du begreifst nicht, was hier gespielt wird«, stieß sie mit erstickter Stimme hervor. »Cate wickelt dich um den Finger. Nie hört sie auf mich oder tut das, was ich von ihr verlange.«

Cate errötete vor Verlegenheit, denn sie hatte bemerkt, wie peinlich diese Situation June und Murray war. Außerdem hatte Tahlia es nun geschafft, ihr die Freude über ihren Triumph gründlich zu verderben. In ohnmächtiger Wut knirschte sie mit den Zähnen. Als Tahlia auf sie losging, wich sie zurück. »Du rücksichtslose, egoistische Göre!«, schrie Thalia und fügte, an Brendan gewandt, hinzu: »Sie nimmt mich nicht ernst, und du rührst keinen Finger, um mich zu unterstützen. So geht es schon, seit wir verheiratet sind. Ganz gleich, wie sehr ich mich auch ins Zeug lege, ich bin immer die Böse. Und jetzt habe ich genug. Fünf Jahre lang mache ich das nun schon mit. Es reicht! Du bist selbst schuld daran, Brendan. Ich verlasse dich.«

Sie drehte sich zu June um, die sie mit offenem Mund anstarrte. »Und das ist mein voller Ernst, June«, sagte sie in annähernd normalem Tonfall. »Ich ertrage's nicht mehr. Ich … Kann ich eine Weile bei euch wohnen? Hier halte ich es nicht mehr aus.« Sie schlug die Hände vors Gesicht, und ihre Schultern zuckten. Brendan sah aus, als wäre er geohrfeigt worden.

»Warum gehen wir nicht ins Haus? Ich mache uns eine schöne Tasse Tee«, schlug June mit einem besorgten Blick auf die anderen vor.

Brendan, dem die Worte fehlten, nickte erleichtert. »Dad, das mit den Vorhängen tut mir wirklich leid. Aber ich wollte heute unbedingt fliegen. Ich werde mich entschuldigen«, rief Cate, der inzwischen auch Tränen in den Augen standen. Als sie loslaufen wollte, hielt Brendan sie zurück.

»Es ist nicht deine Schuld, Cate. Lass sie. June wird ihr den Kopf zurechtrücken«, meinte er leise. »Wenn sie sich erst wieder beruhigt hat, wird wieder alles eitel Sonnenschein sein. So ist es doch jedes Mal. Sie ist nur müde. Offenbar haben wir alle eine kleine Pause nötig.« Allerdings war er noch immer blass und klang nicht sehr überzeugt. Er wandte sich an Murray. »Tut mir leid, alter Junge.« Er lächelte verlegen. »Frauen! Aber ohne sie ist es auch nichts.«

Als sie das Haus erreichten, war von June und Tahlia nichts zu sehen. Cate pirschte sich über die Veranda heran und wünschte, ihr Magen würde sich etwas beruhigen. Währenddessen ließen Murray und Brendan sich draußen auf den Rattansesseln nieder. Kurz darauf kehrte Catie mit einem Tablett mit Gläsern, kaltem Bier, eisgekühlter Limonade und Chips zurück. Nachdem sie alles auf dem niedrigen Tisch abgestellt hatte, nahm sie auf dem zweisitzigen Sofa Platz. Eine angenehm kühle Brise wehte. Unter anderen Umständen wäre es ein schöner Tag gewesen. Nach einer Weile gesellte sich June zu ihnen. Sie schüttelte den Kopf.

»Tahlia besteht darauf, dass sie heute noch wegwill. Sie packt ein paar Sachen zusammen. Wenn sie möchte, kann sie ein paar Tage bei uns bleiben. Hoffentlich gelingt es uns, sie umzustimmen.«

Während Brendan die Nachricht schweigend aufnahm,

sank Cate noch tiefer ins Sofa und wünschte, sie könnte den Tag noch einmal neu anfangen. Das Glücksgefühl nach ihrem ersten Soloflug kam ihr inzwischen vor wie ein ferner Traum. Murray und Brendan begannen, die Vorzüge verschiedener landwirtschaftlicher Maschinen zu erörtern, um die verlegene Stille zu füllen.

Murray schenkte sich ein Glas Limonade ein und nahm einen großen Schluck. »Ich bringe dir das Ersatzteil nächste Woche. Kann ich sonst noch etwas für dich tun, alter Junge?«

»Beruhige sie und erkläre ihr, dass das Leben hier draußen eben kein Zuckerschlecken ist. Außerdem kannst du ihr ausrichten, dass ich sie liebe. Sie soll sich an die schönen Momente erinnern. In zwei Tagen beginnt der Viehtrieb. Aber Anfang nächster Woche fliege ich in die Stadt. Wenn sie bis dahin nicht zurück ist, komme ich vorbei und versuche, mit ihr zu reden. Da Cate mir beim Viehtrieb helfen muss, ist es vielleicht gar nicht schlecht, dass Tahlia bei euch ist und Gesellschaft hat, während wir unterwegs sind.«

Tahlia trat mit finsterer Miene, einen kleinen Koffer in der Hand, aus dem Haus und stolzierte in Richtung Flugfeld, ohne die anderen eines Blickes zu würdigen.

»Sieht aus, als würden wir aufbrechen«, meinte Murray. »Gut, dass ich nichts Alkoholisches getrunken habe, was, Cate? Das kalte Bier gönne ich mir beim nächsten Mal«, fügte er in fröhlichem Ton hinzu, um die Stimmung aufzulockern.

Brendan erhob sich. »Ich bringe dich und June zum Flugzeug. Wir nehmen den Kombi, Tahlia, falls du immer noch wegwillst«, rief er ihr flehend nach. Wortlos änderte sie die Richtung und steuerte auf das Auto zu.

»Tschüss. Bis bald«, sagte June und küsste Cate rasch auf die Wange.

Cate blieb auf der Veranda stehen und blickte dem Wagen nach, der, gefolgt von einer roten Staubwolke, den Weg entlangfuhr und vor dem Hangar stoppte. Dann ließ sie sich auf einen Stuhl fallen, überwältigt von einer Mischung aus Zorn, Reue und schlechtem Gewissen. Sie hatte wirklich nicht gewollt, dass Tahlia sich derart aufregte! Immer noch stand ihr Brendans erschütterte Miene vor Augen, als Tahlia verkündet hatte, sie wolle fort. Er liebte sie doch. Cate hatte sie auch gern, zumindest wenn sie nicht an ihr herumnörgelte. Früher hatten sie sich so gut verstanden und zusammen gelacht. Wenn sie nur nicht so dickköpfig darauf beharrt hätte, ausgerechnet heute zu fliegen! Aber dieser Flug hatte ihr so viel bedeutet! Warum konnte ihre Stiefmutter das einfach nicht begreifen? Eine Träne kullerte Cates Wange hinunter. Sie wischte sie weg und beobachtete, wie das Flugzeug abhob und in den Himmel hinaufstieg. Brendan kehrte wieder zu seinem Kombi zurück, fuhr jedoch nicht los, sondern blieb bei offener Tür im Wagen sitzen. Cate spürte, wie eine eiskalte Hand sich um ihr Herz legte. Was hatte sie nur angerichtet?

Sie schenkte sich Limonade ein und sah mit stumpfem Blick zu, wie die Eiswürfel in das Glas fielen, sodass die Flüssigkeit auf den Tisch schwappte. Wenn sie sich doch nur mehr Mühe gegeben hätte …

Als die Autotür zuknallte, fuhr sie hoch. Kurz darauf trat Brendan auf die Veranda. »Schau nicht so traurig, Kleines. Tahlia wird sich schon beruhigen. Es dauert nicht lange, und alles ist wieder beim Alten. Mir ist eben erst eingefallen, dass es vielleicht am Viehtrieb liegen könnte. Du weißt ja, wie sehr sie das Alleinsein hasst. Dann steigert sie sich oft in solche Zustände hinein«, sagte er in gezwungen fröhlichem Ton. »Warum machst du uns beiden nicht etwas zum Mittagessen, während ich noch das eine oder andere erledige? Schließlich muss der erste Soloflug einer gewissen Sechzehnjährigen gebührend gefeiert werden.« Er küsste ihr Haar. »Wo ist das strahlende Lächeln, das ich bei der Landung gesehen habe?«

Cates Niedergeschlagenheit legte sich, und sie strahlte ihren Vater glücklich an. Alles würde gut werden, dachte sie. Sie war jetzt Pilotin. Das konnte ihr niemand mehr nehmen. Tahlia würde schon zurückkommen. In zwei Tagen fing der Viehtrieb an. Und morgen war ihr siebzehnter Geburtstag. Als sie bemerkte, wie ihr der Magen knurrte, sprang sie auf, um nachzusehen, was sie an Essbarem im Haus hatten.

3

Cate wurde vom lauten Scheppern der Frühstücksglocke geweckt. Es war vier Uhr, kurz vor Morgengrauen, und die Sterne verblassten allmählich. Es war Sitte, dass sich die Arbeiter am ersten Tag des Viehtriebs zum Frühstück im Haupthaus versammelten, und eigentlich war es Cates Aufgabe, für die Verpflegung zu sorgen. Noch schlaftrunken, schlüpfte sie hastig in Jeans und ein hellblaues Baumwollhemd und zog dann ihre abgewetzten Lederstiefel an. Sie hätte sich ohrfeigen können, weil sie verschlafen hatte. Im nächsten Moment jedoch fiel ihr ein, dass heute ja ihr siebzehnter Geburtstag war. Deshalb hatte Brendan Grace, ein junges Aborigine-Mädchen, das im Haushalt half, gebeten, das Frühstück zuzubereiten.

Als Cate an die Szene gestern am Hangar dachte, verdüsterte sich kurz ihre Stimmung. Dann jedoch erinnerte sie sich an ihren Soloflug, und die Niedergeschlagenheit verschwand. Mit einem Auflachen ließ sie sich rücklings aufs Bett fallen und den Flug noch einmal Revue passieren und sang leise vor sich hin. Inzwischen war sie hellwach. Rasch bürstete sie ihre kastanienbraunen Locken, band sie zur Feier des Tages mit einer sauberen blauen Schleife zusammen, putzte sich die Zähne und hastete den Flur entlang. Der anheimelnde Duft von Bratwürsten, Eiern und Steaks schlug ihr entgegen.

Wie immer vor einem Viehtrieb hallte die Küche des Haupthauses von aufgeregtem Stimmengewirr wider, als sich die Arbeiter zum Essen an die Tische setzten. Cate hörte das Klappern von Besteck und Tellern und die Unterhaltung der Männer, die sich ihr Frühstück schmecken ließen.

Cate liebte diese Vorbereitungen und das frühmorgendliche geschäftige Treiben. Sie sah die schattenhaften Umrisse der Hunde, die auf ihre Befehle warteten, und die unruhig umhertänzelnden Pferde, die die bevorstehende Aufgabe zu erahnen schienen. Es war eine Mischung aus Ausgelassenheit und banger Erwartung, wenn die Lastwagen endlich fort waren und die Arbeiter mit den zusätzlichen Pferden den Hof verließen und den langen gewundenen Pfad entlang in den Busch ritten. In den letzten beiden Jahren hatte Cate sie begleitet und sich ihren Platz in der Gruppe erarbeitet. Sie war aufgeregt und froh, dazuzugehören. Kurz fragte sie sich, ob wohl jemand an ihren Geburtstag denken würde. Ihr Vater war am Vorabend recht geistesabwesend gewesen. Als sie die Tür öffnete, erklang lautes Besteckklappern, als alle gleichzeitig Messer und Gabel weglegten. Dann herrschte vollkommene Stille.

Zwölf Augenpaare blickten ihr aus der Gruppe von wettergegerbten und jungen rotbackigen Gesichtern entgegen. Cate starrte erschrocken zurück. Da waren Nick und Paul, zwei aufsässige junge Männer aus der Nachbarschaft, deren Augen schalkhaft funkelten. Sie halfen stets aus, wenn der Viehtrieb auf *Ironbark Station* anstand. Neben ihnen saßen Grace' Bruder Eddy und der gute alte Parrot, ein dreiundsiebzigjähriger Viehtreiber mit wässrigen Augen, eingesunkenen Wangen und seiner von den vielen Jahren unter der sengenden Sonne des Outback lederartigen dunkelbraunen Haut. Dann war da noch Dave, ein draufgängerischer, gut aussehender achtzehnjähriger Rucksackreisender aus Großbritannien, der erst vor einer Woche hier hereingeschneit war. Einige der frisch angeheuerten Saisonarbeiter kannte Cate nicht. Ihr Dad stand, einen Becher heißen Tee in seiner großen Hand, an die Wand gelehnt da. Ein Lächeln breitete sich auf seiner Miene aus. Ehe Cate etwas sagen konnte, stimmten alle aus voller Kehle »Happy Birthday« an. Parrot sang mit Abstand am lautesten.

Als das Ständchen nach einem vielstimmigen »Hoch soll sie leben«, »For She's a Jolly Good Fellow« und »Viel Glück und viel Segen« mit Applaus endete, strahlte Cate übers ganze Gesicht. Sie bedankte sich bei allen und umarmte erst Parrot und dann Brendan. Als sie Nick und Paul ebenfalls um den Hals fallen wollte, wichen die beiden in gespieltem Entsetzen zurück, und alles bog sich vor Lachen. Immer noch kichernd, dankte Cate Grace für das Frühstück, häufte Würstchen und Rührei auf ihren Teller und setzte sich ihrem Dad gegenüber.

»Hast du sie dazu angestiftet?«, fragte sie kauend.

»Ich?« Brendan mimte den Ahnungslosen. »Alles Gute zum Geburtstag, Cate. Wie geht es meiner wunderschönen Pilotin denn heute?«

Cate lächelte.

»Ich habe von deinem Soloflug gehört«, mischte Parrot sich in seinem gedehnten irischen Akzent ein. Seine hellblauen Augen unter den buschigen Brauen betrachteten

Cate liebevoll. Er leerte sein erstes Bier des Tages, wischte sich mit dem Handrücken den Mund ab und sah sich nach Nachschub um. Da die meisten Arbeiter auf *Ironbark Station* recht gern tranken, wachte Brendan mit Argusaugen über die täglichen Rationen. Es galt eine einfache Regel: Kein Alkohol vor Feierabend. Nur für Parrot gab es eine Ausnahme. Er war eine treue Seele, ein wahrer Zauberkünstler, was das Reparieren von Motoren anging, und auch nach einigen Frühstücksbieren ein guter Arbeiter. Er hatte schon vor Cates Geburt bei den Perrys angeheuert, und Brendan hatte sich inzwischen damit abgefunden, dass er das Bier nur »aus medizinischen Gründen« trank. Angeblich linderte es seine Gelenkprobleme.

»Es war einfach Spitzenklasse!«, jubelte Cate. »Ich kann es kaum erwarten, wieder zu fliegen.«

Die anderen mischten sich ins Gespräch ein, frotzelten und rissen Witze, ob das Motto »Frau am Steuer« wohl auch in Flugzeugen gelte. Cate war in Hochstimmung. Sie wusste, dass ihr in den nächsten Tagen viele Abenteuer bevorstanden, und wäre am liebsten sofort aufgebrochen. Sie stand auf, schenkte sich einen Becher heißen Tee ein und gab reichlich Milch und Zucker dazu. Plötzlich bemerkte sie, dass jemand fehlte.

»Wo ist Alf, Dad?«, erkundigte sie sich.

»Er hat mich gestern Nacht noch angefunkt. Irgendwelche Probleme mit einer Planiermaschine«, antwortete Brendan ausweichend. »Ich habe ihm gesagt, wir würden in den ersten Stunden auch ohne ihn klarkommen.«

»Oh.« Cate versuchte, sich ihre Enttäuschung nicht anmerken zu lassen. »Darf ich mit den Pferden helfen?«, fragte sie dann wieder heiter. Der Umgang mit Pferden machte ihr nämlich fast ebenso viel Vergnügen wie das Fliegen. Da die Pferde beim Viehtrieb weite Strecken zurücklegen und hart arbeiten mussten, würde man mindestens zwanzig von ihnen mitnehmen, damit sie sich zwischendurch genügend ausruhen könnten. Das wiederum bedeutete, dass jemand die Tiere holen und Sättel und Zaumzeug vorbereiten musste. Cates eigenes Tier, ein hübscher brauner Wallach namens Chocolate, würde auch dabei sein. Sie hatte ihn sich aus einer Herde von Wildpferden, die vor zwei Jahren gefangen worden waren, aussuchen dürfen. Alf hatte ihr geholfen, Chocolate zuzureiten. Das Pferd bedeutete Cate sehr viel.

»Eddy, Nick und Paul kümmern sich um die Pferde. Ich möchte, dass du die Erste-Hilfe-Ausrüstung zusammenpackst. Dann kannst du Old Olive helfen, den Verpflegungswagen zu beladen, damit er noch vor dem Mittagessen losfahren und das Basislager aufschlagen kann«, erwiderte Brendan heiter. Old Olive war der Koch der Farm, ein launischer Geselle, der sich nicht zum Frühstück hatte blicken lassen.

»Mach ihm Beine, Cate, aber ärgere ihn nicht zu sehr. Ich möchte unterwegs ordentlich versorgt werden. Dave, du gehst Cate zur Hand. Ich glaube, dir würden ein paar zusätzliche Muskeln nicht schaden.«

Dave wollte im nächsten Jahr in England Gartenbau studieren und zuvor Erfahrung auf einer Farm im Outback sammeln. Anfangs hatte er Cate für älter gehalten und Annäherungsversuche unternommen. Nachdem sie ihm eine Abfuhr erteilt hatte, hatte er herablassend festgestellt,

Frauen seien für die Arbeit im Freien eben nicht geeignet. Cate konnte ihn nicht ausstehen.

»Gute Idee. Dann kann ich ihm gleich zeigen, wo es langgeht.« Sie nickte Dave zu, ohne sich anmerken zu lassen, dass sie nicht die geringste Lust hatte, mit ihm zusammenzuarbeiten.

»Ich möchte ja nicht unhöflich sein, Sir, aber Alf hat gesagt, dass ich heute bei den Fahrzeugen eingesetzt werden würde«, protestierte Dave, dem es unangenehm war, von einem Mädchen Anweisungen entgegennehmen zu müssen.

»Das kann warten, bis du Old Olive und Cate beim Verladen des Proviants geholfen hast«, entgegnete Brendan brummig. Er hatte schon mit vielen Saisonkräften wie Dave zu tun gehabt. Wenn der Junge sich nicht zusammenriss, würde er sich bald nach einer anderen Stelle umsehen müssen.

Dave lief feuerrot an und senkte den Kopf, um seine Verlegenheit ob des Rüffels zu verbergen. Dann versetzte er Nick einen Rippenstoß. »Von der lass ich mir gern zeigen, wo's langgeht«, raunte er mit einem anzüglichen Grinsen.

»Wenn ich dir einen guten Rat geben soll, Kumpel: An deiner Stelle würde mich ein bisschen mehr zurückhalten. Sie ist die Tochter des *muluga* – des Chefs.« Nick stand auf und reichte Grace seinen Teller. Verdammte Aushilfen. Immer wussten sie alles besser. Er setzte seinen breitkrempigen Akubra-Hut auf und trat hinaus ins Licht der frühen Morgensonne.

Der Wortwechsel war Cate nicht entgangen. Sie war gerade damit beschäftigt, die abgegriffene Proviantliste zu ergänzen, und versuchte, nicht weiter auf die beiden zu achten. Schließlich hatte sie heute Geburtstag, und den wollte sie sich von nichts und niemandem verderben lassen. Die Küche leerte sich, als die Männer einer nach dem anderen hinausgingen, um sich an die Arbeit zu machen.

»Also los«, verkündete Cate und steckte die Liste in die Hosentasche.

»Moment noch. Fast hätte ich es vergessen! Ich habe da etwas für dich …«, hielt Brendan sie zurück. Er stand auf und kehrte im nächsten Moment mit einem länglichen, ungeschickt in Zeitungspapier gewickelten Paket zurück. »Tahlia wäre mit der Verpackung wohl nicht zufrieden, aber ich habe es nicht besser hingekriegt. Herzlichen Glückwunsch von uns beiden, mein Schatz.« Er reichte Cate das Päckchen.

»Oh, Dad!« Cate traten die Tränen in die Augen. Sie war überzeugt gewesen, dass er nach dem gestrigen Tohuwabohu keinen Gedanken an ein Geschenk verschwendet hatte. Als sie aufgeregt das Papier aufriss, kamen ein blitzblankes Gewehr und eine Schachtel mit Munition zum Vorschein.

»Oh, Dad! Ein eigenes Gewehr!«, rief sie aus und ließ die Hand bewundernd über den glatten Kolben und das schimmernde Metall gleiten. Sie drehte die Waffe um, betätigte das Verschlussstück und ließ es einrasten. Dann legte sie an und zielte. Nachdem sie das Gewehr schließlich vorsichtig auf dem Tisch abgelegt hatte, fiel sie ihrem Vater um den Hals. Da ihr von klein auf eingebläut worden war, wie gefährlich Schusswaffen sein konnten, hatte Cate großen Respekt vor ihnen. Inzwischen war sie eine ausgezeichnete Schützin, denn sie hatte anfangs mit einem Luftgewehr und später mit einem der Gewehre, die zur Ausstattung der Farm gehörten, geschossen. Doch wegen ihres unsteten Lebens – die Krankheit und der Tod ihrer Mutter, der Aufenthalt im Internat und die Heirat ihres Vaters mit Tahlia – hatte es sich nie ergeben, dass sie eine eigene Waffe besaß.

Mit leuchtenden Augen sah sie Brendan an. »Danke, Dad. Ich werde gut darauf achtgeben.« Sie küsste ihn auf die Wange und musterte ihn dann fragend. »Alles in Ordnung, Dad? Ich meine, wegen Tahlia und so?«

»Alles bestens, Catie, mein Schatz. Ich bin eben manchmal ein alter Brummbär. Tahlia braucht mehr Freiraum. Sie weiß, dass ich vor dem Viehtrieb nicht hier wegkann. Der Abstand wird uns beiden helfen, uns zu beruhigen und eine Lösung zu finden.« Das klang ernster, als er beabsichtigt hatte. »Aber ich möchte nicht, dass du dir über deinen dummen alten Dad den Kopf zerbrichst. Genieß deinen Geburtstag.« Er küsste ihr Haar, verließ die Küche und trat auf den Hof hinaus.

»Gib bloß mit dem Ding Acht. Vielleicht geht es ja los, wenn du nicht hinschaust«, frotzelte Parrot auf dem Weg nach draußen.

Cates Lächeln verschwand, als Dave herantrat. »Schau es dir ruhig an«, forderte sie ihn auf, fest entschlossen, sich von der herablassenden Art des Rucksackreisenden nicht aus der Reserve locken zu lassen.

Dave drehte das Gewehr vorsichtig hin und her. »Kannst du denn damit umgehen?«

»Das will ich schwer hoffen. Alle hier können schießen. Und du?«, entgegnete Cate mit unbewegter Miene, obwohl sie sich ein Grinsen kaum verkneifen konnte. Es war nämlich offensichtlich, dass Dave noch nie eine Waffe in der Hand gehabt hatte.

»Klar«, log er und bekam einen roten Hals.

»Gut, dann weißt du ja, dass du am besten genau das tust, was ich dir sage, wenn ich damit auf dich ziele«, verkündete Cate.

Dave starrte sie verdattert an. »Willst du mir etwa Angst machen?«

»Nein, ich wollte das nur klarstellen«, erwiderte Cate nonchalant. »Ach, und da wäre noch etwas. Wer zuletzt in der Küche ist, übernimmt den Abwasch!« Nachdem sie das Gewehr auf die große Kommode gelegt hatte, nahm sie ihren Akubra vom Hutständer und schlenderte mit einem Lied auf den Lippen in den sonnigen Tag hinaus. Dave blieb nichts anderes übrig, als Grace zur Hand zu gehen.

»Sie müssen netter zur Tochter des *muluga* sein. Sie kann nämlich ganz schön angriffslustig sein«, warnte Grace, als sie Dave ein Geschirrtuch reichte.

Auf der Suche nach Old Olive steuerte Cate auf den Lagerschuppen zu und fragte sich, in welcher Laune sie ihn wohl antreffen würde. Die Sonne lugte über den Horizont und beschien das Land mit ihren warmen gelben Strahlen. Die Luft war noch kühl. Cate mochte diese Tageszeit am liebsten.

Der Koch saß auf einem umgedrehten Mehlfass am Eingang des Schuppens und drehte sich missmutig eine Zigarette. Neben ihm parkte der zerbeulte Toyota-Pickup, mit dem die Vorräte transportiert werden sollten. Old Olive war Ende vierzig, sah aber aus wie sechzig. Er war klein und gedrungen und hatte schwarze Knopfaugen und schütteres graues Haar. Er hatte schon in vielen Basislagern überall im Territory gearbeitet und war berühmt für seine Kreationen, denn er war trotz seiner Launen ein begnadeter Koch, der Standardzutaten wie Reis, Kartoffeln, Gemüse und schlachtfrisches Rindfleisch mithilfe von geheimen chinesischen Gewürzmischungen in köstliche Eintöpfe und Currys verwandelte. Hinzu kam, dass er wundervolle Brötchen, Teekuchen und Plätzchen machte. Pökelfleisch, unvermeidlich in einem Klima, in dem Fleisch schon nach wenigen Tagen verdarb, wurde unter seinen Händen beinahe zu einer Delikatesse. Vor drei Jahren war Old Olive auf *Ironbark Station* erschienen, um seine Dienste anzubieten. Brendan hatte sofort zugegriffen, denn gute Köche waren rar gesät. Und wenn die Männer mit dem Essen zufrieden waren, arbeiteten sie besser. Cate wusste also, welches Glück sie mit Old Olive hatten, und dass es deshalb wichtig war, ihn bei Laune zu halten, um alles rechtzeitig für das Basislager vorzubereiten. Was sie allerdings ebenfalls wusste, war, dass er vom Packen für den Viehtrieb jedes Mal überfordert wurde, und man seiner Kopf-in-den-Sand-Mentalität, die er dann an den Tag legte, nur schwer beikommen konnte.

»Guten Morgen, Old Olive. Einen wunderschönen sonnigen Tag haben wir heute. Wollen wir mit dem Packen anfangen?«

»Warum bist du so gut gelaunt?«, brummte er mürrisch und ohne aufzublicken. Sorgfältig leckte er über das Zigarettenpapier, rollte die Zigarette zwischen den Fingern, biss das Ende ab, spuckte die Tabakkrümel aus und starrte missmutig darauf. Unbeirrt stieg Cate in den Pick-up und fuhr rückwärts an den Lagerschuppen heran.

»So steht er gut, was meinst du?«, rief sie und sprang aus dem Wagen. Widerstrebend erhob sich Old Olive und spähte in den Schuppen, wo sich entlang der Wände Dosen und Säcke türmten. Cate folgte ihm. »Wenn das alles ist, was du mitnimmst, bist du in einer halben Stunde startklar … War nur ein Witz«, fügte sie rasch hinzu, als sie sah, wie seine Miene sich verdüsterte. Dann hakte sie sich entschlossen bei ihm unter und zog ihn in den Schuppen. »Ich geh alles durch, du markierst«, befahl sie und reichte ihm einen dicken schwarzen Markierstift.

»Hast du ein Glück, dass du einen Koch hast, den du herumkommandieren kannst«, grummelte er, nahm den Stift und kratzte sich an einer seiner ledrigen, sonnenverbrannten Wangen, denen er seinen Spitznamen verdankte. Allerdings war sein Gesichtsausdruck schon viel versöhnlicher. Es dauerte nur eine Viertelstunde, die Dosen mit Mehl, Reis, Salz, Pfirsichen und Milchpulver, die Kartoffelsäcke und alles andere zu markieren, was er für seine einfachen und herzhaften Mahlzeiten brauchte. Froh, ihn auf Trab gebracht zu haben, griff Cate nach einem großen Reissack und hievte ihn in den Pick-up. Währenddessen kontrollierte Old Olive noch einmal seine Liste und begann, die markierten Dosen zu verladen. In diesem Moment kam Dave mit verdrießlicher Miene in den Hof geschlurft.

»Das ist Dave aus England«, stellte Cate ihn vor. »Er möchte bei uns Erfahrungen im Outback sammeln. Hier, die schwarz markierten Dosen müssen mit.« Sie deutete auf ein Regal.

»Eine Aushilfe! Hoffentlich stellt er sich geschickter an als sein Vorgänger«, knurrte Old Olive nach einem kurzen Blick auf Dave. Dieser sah Cate finster an.

»Als ob der sich kaputt schuften würde«, brummte er zurück. Dann griff er nach einem Sack Gemüse und machte sich zu Cates Erstaunen mit Schwung an die Arbeit.

Während des Einladens nörgelte Old Olive ununterbrochen. »Das ist alles viel zu viel. Warum müssen wir solche Mengen mitnehmen? Wir bleiben doch keine drei Monate weg. Wo hast du meine Kräuter und Gewürze hingetan? So viele Pfirsichdosen brauchen wir nicht. Oder soll ich diesen weinerlichen Bastarden jeden Abend ein Dessert servieren?«

Je mehr er sich beschwerte, desto entschlossener verbreitete Cate gute Laune. Ganz im Gegensatz zu Dave. Er war das frühe Aufstehen nicht gewöhnt, nicht so trainiert wie die anderen und vertrug außerdem die Hitze schlecht. Deshalb verließen ihn nach dem guten Start rasch die Kräfte, sodass er immer öfter eine Pause einlegen musste. Um von seinem mangelnden Arbeitseinsatz abzulenken, fing er an, Cate zu widersprechen, als Old Olive dieses und jenes nicht mitnehmen wollte.

»Wir brauchen die Sachen, Dave. Also mach weiter«, entgegnete Cate unwirsch und wischte sich mit dem Hemdsärmel den Schweiß von der Stirn. Die Temperatur stieg rasch. Nachdem sie einen Schluck aus ihrer Wasserflasche genommen hatte, hielt sie sie Dave hin, der sie jedoch ignorierte. Während sie die restlichen Kartoffelsäcke verluden, stichelte er immer weiter.

Begleitet von einer Schimpfkanonade, verstaute Cate sorgfältig Old Olives alten transportablen Herd, der sein ganzer Stolz war, und die übrigen Küchenutensilien zwischen den Säcken, damit sie auf der Fahrt zum Lager nicht beschädigt wurden oder verloren gingen. Auf einer anderen Farm hatte Old Olive nämlich fristlos gekündigt, nachdem ein Handlanger versehentlich die Kiste mit seinen Gerätschaften fallen gelassen hatte.

Ohne Koch kein Viehtrieb, dachte Cate und atmete erleichtert auf, als der Herd sicher verladen war.

»Hast du meine Messer eingepackt?«, fragte Old Olive.

»Habe ich«, erwiderte Cate, wohl wissend, dass er immer nervöser wurde, je näher der Aufbruch rückte. »Es ist alles da. Ich habe selbst nachgesehen. Du kannst es ja noch mal überprüfen, wenn du willst. Alles läuft wie am Schnürchen«, fügte Cate aufmunternd hinzu. »Wirst du wieder dein fantastisches Brot für uns backen?«

»Wir sind ja noch nicht mal losgefahren. Da werde ich mich hüten, irgendwelche Versprechungen zu machen.« Das stetige zornige Funkeln in Old Olives Augen wich einem verschlagenen Blick. »Na ja, Cate. Wenn du mir Tabak besorgst, backe ich dir Brot, so viel du willst.« Er grinste übers ganze Gesicht.

»Ach, herrje, können wir das hier jetzt endlich hinter uns bringen?«, stöhnte Dave, dem die gemächliche Gangart und die Unentschlossenheit des Kochs ebenso auf die Nerven gingen wie die Tatsache, dass er Anweisungen von einem Mädchen entgegennehmen musste.

Cate beachtete ihn nicht. »Du bekommst deinen Tabak und bäckst dafür dein leckeres Brot. Abgemacht.« Sie umarmte Old Olive und nahm noch einen Schluck aus der Wasserflasche, während er in den Schuppen zurückkehrte, um nachzusehen, ob sie etwas vergessen hatten. Cate schwitzte, und vom schweren Heben tat ihr der Rücken weh. Doch Old Olive hatte gute Laune – und sie waren fast fertig. Sie reckte die Arme und blickte über den Hof, als sie in der Ferne eine rote Staubwolke bemerkte, die rasch größer wurde. Sicher war das Alf in seinem alten Geländewagen, der gerade rechtzeitig zur Kaffeepause kam. Es wunderte sie, dass sie sich so darüber freute.

Alfredo Cristelli gehörte zu *Ironbark Station* seit Cate denken konnte. Als sie sechs Monate alt gewesen war, war Alfs Vater Santori Cristelli – sein Rufname war Santa – mit seiner rundlichen, dunkeläugigen und temperamentvollen Frau Gina und dem vierjährigen Alfredo auf die Farm gekommen, Santa als Vorarbeiter, sie als Köchin. Sobald Cate krabbeln konnte, war sie Alf nicht mehr von der Seite gewichen, und er wurde ihr Beschützer. Die Cristellis bekamen noch weitere Kinder, und die Kleinen wuchsen auf der Farm alle wie in einer großen Familie auf und tollten überall gemeinsam herum. Alf hatte von den beiden Männern, die er am meisten bewunderte und liebte – seinem Vater Santa und Cates Dad Brendan – alles gelernt, was man für die Arbeit auf der Farm brauchte. Santa, der gut mit Tieren umgehen konnte, brachte seinem Sohn bei, wie man die auf dem Gelände eingefangenen Wildpferde zuritt und brauchbare Arbeitspferde aus ihnen machte. Brendan erklärte Alf alles, was man wissen musste, um eine riesige abgelegene Rinderfarm wie die ihre zu betreiben. Sobald Alf alt genug war, stellte er ihn als Farmarbeiter ein, und als er mit den Füßen an die Ruderpedale der uralten Cessna heranreichte, gab er ihm die ersten Flugstunden. Alf legte sich mächtig ins Zeug und wurde bald Brendans bester Mann. Die beiden Familien waren unzertrennlich. Die temperamentvolle Gina und die immer zu einem Spaß aufgelegte Mary unterstützten sich gegenseitig, wo sie nur konnten. Als Mary erkrankte, half Gina bei der Pflege und schwor, immer für Cate da zu sein. Nach Marys Tod hatte die ganze Cristelli-Familie gemeinsam mit Brendan und seiner Tochter getrauert.

Die Tragödie war kaum vorbei, als Santa bei einem Unfall mit einem Traktor nur knapp mit dem Leben davonkam. Seitdem ging er an Krücken.

Dass er seinen Aufgaben als Vorarbeiter nun nicht mehr nachkommen konnte, bedrückte ihn sehr. Er kündigte und zog mit seiner Familie auf eine einige Hundert Kilometer entfernte Farm, wo er Mangos anbaute. Alf war auf der *Ironback Station* geblieben, arbeitete aber nur vier Tage pro Woche, um seinen Eltern beim Aufbau der Mangoplantage zu helfen. Anfangs hatte der Wegzug der Cristellis eine schmerzliche Lücke in Cates Leben hinterlassen. Doch dann hatte Brendan Tahlia geheiratet, und irgendwann gewöhnte sich Cate daran, dass sie nun eine eigene kleine Familie waren und dass die Zeiten des Trubels im Haus vorbei waren.

Die Staubwolke wurde größer, als sich das Fahrzeug näherte. Cates Herz machte vor Freude einen Satz, als sie erkannte, dass es sich um das Familienauto der Cristellis handelte. Gina, Santa und ihre vier anderen Kinder hatten Alf begleitet, um ihr zum Geburtstag zu gratulieren. Der Wagen stand kaum, als Gina schon heraussprang, ihre beiden halbwüchsigen Söhne Mario und Pedro anwies, auf ihren fünfjährigen Bruder Luciano aufzupassen, und ihnen gleichzeitig Päckchen in die Hand drückte. Nebenbei instruierte sie die sechzehnjährigen Lucia, trieb alle zur Eile an und ermahnte sie, nur ja nichts fallen zu lassen.«

»Hallo, Gina!«, rief Cate und wurde sofort liebevoll umarmt und in eine Wolke von Moschusparfüm gehüllt.

»Ach, Catie, *bambina*. Alles Gute! Ich habe dich so lange nicht gesehen. Und jedes Mal bist du noch schöner. Findest du nicht, Santori?«

»Herzlichen Glückwunsch, *bella* Catie!«, rief Santa und winkte ihr mit einer Krücke zu, während er sich langsam mit der anderen aus dem Auto stemmte. Wie immer lehnte er jede Hilfe ab.

»Er wird es auch noch hierher schaffen, der alte Trödler«, schnatterte Gina weiter, warf die Hände in die Luft und umfasste schließlich Caties Wangen. Nachdem sie auf jede Seite einen Kuss gedrückt hatte, drehte sie Cates Handflächen nach oben und schnalzte beim Anblick der Schwielen missbilligend mit der Zunge. »Warum überlässt du die Arbeit heute nicht den Männern? Du hast Geburtstag. Weshalb muss sie sich an ihrem Geburtstag so abschuften? Ich muss mal mit Brendan ein Hühnchen rupfen.« Sie winkte Alf heran. »Komm, Alfredo, zeig es ihr. Wir haben dir nämlich eine kleine Geburtstagsüberraschung mitgebracht.«

Alf holte einen kleinen grellorangefarbenen Klapptisch von der Ladefläche und baute ihn mitten im Hof auf.

»Alles Gute zum Geburtstag, Cate«, sagte er lächelnd und dachte, dass sie einfach hinreißend aussah.

Rasch breitete Gina eine kleine weiße Spitzentischdecke über den hässlichen Plastiktisch. Lucia stellte einen großen

Pappkarton darauf. Inzwischen waren alle Arbeiten zum Erliegen gekommen. Die Männer bildeten einen Kreis, um das Spektakel zu beobachten.

»Es war Mums Idee herzukommen. Alles Gute«, seufzte Lucia ein wenig atemlos.

»Alles Gute zum Geburtstag, Cate«, riefen die anderen Cristellis im Chor.

»Was für eine schöne Überraschung!« Cate strahlte übers ganze Gesicht, als sie vorsichtig den Deckel lupfte. Beim Anblick der riesigen Schokoladentorte, kunstvoll geschmückt mit violetten und weißen Blumen und Glasurkringeln, leuchteten ihre Augen auf. *Alles Gute zum Geburtstag, Cate*, stand in weißer Zuckergussschrift darauf. Gina war zwar für ihre dekorierten Torten berühmt, doch heute hatte sie sich selbst übertroffen. »Oh, danke, Gina, vielen Dank euch allen.« Cate pflückte ein winziges Schokoplättchen ab und steckte es in den Mund. »Lecker!«

Gina gab ihr einen tadelnden Klaps aufs Handgelenk. »Zuerst musst du dir was wünschen. Danach schneidest du den Kuchen an. Anschließend bekommt jeder ein Stück, und erst dann wird gegessen.«

»Mum! Es ist ihre Torte«, stöhnte Alf auf.

»Nein, nein, sie muss es richtig machen«, beharrte Gina. »Ich schneide den Kuchen gleich an. Aber zuerst, Alfredo, musst du Cate ihr Geschenk geben. Hol es!«

»Später, Mum, später«, erwiderte Alf leise, weil er nicht wollte, dass alle anderen mithörten.

»Was meinst du mit später?« Gina hielt einen Moment inne. »Oh, ich verstehe! Du willst warten, bis ihr allein seid. Nur ihr beide. Wie romantisch. Sehr hübsch.« Dann jedoch schüttelte sie den Kopf. »Nein, du gibst es ihr jetzt. Alle sollen es sehen und sich mit dir freuen!«, befahl sie.

Alf, dem klar wurde, dass jeglicher Widerstand zwecklos war, verschwand hinter dem Wagen. Als er wieder auftauchte, hatte er ein kleines Bündel im Arm. »Herzlichen Glückwunsch, Cate«, sagte er und ließ seine Augen liebevoll auf ihrem Gesicht ruhen.

Beim Anblick des winzigen Cattle-Dog-Welpen in seinen Armen formten sich Cates Lippen zu einem lautlosen »Oh«.

»Ich habe schon angefangen, sie zu trainieren. Sie ist sehr klug. Eine Tochter von Sophie«, erklärte Alf. Sophie war Santas beste Arbeitshündin. »Hier.« Er hielt Cate das Hündchen hin, das gähnte, sich streckte und sofort versuchte, auf Cates Arm zu klettern. Dann leckte es ihr über das Gesicht und steckte den Kopf in ihre Bluse. Cate kicherte, als die feuchte weiche Nase und die rosafarbene Zunge sie kitzelten. Glücklich drückte sie den Welpen an sich.

»Ach, bist du hübsch!«, rief sie aus. »Hübsch und knuddelig – zum Abknutschen!«, lachte sie, als der Welpe sie wieder ableckte. »Ich werde dich Smoocher nennen!«, verkündete sie und streichelte das weiche Fell des Tieres.

»Sie ist so intelligent wie ihre Mutter. Wenn du sie gut erziehst, wird sie dich nie im Stich lassen. Alles Gute zum Geburtstag!«, sagte Santa. Er nahm beide Krücken in die linke Hand, legte Cate den Arm um die Schulter und drückte ihr einen dicken Kuss auf die Wange.

»Und jetzt essen wir den Kuchen!«, ergriff Gina das Wort. Sie schwenkte ein großes Messer und scheuchte Cate zum

Tisch. Nachdem Cate den Kuchen angeschnitten und sich etwas gewünscht hatte, verteilten Gina und Lucia die Stücke rasch auf Papierservietten und reichten sie herum.

»Okay, Jungs, jetzt ist offiziell Pause«, meinte Brendan schmunzelnd und biss von seinem Tortenstück ab. Alle lachten.

»Hmmm, nicht schlecht für eine Frau«, lobte Old Olive kichernd und leckte sich den Rest Schokoglasur von den Fingern. Gina strahlte vor Freude.

»So, Cate, hat sonst jemand von diesen nichtsnutzigen Faulpelzen daran gedacht, dir etwas zu schenken?«, fragte Lucia und umarmte Cate. Die beiden Mädchen waren schon von frühester Kindheit an enge Freundinnen und vertrauten einander fast alles an.

»Warte«, nuschelte Cate mit vollem Mund. »Hier, nimm Smoocher.« Sie reichte Lucia den Hund und steckte den letzten Bissen Torte in den Mund. Nachdem sie sich die Schokoladenfinger an den Jeans abgewischt hatte, lief sie ins Haus und kehrte mit ihrem neuen Gewehr zurück, das sie stolz allen zeigte. Von denen, die bei der Übergabe des Geschenks nicht in der Küche gewesen waren, musste sie weitere Hänseleien über sich ergehen lassen.

»Gib uns eine Kostprobe von deinen Schießkünsten! Was hältst du von Kakadusuppe zum Abendessen?«, rief Dave, der lässig an einem alten Lastwagen lehnte. Er wies auf zwei Vögel mit roten Bäuchen, die eben von einer nahe gelegenen Koppel aufgeflogen waren.

»Die tun niemandem etwas und sind außerdem viel zu schön«, entgegnete Cate vergnügt. »Aber über ein Kaninchenragout ließe sich reden.«

Plötzlich begann Smoocher zu winseln und fing dann mit gesträubtem Fell lautstark zu bellen an.

»Was hast du denn, meine Kleine?«, fragte Lucia besorgt. Als Cate die Hand nach dem Welpen ausstreckte, zappelte die kleine Hündin und jaulte noch erbärmlicher. Offenbar hatte sie große Angst. Rasch ließ Cate den Blick über die Runde schweifen, bis er an Dave hängen blieb.

»Dave, rühr dich nicht von der Stelle!«, schrie sie und zielte mit dem Gewehr auf seinen Fuß. Dave erstarrte, als eine Kugel an ihm vorbeipfiff und seinen linken Stiefel nur um Haaresbreite verfehlte.

»Verdammt! Was soll das? Beinahe hättest du mir den Fuß weggeschossen, du blöde Kuh!« Er war weiß wie ein Leintuch. »Wollen Sie zulassen, dass sie uns alle über den Haufen ballert?«, wandte er sich wütend an Brendan.

In aller Seelenruhe ging Old Olive zu ihm hinüber und hob den noch zuckenden Körper einer großen Schlange auf. Ihr Kopf war vollständig zerfetzt. »Eine Mulgaschlange, sehr giftig. Und als Suppeneinlage taugt sie auch nicht«, sagte er und warf das Reptil über den Zaun der nächsten Koppel. »Du solltest dich bei Cate bedanken. Ohne sie wärst du jetzt genauso tot wie dieses Tier.« Lautstark klopfte er sich den Staub von den Händen. Dave wurde noch blasser, um dann vor Verlegenheit feuerrot anzulaufen.

»Äh, entschuldige, Cate … danke«, stammelte er. Im nächsten Moment eilte Gina mit einem Glas Wasser herbei, bugsierte ihn auf einen Stuhl und fing an, ihn zu bemuttern.

Cate feixte in sich hinein. Auch wenn sie und Dave vermutlich nie gute Freunde werden würden, würde er ihr in

Zukunft sicher keinen Ärger mehr machen. Als sie Alfs Blick auffing, bemerkte sie, dass er mit einem Lachanfall kämpfte. Sie nahm sich vor, ihm später die ganze Geschichte zu erzählen und sich noch einmal richtig für den niedlichen Welpen zu bedanken. Jetzt musste sie erst einmal Old Olive zum Aufbruch drängen, das Verbandszeug zusammenpacken und sich vergewissern, dass alles bereit war, damit es am nächsten Tag bei Morgengrauen losgehen konnte. Die Vorstellung, an Alfs Seite den Pfad hinunterzureiten, machte sie unerwartet froh.

4

Cate trabte mit Chocolate von der Koppel auf den Pfad, der vom Haus wegführte. Die Strahlen der Morgensonne fingen sich in ihrem langen kastanienbraunen Haar, das unter dem Akubra-Hut hervorlugte, und ließen es kupferrot leuchten. Aus der Staubwolke vor ihr konnte sie schließen, dass die acht Farmarbeiter mit den zwanzig Pferden bereits auf dem Weg zu dem drei Stunden entfernten Platz für die Pferche von *Ironbark Station* waren. Um die Rinder nicht zu sehr zu ermüden, würde man die mobilen Pferche nämlich vor Ort aufbauen, wo man auch das Vieh zusammentreiben wollte, bevor man die Tiere, die verkauft werden sollten, in große Viehtransporter verlud.

Vergnügt machte Cate es sich im Sattel bequem und trieb den lebhaften Chocolate zu einem leichten Galopp an. Sie sang einen ihrer liebsten Country-Songs – »Fooling around« von Beccy Cole – vor sich hin. Auf genau diesen Moment hatte sie sich gefreut. Der Viehtrieb würde anstrengend, aber aufregend werden. Die Nächte würden sie unter den Sternen verbringen. Und all die Sorgen der letzten Tage wären eine Zeit lang vergessen. Diesmal hatte Brendan ihr mehr Verantwortung übertragen, und Alf behandelte sie endlich wie eine Erwachsene. Kurz wünschte sie sich fast, er würde sie wie seine Freundin behandeln. Doch im nächsten Moment wurde ihr klar, dass das ihr Leben viel zu sehr komplizieren würde. Männer sahen es nämlich meist nicht gerne, wenn ihre Freundinnen oder Ehefrauen hier draußen mit anpackten, und Cate hatte nun einmal Freude daran, bei den Tieren zu sein, beim Sortieren und dem Anbringen von Brandzeichen zu helfen und von früh bis spät Wasserlöcher zu kontrollieren oder Zäune zu flicken. Die Arbeit auf der Farm war ihr Lebenselixier. Allerdings würde sie ohnehin nie in Verlegenheit geraten, sich entscheiden zu müssen, denn Lucia hatte ihr anvertraut, dass Alf und ihre Freundin Marcella letzte Woche stundenlang zusammen unter dem großen Feigenbaum vor dem Haus der Cristellis gesessen hätten. Marcella schwärmte schon seit Jahren für Alf, und Lucia war überzeugt, dass ihr Bruder nun endlich im Begriff war, sein Herz zu verlieren.

Mit einem Seufzer fragte sich Cate, wie es wohl sein mochte, bis über beide Ohren verliebt zu sein – dieses intensive, alles in den Schatten stellende Gefühl, das dafür sorgte, dass man jedes Mal beim Anblick des Geliebten Herzklopfen bekam. Wie war es wohl, jemanden so gut zu kennen, dass man seine Gedanken lesen konnte und für immer zusammenbleiben wollte, wie die Figuren in den Romanen, die sie so gerne las? Ein nistendes Pärchen Inkakakadus kreuzte ihren Weg. Ihre majestätischen orangeroten Kämme leuchteten im Sonnenlicht. Cate beobachtete, wie die Vögel auf einem im Wind schwankenden dünnen Ast landeten. Genau! Liebe war keine alberne romantische Wunschvorstellung, sagte sie sich, sondern ein Teil der Natur. Das sah man ja an diesen prachtvollen Vögeln, die ein Leben lang ein Paar blieben.

Eines Tages werde ich mich in jemanden verlieben, der mich in den Sonnenuntergang hineinträgt, dachte Cate.

Das Rattern von Brendans »Bullenfänger«, einem verbeulten Toyota mit Allradantrieb und ohne Türen und Dach, der wie gewöhnlich zum Viehtrieb eingesetzt wurde, riss sie aus ihren Träumereien. An den Stoßstangen und den Seiten des Wagens waren alte Autoreifen befestigt, um Stöße abzufangen. An einer Seite befand sich ein mechanischer Greifarm, der die Bullen festhielt. Brendan trug das braunrosa karierte Hemd, das Cate ihm zum Geburtstag geschenkt hatte. Er hatte die Ärmel bis zu den Ellenbogen hochgerollt. Der breitkrempige Akubra saß in einem verwegenen Winkel auf seinem Kopf. Cate fand, dass ihr Vater noch nie besser ausgesehen hatte. Das schalkhafte Funkeln war wieder in seine Augen zurückgekehrt. Der Viehtrieb machte ihm ebenso viel Spaß wie ihr.

»Ich dachte, ich zeige David mal, wie das hier bei uns so läuft«, verkündete Brendan grinsend und wies mit dem Kopf auf seinen Beifahrer. Trotz des dröhnenden Motorenlärms war eine Fahrt im Bullenfänger für Besucher im Outback stets ein großes Abenteuer. »Nur damit du Bescheid weißt: Old Olives Pick-up und drei weitere Fahrzeuge sind auf dem Weg zum Lagerplatz. Bob fährt den Laster mit den Einzelgattern für die Pferche. Nick und sein Cousin Sam transportieren das Werkzeug, die Medikamente und das Gepäck. Und wir sind auch noch da. Old Olive hat das Basislager in der Nähe des Wasserlochs aufgeschlagen. In etwa einer Stunde sind wir dort und können anfangen, uns einzurichten. Alf ist mit den Pferden aufgebrochen.«

Nickend nahm Cate die Informationen zur Kenntnis.

»Dann sehen wir uns ja in ein paar Stunden. Seid vorsichtig an den steilen Stellen.« Es war offensichtlich, dass Dave ihrem Vater auch auf die Nerven ging. Nun, nach einer Fahrt im Bullenfänger würde der junge Mann sicher zahmer sein.

Während Cate auf Chocolate den Arbeitern und den Pferden folgte, spürte sie die Kraft des schönen und sicher ausschreitenden Tiers unter sich. Auf das Knallen einer Peitsche hörte sie ein Wiehern, als die Männer die Tiere mit sanfter Gewalt den Pfad entlangtrieben. Alf kam auf einem eleganten roten Wallach, gefolgt von einer Staubwolke, auf sie zugeprescht. In seinem verwaschenen Khakihemd, den alten Jeans und den braunen Lederstiefeln von R. M. Williams, auf die er so lange gespart hatte, sah er aus wie der Inbegriff eines australischen Abenteurers.

»Hallo, Cate. Wie geht es Smoocher?« Er wendete sein Pferd und trabte neben ihr her. Ein Lächeln funkelte in seinen dunklen Augen.

Cate grinste ihn an und betrachtete sein ebenmäßiges Gesicht. Es überraschte sie, dass die Vorstellung, Marcella und ihn zusammen zu sehen, sie so eifersüchtig werden ließ.

»Sie ist niedlich und kuschelig. Dass ich sie nicht mitnehmen konnte, ist für mich der einzige Wermutstropfen an der ganzen Sache hier.« Das verstörende Gefühl verflog, als sie von ihrem neuen Welpen berichtete. »Parrot hat versprochen, auf sie aufzupassen, während ich weg bin. Als ich losritt, lag sie gerade unter dem alten Holden, und sie kaute an seinem Ohr. Apropos … Hoffentlich seid ihr trotz meines Geburtstags mit der Planiermaschine fertig geworden.«

»Welche Planiermaschine?«, fragte Alf verdutzt zurück.

»Die, die ihr euch endlich zugelegt habt, um die Straße

zu eurer Farm zu befestigen? Ich verstehe nur nicht, wann du und Santa überhaupt Zeit hattet, sie zu reparieren.«

»Ach, *die* Planiermaschine meinst du!«, erwiderte Alf in gespielter Arglosigkeit.

»Ja, *die* Planiermaschine. Dad sagte … Moment mal …« Endlich fiel bei ihr der Groschen. »Es gibt gar keine Planiermaschine, stimmt's?«

»Äh … ja, doch …«

»Oh, Alf, du bist so ein miserabler Lügner.« Cate ritt näher an ihn heran und versetzte ihm einen scherzhaften Klaps auf den Arm. »Raus mit der Sprache! Das war eine Verschwörung zwischen dir und Dad.«

»Tja, vielleicht«, räumte Alf verlegen ein. Als sein Bein zufällig das ihre streifte, erschauderte er wohlig. »Eigentlich war es Mums Idee, die Torte zu backen und dir einen Überraschungsbesuch abzustatten. Du weißt ja, dass sie dramatische Auftritte liebt. Und als Tahlia dann abgehauen ist, dachte Mum, der Weltuntergang sei gekommen. Also musste ich nach Hause fahren, um sie zu beruhigen. Brendan hat sich die Ausrede mit der Planiermaschine ausgedacht, damit du nicht fragst, wo ich bin, und ihm damit die Überraschung verdirbst.«

»Ich fand gleich, dass er deine Verspätung erstaunlich locker genommen hat. Ihr beiden Geheimniskrämer! Trotzdem danke. Es war ein wunderschöner Geburtstag.«

»Keine Ursache. Für dich tu ich doch alles, Cate«, erwiderte Alf liebevoll.

Cate errötete, als sie merkte, was für einen angenehmen Schauer sein Tonfall bei ihr auslöste. »Lust auf ein Rennen?«, fragte sie, um ihre Verlegenheit zu verbergen.

Seite an Seite galoppierten sie den harten trockenen Pfad entlang, wobei sie Schlaglöchern und Felsen ausweichen mussten. Zweige schnellten ihnen ins Gesicht, als sie so dahinpreschten. Nach zehn Minuten wurden sie langsamer. Ihre Wangen waren gerötet, das glatte Fell ihrer Pferde glänzte von Schweiß. Lachend hörte ihr Alf zu, als sie von Daves Allüren erzählte. Doch als Cate ihm berichtete, sie mache sich Sorgen um die Ehe ihres Vaters mit Tahlia, wurde er ernst.

»Dad behauptet, es wäre alles bestens, aber ich glaube ihm nicht. Ich denke, diesmal befürchtet er wirklich, dass sie geht. Und ich habe ein schlechtes Gewissen, denn schließlich war ich der Anlass für das Ganze«, fügte sie hinzu, froh, sich endlich mit jemandem aussprechen zu können.

»Mach dir keine Vorwürfe. Ich bin mir sicher, dass dein Dad das auch nicht tut«, meinte Alf tröstend.

»Du hast recht. Grübeln hilft da auch nicht viel.« Allerdings änderte das nichts an ihren Schuldgefühlen. Schweigend und in Gedanken versunken ritten sie weiter.

»Nächsten Monat findet der Junggesellenball der Viehzüchtervereinigung statt«, verkündete Alf nach einer Weile. »Lucia versucht ständig, mich mit ihren Freundinnen zu verkuppeln. Kommst du mit und beschützt mich vor ihnen?«

»Was für eine Einladung ist das denn?«, empörte sich Cate, der zu ihrer Bestürzung wieder das Bild von Alf und Marcella vor Augen stand. Diese Bälle gehörten hier im Busch zu den wichtigsten gesellschaftlichen Ereignissen. Es wurde bis zum frühen Morgengrauen gefeiert, und am nächsten Tag gab es ein stärkendes Frühstück. Das Fest war ein beliebtes Jagdgebiet für junge Leute, die auf Partnersuche waren.

»Wenn du es genau wissen willst: Mum möchte, dass ich als Aufpasser für Lucia hingehe«, gab Alf zu. »Also, was ist? Wirst du meine Tanzpartnerin?«

»Aha! Der große Bruder als Sittenwächter! Das hat Lucia aber ganz anders dargestellt!«

»Welche Gerüchte verbreitet mein Schwesterherz denn jetzt wieder?«

»Ach, nichts, war nur ein Witz«, antwortete Cate, denn gerade war ihr eingefallen, dass Lucia es ihr ja im Vertrauen gesagt hatte und sie Alf nichts davon erzählen durfte. Obwohl sie seine Einladung gern angenommen hätte, wusste sie, dass er nur nett sein wollte und sicher lieber mit Marcella hingegangen wäre. »Ich muss schauen, was mein Dad nach dem Viehtrieb mit mir vorhat«, flüchtete sie sich deshalb in eine Ausrede.

»Offenbar war das keine sehr romantische Methode, sich mit einem Mädchen zu verabreden«, meinte Alf, der die plötzliche Spannung zwischen ihnen spürte. Als sie beide lachten, verflog die Beklommenheit zwar rasch, doch Cates Reaktionen hatten Alf davon überzeugt, dass sie seine Gefühle nicht erwiderte.

Er ritt kurz voraus, um nach den Pferden und den Männern zu sehen, und kehrte dann zu Cate zurück. Durch steile Schluchten und ausgetrocknete Flussbette trabten sie über das weite Land. Wenn der Weg unter Bäumen hindurchführte, umschloss sie kühler Schatten. In der Ebene, die sich eindrucksvoll bis zum Horizont erstreckte, wärmte die Sonne ihre Rücken. Cate fand, dass der Ritt im Handumdrehen vorbei gewesen war, als sie die Stelle erreichten, wo die transportablen Pferche aufgebaut werden sollten. Sie schaute sich um, doch zu ihrem Erstaunen fehlte vom Bullenfänger jede Spur. Die Männer und die Pferde steuerten auf das Wasserloch zu und wirbelten dabei Staub auf, der träge in der Luft hing.

»Die anderen müssten schon längst hier sein.« Cate ließ den Blick über die idyllischen Hügelausläufer schweifen, die, glatt geschliffen von Millionen Jahren Wind und Wetter, ins uralte Hochgebirge anstiegen. Die schroffe Schönheit dieser Landschaft war atemberaubend, dachte Cate. Aber für Menschen, die sich hier nicht auskannten, konnte sie zur tückischen Falle werden.

Alf zuckte die Achseln. »Vielleicht hatten sie eine Panne.«

Da die Straßenverhältnisse schlecht und die meisten Fahrzeuge ziemlich alt waren, kam etwas Derartiges häufig vor. Cates Besorgnis legte sich ein wenig. Sicher hatten sie einen platten Reifen. Durchgeschwitzt und durstig wie sie war, folgte sie Alf durch das Gebüsch zum Wasserloch, wo sie abstieg und Chocolate zum Ufer führte, damit er aus dem kristallklaren Becken trinken konnte. Als das Pferd zufrieden wiehernd den Kopf schüttelte, bekam Cate eine kalte Dusche ab. Lachend tätschelte sie ihm den Hals, nahm ihre Wasserflasche aus der Satteltasche und tat einen großen Schluck. Sie sah Old Olive an einem aus Baumstümpfen und einer mitgebrachten alten Tür gebauten Tisch sitzen. Seine Arme steckten bis zu den Ellenbogen im Mehl, und es war offensichtlich, dass er seit seiner Ankunft am Vorabend ganze Arbeit geleistet hatte. Zur linken Seite hatte er eine Plane zwischen zwei junge Bäume gespannt, sodass ein Zelt entstand, wo, ordentlich aufgereiht, seine Kochtöpfe lagerten. Über dem großen Lagerfeuer, das nach der Glut zu urteilen bereits seit einer Weile brannte, hing sein riesiger Kessel. Der Pick-up mit dem Proviant parkte im Schatten eines großen Eukalyptusbaums. »Anscheinend hat er sich beruhigt. Womöglich kriegen wir sogar etwas zu essen«, sagte Cate zu Alf. Nachdem sie Chocolates Vorderläufe zusammengebunden hatte, ging sie zu dem Koch hinüber. »Besteht Hoffnung auf ein Tässchen Tee?«, fragte sie.

»Hast du meinen Tabak mitgebracht?«, entgegnete Old Olive, ohne aufzublicken.

»Er ist in meinem Gepäck im Lastwagen. Ich hole ihn, sobald die anderen da sind. Außerdem ist der Tee außerhalb von unserer Abmachung«, erwiderte Cate vergnügt.

Old Olive ließ sich erweichen. »Dieses Mal will ich noch ein Auge zudrücken«, meinte er kopfschüttelnd und zwinkerte ihr zu. Dann schenkte er ihr einen Becher starken schwarzen Tee ein. Cate leerte ihn durstig und ließ sich dann im Schatten eines riesigen Feigenbaums nieder, wo sie sich gähnend streckte und sich dann, einen Arm unter dem Kopf, auf den Rücken legte. Sie hatte ganz vergessen, wie schmerzhaft steif sie sich stets nach dem ersten langen Ritt fühlte. Sie sah etwas rot und grün aufblitzen, als zwei Papageien aus einem Baum aufflogen. Kleine gelbgrüne Wellensittiche saßen am Rand des Wasserlochs, wo die Pferde tranken. Alles war so still und friedlich. Morgen würde es hier ganz anders aussehen. Seufzend zog Cate sich den Akubra übers Gesicht und nickte ein. Als ein Schatten auf sie fiel, fuhr sie erschrocken hoch und schaute auf die Uhr. Ach herrje, sie hatte fast eine Stunde lang geschlafen! Alf stand vor ihr.

»So, schläfst du jetzt schon bei der Arbeit?«, frotzelte er. »Dir ist hoffentlich klar, dass ich dein Chef bin, wenn dein Dad nicht da ist.«

»Ich habe mich nur ein bisschen ausgeruht. Werd bloß nicht frech.« Cate stand auf und schüttelte sich das Laub aus den Kleidern. »Sind die anderen schon da?«, fragte sie besorgt. Alf schüttelte den Kopf. »Wo stecken sie nur?«

Alf schaute auf die Uhr. Abgesehen davon, dass er sich ebenfalls Sorgen machte, wusste er auch, dass es fast einen ganzen Tag dauern würde, die Pferche aufzubauen. Inzwischen war der Vormittag schon zur Hälfte vorbei. Als er und Cate es gerade richtig mit der Angst zu tun bekamen, brach der Bullenfänger aus dem Gebüsch und blieb klappernd und mit lautem Getriebeknirschen neben ihnen stehen. Brendan und Dave stiegen aus.

»Was für eine Fahrt!«, rief Dave und grinste von einem Ohr zum anderen.

»Wir hatten eine Reifenpanne«, erklärte Brendan, der abgehetzt wirkte. »Der Laster mit der Ausrüstung kommt in einer Viertelstunde nach. Unterwegs ist der Kühler heiß geworden, deshalb mussten wir langsamer fahren. Hoffentlich können wir ihn hier auf ebenem Gelände reparieren. Nick ist dort geblieben.«

Fünfzehn Minuten später erschien Nick tatsächlich mit dem Truck, der das Werkzeug und das Gepäck geladen hatte. Ihm folgte im Schritttempo der Wagen mit den Elementen für die Pferche. Ein durchgeschwitzter Bob Mullins kletterte aus dem Führerhaus und kroch unter den Wagen.

»Die Ölwanne ist trocken«, teilte er Brendan mit, als er wieder zum Vorschein kam. Brendan stieß einen leisen Fluch aus. Sie hatten zwar stets Motoröl dabei, allerdings zu wenig zum kompletten Auffüllen der Ölwanne. Offenbar war der Schaden schon bei der ersten felsigen Steigung entstanden. Natürlich war ein solches Missgeschick bei einem Viehtrieb immer möglich, auch wenn sie bis jetzt davon verschont geblieben waren. Ein Glück, dass es wenigstens nicht zu einem Getriebeschaden gekommen war.

»Schon gut, Bob. Ich fahre noch einmal zurück und hole Öl«, meinte Brendan, nachdem er die Ölwanne selbst überprüft hatte. »Alf, du hast währenddessen hier das Kommando. Ich nehme den Bullenfänger, den brauchen wir erst morgen wieder hier. Dave, du hilfst beim Abladen. Cate, du bist brav!« Er küsste sie auf die Wange. »Wir sehen uns morgen Früh.« Er stieg wieder in den Bullenfänger, drehte den Zündschlüssel, betätigte geräuschvoll die Kupplung und fuhr mit dröhnendem Motor davon.

»Also Leute, jetzt müssen wir uns ranhalten!«, befahl Alf, wohl wissend, wie viel Zeit sie schon verloren hatten. »Offenbar bin ich heute wirklich dein Chef«, fügte er, grinsend an Cate gewandt, hinzu.

Cate erwiderte sein Lächeln und beobachtete dann mit Genugtuung, wie Dave die schweren Paneele ablud, denn sie hatte ihm sein Gemecker am Vorratsschuppen noch nicht verziehen. Doch als ihr Blick auf Bob Mullins fiel, der Sam eben anwies, zwei der Elemente zusammenzustecken, verdüsterte sich ihre Miene. Cate wusste genau, dass Brendan diesen Mann nur deshalb immer wieder beschäftigte, weil er ein ausgezeichneter Viehtreiber war und ihm viel

Geld sparte. Bob war ein schwieriger und reizbarer Mann von Ende vierzig, der fand, dass Frauen hier nichts zu suchen hatten. Er weigerte sich strikt, eine Frau als Chefin zu akzeptieren, und machte keinen Hehl daraus, dass er Cates Teilnahme am Viehtrieb nicht guthieß. Allerdings hatte er ein ausgezeichnetes Händchen für Rinder und war ein guter Arbeiter, weshalb Brendan ihn schätzte.

Fest entschlossen, sich von Bob nicht aus der Ruhe bringen zu lassen, trank Cate noch einen großen Schluck aus ihrer Wasserflasche. Dann nahm sie einen Hammer von dem Werkzeughaufen auf dem Boden, vertrieb die Fliegen aus ihrem Gesicht und marschierte in die entgegengesetzte Richtung davon.

Nachdem alle Pferche aufgebaut waren, würde es Cates Aufgabe sein, alles zu kontrollieren und sich zu vergewissern, dass die Einzelgatter sicher befestigt waren. »Ich verlasse mich auf dich, Cate«, hatte ihr Vater vor dem Aufbruch gesagt. Obwohl Brendan die Pferche sicher noch einmal überprüfen würde, war Cate stolz darauf, dass er ihr die Verantwortung für einen so wichtigen Bereich übertragen hatte.

Die Teile der Einfriedung, die Raum für mehrere Tausend Rinder bot, passten zusammen wie bei einem Puzzle. Dennoch bestand stets die Gefahr, dass ein wegen der beengten Platzverhältnisse wütender Stier eines der Elemente aushebelte, sich durch die so entstandene Lücke zwängte und die ganze Herde in die Freiheit führte. Um das zu vermeiden, war es nötig, die zusammengesteckten Teile zusätzlich fest mit Draht zu sichern. Cate sollte sich vergewissern, dass keines vergessen worden war.

Am späten Vormittag kam ein gut gelaunter Old Olive angefahren und brachte einen großen Kessel mit heißem Tee und einen Karton frisch gebackener Rosinenbrötchen mit. »Pause!«, verkündete er, worauf alle das Werkzeug weglegten und zugriffen. Cate zog zwei Päckchen Tabak aus ihrer Tasche und überreichte sie Old Olive. »Dein vereinbarter Lohn«, sagte sie und nahm sich ein Brötchen, während Old Olive erfreut an den Päckchen roch.

Abgesehen von einem kurzen Mittagessen, bestehend aus einem Steaksandwich und einer weiteren Tasse Tee, arbeiteten sie den ganzen langen heißen Tag über ohne Unterbrechung. Als der Abend dämmerte, war der Pferch noch immer nicht fertig, und die Männer wurden müde. Alf und Nick bauten an dem trichterförmigen Eingang zum Pferch, durch den man die Herde hineintreiben würde. Sie entrollten lange Bahnen aus Maschendraht und befestigten sie zu beiden Seiten des Einlasses am Boden. Anschließend wurde das Ganze mit Rupfen verkleidet, um die Rinder glauben zu machen, dass sie eine feste Mauer vor sich hatten. Als die Sonne den Himmel in prachtvollen Rot-, Rosa- und Orangetönen einfärbte und dann erschöpft am Horizont versank, begann Cate, systematisch die Umzäunung zu kontrollieren, wobei sie versuchte, ihre Gliederschmerzen zu ignorieren. Sie war fast fertig, als Nick auf sie zugerannt kam.

»Wo ist der Verbandskasten? Alf hat sich an einem rostigen Metallteil geschnitten und blutet wie verrückt!«, schrie er.

»Im Werkzeuglaster!« Cates Müdigkeit war wie weggeblasen, als sie zum Wagen eilte. Sie rief Nick zu, er solle einsteigen, sprang auf den Fahrersitz und brauste zum anderen

Ende des halb fertigen Eingangs, wo Nick und Alf gearbeitet hatten. Alf lehnte an einem Pfosten und presste ein blutiges Taschentuch auf eine Stelle dicht unterhalb des rechten Knies. Den Verbandskasten und eine Flasche Wasser in der Hand, hastete Cate zu ihm hinüber. Sie bemerkte einen dunkelroten Blutfleck auf seiner Jeans.

»Offenbar habe ich es geschafft, mich ein bisschen zu verunstalten«, meinte er bemüht fröhlich. Seine sonst so gesunde Gesichtsfarbe war einem kränklichen Grau gewichen.

»Wir müssen die Jeans aufschneiden«, stellte Cate fest. Mit zitternden Händen legte sie Verbandskasten und Flasche zur Seite, um die Verletzung in Augenschein zu nehmen. Als eine der Älteren unter den Kindern auf der Farm hatte sie Übung darin, kleinere Wunden zu versorgen. Außerdem hatte Brendan darauf bestanden, dass sie einen Erste-Hilfe-Kurs belegte. Doch eine schwere Verletzung wie diese ohne fließendes Wasser und medizinisches Fachwissen zu versorgen, war eine völlig andere Sache. Dass es rasch dunkel wurde, erschwerte die Lage zusätzlich.

Nick legte Alf die Notfalldecke um die Schultern. Es wurde kühler, und nach Alfs Blässe zu urteilen, stand er kurz vor einem Schock.

»Weiter fest draufdrücken«, befahl Cate in bemüht sachlichem Ton. »Wann war deine letzte Tetanusimpfung?«

»Das wird schon wieder. Es ist nur ein Kratzer«, erwiderte Alf mit gepresster Stimme.

Cate zog die Decke fester um seine Schultern zusammen und griff nach der Schere.

»Ich denke, das muss genäht werden. Kannst du das?«, fragte Nick.

Cates Herz setzte einen Schlag aus. Sie hatte noch nie eine Wunde genäht.

»Ach was! Klatsch einfach einen Verband drauf. Das genügt«, protestierte Alf.

Cate zwang sich zur Ruhe und begann, Alfs Jeans aufzuschneiden.

»Äh … irgendwie ist mir nicht gut«, keuchte Alf plötzlich und ließ das blutige Taschentuch los. Seine Augenlider flatterten. Dann sank er bewusstlos in sich zusammen. Cate fing ihn auf. Dann legten sie und Nick ihn vorsichtig auf den Boden. Alf kam zwar im nächsten Moment schon wieder zu sich, doch die Wunde hatte erneut zu bluten begonnen.

Cate kämpfte gegen die Panik an. Ihre Gedanken überschlugen sich. Was, wenn sie die Blutung nicht stoppen konnte? Zu ihrer großen Erleichterung ließ sie nach einer Weile nach. Allerdings war der Schnitt recht tief und würde von allein vermutlich nicht heilen.

»Haben wir Nadel und Faden zur Hand?«, fragte sie Nick. Beim bloßen Gedanken wurde ihr mulmig. Alf war noch immer aschfahl.

»War nur ein schlechter Scherz. Entschuldige. Versuch es lieber mit sterilen Strips. Die benützen die Sanitäter auch«, erwiderte Nick. Er kramte im Verbandskasten und reichte Cate ein Päckchen.

»Ich bin wieder da«, meinte Alf mit einem schiefen Grinsen und setzte sich mühsam auf, als Cate die Wunde reinigte.

»Sieht aus, als würdest du damit auch nicht weit kommen«, entgegnete Cate. Vorsichtig zog sie die Wundränder zusammen und drückte einige Klebestreifen darauf. Anschließend bedeckte sie die verletzte Stelle mit einem Stück Mull und verband sie. »So, das sieht doch recht ordentlich aus«, verkündete sie, inzwischen ein wenig ruhiger.

Sie beobachtete das Bein eine Weile, aber es drang kein Blut durch den Verband. »Versuch, dich so wenig wie möglich zu bewegen, damit es nicht wieder zu bluten anfängt. Die Arbeit kannst du morgen vergessen.« Sie ging in die Hocke. Zu ihrer Erleichterung nahm Alfs Gesicht allmählich wieder eine normale Farbe an.

»Das geht schon. Ich kann mich doch von so einem kleinen Kratzer nicht ausbremsen lassen«, erwiderte Alf. »Danke, Cate. Ich fühle mich schon viel besser. Du wärst eine gute Krankenschwester.« Er wandte sich an seinen Freund. »Also, Nick, jetzt ist es Zeit für ein Schlückchen Rum.« Als er aufstehen wollte, geriet er ins Schwanken und hätte Nick beinahe mit umgerissen.

»Ja, schon gut, Kumpel«, meinte Nick und sorgte dafür, dass er sich wieder setzte.

Als sie ihn ins Basislager gebracht hatten, hatte Alf es sich zu Cates Erleichterung anders überlegt und trank anstelle des Rums eine Tasse heißen süßen Tee.

Das Abendessen verlief in gedrückter Stimmung, obwohl Old Olive einen köstlichen Rindfleischeintopf und sein leckeres frisch gebackenes Brot servierte. Es war eine mondlose Nacht. Die Männer waren erschöpft, und Alfs Unfall, wenn es auch zum Glück nichts Gravierendes war, hatte sie alle daran erinnert, wie leicht man sich im Outback eine Verletzung zuziehen konnte – und wie weit der Weg bis zum nächsten Arzt war. Nicht einmal Dave war zu Scherzen aufgelegt.

Cate sehnte sich danach, in ihren Schlafsack zu kriechen, nicht mehr an ihre schmerzenden Glieder zu denken und die Augen zu schließen. Also ließ sie die anderen mit ihren Drinks am Lagerfeuer sitzen und ging schlafen. Doch als sie schon beinahe eingenickt war, fiel ihr ein, dass sie wegen Alfs Unfall die letzten vier Zaunelemente nicht mehr kontrolliert hatte und dass Brendan, der sonst immer nach dem Rechten sah, ja nach Hause gefahren war. Schlaftrunken schleppte sie sich zum Werkzeuglaster, holte eine Taschenlampe und machte sich, zitternd in der kühlen Nachtluft, auf den Weg zum Pferch. Als eine schattenhafte Gestalt vor ihr aus einem Busch trat, schnappte sie erschrocken nach Luft. Es war Bob, der gerade im Gebüsch Wasser gelassen hatte.

»Was hat eine junge Dame wie du allein hier in der Dunkelheit zu suchen?«, fragte er. Sein Ton war freundlicher als sonst, was wohl an den Bieren und der halben Flasche Johnny Walker lag, die er sich inzwischen genehmigt hatte.

»Ich muss nach der Einfriedung sehen«, entgegnete Cate barsch, denn sie hatte keine Lust auf Bobs frauenfeindliche Bemerkungen.

»Darüber brauchst du dir nicht den Kopf zu zerbrechen. Die Jungs haben sich um alles gekümmert«, antwortete Bob freundlich.

»Ich muss mich aber selbst vergewissern, dass alles auch wirklich dreifach mit Draht gesichert ist.«

»Soso, dreifach und mit Draht.« Er lachte brüllend auf. »Cate, mein Kind, du machst dir viel zu viele Sorgen. Du bist ja noch schlimmer als meine bessere Hälfte. Eins sag ich dir, die Wahrscheinlichkeit, dass dir etwas zustößt, wenn du allein und bei völliger Dunkelheit hier herumstolperst, ist um einiges größer, als die, dass ein Gatter sich lockert. Drei Drähte!«

Väterlich legte er den Arm um ihre Schulter und wollte sie zum Lager zurückschieben. Sein Atem roch nach Whisky.

»Weißt du, ich mache den Job schon seit ein paar Jahren. Ich bin doch nicht von gestern.«

»Bist du wirklich sicher, dass alle Gatter zusammengebunden sind?«

Cate war froh, dass Bob zur Abwechslung einmal nett zu ihr war, und wollte ihn nicht verärgern. Außerdem wusste sie ja, dass ihr Dad große Stücke auf ihn hielt. Andererseits war es ihr wichtig, ihre Aufgaben pflichtbewusst zu erfüllen.

»Du hältst mich wohl für einen Idioten!«

Bobs Tonfall wurde unwirsch.

»Frauen haben an den Pferchen sowieso nichts zu suchen, vor allem nicht nachts. Wenn man sich nicht auskennt, kann man sich ordentlich wehtun. Und jetzt geh schlafen.«

Unschlüssig stand Cate in der Dunkelheit. Bobs herablassende Art machte sie zornig.

Doch obwohl er eindeutig nach Whisky roch, klang er, als wäre er völlig nüchtern. Außerdem war das hier schließlich nicht sein erster Viehtrieb.

Sicher hatte er darauf geachtet, dass die anderen Männer gewissenhaft arbeiteten. Er wusste, wie gefährlich das Vieh werden konnte. Und er hatte recht: Es war wirklich stockfinster da draußen. Andererseits war nicht viel mehr als ein loses Paneel nötig …

Mein Gott, sie war furchtbar müde.

»Gut. Dann verlasse ich mich auf dein Urteil«, erwiderte sie mit einem Gähnen.

»Braves Mädchen«, meinte Bob.

Dennoch fühlte Cate Unruhe, als sie auf das einladend warme Lagerfeuer zusteuerte. Nach einem kurzen Blick auf Alf, der sich nicht rührte, schlüpfte sie in ihren Schlafsack und war rasch eingeschlafen.

5

Cate wurde davon geweckt, dass Old Olive aus voller Kehle »Aufstehen!« rief. Sie rieb sich die Augen, kroch aus ihrem warmen Schlafsack und zog die Jeans an. Sie zitterte in der frühmorgendlichen Kälte, als sie ihr Handtuch nahm und zu den provisorischen Waschzelten eilte. Auch die anderen wurden allmählich munter und machten sich an ihre Morgentoilette.

»Wie geht es deinem Bein? Halten die Klebestreifen?«, fragte sie Alf, der ihr bei ihrer Rückkehr entgegenhinkte. Er war gerade dabei, seinen Pullover anzuziehen.

»Alles prima. Das Bein ist so gut wie neu. Also kann ich heute arbeiten«, entgegnete er gut gelaunt, als sein Kopf wieder aus dem Halsausschnitt des Pullovers zum Vorschein kam.

»Alf, du bist ein hoffnungsloser Fall. Wehe, du denkst auch nur im Traum daran, zu reiten.« Dennoch bewunderte sie seine gleichmütige Einstellung gegenüber Verletzungen, die für Männer im rauen Outback so typisch war. Dass sie keine Chance hatte, ihm sein Vorhaben auszureden, stand jedenfalls fest.

Gerade schob sie den letzten Happen Steak und Eier in den Mund, als die ersten goldenen Sonnenstrahlen über den Horizont lugten. Wie auf ein Stichwort erschien Brendan in seinem Bullenfänger mit dem Motoröl. Zehn Minuten später war am Himmel ein Dröhnen zu hören. Ein Helikopter landete nur wenige Meter vom Lager entfernt. Anfangs ohne großes Interesse sah Cate zu, wie ein dunkelhaariger Mann Ende zwanzig aus dem Hubschrauber sprang und beschwingt auf sie zukam. Unter seinem engen T-Shirt zeichneten sich ein straffer Oberkörper und ausgeprägte Muskeln ab. Doch es war der lässig-arrogante Blick, mit dem er Cate bedachte, der ihren Puls plötzlich schneller werden ließ.

»Guten Morgen, Sean.« Brendan wandte sich an Cate. »Das ist Sean Donnelly. Er wird die Rinder mit dem Helikopter treiben. Wir müssen uns gut absprechen.« Brendan schüttelte dem Piloten die Hand. »Kennen Sie meine Tochter Cate schon?«, stellte er Cate vor und wies in ihre Richtung.

»Nein, noch nicht, Sir. Nett, dich kennenzulernen, Cate.« Sean sah sie eindringlich und einen Moment zu lange an.

Cate spürte, wie sie vom Hals aufwärts errötete.

»Hallo, Sean«, meinte Alf spitz, verärgert über die Art, wie Sean Cate mit Blicken verschlang. Er wünschte, Brendan hätte diesen Burschen nicht angeheuert. Sean mochte ein ausgezeichneter Pilot sein, galt aber als ausgesprochener Frauenheld. Außerdem war Alf schon einige Male mit ihm aneinandergeraten und wusste deshalb, dass er launisch und gewalttätig war, insbesondere, wenn er getrunken hatte, was häufig der Fall war. Jedenfalls konnte Alf den Kerl nicht leiden und traute ihm keinen Millimeter über den Weg.

Überrascht von Alfs Tonfall, sah Cate ihn fragend an. »Was ist zwischen dir und Sean vorgefallen?«, erkundigte sie sich nach der Morgenbesprechung.

»Nichts.« Alf hielt inne. »Ich kenne ihn schon seit einer Weile. Geh ihm besser aus dem Weg.«

»Bist du eifersüchtig?«, neckte Cate ihn.

»Ich finde nur, dass du Leuten, die du nicht gut kennst, weniger offen begegnen solltest«, entgegnete Alf brummig. Er fand zwar selbst, dass das nicht sehr überzeugend klang, aber etwas Besseres fiel ihm nicht ein.

»Also doch! Du bist eifersüchtig!«, rief Cate grinsend aus.

»Das war nur ein brüderlicher Rat, mehr nicht. Wenn du die Wahrheit hören willst: Der Typ ist ein ausgekochter Lügner und ein Mistkerl. Und jetzt an die Arbeit. Ich muss die Lastwagen einteilen. So, am besten sattelst du gleich dein Pferd.«

»Was? Seit wann bist du mein Vater? Vor fünf Sekunden hast du noch gesagt, dass du mein Bruder bist. Hör auf, mir Vorschriften zu machen.«

»Ich mache dir keine Vorschriften, Cate. Ich möchte nur nicht, dass jemand dir wehtut.«

»Wer soll mir denn wehtun?«, fragte Cate verdattert.

»Kümmere dich einfach um die Rinder«, entgegnete Alf mit finsterer Miene und marschierte davon.

»Wozu, glaubst du, bin ich sonst hier?«, murmelte sie, als sie ihm nachblickte. Während sie, den Sattel im Arm, zu dem friedlich grasenden Chocolate hinüberging, überlegte sie, was Sean wohl Schreckliches angestellt haben mochte. Die Neugier ließ ihn ihr noch verlockender und attraktiver erscheinen.

»Warte, lass mich das machen«, sagte Sean, der sich von hinten genähert hatte, und nahm ihr den Sattel ab. »Ich habe von deinem Soloflug gehört. Glückwunsch! Möchtest du morgen mit mir fliegen?«

Cate fühlte sich von ihm angezogen wie eine Motte vom Licht und lächelte breit. Als sein Blick über ihren Körper glitt, wurde sie von einem wohligen Schauder durchfahren. »Sehr gerne, aber Dad braucht mich hier auf dem Boden«, antwortete sie bedauernd.

»Dann eben ein andermal«, erwiderte Sean gedehnt und sah sie eindringlich an. »Du hast wundervolle blaue Augen«, murmelte er, während er sie mit Blicken liebkoste.

Cate wurde es ganz heiß. So etwas hatte sie noch nie zuvor empfunden. Ihr war ein wenig schwindelig.

»Du bist auch nicht so übel«, stieß sie atemlos hervor und beugte sich errötend über Chocolates Fußfessel.

»Ach, wirklich?«, entgegnete Sean mit einem anzüglichen Grinsen. »So etwas habe ich schon lange nicht mehr von einem Mädchen gehört.« Er warf den Sattel auf Chocolates Rücken und streckte gleichzeitig mit Cate die Hand nach dem Befestigungsgurt aus, sodass ihre Finger sich berührten. Da Cate solche knisternden Begegnungen nicht gewöhnt war, zitterten ihre Hände, als sie versuchte, das Gurtende durch die Metallschließe zu fädeln.

»Lass mich mal«, sagte Sean leise, steckte den Gurt in die Schließe und zog ihn um den Leib des Pferdes fest. Dabei war seine Wange ganz dicht an Cates.

Im nächsten Moment näherte sich Alf im laut tuckernden Bullenfänger. »Du musst dich beeilen, Cate«, wies er sie an.

Schuldbewusst fuhr Cate zurück. Als sie sich umdrehte, sah sie Alf mit finsterer Miene aus dem Fahrzeug steigen.

»Reitest du heute nicht?«, fragte sie überrascht und errötete unter seinem forschenden Blick.

»Mir wurde nahegelegt, das Reiten heute bleiben zu lassen, und ich fand es besser, mich an den Rat der betreffenden Person zu halten. Nimm das, du brauchst es für den Viehtrieb.« Nachdem er ihr ein Funkgerät in die Hand gedrückt hatte, betätigte er die knirschende Gangschaltung des alten Autos.

»In zwei Minuten bin ich unterwegs.« Cate befestigte das Funkgerät am Sattel. »Danke für die Hilfe, Sean«, verabschiedete sie sich schüchtern.

»Gerne wieder mal. Schönen Tag noch«, erwiderte er lässig, winkte ihr zu und kehrte zu seinem Helikopter zurück.

Cate, die sich von seiner Aufmerksamkeit geschmeichelt fühlte, blickte ihm nach und fragte sich wieder, wovor sie denn auf der Hut sein sollte. Er hatte ihr doch schließlich nur beim Satteln geholfen, ihr ein paar Komplimente gemacht und sie angesehen. Uff! War das vielleicht schon zu viel gewesen? Aber warum sollte sie nicht ein bisschen mit Sean flirten? Immerhin war sie eine Frau. Und Alf war in festen Händen. Weshalb also regte er sich so auf?

Sie trieb Chocolate an und steuerte im Trab auf die anderen Männer und die geparkten Fahrzeuge zu. Ihr heutiger Treffpunkt war einen zweistündigen Ritt entfernt von hier im Westen. Dort würden sie warten, bis Sean das Vieh mit dem Helikopter aus dem Unterholz scheuchte. Dann würden sie die Rinder einkreisen und sie noch vor Einbruch der Dunkelheit zu den mobilen Pferchen treiben. Brendan und

Alf hofften, mithilfe von Hubschrauber, Pferden und Lastern heute zwischen fünf- und sechshundert Tiere einfangen zu können.

Mit dröhnenden Motoren fuhren die Trucks voran und verschwanden in einer Staubwolke im Busch. Cate ritt neben Eddy und Sam, die gemächlich auf ihren dunkelbraunen Wallachen dahintrabten.

Unterwegs grübelte Cate darüber nach, warum sie wegen Sean ein schlechtes Gewissen hatte. Erwartete Alf etwa von ihr, dass sie für den Rest ihrer Tage ein kleines Mädchen blieb, während er erwachsen wurde? Wenn sie es nicht besser gewusst hätte, sie hätte ihm vorgeworfen, dass er sich wie ein eifersüchtiger Liebhaber benahm! Aber das war doch absurd. Schließlich war Alf schon seit ihrer Kindheit ihr bester Freund, und Freunde gaben eben aufeinander Acht. Wahrscheinlich zerbrach sie sich deshalb so den Kopf über die Sache, weil sie Sean attraktiv fand. Er hatte Sehnsüchte in ihr geweckt, die sie bestürzten und verwirrten. Wenn Alf und sie zusammen geritten wären, hätten sie das Thema wenigstens ausdiskutieren können. Cate seufzte verzweifelt auf und beschloss dann, die alberne Angelegenheit zu vergessen.

Eine Stunde später erschien Brendan. Nachdem er ein paar Worte mit Eddy gewechselt hatte, bog dieser vom Weg ab und verschwand im Gebüsch. Froh, mit ihren Gedanken allein zu sein, ritt Cate weiter über den trockenen, von Schlaglöchern durchzogenen Pfad und lauschte den Geräuschen des Busches. Sie wurde jäh aus ihren Träumereien gerissen, als drei junge Stiere, verfolgt von Eddy, aus dem Unterholz brachen.

»Ich habe welche erwischt, *muluga*«, rief er Brendan mit einem breiten Grinsen zu.

Sofort besserte sich Cates Stimmung, und ihre Aufmerksamkeit wandte sich wieder dem Viehtrieb zu. Während Eddy und Sam weitere Rinder aus dem Gebüsch scheuchten, blieb sie zurück und behielt die gewaltigen Tiere, aus deren grobem Fell Dampf aufstieg, im Auge. Als eines von ihnen auszubrechen versuchte, drängte sie es in die Herde zurück und sorgte dafür, dass die anderen Rinder den Weg nicht verließen. Am Treffpunkt angekommen, hatten sie neun Tiere aufgegriffen, darunter auch Kühe mit ihren Kälbern. Alf, Nick und die übrigen Männer hatten ebenfalls ein paar versprengte Rinder aufgespürt, sodass es insgesamt zwanzig waren.

Die meisten von ihnen waren Leittiere, erfahrene, bereits mit Brandzeichen versehene Tiere, die ihren jüngeren wilden Artgenossen beibrachten, bei der Herde zu bleiben. Anfangs noch sichtlich aufgeregt, beruhigten sie sich rasch, als die Männer sie zu einer Gruppe zusammentrieben. Brendan gab Anweisung, die Rinder über die freie Ebene in einer Reihe in Richtung Pferch zu lenken. Alf und Dave im Bullenfänger und Nick im Werkzeuglaster bezogen zu beiden Seiten Position, damit keines der Tiere ausbrach. Bob, Sam und drei weitere Arbeiter saßen auf ihren Pferden, bereit, ausbüxende Tiere zurückzuscheuchen. Cate bildete die Nachhut, beobachtete die Kälber und achtete darauf, dass sie nicht von ihren Müttern getrennt wurden. Ihr Herz schlug schneller, als sie das Dröhnen des Helikopters hörte. Bald herrschte ein wildes Durcheinander aus Staub, Rindern und Männern, die rufend ihre Hüte schwenkten, während Sean tief über das Vieh hinwegflog, um es mit dem Lärm und dem Luftzug des Helikopters zu erschrecken und auf die Ebene hinauszutreiben. Aus allen Richtungen strömte Vieh herbei.

»Halte dich weiter gegen den Wind!«, rief Alf, während er Cate im Bullenfänger umfuhr und noch mehr Staub aufwirbelte.

»Verstanden!«, antwortete Cate aufgeregt. Sie hatte Sand im Mund, als sie auf eine Kuh zugaloppierte, um sie am Ausbrechen zu hindern. Für sie war es das Schönste überhaupt, Rinder durch diese gewaltige und prachtvolle Landschaft zu treiben, in der sie zu Hause war. Das Funkgerät knisterte, doch es herrschte ein solcher Lärm, dass sie es bald aufgab, die Anweisungen zu verstehen, und wie die anderen die Rinder mit Rufen und Winken zusammenhielt.

»Hier hab ich eins!«, verkündete sie, als Alf und Dave das nächste Mal im Bullenfänger vorbeikamen. Sie wischte sich Schweiß und Staub aus den Augen, trank einen Schluck Wasser und sah schmunzelnd zu, wie Alf das Kalb in den Wagen hob und dem verdutzten Rucksackreisenden befahl, sich weiter darum zu kümmern.

Zwischen den Leittieren und den jungen Bullen ohne Brandzeichen liefen zahlreiche wilde Rinder herum, die auszubrechen versuchten. Doch die Reiter bugsierten sie immer wieder zurück in die Herde. Für kurze Zeit kehrte ein wenig Ruhe ein, was jedoch nicht von Dauer war, denn Sean trieb mit dem Hubschrauber unablässig weitere Tiere heran. Um die Mittagszeit waren es über zweihundert Stück, und als man sich am späten Nachmittag langsam auf den Rückweg machte, war die Herde auf fast sechshundert laut brüllende Tiere angewachsen.

»Großartig!«, begeisterte sich Brendan und versuchte die steifen Glieder ein wenig zu entlasten, während er zusah, wie das Vieh durch den trichterförmigen Eingang des Pferchs getrieben wurde. Die Sonne ging gerade unter, sodass der Himmel einen prachtvoll leuchtenden Hintergrund zu dieser Szene bildete. Brendan nahm den Hut ab und wischte sich erschöpft mit dem Arm Staub und Schweiß von der Stirn. »Ich habe schon befürchtet, wir würden es nicht vor Einbruch der Dunkelheit schaffen.«

»Vorsicht!«, rief er im nächsten Moment, als ein Bulle sich gegen die Begrenzung warf und zu fliehen versuchte. Ein anderer erschöpfter und aufgebrachter Stier wollte sich gewaltsam einen Weg durch die Herde bahnen. Plötzlich versetzte ein gewaltiges Tier, mit dem sie schon unterwegs Schwierigkeiten gehabt hatten, einer Kuh einen so schmerzhaften Stoß, dass sie aufschrie. Dann stürmte er in wildem Galopp durch den Pferch, worauf die aufgescheuchte Herde ihm in ihrer Panik folgte.

»Ein bösartiges Tier«, meinte Cate, froh, dass sich zwischen ihr und dem Stier ein Zaun befand. Zum Glück waren nun alle Tiere wohlbehalten im Pferch. Doch ihre Erleichterung verwandelte sich in Entsetzen, als der junge Bulle in seiner Wut die Hörner unter eine Strebe schob, sie beiseitefegte wie ein Streichholz und durch die entstandene Lücke brach. Die aufgepeitschte Herde stürmte wild hinter ihm her.

»Die Herde entkommt«, meldete Sean vom Helikopter aus.

»Verflixt und zugenäht! Was ist passiert?«, schrie Brendan ins Funkgerät.

»Das kann ich von hier oben nicht richtig sehen«, erwiderte Sean.

Cate umfasste Chocolates Zügel und versuchte, ihr erschrockenes Pferd zu beruhigen, während der Boden unter ihnen erbebte. Ungläubig ritt Brendan, gefolgt von Cate, um das mit Rupfen verkleidete Gatter herum. Wegen der dichten Staubwolken konnte man hier vor Ort kaum feststellen, was die Ursache war. Außerdem war es viel zu gefährlich, sich hier aufzuhalten, solange die wütenden Tiere frei waren. Verzweifelt schüttelte Brendan den Kopf. So etwas war ihm bis jetzt nur ein Mal vorgekommen, und zwar nicht aus eigener Schuld, sondern weil ein anderer einen dummen Fehler gemacht hatte.

»Ich mache mich daran, sie zurück zum Pferch zu treiben«, teilte er Sean mit. Inzwischen hatte sich die Panik der Rinder gelegt, und sie wurden langsamer. Brendan wusste, dass sie sofort stehen bleiben würden, wenn sie den Hubschrauber nicht mehr hörten, sodass die Gefahr einer Wiederholung nicht bestand. Nun musste er sie nur noch in Bewegung bringen.

»Wie viele sind entkommen?«, fragte er, froh, dass Sean seinem Ruf als ausgezeichneter, im Treiben von Vieh erfahrener Pilot gerecht wurde. Allerdings kannte er die Antwort bereits. Der vom Staub durchwehte Pferch war nahezu leer. Wenn sie sich nicht selbst gefährden wollten, konnten sie nichts weiter tun, als die Herde wieder zusammenzutreiben, sie über Nacht zu bewachen und sie am nächsten Tag bei Morgengrauen zurück in den Pferch zu bugsieren.

Brendan ritt zu der Lücke hinüber, durch die die Rinder entkommen waren, stieg ab und nahm die Umzäunung in Augenschein. Rasch gesellten sich die anderen zu ihm. Zwei Querstreben neben der Lücke waren von der erregten Herde weggerissen worden. Eine dritte war gebrochen. Brendan hob sie auf und musterte sie. »Wo ist der gottverdammte Draht?«, brüllte er.

»Was?«, entsetzte sich Cate und wünschte im nächsten Moment, sie hätte geschwiegen.

»Du warst dafür verantwortlich, Cate. Hast du diese Gatter kontrolliert?«, schrie Brendan.

»Ich kann das erklären«, stammelte Cate.

Brendan sah seine Tochter finster an und musterte dann die Männer, die um sie herum einen Kreis gebildet hatten. »Das hoffe ich für dich, mein Kind.« Ärgerlich untersuchte er die übrigen Elemente eines nach dem anderen und marschierte dann zurück zum Lager.

Von schlechtem Gewissen gequält, eilte Cate ihm nach. »Ich dachte, sie wären alle sicher befestigt«, sagte sie.

Brendan blieb ruckartig stehen. »Was soll das heißen, du *dachtest* es? Deine Aufgabe war es, das zu überprüfen. Was zum Teufel hast du gestern gemacht, Cate? Ich gebe dir eine einfache Anweisung, und du vermasselst es …« Zornig schlug er sich mit der Faust vor die Stirn.

»Ich habe mich doch darum gekümmert, Dad«, jammerte Cate. »Bob hat gesagt …«

»Bob hat gesagt?« Brendans Lippen waren weiß vor Wut. Im nächsten Moment bemerkte er Alf und Ed. »Lasst uns einen Moment allein, Jungs«, wies er sie bemüht ruhig an. »Cate, hast du dich mit deinen eigenen Augen davon überzeugt, dass alle Teile der Umzäunung mit Draht zusammengebunden waren?«, fragte er, als sie außer Hörweite waren.

»Nein! Aber bitte schrei mich nicht mehr an, Dad. Bob hat beteuert, alles wäre in Ordnung. Nicht einmal ein tobender Bulle würde diesen Zaun durchbrechen können. Er fand, ich müsse nicht extra nachsehen. Er hat sogar darauf bestanden, weil es zu gefährlich für mich sei, nachts im Pferch herumzulaufen«, erklärte sie mit klopfendem Herzen.

»Und wann war das?«

»Ich weiß nicht genau. Irgendwann nach dem Abendessen. Spät. Es war stockdunkel. Deshalb wollte Bob ja auch nicht, dass ich mich allein draußen herumtreibe.«

Verzweifelt schlug Brendan erneut die Hände vor die Stirn. »Wann wirst du es endlich lernen?« Langsam ließ er die Arme sinken und sah seine Tochter an. »Cate, der Mann war betrunken.«

»Nun, er hat nach Whisky gerochen, aber ich dachte …«

»Du sollst nicht darüber nachdenken, sondern tun, was man dir sagt, und Verantwortung übernehmen.« Seine Worte trafen sie wie ein Peitschenhieb.

»Darf ich dir meine Version der Dinge zu Ende erzählen?«, fragte sie förmlich. Brendan nickte erschöpft. Als sie fertig war, lautete seine Antwort nur, sie solle die Umfriedung wieder aufbauen und ihn holen, wenn sie fertig sei, damit er alles in Augenschein nehmen könne. Dann machte er sich auf die Suche nach Alf.

»Was hätte ich tun sollen?«, rechtfertigte sich Cate Alf gegenüber, als sie gemeinsam ein Paneel an seinen Platz hievten.

»Herrje, Cate, Bob mag ein ausgezeichneter Viehtreiber sein, doch alle wissen, dass man ihm nicht trauen kann, wenn er zu tief ins Glas geschaut hat.« Alf hatte die Standpauke, die er von Brendan bekommen hatte, noch immer nicht verwunden.

»Ich wusste es aber nicht. Er hat nicht gelallt und klang absolut nüchtern. Ich habe mich auf sein Urteil verlassen.«

»Genau darum geht es doch.«

»Soll ich etwa Gedanken lesen?«

»Du sollst einfach nur deine Arbeit machen und nicht die Verantwortung auf andere abwälzen«, zischte Alf.

Beinahe wäre Cate in Tränen ausgebrochen. »Jetzt muss ich mir auch noch von dir Vorwürfe anhören. Machst du denn nie einen Fehler?« Ihre Stimme zitterte, als sie zornig ein Stück Draht um den Stahlrahmen des Zauns wickelte.

»Vermutlich musst du erst noch richtig erwachsen werden. Dasselbe habe ich auch gemeint, als ich dich vorhin vor Sean gewarnt habe. Pass auf, ich …«, fügte Alf leise hinzu. Er musste zugeben, dass er auch einen Teil der Schuld trug, denn schließlich hatte er nicht darauf bestanden, gemeinsam mit Cate die Zäune zu kontrollieren. Außerdem hatte sein Unfall sie schließlich von ihren Aufgaben abgelenkt.

»Ach, vergiss es!«, fiel Cate ihm ins Wort und stürmte davon.

»Bob behauptet, sich nicht an das Gespräch erinnern zu können«, meinte Brendan später zu Cate, nachdem er die gesamte Einfriedung überprüft hatte. »Ich hoffe, du hast deine Lektion gelernt«, sprach er ernst weiter.

Cate nickte bedrückt. Vor lauter Scham darüber, dass sie

ihren Vater enttäuscht hatte, brachte sie kaum einen Bissen von Old Olives köstlichem Abendessen hinunter. Brendans kühles und abweisendes Verhalten schmerzte sie sehr. Als sie am warmen Lagerfeuer saßen und jemand vorschlug, sie solle doch ihre Gitarre herausholen und ein paar Lieder spielen, wäre sie beinahe wieder in Tränen ausgebrochen. Im Hintergrund waren leise die Geräusche des Viehs zu hören. Wohl wissend, wie gemütlich ein Abend am Lagerfeuer unter normalen Umständen hätte sein können, und nicht in der Lage, gute Laune vorzutäuschen, verkündete sie, Eddy, der das Vieh hütete, hätte sicher gerne eine Tasse Tee, und flüchtete in die Dunkelheit.

6

Die dunklen Umrisse der Rinder hatten eine beruhigende Wirkung auf sie, und der sternenklare Himmel vermittelte wohltuende Geborgenheit. Die Hände um die heiße Teetasse geschlossen, blieb Cate stehen, lauschte Eddys falschem Gesang und ließ die vertrauten Gerüche und Geräusche auf sich wirken. Allmählich hellte sich ihre Stimmung wieder auf. Das war die Musik des Outback, wo sie ihre Kindheit verbracht hatte. Hier würde sie die heutige Katastrophe vergessen können.

Sie war fünf Jahre alt gewesen, als ihr Vater den Viehhütern geraten hatte, den Rindern etwas vorzusingen, und zwar nicht etwa als Gutenachtlied, sondern damit sie nicht einschliefen. Wie er ihr erklärt hatte, als sie mit großen Augen auf der dunklen großen Veranda auf seinem Schoß saß, konnte das bereits durch den Zusammentrieb gereizte Vieh vom kleinsten Geräusch aufgeschreckt werden und in Panik geraten, wenn es schlief. Es war ein Moment, der sich für immer in Cates Gedächtnis eingebrannt hatte. Die kühle Nachtluft auf ihren Wangen. Die starken Arme ihres Vaters, die sich um sie legten. Sie erschauderte und wünschte, ihr Dad würde sie auch heute in die Arme nehmen und ihren Kummer mit einem Kuss auf die Wange vertreiben.

Dann ging sie auf den nur schemenhaft erkennbaren Reiter zu.

»Ich dachte, du könntest was Heißes zu trinken gebrauchen, Eddy«, sagte sie und reichte dem jungen Viehhüter den Becher mit Tee.

»Danke, Cate. Die Rinder sind ziemlich ruhig. Aber es ist eiskalt hier draußen.« Dankbar griff Eddy nach dem Becher. »Das wird mich aufwärmen.«

Nachdem sie sich eine Weile leise unterhalten hatten, widmete sich Eddy wieder seinen Aufgaben. Sein unmelodisches Summen hallte durch die Nacht, während seine schemenhafte Gestalt die gespenstisch aus dem Nebel ragenden Rinder umrundete. Cate beobachtete ihn, froh, dass er den heutigen panischen Ausbruch der Tiere nicht erwähnt hatte. Sie zögerte, in die Wirklichkeit des Lagers zurückzukehren. Da spürte sie plötzlich einen Arm um ihre Taille.

Cate schrak zusammen. Doch als sie Seans leise Stimme im Ohr erkannte, beruhigte sie sich, und ein erwartungsvolles Prickeln breitete sich in ihrem Körper aus. »Soll ich dich aufwärmen?«, flüsterte Sean. »Ich dachte, du hättest hier draußen gern ein bisschen Gesellschaft. Heute war wohl nicht dein Tag, was?«

»Ach, schon gut, ich habe schon Schlimmeres erlebt, auch wenn mir im Moment nicht einfällt, wann«, erwiderte sie ein wenig atemlos. Sie spürte die Wärme seines Körpers.

Sanft strich Sean ihr eine Haarsträhne hinter das Ohr und ließ dann die Finger die langen kastanienbraunen Locken entlang bis hinunter zu ihrer Taille gleiten. »Also hast du deinen singenden Cowboy gefunden?«, murmelte er ihr ins Haar.

»Ja«, entgegnete Cate. Sie konnte sich der wohligen Erregung nicht entziehen, die seine Berührung in ihr auslöste. Obwohl sie wusste, dass sie sich losreißen musste, wenn sie keine falschen Signale aussenden wollte, brachte sie es einfach nicht über sich. Also stand sie da, lauschte den Rindern und dem gedämpften Gesang in der Ferne und genoss es, die Hitze von Seans Arm an ihrem Rücken zu spüren.

»Am Lagerfeuer ist mir zu viel los. Ich bin froh, dass wir beide hier draußen allein sind«, sagte Sean nach einer Weile, und sein warmer Atem streifte ihre Wange.

»Die Jungs sind in Ordnung. Sogar Bob ist tagsüber erträglich.« Cate kicherte verlegen. Sie konnte kaum noch atmen.

»Jeder macht mal einen Fehler.«

»Es ist so schön hier …« Cate blickte hinauf zu den Sternen.

»*Du* bist so schön«, gab Sean zurück. Sanft drehte er sie zu sich um und fuhr mit der Fingerspitze die Konturen ihres Gesichts nach. »Du hast wunderschönes Haar und traumhafte Augen. Ich könnte mich in dich verlieben, Cate«, raunte er. Auf einmal wurde Cate ganz heiß. Sie hatte zwar einen grauenhaften Tag hinter sich, doch in Seans Gegenwart fühlte sie sich schon viel wohler.

Als er sich gerade vorbeugte, um sie zu küssen, knackten Schritte im Unterholz.

»Cate! Ach, hier bist du … Sean … Oh!« Alf blieb ruckartig stehen. Trotz der Dunkelheit war zu erkennen, dass sich Zorn auf seinem Gesicht malte. »Nun ja … Ich wollte nur nach dir schauen, Cate. Schließlich war heute ein langer Tag.«

Sean ließ den Arm sinken. »Cate geht es ausgezeichnet«, stieß er hervor.

Schuldbewusst wich Cate einen Schritt zurück. »Es ist wirklich alles in Ordnung, Alf. Sean und ich haben gerade darüber gesprochen, dass es heute wohl nicht so gut gelaufen ist. Offen gestanden habe ich, seit ich denken kann, keinen so schauderhaften Tag erlebt.« Sie gähnte. »Mein Gott, bin ich müde. Danke für das Gespräch, Sean. Ich gehe jetzt besser schlafen. Bis morgen.«

Ihr schwindelte, als sie kehrtmachte und mehr oder weniger ins Lager zurückrannte. Obwohl sie es sich nicht eingestehen wollte, war sie im Grunde ihres Herzens froh über die Störung, denn sie war nicht sicher, ob sie von Sean geküsst werden wollte. Nur eines stand absolut fest: Sie hatte keine Lust, sich von Alf wie ein unartiges Kind behandeln zu lassen.

»Was um Himmels willen hast du gestern Nacht zu Sean gesagt?«, fragte Cate am nächsten Morgen. Auf einem lebhaften schwarzen Wallach kam sie auf ihn zugeritten, denn nun mussten die Rinder wieder neu zusammengetrieben werden.

Cate grollte Alf noch immer wegen seiner Bemerkung, sie solle erst einmal erwachsen werden. Beim Sprechen stand ihr wegen der Kälte eine Dampfwolke vor dem Mund. In den Spinnennetzen an den trockenen Grashalmen funkelten Tautropfen.

»Nichts Spezielles«, erwiderte Alf ausweichend.

»Irgendwas musst du doch gesagt haben, denn er hat heute Morgen kein Wort mit mir gewechselt.«

»Ich habe dich gewarnt, dass der Kerl launisch ist«, entgegnete Alf und trieb sein Pferd zur Eile an. »Willst du den ganzen Tag hier rumstehen und Reden schwingen? Wir müssen die Rinder in den Pferch treiben. Und ich habe keine Lust, meinen Job zu verlieren.«

Cate wurde von Reue ergriffen, denn schließlich wusste sie, dass sie schuld an der zusätzlichen Arbeit war. Es war kühl, und überall wimmelte es von Männern und Rindern. Sean flog in niedriger Höhe über das Vieh hinweg, um es mit dem Motorengeräusch und dem von dem Helikopter verursachten Wind in die gewünschte Richtung zu scheuchen und zu einer Herde zusammenzutreiben. Wieder begannen alle zu rufen und ihre Hüte zu schwenken. Staubwolken stiegen auf. Endlich setzten die Rinder sich in Bewegung. Doch plötzlich löste sich ein riesiger Bulle aus einer kleinen Gruppe von Tieren und stürmte direkt auf Cate zu. Diese riss ihr Pferd herum und stieß ihm die Fersen in die Flanken, um so schnell wie möglich aus der Gefahrenzone zu kommen. Doch das Pferd war die Reiterin nicht gewöhnt. Erschrocken und verwirrt von den plötzlichen Kommandos, senkte es den Kopf und begann zu bocken. Der Bulle hatte, gefolgt von seinen Artgenossen, Cate schon beinahe erreicht. Verzweifelt klammerte sie sich an den Sattelknauf, aber es zwar zwecklos. Sie wurde mitsamt dem Sattel in die Luft geschleudert, landete unsanft auf dem Boden und blieb bewusstlos mitten im Weg der heranstampfenden Herde liegen.

Als sie zehn Sekunden später zu sich kam, schlug sie benommen die Augen auf, hielt sich die Ohren zu und rollte sich instinktiv so klein wie möglich zusammen, während die donnernden Hufe im Staub immer näher kamen. Mit angehaltenem Atem wartete sie darauf, zu Tode getrampelt zu werden. Als nichts geschah, blickte sie vorsichtig auf. Sie lag unter einem Pferd – Alfs Pferd. Das Tier machte einen Schritt vorwärts, sodass ihr plötzlich grelles Sonnenlicht in die Augen drang. Im nächsten Moment riss Alf sie in seine Arme und trug sie wohlbehalten zum wartenden Bullenfänger.

»Was ist passiert?«, fragte sie, immer noch benommen von ihrem Sturz. Wortlos untersuchte Alf sie auf Verletzungen. Cate richtete sich vorsichtig auf. Ihr brummte zwar der Schädel, aber sonst schien alles in Ordnung zu sein.

»Dein Sattelgurt ist gerissen. Du hast Glück, dass du noch lebst«, erwiderte Alf nach einer Weile. Das Entsetzen stand ihm noch immer ins Gesicht geschrieben. Alles war sehr schnell gegangen.

»Wie hast du es geschafft, mich da rauszuholen?« Cate beugte sich vor und küsste ihn auf die Wange. »Du bist mein Schutzengel.«

Mit Tränen in den Augen drückte Alf sie fest an sich. »Fast wäre ich zu spät gekommen«, erwiderte er mit belegter Stimme. In dem Durcheinander hatte er geglaubt, sie nicht rechtzeitig erreichen zu können, und er dankte dem Himmel für sein gut ausgebildetes Pferd, das so schnell reagiert und dann reglos verharrt hatte, während die Bullen in panischer Flucht an ihm vorbeistürmten.

»Meinst du, dass dieser Viehtrieb unter einem schlechten Stern steht?«, fragte Cate mit zitternder Unterlippe. Dann brach sie in Tränen aus.

Alf nahm sie in die Arme und küsste sie auf den Scheitel. Mit kreidebleichem Gesicht kam Brendan auf sie zugelaufen. »Was ist passiert? Ist Cate verletzt?«

Cate blickte auf. »Ach, ich bin eben eine alte Heulsuse, Dad. Ich lasse mich doch nicht von ein paar Bullen aufhalten«, antwortete sie mit einem zittrigen Grinsen. »Darf ich dir meinen Schutzengel vorstellen?«, fügte sie hinzu, wischte sich die Tränen ab und lächelte Alf an.

»Danke, mein Junge.« Brendan klopfte Alf auf die Schulter. Dann ließ er sich erleichtert auf den Autositz fallen. Als er das letzte Mal nach Cate gesehen hatte, war sie seelenruhig der Herde nachgeritten. »Nun, Kinder, ihr werdet euch sicher freuen zu hören, dass alle Rinder wohlbehalten im Pferch sind und dass die Gatter diesmal gehalten haben.«

An diesem Abend herrschte am Lagerfeuer heitere Stimmung. Cate, die sich bemerkenswert schnell davon erholt hatte, dass sie dem Tod so knapp von der Schippe gesprungen war, nahm ihre Umwelt viel deutlicher wahr als sonst. Die Geräusche der Rinder, den falschen Gesang der beiden Viehhüter, den strahlenden Viertelmond und die Funken, die vom Feuer aufstiegen. Noch nie hatte Old Olives Curry so köstlich geschmeckt, und das Gleiche galt für das Glas Rum, das Cate sich mit Alf teilte. Gebannt hörte sie zu, als Sean in allen Einzelheiten schilderte, wie er das Vieh mit dem Helikopter zurück in den Pferch getrieben hatte. Als Dave verkündete, ein Viehtrieb sei einfach »große Klasse«, und er genieße seine »abenteuerlichen Erfahrungen im Outback« sehr, fing sie laut zu lachen an, was die anderen dazu anstachelte, ihn gnadenlos zu hänseln und sich auf seine Kosten zu amüsieren. Schließlich zog Nick die Mundharmonika aus der Tasche, und Cate ging ihre Gitarre aus dem Werkzeuglaster holen, wo sie sie vor dem Aufbruch verstaut hatte. Sie lehnte sich an Alfs Knie und lächelte Brendan zu.

»Was haltet ihr davon, zuerst ›The Road to Gundagai‹ zu singen?«, fragte sie, begann zu zupfen und schlug ein paar falsche Akkorde an. Brendan nickte und schickte ein stilles Dankgebet für ihre Rettung zum Himmel. Dann begann Cate zu singen, sodass ihre klare Stimme weit über das Lagerfeuer hallte.

»There's a track winding back
to an old-fashioned shack,
along the road to Ironbark …«

Alf stimmte in der zweiten Strophe ein. Sein kräftiger lyrischer Tenor mischte sich mit Cates reinem Sopran, und bald sangen auch alle anderen mit. Bei jedem neuen Lied machten Bier und Rum die Runde, und die Stimmung wurde immer ausgelassener.

So sollte es sein, dachte Cate. Das Vieh stand wohlbehalten im Pferch, das Lagerfeuer brannte, sie war umgeben von Menschen, die sie liebten, und Zauber und Musik lagen in der Luft.

Morgen würden sie die Rinder mit Brandzeichen versehen und aussortieren, einige freilassen und die anderen in die Viehtransporter verladen, die zwei Tagesreisen entfernt an der Schnellstraße warteten. Und anschließend würden sie die ganze Prozedur in einem anderen Teil ihrer Ländereien wiederholen. Noch nie im Leben war Cate so zufrieden gewesen.

»Hast du Lust, mitzufliegen?«, fragte Sean Cate am letzten Tag des Viehtriebs. Heute würden sie in einem besonders unwirtlichen Gebiet unweit der nördlichen Grenze ihrer Ländereien arbeiten. Bei der Vorstellung, ihm beim Viehtrieb per Helikopter zu helfen, leuchteten Cates Augen begeistert auf. »Aber ich muss zuerst Dad fragen«, antwortete sie und machte sich eilig auf die Suche nach Brendan.

»Klar. Das ist eine gute Übung für dich«, erwiderte Brendan, froh, Cate in den nächsten Tagen von den Gefahren fernhalten zu können.

Nachdem sie ihren Vater rasch umarmt hatte, lief Cate zu dem Hubschrauber hinüber, wo Sean bereits den Motor anließ. Sie duckte sich unter dem rotierenden Propeller durch und stieg in die türlose Kabine. Als sie sich anschnallte und den Kopfhörer aufsetzte, streifte sie Sean versehentlich.

»Bist du bereit?«, fragte er durch das Mikrofon.

»Von mir aus kann es losgehen«, antwortete Cate mit einem breiten Grinsen.

Sean kontrollierte die Instrumente und startete. Während die Erde unter ihnen immer kleiner wurde, wehte der Wind Cate ins Gesicht und zerzauste ihr Haar. Das Gefühl, wieder hoch oben in der Luft zu sein, ließ ihr Herz höher schlagen. Als Sean eine scharfe Rechtskurve flog, wurde sie in den Sicherheitsgurt gedrückt. Dann richtete er den Helikopter auf und nahm Kurs auf Nordwest. Begeistert blickte Cate auf den Boden dreihundert Meter unter sich hinunter.

»Hast du schon einmal mit dem Hubschrauber Rinder getrieben?«, erkundigte sich Sean. Da sie nun die richtige Flughöhe erreicht hatten, konnte er kurz den Blick vom Busch abwenden, um Cate anzusehen.

»Dad hat mich auf ein paar Erkundungsflüge mitgenommen, und ich habe auch ein paar Mal von dort oben auf Rinder geschossen. Doch bei einem echten Einsatz war ich noch nie dabei.« Cates Augen leuchteten vor Aufregung. Sie hatte solchen Spaß, dass sie überhaupt nicht bemerkte, welche Wirkung sie auf Sean ausübte.

»Dann ist heute dein großer Tag!«, verkündete Sean. »Dahinten liegt das Gewehr. Den Schrot findest du daneben. Ruf, wenn du Rinder siehst. Ich sage dir, wann du anfangen musst zu schießen, damit sie loslaufen. Also dann …!«

Cates Puls ging schneller, als sie in den Sinkflug gingen, dicht oberhalb der Baumwipfel dahinsausten und auf der Suche nach Vieh immer wieder Haken schlugen. Nachdem Cate ihren Sicherheitsgurt noch einmal kontrolliert hatte, lud sie das Gewehr und umklammerte die Waffe mit schweißnassen Händen. Der Wind blies ihr ins Gesicht und peitschte ihr Haar, während sie den Boden mit Blicken absuchte. Anfangs fiel es ihr schwer, die Rinder auszumachen. Dann wies Sean sie auf eine Gruppe hin, die im Schatten einiger Bäume graste. Er hielt genau auf die Tiere zu, scheuchte sie auf und riss dann die Maschine hoch. Cate hätte beinahe die Blätter der Bäume berühren können. Erschrocken von dem Geräusch und dem Luftzug des Hubschraubers, rannten die Rinder auf die Ebene hinaus und galoppierten einen Wildpfad entlang.

»Da laufen sie«, rief Sean, hocherfreut, dass er Cate zum Mitfliegen hatte überreden können. *Die nächste Station ist mein Bett*, dachte er, während er weiter über die Wipfel hinwegflog.

Bald stürmte etwa ein Dutzend Rinder unter ihnen

dahin. Sean ließ den Helikopter steigen und raste mit Kurs auf Osten davon. »Und jetzt kommt der vergnügliche Teil!« Er stieß wieder auf die Baumwipfel hinab, scheuchte eine weitere kleine Gruppe Rinder auf und trieb sie zu den anderen. »Du bist dran, Cate. Sorg dafür, dass sie nach rechts laufen!«, rief er, als die zweite Gruppe auszubrechen drohte.

Aufgeregt hob Cate das Gewehr, zielte und drückte ab. Der Schuss ging weit daneben.

»Du lernst es schon noch!« Sean schmunzelte, als sie beim nächsten Mal wieder nicht traf.

Nach einigen weiteren Versuchen klappte es. Cate wusste, dass sie die Tiere mit der Schrotflinte nicht ernsthaft verletzte. Mit der Mischung aus Sturzflügen und Schrotsalven gelang es ihnen, eine beträchtliche Herde zusammenzubekommen. Sie trieben sie auf die Viehhüter zu, die mit ihren Pferden neben den Lastern warteten und von oben aussahen wie Spielzeugfiguren. Als die Herde endlich in die gewünschte Richtung lief, flog Sean eine Kehre, um sich auf die Suche nach weiteren Tieren zu machen.

»Wie klappt es da oben, Cate? Amüsierst du dich?«, fragte Brendan per Funk an.

»Es ist fantastisch, Dad!«

»Prima. Sean, Sie fliegen jetzt zur nördlichen Grenzlinie und schauen nach, ob Sie dort noch fündig werden. Dann machen wir Schluss für heute. Morgen früh um zwei kommen die Transporter, um das Vieh abzuholen. Die Zeit wird allmählich knapp.«

»Mist!«, fluchte Sean leise. Er hatte gehofft, auf diesem Flug die Zeit für eine Zwischenlandung zu finden, um Cate zu küssen. »Hört sich gut an«, sagte er laut und funkte sein

»Roger« an Brendan zurück. Dann setzte er die Suche nach versprengten Rindern fort.

»Das nächste Mal darfst du das Teil fliegen«, sagte Sean, als sie landeten und auf das trockene Gras hinaussprangen.

»Prima!«, jubelte Cate mit funkelnden Augen. »Wann?«

»Ich habe als Nächstes einen Auftrag im Norden. Sobald ich zurück bin, rufe ich dich an«, erwiderte er mit belegter Stimme. Im nächsten Moment unterdrückte er einen Fluch, denn Alf kam auf sie zugeschlendert.

»Das war einfach toll! Du musst unbedingt auch lernen, wie man einen Helikopter fliegt, Alf!«, verkündete Cate, bevor er Gelegenheit hatte, etwas zu sagen. Nie wäre sie auf den Gedanken gekommen, dass er jede einzelne Sekunde ihres gemeinsamen Flugs mit Sean verflucht haben könnte. Erst als Sean eine Stunde später endlich in seinen Helikopter stieg und verschwand – allerdings nicht ohne seine Einladung an Cate zu wiederholen –, hellte sich Alfs Miene wieder auf.

Das Verladen des Viehs, das die ganze Nacht bis in die Morgenstunden hinein dauerte, war langwierig und ermüdend. Doch dann waren die Transporter endlich voll und die Rinder fort. Nachdem sich alle eine Mütze Schlaf gegönnt hatten, wurde am frühen Nachmittag das Lager abgebaut, und man machte sich auf den Rückweg zur *Ironbark Station.* Müde, aber überglücklich und in Gedanken noch immer bei Sean und dem abenteuerlichen Viehtrieb, stand Cate unter der Dusche und ließ sich das wohltuende heiße Wasser über die schmerzenden Glieder laufen. Beim Abtrocknen dachte sie immer noch an Sean. Sie freute sich auf ihren nächsten Flug mit ihm und stellte sich vor, wie es wohl sein mochte, von ihm geküsst zu werden. Es war so aufregend gewesen, sich, nur gehalten von einem Sicherheitsgurt, aus dem Helikopter zu lehnen und auf die fliehenden Rinder zu schießen.

Dazu die wunderbare Erregung, die Seans Nähe in ihr auslöste. Sie träumte davon, dieses Erlebnis zu wiederholen.

Auch wenn Alf anderer Ansicht war, hatte sie den Eindruck, dass dieser Viehtrieb sie verändert hatte. Es war, als hätte sie die Schwelle zum Frausein überschritten.

7

Am nächsten Tag wurde Cate unsanft in die Wirklichkeit zurückgeholt, denn Brendan verkündete, er werde nun in die Stadt fliegen, um Tahlia zur Vernunft zu bringen. Eine halbe Stunde später war er fort. Cate blieb allein in dem leeren Haus zurück.

Anfangs genoss sie die Freiheit. Nachdem sie die Ziegen gemolken und die Hausarbeit erledigt hatte, machte sie sich vergnügt auf den Weg zur Weide, um die vier mutterlosen Kälber zu füttern, die beim Viehtrieb geborgen worden waren. Smoocher tänzelte fröhlich vor ihren Füßen herum. Der Welpe wuchs schnell und lernte rasch, Befehlen zu gehorchen. Während Cate den Jungtieren nacheinander die Flasche gab, lag die Hündin geduldig hechelnd im Gras. Cate hatte den Kälbern Namen gegeben. Sunshine war braun-weiß, Shadow dunkelbraun, Misty hellbraun und Honey cremefarben. Cate hatte Honey, das kleinste Kälbchen, besonders ins Herz geschlossen. Sie fand es niedlich, wie es zur Fütterungszeit seinen Artgenossen voraustrippelte und sich mit ihnen darum drängelte, als Erstes dranzukommen. Wenn die Milch ausgetrunken war, sah das Tierchen Cate aus traurigen samtbraunen Augen an.

Im Laufe der Tage ertappte Cate sich dabei, dass sie ihre Stiefmutter mit ihren Szenen und ihrer Anspruchshaltung fast schon vermisste, und sie machte sich zunehmend Sorgen darum, wie es in Zukunft laufen würde. Brendan hatte sich zuverlässig täglich per Funk gemeldet, um sich zu erkundigen, ob alles in Ordnung sei. Allerdings waren ihre Unterhaltungen stets sehr kurz und blieben allgemein. Auch was seine Rückkehr anging, hatte er sich noch nicht festgelegt. Hinzu kam, dass Alf nach Hause gefahren war, um seinem Vater bei der Mangoernte zu helfen, und er fehlte Cate als Gesprächspartner sehr. Würde Tahlia noch schwieriger sein als früher? Würde sie weiter versuchen, Brendan gegen sie, Cate, aufzuhetzen? Würde sie wie immer antriebslos herumsitzen und Trübsal blasen, anstatt auf der Farm mit anzupacken? Und was war, wenn Tahlia beschloss, sich von Brendan zu trennen? Wie würde ihr Vater das verkraften? Allerdings war Cates größte Befürchtung, dass sie Brendan überreden könnte, die Farm zu verkaufen und wegzuziehen, ein schrecklicher Gedanke, den sie rasch beiseite schob.

»Alles wird gut werden, Smoocher«, sagte Cate entschlossen, nahm den wedelnden Welpen in die Arme und schmiegte ihr Gesicht in das weiche blauschwarze Fell. »Komm, wir halten ein Schwätzchen mit Parrot. Der wird uns aufmuntern.«

Parrot lag unter dem Werkzeuglaster, der während des Viehtriebs so viele Probleme gemacht hatte. Sofort schlüpfte Smoocher ebenfalls unter das Fahrzeug und fing an, dem alten Iren das Gesicht abzulecken.

»Bäh! Du musst deinen Hund besser erziehen, Cate«, schimpfte Parrot mit noch stärkerem irischem Akzent als sonst und kam unter dem Wagen hervor, wobei er den temperamentvollen Welpen abwehren musste.

»Sitz, Smoocher! Das versuche ich doch. Siehst du? Du hättest dabei sein sollen, wie sie ganz brav zugeschaut hat, während ich Honey und die anderen gefüttert habe«, rechtfertigte Cate sich rasch. Smoocher gehorchte und beobachtete ihr Frauchen mit heraushängender Zunge und zur Seite geneigtem Kopf. Cate ging in die Hocke und streichelte die Hündin. »Gutes Mädchen. Und jetzt warte … Gut, meinetwegen, lauf schon«, rief sie, als Smoocher schwanzwedelnd losrannte, um einen Käfer am Scheunentor in Augenschein zu nehmen.

Schmunzelnd steckte sich Parrot eine Zigarette hinters Ohr. »Da steckt noch viel Arbeit drin. Ein Hund muss sich hier seinen Lebensunterhalt verdienen«, brummte er und wischte sich mit einem alten Lappen das Motoröl von den Fingern.

»*Ihren* Lebensunterhalt«, verbesserte Cate. Sie sah zu, wie Parrot einige verrostete Schrauben und Muttern nahm, sie abwischte und dann versuchte, sie voneinander zu lösen. »Glaubst du, sie kommt zurück?«, fragte sie schließlich.

»Wer?«

»Tahlia.«

»Das geht mich nichts an.«

Cate verzog unwillig das Gesicht. »Warum nicht?«

Parrot streckte sich, rieb sich die rechte Hüfte und griff dann nach einer halb vollen Bierflasche, die neben ihm stand. Er tat einen großen Schluck. »Das Leben hier draußen ist hart, und man muss stark sein, um ihm gewachsen zu sein. Das ist nicht jedermanns Sache. Und für Frauen ist es besonders schwierig«, fügte er nachdenklich hinzu und wandte sich dann wieder den Schraubenmuttern zu.

»Was soll denn so schwierig daran sein, eine Arbeit zu tun, die man liebt?«, hakte Cate nach.

»Genau deshalb ist dein Dad ja auch so stolz auf dich. Schließlich denken nicht alle Mädchen wie du«, antwortete Parrot väterlich. Cate war für ihn wie eine Enkeltochter, und es gefiel ihm gar nicht, dass sie zwischen den beiden Erwachsenen zerrieben wurde. Er war von Anfang an sicher gewesen, dass Tahlia nur Ärger machen würde.

»Meinst du, Dad könnte sich überreden lassen, die Farm zu verkaufen?«, erkundigte sich Cate nach einer Weile so beiläufig wie möglich.

»Ich kenne deinen Dad, seit er ein junger Bursche war, und inzwischen weiß ich eines ganz genau: Er würde niemals eine Entscheidung treffen, die nicht im Interesse aller ist«, entgegnete Parrot, dem es endlich gelungen war, die Schrauben zu lösen.

»Die Frage ist, was genau das ›Interesse aller‹ ist, wenn er es wirklich in Betracht ziehen sollte.« Wieder wurde Cate von Wut auf Tahlia ergriffen. Wenn sie nur das Gefühl hätte loswerden können, dass einzig und allein sie selbst an der ganzen Situation schuld war. Wie gerne hätte sie gewusst, was der Stand der Dinge war, denn das Warten war das Allerschlimmste. »Ich mache mich besser auf den Weg. Ich habe Dad nämlich versprochen, während seiner Abwesenheit den Zaun am westlichen Wasserloch zu kontrollieren.« Cate rief Smoocher zu sich.

Als sie im Haus ihre Sachen zusammensuchte, wurde ihr wieder bewusst, wie einsam und still es hier war. Im nächsten Moment hörte sie ein Flugzeug, und ihr Herz machte einen Satz.

Sie hastete auf die Veranda und sah zu, wie sich das Pünktchen am Himmel in die vertraute Cessna verwandelte, die wenige Kilometer über der Landepiste schwebte. In der Küche sprang das Funkgerät an.

»Hier spricht Romeo Charlie Papa mit zwei Personen an Bord im Landeanflug auf *Ironbark Station*. Cate, bist du da?« Es war Brendan. Cate griff hastig nach dem Mikrofon.

»*Ironbark Station* an Romeo Charlie Papa. Hallo, Dad! Willkommen zu Hause!«

»Tahlia ist bei mir. Kannst du uns mit dem Auto abholen?«, fragte Brendan.

»Bin sofort da. Hallo, Tahlia!« Cate schnappte sich die Autoschlüssel, sprang in den Holden Kombi und fuhr zum Hangar. Sie hatte ein flaues Gefühl im Magen und hoffte von ganzem Herzen, dass es ihnen gelingen würde, diese unschöne Episode hinter sich zu lassen und ihr ganz normales Leben wieder aufzunehmen. Doch beim Anblick von Tahlias eisiger Miene und Brendans angespannten Gesichtszügen wusste sie, dass es keinen Zweck hatte. Tahlia sah Cate abweisend an.

»Danke fürs Abholen, mein Kind. Deine Stiefmutter wird nicht bleiben«, erklärte Brendan rasch. »Wir müssen ihr helfen, ihre Sachen zu packen. In ein paar Tagen bringe ich sie mit dem Auto zurück in die Stadt.«

»Oh«, stieß Cate hervor.

Wortlos stiegen sie in den Wagen und fuhren zum Haus. Nachdem Tahlia Brendan angewiesen hatte, ihre Koffer aus dem Lagerraum zu holen, verschwand sie im Schlafzimmer.

Brendan schenkte sich einen großen Scotch ein; Cate begnügte sich mit hausgemachter Limonade.

»Ist alles gut gelaufen, während ich weg war?«, erkundigte sich Brendan.

»Alles bestens, Dad.« Cate bemühte sich um einen aufmunternden Ton. »Ich habe gerade die mutterlosen Kälber gefüttert und wollte eben die Zäune kontrollieren, wie du mich gebeten hast. Die Kälber entwickeln sich prächtig. Honey ist so niedlich, und ich könnte schwören, dass sie mich versteht, wenn ich sie rufe. Parrot hat den Laster fast wieder zum Laufen gekriegt. Smoocher hört schon auf ›Sitz‹ und ›Platz‹ – na ja, wenigstens hin und wieder. ... Dad, will sie wirklich fort?«, fragte Cate dann abrupt. Tränen traten ihr in die Augen. Brendan sah so erschöpft und abgekämpft aus.

»Ja, Catie, ich fürchte schon«, erwiderte er niedergeschlagen. Als Cate ihn umarmen wollte, hob er das Glas an die Lippen. »Warum kümmerst du dich nicht ums Mittagessen, während ich Tahlia zur Hand gehe? Wir sind beide ziemlich ausgehungert.«

»Klar, Dad.« Cate fühlte sich abgewiesen. »Verdammtes Weib«, murmelte sie, während sie mit dem Tranchiermesser den kalten Rinderbraten bearbeitete. »Blöde Kuh. Warum kann sie nicht aufhören, uns zu tyrannisieren? Ich bin froh, dass sie geht. Ich bin ja so froh ...« Zornig und fest entschlossen, nicht zu weinen, blinzelte sie die Tränen weg.

Die nächsten zweiundsiebzig Stunden waren unerträglich, da die angespannte Stimmung im Haus immer mehr wuchs. Tahlia nahm Bilder von den Wänden, verstaute den Inhalt des Geschirrschranks in Umzugskartons, durchwühlte Schränke und Schubladen und durchkämmte das ganze Haus gründlich nach allem, was sie vielleicht noch brauchen könnte. Traurig und zornig beobachtete Cate ihren Vater. In seiner Gegenwart behandelte Tahlia sie beide höflich und etwas herablassend. Doch sobald Brendan ihnen den Rücken kehrte, fing sie an, auf Cate herumzuhacken. Sie gab ihr die Schuld, wenn sie etwas nicht finden konnte, und warf ihr Rücksichtslosigkeit und mangelnde Hilfsbereitschaft vor. Cate bemühte sich zwar mit aller Kraft um Selbstbeherrschung, aber als Tahlia ankündigte, sie werde eine Obstschale aus weißem Porzellan mitnehmen, die Cates Mutter gehört hatte, riss ihr endgültig der Geduldsfaden. Leider hatte sie den falschen Zeitpunkt gewählt, Tahlia die Schale aus der Hand zu reißen und sie anzuschreien, sie solle die Sachen ihrer Mutter in Ruhe lassen. Denn in diesem Moment kam Brendan herein und tadelte sie wegen ihrer Frechheit und Gefühlskälte, ohne ihr die Gelegenheit zu einer Erklärung zu geben. Vor Kränkung und Zorn fehlten Cate die Worte. Sie stürmte aus dem Haus und lief den Pfad entlang. Dabei stand ihr das selbstzufriedene Grinsen ihrer Stiefmutter vor Augen.

Cate rannte, bis sie keine Kraft mehr hatte. Dann beugte sie sich keuchend vor und stützte die Hände auf die Knie. Als sie wieder zu Atem gekommen war und über das weite Land blickte, beruhigte sie sich allmählich und konnte wieder klar denken. Davonlaufen war keine Lösung. Auf diese Weise würde sie nur für weitere Zerwürfnisse und Spannungen sorgen und riskierte vielleicht sogar ernsthaft, die Achtung ihres Vaters zu verlieren. Das wäre das Allerschlimmste. Also drehte Cate sich um und kehrte widerstrebend zum Haus zurück, fest entschlossen, sich nicht mehr aus der Reserve locken zu lassen.

Die Spätnachmittagssonne schien angenehm warm von einem kobaltblauen Himmel. Von einem großen Baobab glotzte sie ein Kookaburra an. Eine kleine Brise wirbelte eine winzige Staubsäule, die aussah wie ein Mini-Tornado, zu ihren Füßen auf. In der Ferne schlängelte sich das ausgetrockete Bett des Flusses durch die ausgedorrte rote Landschaft. Alles wirkte so alltäglich und stellte einen starken Kontrast zu dem Kampf, der in ihr tobte, dar. Cate blieb stehen, lehnte sich an einen Zaunpfahl, blickte über das Land und ließ seine idyllische Schönheit auf sich wirken. Dann schlenderte sie zu der Koppel mit den mutterlosen Kälbern hinüber und rief leise nach ihnen. Geführt von Honey, kamen die vier Jungtiere angelaufen, stupsten Cate mit ihren weichen feuchten Nasen an und bettelten um Milch.

»Ich habe nichts dabei.« Cate lachte auf, als das kleine Kalb halb auf ihre Knie kletterte und anfing, an ihren Fingern zu lutschen. Während die anderen sich nach einer kurzen Rangelei trollten, streichelte Cate Honeys cremefarbenen Rücken. Die Zuneigung des Tiers übte eine beruhigende Wirkung auf sie aus. Cate legte sich auf den Rücken, verschränkte die Hände hinter dem Kopf und starrte in den blauen Himmel hinauf. Nachdem Honey sie eine Weile neugierig beäugt und ihr ihren warmen Atem ins Gesicht gepustet hatte, ließ sie sich neben ihr nieder.

»Ich wünschte, alle wären so sanft und liebevoll wie du«, murmelte Cate mit zitternder Unterlippe. Sie schloss die Augen. Als ihr die Tränen über die Wangen liefen, hatte sie nicht einmal die Kraft, sie wegzuwischen. Sie hatte als Tochter und als Stieftochter versagt und verlor nun auch noch ihren Stolz, indem sie weinte.

Was bedeuteten ihr schon die Gegenstände, um die Tahlia ein solches Theater veranstaltete? Bis auf ein paar wenige Dinge sollte ihre Stiefmutter das Zeug ruhig haben! *Aber Mums Obstschale kriegt sie nicht*, dachte Cate zornig. Wieder liefen ihr Tränen über die Wangen, als sie von Sehnsucht nach ihrer Mutter ergriffen wurde. Wie gut erinnerte sie sich noch an den Tag, als Mum die Schale gekauft hatte. Cate war sieben gewesen. Ihre Mutter hatte Obst in die Schale gelegt, sie mitten auf den Küchentisch gestellt, die begeisterte kleine Cate auf den Schoß genommen, und sie hatten die Schale gemeinsam bewundert. Dann hatte Mary die süßeste Orange ausgesucht und ihrer kleinen Tochter beigebracht, wie man sie in einem Stück schälte, ohne abzusetzen. Nie hatte Cate diesen Moment vergessen; er gehörte zu einer Zeit, als noch niemand an Krankheiten, Trauer und Stiefmütter gedacht hatte.

Schluchzend lag Cate auf dem harten, trockenen Boden. Wie sehr sehnte sie sich nach ihrer Mutter und nach damals! Doch noch mehr schmerzte sie der niedergeschlagene Blick ihres Vaters und das bohrende Schuldgefühl, weil sie sich nicht genug Mühe gegeben und die Krise dadurch heraufbeschworen hatte. »Wenn ich nur alles rückgängig machen könnte, Dad, würde ich es tun. Aber ich weiß nicht, wie das gehen soll«, flüsterte sie.

Als kleine Pfoten an ihrem Haar zupften und eine feuchte Schnauze sich gegen ihren Mund drückte, schrie sie erschrocken auf. »Smoocher!«, rief sie und umarmte die

Hündin, die nun, voller Begeisterung, ihr Frauchen endlich gefunden zu haben, Cate die salzigen Wangen ableckte. Mit dem anderen Arm drückte Cate Honey an sich. »Ich habe euch beide ja so lieb.« Sie lächelte.

Eine halbe Stunde später machte Cate sich widerwillig auf den Nachhauseweg, denn sie ahnte, dass es Ärger geben würde, wenn sie nicht bald zurückkam. Nachdem sie im Gemüsegarten einen Salatkopf gepflückt hatte, hastete sie in die Küche und fing an, Kartoffeln zu schälen. Nach zwanzig Minuten stolzierte Tahlia, in eine Wolke teuren Parfüms gehüllt, an der Küchentür vorbei. Cate hörte, dass sie und Brendan auf der Veranda miteinander sprachen, und beschloss, ganz ruhig zu bleiben. Ohne diese grauenhafte Atmosphäre von Trennung hätte es ein ganz normaler Tag auf *Ironbark Station* sein können, dachte sie, während sie den Tisch deckte, Kerzen anzündete und das Essen würzte. Nur mit dem Unterschied, dass Tahlia früher beim Kochen geholfen hatte.

»Alles in Ordnung?«, fragte Brendan, der, eine Flasche Wein in der Hand, plötzlich in der Tür stand. »Das riecht ja lecker.« Er schnupperte an dem Roastbeef mit Kartoffeln und Kürbis, das im Ofen schmorte. Auf dem Herd blubberte die Sauce. Dann sah er Cate forschend an. »Du bist ein bisschen blass um die Nase. Geht es dir auch sicher gut?«

»Die letzten Tage waren wohl für uns alle emotional ziemlich belastend. Habt ihr denn keine Oliven im Haus?«, mischte sich da Tahlia ein. Sie schob sich an Brendan vorbei in die Küche und fing an, in der Speisekammer zu kramen.

Auf einmal war Cate heilfroh, dass diese Frau heute die letzte Nacht unter ihrem Dach verbringen würde.

Endlich war es ausgestanden. Cate war überzeugt, dass sie es keine Sekunde länger ertragen hätte. Der Umzugswagen war, ächzend unter dem Gewicht von Tahlias Habe, abgefahren. Cate und Tahlia standen am Auto, während Brendan das letzte Gepäckstück in dem bereits bis unters Dach vollgestapelten Kombi verstaute.

»Das ist alles nur deine Schuld!«, zischte Tahlia, als Brendan außer Hörweite war. Dann nahm sie auf dem Beifahrersitz Platz.

Sprachlos vor Entsetzen, ließ Cate die kurze Umarmung ihres Vaters über sich ergehen. Sie musste heiße Tränen des Zorns zurückdrängen, als sie dem Wagen nachblickte, der den langen Pfad entlangfuhr und sich rasch von der Farm entfernte. Erst als die Staubwolke im Dunst verschwunden war, wandte sie sich ab.

Parrot trat neben sie. »So ein Miststück«, murmelte er kopfschüttelnd.

In ihrem aufgewühlten Zustand hätte Cate am liebsten laut losgelacht. Schniefend wischte sie sich mit dem Handrücken über die Augen.

»Du konntest sie nie leiden, richtig? Du bist ja so eine treue Seele, Parrot. Ich liebe dich. Dad liebe ich auch, aber ich komme im Moment einfach nicht an ihn heran«, fügte sie mit zitternder Stimme hinzu. Wie gerne hätte sie mit dem alten Mann darüber gesprochen, dass sie befürchtete, schuld an Tahlias Auszug zu sein. Doch sie schämte sich einfach zu sehr, um das Thema anzuschneiden, scharrte nur mit den Füßen und ließ den Kopf hängen, sodass ihr das Haar ins Gesicht fiel. Plötzlich kam sie sich sehr einsam und verlassen vor.

»Ach, mach dich nicht fertig, Kleine. So kenne ich meine Cate ja gar nicht«, erwiderte Parrot. »Du musst jetzt für deinen Vater stark sein. Er nimmt das alles nämlich ziemlich schwer.«

»Jetzt ist sie fort. Endlich bin ich meine böse Stiefmutter los, genau wie ich es mir gewünscht habe«, antwortete Cate mit einem zittrigen Auflachen und warf heftig ihr Haar zurück.

»Da wäre ich mir nicht so sicher«, murmelte Parrot sehr leise.

8

Wie geht es deinem Dad?«, fragte Lucia, den Mund voller Mango. Cate hatte den sonnigen Morgen Anfang September genutzt, um in der Cessna zur Farm der Cristellis zu fliegen. Nun saßen die beiden Mädchen unter einem großen Mangobaum und taten sich an der ersten Ernte der Saison gütlich. Die zweistündige Reise war Cates erster Langstreckenflug seit ihrem Solo gewesen und hatte ihrem angeschlagenen Selbstbewusstsein auf die Sprünge geholfen. Anstatt auf Lucias Frage zu antworten, deutete sie wild gestikulierend auf ihren eigenen Mund, der ebenfalls mit dem süßen weichen Fruchtfleisch vollgestopft war. Sie verdrehte die Augen, während sie zu verhindern versuchte, dass ihr der Saft das Kinn hinunterrann.

»Hmmm, ist das lecker«, seufzte sie und hatte eigentlich keine Lust, sich die angenehme Stimmung von einem ernsten Thema verderben zu lassen. Sie schwenkte die feuchten Finger und wischte sich die Hände im Gras ab. Allmählich legte sich ihre Hochstimmung nach dem Flug von heute Morgen. Trotz Tahlias Abreise herrschte auf *Ironbark Station* weiterhin dicke Luft. Schuldgefühle und Zorn hinderten Cate daran, sich ihrem Vater anzuvertrauen, während Brendans gekünstelte Fröhlichkeit die Kluft zwischen ihnen weiter vertiefte. Bei der Arbeit ertappte sie ihn oft dabei, wie er, tiefe Trauer im Blick, in die Ferne starrte, und sie vermieden es beide sorgfältig, Tahlias Namen zu erwähnen. Cate hatte Lucia zwar berichtet, was Tahlia ihr zum Abschied an den Kopf geworfen hatte, ihr jedoch verschwiegen, wie sehr sie das schlechte Gewissen quälte. »Er behauptet, es ginge ihm gut. Aber ich weiß, dass er leidet. Das alles ist nur meine Schuld. Ich bin ratlos«, gab Cate nun zögernd zu.

»Dann erklär ihm doch, wie du dich fühlst. Erzähl ihm, was die dumme Kuh zu dir gesagt hat. Wenn dein Vater wüsste, dass du dir Vorwürfe machst, wäre er sicher entsetzt!«, rief Lucia aus.

»Das geht nicht. Wie soll ich es denn ausdrücken? Tut mir leid, dass ich dein Leben ruiniert habe, Dad, aber … Außerdem habe ich eine solche Wut auf dieses blöde Miststück, dass ich gar nicht über sie reden will. Anderenfalls würde ich mich nur aufregen, Dinge sagen, die ich gar nicht so meine, Dad damit nur noch mehr wehtun und alles schlimmer machen. Nein, ich belasse es lieber dabei.«

»Ihr beide seid euch so ähnlich.« Lucia schichtete die Mangos in dem Karton, der neben ihr stand. »Wann fliegst du eigentlich mit Sean? Hat er schon angerufen? Mum glaubt, ihn letztens in der Stadt gesehen zu haben.«

»Das kann nicht sein, er ist doch noch in Queensland«, wunderte sich Cate.

»Oh! Na, du kennst ja Mum. Wahrscheinlich hat sie ihn verwechselt«, erwiderte Lucia, die Cate nicht kränken wollte. Dann erzählte sie von dem netten jungen Mann, den sie bei einem lokalen Reitturnier kennengelernt hatte.

Sorgfältig schälte Cate die nächste Mango. Während sie

ihrer Freundin zuhörte, machte sie sich Gedanken über Sean. Von ihm zu träumen, war eine willkommene Ablenkung gewesen, und sie hatte sich anfangs sogar darauf gefreut, dass er sie anrufen und sich mit ihr verabreden würde. Inzwischen jedoch hatte sie ihn fast vergessen. Offenbar hatte Alf recht gehabt, denn Sean schien sich in der Stadt aufzuhalten, ohne sich die Mühe gemacht zu haben, sich bei ihr zu melden. Allem Anschein nach war dieser Sean zwar attraktiv, aber sprunghaft. Alf irrte sich nur selten. Auf ihn war Verlass. Cate beschloss, nicht weiter zu grübeln und den Tag mit ihren Freunden zu genießen. Beim Rückflug am späten Nachmittag besserte sich ihre Stimmung, als sie den Blick über das weite Land unter sich schweifen ließ. Doch sobald sie den ersten Fuß auf den Boden setzte, meldete sich die Trauer erneut.

Um nicht ständig an ihre Schuld erinnert zu werden, verbrachte Cate ihre Tage meist draußen auf der Farm und widmete sich der nie enden wollenden Aufgabe, die Zäune zu flicken. Bei Morgengrauen machte sie sich mit Chocolate auf den Weg, begegnete tagsüber nur Vögeln, Kängurus und hin und wieder einem Emu und kehrte vor Einbruch der Dunkelheit zurück, um die Kälber zu füttern. Die harte Arbeit in der sengenden Sonne lenkte sie von ihren Grübeleien ab, sodass sie nicht mehr ständig über die immer tiefer werdende Kluft zwischen sich und ihrem Vater nachdachte.

Eines späten Nachmittags kehrte Cate von einem weiteren anstrengenden Tag an den Zäunen der Westgrenze zurück. Sie sattelte Chocolate ab, rieb ihn trocken, ließ ihn auf die Weide und ging dann Futter für die Kälber holen.

Inzwischen waren sie fast fünf Wochen alt und würden bald in eine andere Koppel zu den übrigen entwöhnten Kälbern umziehen. Doch zu ihrem Entsetzen musste Cate feststellen, dass der Riegel zerbrochen war und das Tor weit offen stand. Von den Kälbern fehlte jede Spur. Im nächsten Moment bemerkte sie Sunshine und Shadow in dem großen Blumenbeet vor dem Haus. Rasch scheuchte sie sie zurück auf die Koppel, betrachtete mit einem ärgerlichen Aufstöhnen die zertrampelten Blumen und machte sich dann auf die Suche nach Honey und Misty. Obwohl sie eigentlich nicht weit sein konnten, waren sie nirgendwo zu sehen. Nach zehn Minuten begann Cate, sich ernsthaft Sorgen zu machen. Rasch sprang sie auf Chocolates ungesattelten Rücken und preschte den Pfad entlang, um die entfernteren Weiden abzusuchen. Rasch brach die Dunkelheit herein, aber auch als es finster wurde, hatte sie die Tiere noch nicht gefunden. Voller Angst brachte sie Chocolate zurück auf die Weide und hastete ins Haus, um eine Taschenlampe zu holen.

»Sie sind sicher ganz in der Nähe«, meinte Brendan mürrisch, als sie nach einer weiteren Stunde ergebnisloser Suche zurückkam. Auch er hatte einen langen Tag hinter sich, denn er hatte in der sengenden Hitze Rinder mit Brandzeichen versehen und kastriert und außerdem einen unangenehmen Anruf von seinem Steuerberater erhalten. Ein zerbrochener Riegel und entlaufene Kälber hatten ihm also gerade noch gefehlt.

»Nun, das sind sie aber nicht«, erwiderte Cate patzig. Sie machte sich schreckliche Sorgen. Die Kälber würden eine leichte Beute für Dingos sein. Allerdings wusste sie einfach nicht, wo sie noch suchen sollte. Vielleicht waren sie schon Raubtieren zum Opfer gefallen, und sie hatte die Kadaver einfach nur übersehen, dachte Cate niedergeschlagen.

»Bis morgen früh können wir nicht viel tun«, brummte Brendan.

Nachts wachte Cate vom leisesten Geräusch auf. Als eine Eule in den Bäumen schrie, spähte sie in die mondlose Nacht hinaus, und das Jaulen eines Dingos ließ sie im Bett hochfahren. Nachdem sie sich stundenlang herumgewälzt hatte, konnte sie die quälenden Gedanken nicht mehr ertragen, stand auf und zog Jeans und Pullover an. Auf der Veranda spitzte Streak die Ohren. Smoocher sprang auf und wedelte, doch Cate schüttelte den Kopf und befahl ihr flüsternd, sich wieder hinzulegen. Die Hündin ließ die Ohren hängen, klemmte den Schwanz zwischen die Beine und gehorchte.

Geisterhafte Schatten erhoben sich aus der Dunkelheit, als Cate auf den Geländewagen zulief. In einer nahe gelegenen Koppel glotzten vier Brahman-Stiere mit langen Hängeohren sie müde an, als sie sie mit der Taschenlampe anleuchtete. Wieder jaulte ein Dingo, und ein Schauer lief ihr den Rücken hinunter.

»Bitte, lass Honey nichts passiert sein. Ich werde alles tun und mich sogar bei Dad entschuldigen. Außerdem werde ich mich bessern. Aber bitte mach, dass sie wohlauf ist«, betete sie, während sie, weiter nach den Kälbern Ausschau haltend, über die Weide fuhr.

Mit Tränen in den Augen dachte sie an Honeys vertrauensvollen Blick, an den warmen erdigen Geruch ihres Fells und daran, wie sie mit ihren Artgenossen um Aufmerksamkeit wetteiferte.

Kurz vor dem ersten Damm bemerkte sie zu ihrem Entsetzen einen unheilverkündenden dunklen Schatten auf dem Boden. Cate stieg aus und ging, das Gewehr unter den Arm, darauf zu. Ihre schlimmsten Befürchtungen wurden bestätigt: Eine junge Kuh war von Dingos gerissen worden und lag nun sterbend da. Daneben bemerkte sie ein kleines hellbraunes Kälbchen: Misty. Tränen verschleierten ihr den Blick, als sie anlegte, den Kopf abwandte und den beiden Tieren den Gnadenschuss versetzte.

Mit schwerem Herzen setzte Cate ihre Suche in der Dunkelheit fort, voller Furcht, sie könnte auch Honey tödlich verletzt vorfinden. Ihr Schrecken wuchs, als sie einen weiteren kleinen Umriss auf dem Boden sah. Doch als sie hineilte, entpuppte sich der Schatten als Baumstumpf. Mit einem erleichterten Seufzer machte sie kehrt, wischte sich die Tränen von den Wangen, wedelte die winzigen Motten weg, die ihr Gesicht umschwirrten, und stieg wieder in den Geländewagen. Als Brendan im Pick-up über die Weide auf sie zugeholpert kam, traten ihr erneut die Tränen in die Augen.

»Hast du sie gefunden?«, rief er.

»Die Dingos haben Misty erwischt«, erwiderte Cate bedrückt und zeigte mit dem Finger in die Richtung.

»Oh, nein.« Bestürzt betrachtete Brendan die zerfledderten Überreste.

Schweigend nickte Cate und drängte die Tränen zurück. Vater und Tochter spähten in die Dunkelheit.

»Honey! Honey!«, rief Cate bang. Aber nichts war zu hören. »Ich fahre noch ein Stück weiter.«

»Gut, aber ich komme mit. Falls die Dingos sie wirklich

gerissen haben, möchte ich nicht, dass du sie allein findest.« Brendan wünschte, es gäbe noch Hoffnung für das kleine Kälbchen. Allerdings fand er es unwahrscheinlich, dass es so weit gelaufen war.

Cate brachte keinen Ton heraus, als sie wieder in den Wagen stieg und den Motor anließ. Brendan wollte ihr schon folgen, hielt aber plötzlich inne, denn er hatte bemerkt, dass sich in einem nahe gelegenen Busch etwas bewegte. Er blinzelte, schaute noch einmal hin und lachte dann auf.

»Ich werd verrückt! Schau dir das an, Cate!«, verkündete er ungläubig, als ein kleines Tier aus dem Unterholz auf sie zulief.

»Honey!«, jubelte Cate. Sie stoppte den Motor, sprang aus dem Wagen und drückte das Kälbchen an sich. »Wo warst du denn?«, fragte sie, die Augen voller Tränen. »Ach, Honey, ich bin ja so froh, dass dir nichts passiert ist.« Sie lachte, denn das Kalb stupste auf der Suche nach Futter mit dem Kopf gegen ihr Knie, so als ob es nichts Außergewöhnliches gewesen wäre, mitten in der Nacht in der Wildnis umherzuirren.

»Wir bringen sie im Wagen zurück zur Weide.« Brendan hob das Kalb in seine starken Arme und verfrachtete es auf die Ladefläche.

Cate schloss die rückwärtige Klappe. »Ich hatte schon Angst, ich müsste ihr auch den Gnadenschuss geben«, flüsterte sie mit weit aufgerissenen Augen. Ihre Schultern begannen zu beben. »Entschuldige, dass ich dir das angetan habe, Dad. Bitte verzeih mir«, platzte sie heraus und machte endlich den aufgestauten Gefühlen der letzten Monate

Luft. »Ich habe geschworen, mich bei dir dafür zu entschuldigen, dass Tahlia meinetwegen fortgegangen ist, wenn Honey nichts passiert. Ich wollte nicht, dass sie geht …«

»Wovon redest du?«, wunderte sich Brendan.

»Du hast doch nur aus Nettigkeit gesagt, dass es nicht an mir lag. Aber ich weiß, dass ich der Anlass war.« Inzwischen weinte Cate bitterlich. »Alles ist nur meine Schuld. Tahlia hatte recht. Wenn ich nur nicht so gemein zu ihr gewesen wäre! Ich wünschte, ich könnte es rückgängig machen, Dad. Es tut mir ja so leid …« Die Tränen liefen ihr übers Gesicht, und ihr Körper wurde von Schluchzern geschüttelt.

»Psssst … pssst, ganz ruhig, meine kleine Cate«, flüsterte Brendan und drückte seine Tochter an sich. Als er ihr über das Haar streichelte und sie fest umarmte, hatte er selbst Tränen in den Augen. »Könntest du mir jetzt bitte erklären, was genau du meinst?«, erkundigte er sich, als die Tränen endlich versiegt waren.

Cate seufzte tief auf und putzte sich die Nase. »Tahlia ist meinetwegen fort. Das hat sie mir selbst gesagt. ›Das alles ist nur deine Schuld‹, so lauteten ihre Worte, als sie sich von mir verabschiedet hat«, stieß sie hervor.

Brendan erstarrte. »Sie hat es dir zum Vorwurf gemacht?« Er wich zurück. Wut auf seine Frau stieg in ihm auf.

»Ja«, erwiderte Cate. »Das werde ich nie vergessen, und ich würde alles tun, um es rückgängig zu machen.«

Brendan packte seine Tochter an den Schultern. »Jetzt hör mir mal gut zu, Cate Perry. Seit dem Zwischenfall am Hangar hat sich nichts geändert. Dich trifft nicht die geringste Schuld, und ich will so etwas nie wieder von dir hören. Ich wiederhole: Dass Tahlia fort ist, hat nichts mit dir zu tun. Also schlag dir das aus dem Kopf. Es kommt häufig vor, dass Zweitehen scheitern. Deine Stiefmutter und ich hatten Glück, dass wir wenigstens einige glückliche Jahre genießen durften.«

Er schloss sie in die Arme. »Pass auf, Cate, eigentlich bin ich derjenige, der sich entschuldigen sollte. Ich war so blind und ganz und gar damit beschäftigt, mich selbst zu bemitleiden. In unserer Ehe hat es schon vor dem Streit am Hangar gekriselt. Ich wollte es nur nicht wahrhaben. Tahlia hat sich hier gefühlt wie ein Fisch auf dem Trockenen, und zwar von Anfang an. Du hingegen blühst hier auf und bist tief verbunden mit diesem Land. Und dafür liebe ich dich. Ich hatte gehofft, dass Tahlia von dir lernen und sich ändern würde, wenn wir erst eigene Kinder hätten. Aber das war wohl nur ein Wunschtraum. Sie hat nie hierher gepasst. Für sie war es besser, fortzugehen. Das hat meinem Ego zwar einen schweren Schlag versetzt, doch das Wichtigste für mich ist, dass du glücklich bist. Gemeinsam werden wir dafür sorgen, dass *Ironbark Station* weiterhin gut gedeiht.«

Er drückte Cate an sich. »Den Platz deiner Mutter in meinem Herzen kann niemand einnehmen, und du bist das Wertvollste, was sie mir geschenkt hat.« Sanft küsste er sie auf die Stirn. »Komm, jetzt bringen wir das Kalb zu den anderen.«

Bald wehte ein anderer Wind auf *Ironbark Station* und fegte die angespannte Stimmung der letzten Monate hinweg. Brendan war wie ausgewechselt. Er versorgte seine geliebten Brahman-Bullen, scherzte mit Parrot und Eddy und stürzte sich mit neuem Elan in das Zuchtprogramm. Währenddessen hatte Cate alle Hände voll zu tun. Ihre Zeit als Ersatzmutter für die Kälbchen war fast zu Ende, denn die Tiere würden bald keine Flaschenmilch mehr brauchen. Ein wenig wehmütig führte Cate die drei eines Tages zur Weide für die entwöhnten Jungtiere, ließ sie frei und blickte ihnen nach, als sie sich zu ihren Artgenossen gesellten. Honey sah Cate lange an, senkte dann den Kopf und begann zu grasen.

»Ich werde dich oft besuchen«, seufzte Cate, verriegelte das Gatter und kehrte zurück in den Hof.

Es war Ende Oktober, und der Einbruch der Regenzeit stand, früher als sonst, vor der Tür. Die Tage wurden heißer, und die Luftfeuchtigkeit stieg. Das Hemd klebte Cate am Rücken, wenn sie mit Grace im Gemüsegarten arbeitete, und während sie Zaunpfosten in den Boden schlug, lief ihr der Schweiß die Wangen hinunter. Auch das Umpflügen der Weiden und das Einbringen der Heuernte mit dem alten Traktor war eine Plackerei, die müde und durstig machte. Nachts erhellten Blitze den Himmel stundenlang, und dicke schwarze Wolken wälzten sich, Regen verheißend, über das dürre Land. Tagsüber blickten Cate und Brendan in den klaren blauen Himmel hinauf und warteten auf die ersehnten Niederschläge.

Cate stand in der Küche und versuchte, in der betäubenden Hitze von vierzig Grad eine Mahlzeit zuzubereiten, als sie die ersten Tropfen auf dem Blechdach hörte. Mit einem Klappern ließ sie das Messer auf die Arbeitsfläche fallen und rannte hinaus, wo sie weit die Arme ausbreitete und lachend in den Himmel hinaufschaute. Dicke Regentropfen fielen auf ihr Hemd und ihr Gesicht und ließen den Boden zu ihren Füßen dunkel werden. »Es regnet!«, jubelte sie und wirbelte im Kreis herum, während der Himmel seine Schleusen öffnete, sodass sie in Sekundenschnelle völlig durchnässt war.

»Gerade noch rechtzeitig für die neue Ernte«, verkündete Brendan, der von einem der Schuppen herbeigelaufen kam und sich die Regentropfen aus dem Haar schüttelte. Cate fasste ihn an der Hand, und dann tanzten sie zusammen im Regen umher, bis ihre Kleider durchweicht waren.

Binnen weniger Tage wurden die Weiden grün. Neue Setzlinge schossen aus dem Boden, und die Wildblumen tauchten das Land in eine betörende Farbenpracht. Wasserlöcher und Wiesen wimmelten von Tieren, und da die lange heiße Trockenzeit nun vorbei war, füllten sich Bäche und Staudämme bald bis zum Rand.

Mit der Regenzeit änderte sich auch der Tagesablauf. Da die angeschwollenen Flüsse über die Ufer traten und die Ebenen überfluteten, musste man die Tore, die ein Umherstreunen der Rinder auf den gefährdeten Weiden verhindern sollten, ständig kontrollieren. Wenn ein Gewitter drohte, musste das Vieh auf höher gelegene Wiesen getrieben werden. Alf konnte sich für einige Tage von der Mangoernte freimachen, um zu helfen, und so ritten er und Cate los, um eines der großen Tore zu reparieren. Cate freute sich über Alfs Kurzbesuch, und vermisste ihn, als er wieder abfuhr. In dieser Zeit lernte sie auch viel Neues über die Rinderzucht, insbesondere das Besamungsprogramm, von dessen Erfolg der Weiterbestand von Brendans Brahman-Herde abhing. Brendan übertrug ihr immer mehr verantwortungsvolle Aufgaben.

In der Regenzeit hatten die Farmer außerdem mehr Muße, die Schönheit ihrer Heimat zu genießen. Häufig legten Brendan und Cate Arbeitspausen ein, und fuhren zum Angeln und zum Schwimmen zu einem der nahe gelegenen kristallklaren Wasserbecken, über die prächtige rote Klippen aufragten. Sie fingen riesige Baramundis, grillten in der Abenddämmerung köstliche Steaks auf dem offenen Feuer und sahen zu, wie die Funken in den Himmel aufstiegen. Es blieb sogar Zeit für weitere Flugstunden, sodass Cate schwierige Landungen auf felsigem Untergrund üben und auch einige Kunststücke lernen konnte. Sie genoss diese Momente mit ihrem Vater und war noch nie so glücklich gewesen.

Nach einem ihrer Angelausflüge schlachtete Brendan einen seiner Stiere und bestückte die Gefriertruhe neu, während Cate Zaumzeug und Sättel in Ordnung brachte. Sie reparierte Ledergurte und Steigbügel und mistete alles Überflüssige aus, das sich in der Trockenzeit wegen der vielen Arbeit angesammelt hatte. Abends saß sie auf der Veranda, zupfte versonnen auf ihrer alten Gitarre herum und spielte beliebte Countryweisen. Brendan gönnte sich ein kaltes Bier. Die Bäume, die sich scharf vom Himmel abhoben, verfärbten sich erst leuchtend rot und orangefarben und verschwanden schließlich in der Dunkelheit. Manchmal stimmte Brendan in ein Lied ein, sodass sich sein tiefer Bariton und Cates klare jugendliche Stimme mit den Geräuschen des Busches mischten. Die Strahlen der goldenen Abendsonne spiegelten sich auf der mit Schrammen überzogenen Oberfläche der Gitarre.

Als die Weihnachtszeit näher rückte, befürchtete Cate, die

Feiertage könnten Erinnerungen an das vergangene Jahr wecken, sodass ihnen statt eines frohen ein trauriges Fest bevorstünde. Deshalb legte sie sich noch mehr ins Zeug als zuvor, plante ein gewaltiges Festmahl und bestand darauf, nach Darwin zu fliegen, um Weihnachtseinkäufe zu machen. Zu ihrer Überraschung war Brendan sofort einverstanden und ließ sich sogar zum Kauf einiger Hemden und kurzer Hosen überreden, bevor er verkündete, er müsse sich wegen des Zuchtprogramms noch mit einem alten Freund treffen. Cate war zwar ein wenig enttäuscht, beschloss aber die Gelegenheit zu nützen, um noch ein kleines Geschenk zu besorgen. Nachdem sie sich eine Stunde später am Flugzeug verabredet hatten, zog sie los und erstand einige Kassetten mit seiner Lieblingsmusik und eine extrem bunte Krawatte. Dann packte sie die Einkäufe ins Flugzeug und wartete. Kurz darauf kehrte Brendan mit einem großen, länglichen Paket zurück, das in braunes Papier gewickelt war.

»Was ist das?«, fragte Cate.

»Langweiliges Zeug, das ich für die Rinderzucht brauche«, entgegnete Brendan.

»Oh.« Cate nickte abwesend, darum besorgt, ob ihre Geschenke gut versteckt waren, und stieg ein.

Am Weihnachtsmorgen war es heiß und sonnig. Cate schlich in die Küche, schaltete die Lämpchen am künstlichen Weihnachtsbaum an, setzte Tee auf und ging hinaus.

»Fröhliche Weihnachten, Cate.« Brendan trat von hinten an sie heran und küsste sie aufs Haar.

»Fröhliche Weihnachten, Dad«, erwiderte Cate und hauchte ihm einen Kuss auf die Wange. Es war zwar seltsam, aber auch schön, nur zu zweit zu sein. »Was willst du denn jetzt damit?«, fragte sie nach dem Frühstück und deutete auf das große Päckchen, das Brendan aus Darwin mitgebracht hatte und das nun hinter dem kleinen Haufen bunt eingewickelter Geschenke lag.

»Schau es dir an«, entgegnete Brendan, ein Funkeln in den Augen.

»Was soll ich denn heute mit dem langweiligen Zeug für die Rinderzucht?« Während Cate es auswickelte, fragte sie sich, wie sie ihre Enttäuschung verbergen sollte. Unter dem Packpapier kam ein Karton zum Vorschein. Nach einem Blick auf den grinsenden Brendan öffnete Cate ihn und stieß einen Überraschungsschrei aus: In dem Karton lag, ordentlich bedeckt mit einem alten Laken, ein teuer aussehender lederner Instrumentenkoffer.

»Ist es das, was ich glaube?«, jubelte sie, als sie den Koffer öffnete. Vor Erstaunen blieb ihr der Mund offen stehen. Gebettet auf scharlachroten Samt, lag da eine schimmernde, dunkelrote Gitarre.

»Na, nimm sie schon raus und probier sie aus«, wies Brendan sie erwartungsvoll und mit leuchtenden Augen an.

»Bah, bist du gemein!«, rief Cate aus, als sie endlich die Sprache wiedergefunden hatte, um ihrem Vater dann um den Hals zu fallen und ihn fest zu umarmen. Dann nahm sie ganz vorsichtig die Gitarre heraus und strich bewundernd über den glänzenden Klangkörper. Als sie mit den Fingernägeln über die Saiten glitt und dann jede nacheinander anschlug, war sie erstaunt, was für einen satten Klang eine so leichte Berührung auslösen konnte.

»Hoffentlich gefällt sie dir«, sagte Brendan.

»Sie gefällt mir sehr! Sie ist wundervoll!«, begeisterte sich Cate. Nachdem sie sorgfältig den schwarzen Gurt an der Gitarre befestigt und ihn sich über den Kopf gestreift hatte, fing sie an zu spielen. Mit einem glücklichen Lächeln auf dem Gesicht klopfte sie mit dem Fuß den Takt und wiegte sich im Rhythmus. Brendan schnippte mit den Fingern dazu. Er schmunzelte.

»*There's a track winding back* …«, begann Cate zu singen, und Brendan stimmte ein. Als das Lied zu Ende war, fing Cate an zu lachen. »Vielen, vielen Dank, Dad.« Sie strahlte übers ganze Gesicht.

»Du hast sie dir ehrlich verdient, mein Schatz. Du spielst von Tag zu Tag besser, und ich dachte, ich sollte dich ein bisschen darin unterstützen. Ach, übrigens habe ich Ross und Jill Evans und die Coates für heute eingeladen. Mach dir keine Sorgen wegen des Essens: Wer nichts mitbringt, kriegt nichts. Allerdings denke ich, dass die Gefahr einer Hungersnot ziemlich gering ist, wenn ich so in die Küche schaue.«

Lachend verdrehte Cate die Augen. Ihr Dad konnte so großzügig sein – leider oft, ohne sich dabei um die praktischen Details zu kümmern. Zwei Stunden später hallten Stimmengewirr und Gelächter im Haus wider, nachdem die zwei Nachbarsfamilien den Überschwemmungen und schlammigen Straßen getrotzt hatten, um Cate, Brendan, Parrot, Eddy und Grace und ihrer Familie an diesem sengend heißen Weihnachtstag Gesellschaft zu leisten. Seit dem Tod ihrer Mutter hatte Cate kein so schönes Weihnachtsfest mehr erlebt.

9

Mitte April, als das Land im Vorfeld der nächsten Trockenzeit bereits wieder zu verdorren begann, bestürmte Cate Brendan, ihr weitere Flugstunden zu geben. Ein Besuch bei den Cristellis, die über eine ebene Flugpiste verfügten, auf der es leicht war, zu landen, war zwar kein Problem mehr, doch sie wollte unbedingt mehr lernen, um beim nächsten Viehtrieb aus der Luft mitmachen zu können.

»Meinetwegen. Und wenn wir schon dabei sind, können wir auch gleich die Dämme und die Wasserlöcher kontrollieren«, erwiderte Brendan.

Der Wind rauschte am offenen Kabinenfenster vorbei, als sie am frühen Morgen starteten. Die Dämme funkelten idyllisch im Sonnenlicht, und über den Baumwipfeln schwebten Adler. Von einem Wasserloch stieg ein Schwarm Flamingos auf. Ihre langen rosafarbenen Beine und die weißen Schwingen leuchteten.

»Ich liebe dieses Land so sehr«, sagte Cate ins Mikrofon.

Brendan nickte ihr lächelnd zu. »Wir nehmen Kurs nach Norden, folgen dem Weg bis zum Wasserloch an der Grenze und kehren dann um.«

Zufrieden lehnte Cate sich zurück und überließ das Fliegen dem Flugzeug, bis sie das erste Wasserloch erreicht hatten. Bald konnte sie die winzige freie Fläche inmitten von dunklem stacheligem Gestrüpp erkennen.

»Überflieg die Stelle und sieh sie dir gut an«, riet Brendan, als sie sich eine halbe Stunde später dem Wasserloch genähert hatten. »Der Boden ist ziemlich uneben. Achte auf die großen Felsen links und halte auf das ebene Stück Boden rechts zu. Ganz ruhig und langsam.«

Nachdem sie alles noch einmal kontrolliert hatte, sah sie durch das Cockpitfenster nach links und nach rechts und setzte den vorgeschriebenen Funkspruch ab. Dann setzte sie selbstsicher zum Landeanflug an. Die Felsen links konnte sie gut erkennen. Als der Boden rasch näher kam, hielt sie Kurs auf die kleine sandige Fläche rechts und machte sich auf eine holperige Landung gefasst.

»Ausgezeichnet«, sagte Brendan, als Cate nur noch wenige Zentimeter über dem Boden schwebte. Doch sobald das Fahrwerk die Erde berührte, gab es einen lauten Knall. Die Maschine schlingerte heftig nach links und raste auf eine Felsengruppe zu. »Nach rechts halten!«, rief Brendan. Cate zog mit aller Kraft am Steuer, doch das Flugzeug reagierte nicht.

»Es rührt sich nichts!«, schrie Cate entsetzt, während die Maschine immer mehr ins Schleudern geriet. Hilflos musste sie zusehen, wie die Cessna gegen den größten der Felsen prallte und nach oben gerissen wurde. Im nächsten Moment wurde es schwarz um sie.

Benommen schlug Cate die Augen auf. Wo war sie? Was war geschehen? Im nächsten Moment fiel ihr alles wieder ein. Als sie sich umsah, stellte sie fest, dass sie kopfüber im Sicherheitsgurt hing. Ein stacheliger Zweig ragte in die zerbrochene Frontscheibe. Cate griff sich an die pochende Stirn. Warmes Blut rann aus einer Wunde dicht unterhalb des Haaransatzes. Plötzlich fiel ihr ihr Vater ein, und sie drehte sich erschrocken um. »Dad, bist du verletzt?«, rief sie. Aber Brendan rührte sich nicht. »Dad!« Immer noch keine Reaktion. Cate wurde von Panik ergriffen. Sie zerrte an ihrem Sicherheitsgurt, doch der stand durch ihr Körpergewicht so unter Spannung, dass sich die Schließe nicht öffnen ließ; sie mühte sich ab, doch es war vergebens. Cate zwang sich zur Ruhe. Endlich gelang es ihr, ihr Gewicht so zu verlagern, dass der Verschluss aufsprang.

»Dad, was hast du?« Sein Gesicht war beängstigend fahl, und er hatte noch immer kein Lebenszeichen von sich gegeben. Über seine Wange zog sich ein langer blutender Riss. Voller Furcht betrachtete sie ihn, wohl wissend, dass sie ihm womöglich schaden würde, wenn sie ihn bewegte. Andererseits musste sie ihn so schnell wie möglich aus dem Flugzeug holen. »Ich verspreche, vorsichtig zu sein«, keuchte sie, während sie sich mit dem Sicherheitsgurt abkämpfte. Endlich ging er auf, und Brendan sackte auf die Decke des Cockpits.

»Wach auf, Dad! Wach auf!«, rief Cate und rüttelte ihn am Arm. Als sie ihm den Puls fühlte, spürte sie nichts. »Dad, wach auf! Sprich mit mir! Du musst hier raus.«

Cate wandte den Kopf. Treibstoffgeruch stieg ihr in die Nase. »Dad!«, schrie sie und versuchte, ihn wach zu rütteln. Die schrecklichsten Befürchtungen gingen ihr durch den Kopf, und sie zitterte am ganzen Leib. Nachdem sie die Tür aufgedrückt hatte, kroch sie aus der Maschine und kletterte über die Felsen zur Beifahrertür. Sie stemmte sie auf und begann, Brendan aus dem Flugzeug zu zerren. Unter gewöhnlichen Umständen hätte ihre Kraft wohl kaum ausgereicht, doch da die Maschine leicht abwärts geneigt war, gelang es ihr. Als Brendan endlich draußen auf dem Boden lag, zog sie ihn so weit es ging vom Flugzeug weg. Inzwischen war der Treibstoffgeruch stärker geworden, und Cate musste an die grausigen Schilderungen von Unfällen denken, bei denen Menschen in den Flammen umgekommen waren. Doch als sie sich umsah, konnte sie keine Anzeichen für ein drohendes Feuer entdecken.

Schwer atmend vor Erschöpfung, fühlte sie Brendan wieder den Puls. Nichts. »Nein, nein! Sicher habe ich mich geirrt. Es liegt an mir. Gleich habe ich den Puls gefunden, Dad! Dad, wach auf!«, drängte sie, während Panik in ihr aufstieg. Durch das dunkelrote Blut an seiner Wange sah seine schrecklich fahle Haut noch blasser aus. »Das wird schon wieder, Dad … Dad …« Ihre Stimme erstarb.

Sie legte die Hände in den Schoß, kauerte sie sich hin und versuchte, die grausame Wahrheit zu begreifen: Ihr Vater war tot. Sie hatte ihn auf dem Gewissen. Einige Meter entfernt lag das umgekippte Flugzeug. Der geplatzte Reifen ragte in den Himmel.

»Nein, Dad, nein, nein, nein!«, schluchzte sie und wiegte sich hin und her. Rings um sie herrschte Schweigen.

Zwei Wochen später wurde Brendan auf *Ironbark Station* beerdigt. Bei der Autopsie und der Untersuchung des Unfalls waren keine verdächtigen Umstände festgestellt worden. Tahlia, in einem teuren neuen Kleid mit Hut und Schleier, trug eine traurige Miene zur Schau. Sie traf gleichzeitig mit Donald Keets, dem Familienanwalt, ein, der sich bereit erklärt hatte, das Testament noch am selben Tag zu eröffnen. Cate begrüßte die beiden förmlich.

Sie stand immer noch unter Schock und wäre ohne die Cristellis, die gekommen waren, sobald sie von der Tragödie erfahren hatten, wohl völlig verzweifelt. Es kostete sie große Mühe, die Freunde und Kollegen zu begrüßen, die angereist waren, um Brendan die letzte Ehre zu erweisen. Während Cate irgendwelche Erwiderungen auf die Beileidsbekundungen murmelte, musste sie immer wieder an den schrecklichen Vorfall denken. Es war ohne Vorwarnung geschehen. Nichts hatte auf den defekten Reifen hingewiesen, der ihren Vater das Leben gekostet hatte. Sie selbst hatte eine hässliche Platzwunde an der Stirn davongetragen, doch am schlimmsten war die schmerzliche Lücke in ihrem Herzen. Fliegen sei nun einmal gefährlich, beteuerten ihr die Freunde und Bekannten. Mit Unfällen müsse man eben rechnen, und Cate könne von Glück reden, dass sie selbst noch am Leben sei. Allerdings teilte Cate diese Auffassung nicht. Sie beschäftigte nur ein einziger Gedanke, der ständig in ihrem Kopf widerhallte: *Es hätte mich treffen sollen.*

Die Trauerfeier wurde auf dem Familienfriedhof abgehalten, wo auch Cates Mutter und ihre Großeltern beerdigt waren. Das Sonnenlicht spiegelte sich in dem auf Hochglanz polierten Eichensarg, den Brendans beste Freunde in das frisch ausgehobene Grab sinken ließen. Die Kühe auf der nahe gelegenen Weide sahen neugierig zu. Mit Tränen in den Augen umklammerte Cate die dunkelrote Rose, die auf dem Sarg gelegen hatte.

»Er wird im Geiste immer bei uns sein«, flüsterte June Jones auf dem Weg zum Haus, wo Erfrischungen gereicht werden sollten, umarmte Cate und tupfte sich die Augen ab.

»Danke«, murmelte Cate, fest entschlossen, nicht wieder zu weinen anzufangen. Sie ging zu Tahlia hinüber. »Ich weiß, dass wir manchmal unsere Meinungsverschiedenheiten hatten, aber ich bin froh, dass du hier bist. Dad hätte sich sicher auch gefreut, und ich wollte dir sagen, dass du immer hier willkommen bist.«

»Danke, Cate, mein Kind, das ist sehr nett von dir«, erwiderte Tahlia freundlich.

Erleichtert, das hinter sich gebracht zu haben, widmete Cate sich den anderen Gästen.

»Ich schaffe das schon. Wirklich. Ich fühle mich gut hier«, versicherte sie Gina Cristelli, die darauf beharrte, dass jemand die Nacht im Haus verbringen sollte. Ihr war klar, dass Gina, dieses Nein nicht akzeptieren würde.

Nachdem die letzten Gäste fort waren, setzte Cate sich zu Tahlia und Donald Keets in das große Wohnzimmer, wo die offizielle Eröffnung des Testaments stattfinden sollte.

»Ich werde mich kurz fassen und auf alle Förmlichkeiten verzichten«, verkündete Donald und musterte Cate eindringlich über den Rand seiner Brille hinweg. »Meine Lieben …«, begann er und räusperte sich. »Wollen wir anfangen, Mrs. Perry, Cate?« Tahlia nickte, während Cate bei der Anrede »Mrs. Perry« zusammenzuckte. »Also komme ich nun zur Eröffnung des letzten Willens und Testaments von

Mr. Brendan Arthur Perry«, sagte Donald mit einem Blick auf das Dokument, das vor ihm lag. Er nahm die Brille ab. »Zunächst möchte ich betonen, dass es sich hier um einen Erbfall nach gesetzlicher Erbfolge handelt, da der Verstorbene kein Testament hinterlassen hat. Leider, Cate, hat Ihr Vater nie ein Testament gemacht, und zwar weder nach dem Tod Ihrer Mutter noch nach seiner zweiten Hochzeit mit Mrs. Tahlia Perry, obwohl unsere Kanzlei ihm mehrere Male dazu geraten hat.

Das ist ein bedauerlicher, wenn auch nicht seltener Fall, in dem die gesetzliche Erbfolge in Kraft tritt. Gemäß dieser gesetzlichen Regelung hat der überlebende Ehegatte einer Person, die ohne Testament verstirbt, die Wahl, sich entweder mit einem bestimmten Prozentsatz aus dem Vermögen des Verstorbenen auszahlen zu lassen oder den gemeinsamen Wohnsitz zu behalten. Ihre Stiefmutter Mrs. Perry und ich haben nach dem Tod Ihres Vaters einige Gespräche darüber geführt, in deren Folge sie sich für die zweite Alternative entschieden hat. Das bedeutet, dass *Ironbark Station* und alles, was dazugehört, an Mrs. Tahlia Perry als überlebende Ehegattin von Brendan fällt. Laut gesetzlicher Erbfolge gehört die Farm nun Mrs. Perry, sodass sie sie nach Belieben veräußern kann. Für Sie, Cate, haben Ihre Eltern einen Betrag in einem Treuhandfonds angelegt, der Ihnen an Ihrem einundzwanzigsten Geburtstag ausgezahlt werden wird. Außerdem fällt Ihnen nach der Auflösung der Geldanlagen Ihres Vaters eine kleine Summe zu.«

»Aber Tahlia und Dad hatten sich doch getrennt!«, entsetzte sich Cate.

»Ich fürchte, Ihr Dad hatte kein Händchen für Papierkram …«, erläutere der Anwalt in begütigendem Ton und setzte seine Brille wieder auf.

»Tahlia weiß das ganz genau! *Sie* hat ihn doch verlassen. Sie hasst diese Farm!«, schleuderte Cate ihrer Stiefmutter anklagend entgegen.

»Dir ist sicher bekannt, dass diese Trennung nur vorübergehend war«, gab Tahlia zurück und tupfte sich mit einem Taschentuch die Augen ab.

»Was?!«, rief Cate entgeistert aus.

»Meine Damen, so lassen Sie mich die Sache weiter ausführen«, unterbrach Donald mit Nachdruck und nahm erneut die Brille ab. »Zum jetzigen Zeitpunkt sind Sie noch offiziell mit Brendan verheiratet und hiermit seine Alleinerbin, sodass das Anwesen an Sie fällt.« Er stellte fest, dass Cate erbleicht war, und bedauerte es, der Überbringer einer solchen Hiobsbotschaft zu sein. Schließlich kannte er die Perrys schon seit Cates sechstem Lebensjahr und war deshalb gar nicht einverstanden mit dieser Entwicklung. Wie oft hatte er versucht, Brendan zur Abfassung eines Testaments zu überreden! Doch der Mann war eben ein hoffnungsloser Optimist und außerdem furchtbar schludrig in solchen Dingen gewesen. Hinzu kam, dass der ganze Landkreis über Brendans und Tahlias Trennung im Bilde war. Aber so ungerecht es auch sein mochte, ließ das Gesetz hier keinen Zweifel. Er konnte nur hoffen, dass Tahlia es Cate nicht allzu schwer machen würde. »Ihre Stiefmutter wird sich sicher kooperativ zeigen, Cate, sodass wir eine Lösung finden können, die für alle Beteiligten keine zu großen Veränderungen mit sich bringt«, meinte er.

»Ganz bestimmt wird sie das«, stimmte Cate zu, ohne Tahlia anzusehen.

»Ach, ich weiß nicht so recht, eine kleine Veränderung kann doch manchmal recht heilsam sein. Finden Sie nicht?«, flötete Tahlia und schenkte dem Anwalt ein reizendes Lächeln.

»Nun denn. Tja, meine Damen, da meine Pflichten als Anwalt hiermit erledigt sind, lasse ich Sie jetzt am besten allein, damit sie alles Weitere unter vier Augen erörtern können. Wir werden uns sicher noch einmal unterhalten müssen. Doch falls eine von Ihnen mich dringend zu sprechen wünscht, hier ist meine Karte.« Rasch legte Donald zwei Visitenkarten auf den Tisch. »Ich finde allein hinaus«, fügte er hinzu, als Cate aufstehen wollte. Dann setzte er die Brille auf und verließ den Raum.

Wie benommen ließ Cate sich wieder in ihren Sessel sinken. Mit einer derartigen Katastrophe hatte sie nicht gerechnet.

Tahlia beugte sich vor, tätschelte ihrer Stieftochter gönnerhaft das Knie und richtete sich dann wieder auf. Ihre Hände umklammerten die teure schwarz und silbern gemusterte Handtasche. »Keine Sorge, Cate. Von jetzt an werde ich mich um alles hier kümmern«, meinte sie zuckersüß. »Von dir verlange ich nur eines, nämlich dass du jetzt gehst und deine Sachen packst. Ich habe für morgen einen Möbelwagen bestellt und möchte, dass du bis zum übernächsten Wochenende aus meinem Haus verschwunden bist. Wohin du gehst und wie du dorthin kommst, interessiert mich nicht. Du hast meine Ehe zerstört und versucht, mein Leben zu ruinieren. Und jetzt ist der Zeitpunkt gekommen, es dir mit gleicher Münze heimzuzahlen.«

Mit diesen Worten erhob sie sich und stolzierte hinaus. Draußen stieg sie in Donalds Auto, um sich von ihm nach Hause fahren zu lassen.

Zornig und fassungslos starrte Cate auf die geschlossene Tür. Das war doch nicht möglich! Sicher hatte Donald Keets sich geirrt. Tahlia log. Das konnte sie nicht tun. Bestimmt handelte es sich nur um einen grausamen Scherz, um ihr eins auszuwischen. Tja, da hatte sich die Dame aber geschnitten. Auf gar keinen Fall würde sie, Cate, aus diesem Haus ausziehen. Ihr Vater hatte sicher ein Testament gemacht, in dem er ihr die Farm vererbte. Wahrscheinlich war es irgendwo versteckt. Cate sprang auf, um seine Papiere zu durchsuchen. Doch sie musste sich sofort wieder setzten, denn der Raum fing an, sich um sie zu drehen. Die Belastungen der letzten Wochen forderten ihren Tribut. Im nächsten Moment ging die Tür auf, und Lucia, die darauf bestanden hatte, Cate Gesellschaft zu leisten, kam herein.

»Ach, hier hast du dich verkrochen!«, rief sie aus. »Oh, Gott, du siehst ja zum Fürchten aus! Was hat dieses Miststück denn jetzt schon wieder angerichtet? Wie war die Testamentseröffnung? Cate, was ist passiert?«

»Mir geht es gut«, entgegnete Cate. Sie stand auf und lächelte Lucia tapfer an. Es war noch zu früh, um darüber zu reden, dass sie nicht nur ihren Vater, sondern auch ihr Zuhause und ihren Lebensinhalt verloren hatte. Viel zu früh. Zuerst musste sie gründlich nachdenken und es selbst begreifen.

Sie schaffte es, die nächsten Minuten zu überstehen, Lucia zu umarmen, ihr zu versichern, dass alles in Ordnung sei, und sie hinauszukomplimentieren. Nachdem die Tür ins Schloss gefallen war, senkte sich die vertraute Stille über das Haus. Doch der Schwindel und die Kurzatmigkeit wollten sich nicht legen.

Cate war auf dem Weg in die Küche, als ein plötzlicher scharfer Stich in der Brust sie innehalten ließ. Sie fühlte sich elend und konnte sich nicht erinnern, wann sie zuletzt etwas gegessen oder richtig geschlafen hatte.

Also beschloss sie, sich hinzulegen und ihre Probleme eine Weile zu vergessen, bis diese schrecklichen Schmerzen aufhörten.

Der Raum um sie begann sich wieder zu drehen.

Zweiter Teil

10

Cate wurde davon geweckt, dass jemand ihren Namen rief und sie an der Schulter rüttelte. Einen schrecklichen Moment lang glaubte sie, noch zu Hause auf dem Fußboden zu liegen. Doch im nächsten Augenblick fiel ihr ein, dass sie am Vorabend von den Ärzten der Luftrettung ins Katherine General Hospital eingeliefert worden war. Ihr tat jeder Knochen im Leibe weh, und sie fühlte sich unbeschreiblich erschöpft. Sie konnte sich nur noch erinnern, dass sie einen stechenden Schmerz in der Brust gefühlt hatte, bevor sie ohnmächtig geworden war. Als sie kurz das Bewusstsein wiedererlangt hatte, hatte sie Lucias Stimme gehört. Und so dachte sie zunächst, dass es Lucia war, die versuchte, sie aufzuwecken. Sie wusste noch undeutlich, dass sie Gespräche wahrgenommen und eine beklemmende Atemnot empfunden hatte. Die Schmerzen kehrten zurück, und ein Rollwagen ratterte durch Krankenhausflure. Sie verstand nur die Hälfte, als ein Arzt ihr erklärte, sie habe eine schwere Panikattacke erlitten. Nachdem er ihr Bettruhe und Beruhigungsmittel verordnet hatte, wies er sie an, sich keine Sorgen zu machen und sich pflegen zu lassen, und ging hinaus. Cate hatte brav die Tablette geschluckt, die die Nachtschwester ihr reichte, und war dann rasch eingeschlafen. Und nun wurde sie von der Schwester vom Frühdienst geweckt.

»Wie fühlen wir uns denn heute, Cate?«, fragte die freundliche Schwester mit den braunen Augen, zog die Vorhänge rings um Cates Bett zurück und schob ihr lächelnd ein Thermometer unter den Arm.

»Müde«, erwiderte Cate. »Wie bin ich hierher gekommen?«, fragte sie nach einer Weile.

»Mit dem Rettungshubschrauber.«

»Ja, das weiß ich noch. Aber wer hat ihn gerufen?« Sie erinnerte sich nämlich nicht nur an die Schmerzen, sondern auch an ihre Angst, weil sie ganz allein im Haus gewesen war.

»Ihre Freundin Lucia. Eine irre Geschichte. Lucia hat mir erzählt, sie sei losgefahren, habe sich aber solche Sorgen um Sie gemacht, dass sie noch einmal umgekehrt sei und sie auf dem Boden liegend vorgefunden habe. Sie hatten wirklich großes Glück. Lucia ist eine sehr geistesgegenwärtige junge Frau. Herzliches Beileid zum Tod Ihres Vaters. Offenbar haben Sie sich in den letzten Wochen ein wenig übernommen.«

Sie fühlte Cate den Puls und fragte sich dabei, was wohl aus dem armen Mädchen werden sollte. Brendan war überall ausgesprochen beliebt gewesen. Als Donald Keets völlig aufgebracht von der Beerdigung zurückgekehrt war, hatte seine Sekretärin einer Freundin von dem nicht vorhandenen Testament und der habgierigen Stiefmutter erzählt. Der Buschtelegraf hatte das Gerücht sehr rasch verbreitet, und inzwischen wusste die ganze Stadt, dass Tahlia *Ironbark Station* geerbt und Cate vor die Tür gesetzt hatte. Seufzend trat die Schwester von einem Fuß auf den anderen. Wie konnte eine Frau nur so mit ihrer Stieftochter umspringen, insbesondere wenn sie nur wenige Jahre älter war als diese? Außer ihrem Dad hatte Cate keine Angehörigen. Es war eine sehr unschöne Geschichte.

Sie legte Cates Arm zurück aufs Bett, nahm das Thermometer und las es ab. »Jetzt muss ich Ihnen noch die Brust abhören«, verkündete sie, half Cate, sich aufzusetzen, und wärmte das kalte Stethoskop in der Handfläche an. »Sie sind bald wieder auf dem Damm«, meinte sie nach der Untersuchung. Sie wünschte, sie hätte mehr für das Mädchen tun können. »Ruhe, gutes Essen und ein bisschen Fröhlichkeit um sich, dann sind Sie wieder wie neu. Der Arzt würde Sie gern noch vierundzwanzig Stunden zur Beobachtung hierbehalten. Dann dürfen Sie gehen.«

Cate lächelte höflich. *Aber wohin?*, fragte sie sich. Während die Schwester die Tür hinter sich schloss, krampfte es ihr den Magen zusammen. Die Augen fielen ihr zu. Sie war zu müde, um darüber nachzudenken oder sich auf die Schnelle eine Lösung für ihre Zukunft einfallen zu lassen.

Sie drehte sich um und schaute bedrückt aus dem kleinen Fenster, wo die Äste eines großen Pfefferbaums im Sonnenschein schimmerten. Das Einzige, was sie aufmunterte, war, dass Lucia sich um sie gekümmert hatte. Die liebe, gute Lucia, der sie so gerne ihr Herz ausschütten wollte. Tränen traten Cate in die Augen und liefen ihr über die Wangen. Warum hatte Tahlia das getan? War der Tod ihres Vaters nicht Tragödie genug für sie beide? Welchen Grund hatte sie, ihr auch noch ihr Zuhause wegzunehmen? Cate fühlte sich betrogen, gedemütigt und hoffnungslos einsam. Sie wischte sich die Tränen ab. Das verkrampfte Gefühl in ihrem Magen wurde schlimmer. Was sollte aus ihr werden? Wohin sollte sie gehen? Schließlich gestattete es ihr Stolz nicht, andere Menschen um Hilfe zu bitten.

Als eine Schwesternhelferin das Frühstück brachte, wurde Cate aus ihren trüben Gedanken gerissen. Jetzt erst bemerkte sie, wie ihr der Magen knurrte, und sie setzte sich auf, um zu essen. Anschließend schlief sie wieder ein, denn sie war viel erschöpfter, als sie selbst es geahnt hatte.

Fünf Minuten vor Beginn der nachmittäglichen Besuchszeit kam Gina mit einem großen Blumenstrauß ins Zimmer gestürmt.

»*Cara Cate! Povera ragazza!* Wie geht es dir? Was hast du denn bloß wieder angestellt?«, fragte sie und küsste Cate auf beide Wangen. Dann sah sie sie liebevoll an, strich ihr das Haar aus der Stirn und suchte sie nach Verletzungen ab. »*Povera Cate.*« Mit einem Seufzer reichte sie Cate den Blumenstrauß. »Du hast Besuch!«, verkündete sie dann und machte Platz für Lucia und Alf.

Cate bedachte alle mit einem zittrigen Lächeln. »Tut mir leid, dass ihr euch meinetwegen solche Sorgen gemacht habt.« Mit den Tränen kämpfend, hielt sie inne.

»Sorgen, das kannst du laut sagen!«, rief Gina aus. »Ich habe mich halb zu Tode geängstigt. Wir waren gerade zu Hause angekommen, als Lucia anrief. Sie schluchzte und schrie, du lägest auf dem Boden und seiest weiß wie ein Leintuch ... Ich habe kein Wort verstanden und mich schon gefragt, ob wir bald wieder eine Beerdigung haben würden ... Und dann war die Leitung tot ... Ich hatte solches Herzklopfen ... Ich habe gewartet und gewartet und zu Alf gesagt, dass wir unbedingt gleich wieder umkehren müssten. Aber er hat nur geantwortet, ich solle mich beruhigen. Später rief Lucia wieder an. Sie hat zwar immer noch geweint, doch jetzt konnte ich verstehen, dass ihr beide im Krankenhaus seid und dass wir sofort herkommen sollten. Die ganze Zeit über habe ich mich gefragt, was mit euch Mädchen passiert ist.«

»Ich bin ja so froh, dass ich den richtigen Riecher hatte. Es war einfach nur ein ungutes Gefühl. Du hast so traurig ausgesehen. Außerdem hast du uns ganz schön erschreckt.« Lucia lächelte unter Tränen, erleichtert, dass ihre Freundin sich so rasch erholt hatte.

»Hallo, Cate. Tut mir leid, dass du so eine schlecht Zeit durchmachen musst«, meinte Alf und hauchte ihr einen Kuss auf die Wange.

»Alf, Lucia, es tut mir schrecklich leid. Ihr wart so lieb zu mir. Es ist wirklich ein Glück, dass ich euch habe«, erwiderte Cate, griff nach Alfs Hand und drückte sie. »Sie wollen mich noch vierundzwanzig Stunden hierbehalten. Dann darf ich nach Hause.« Sie hielt sich den Blumenstrauß vors Gesicht, weil ihr schon wieder die Tränen kamen. »Ich soll mich ausruhen, gut essen …«

»Jetzt zerbrich dir nicht den Kopf darüber!«, unterbrach Gina. »Du wohnst bei uns, bis es dir besser geht und du wieder nach Hause kannst.« Nachdem sie Cate eine Weile liebevoll gemustert hatte, lachte sie auf und klatschte in die Hände. »*Bene! Bene!* Das wäre also geklärt. *Madre mia*, was reden die Leute hier nur für dummes Zeug«, sprach sie aufgeregt weiter. »Heute Morgen beim Friseur hieß es doch tatsächlich, dein Vater hätte *Ironbark Station* deiner Stiefmutter vererbt, und du hättest jetzt kein Zuhause mehr. Ich habe ihr verboten, weiter solche böswilligen Lügen zu verbreiten …« Als sie Cates Miene bemerkte, hielt sie ruckartig inne. »*O, Dio! È vero!* Ist es wahr?«, rief sie aus und schlug erbleichend die Hände vors Gesicht. »Alfredo, Lucia! Sagt mir, dass das nicht stimmt!«

»Was!«, platzte Lucia erschrocken heraus.

»Cate?« Alf zog die Augenbrauen hoch.

Cate nickte bedrückt. »Ich fürchte, deine Friseurin hat recht. Dad hat nie ein Testament gemacht. Auch nicht nach Mums Tod. Jetzt erbt Tahlia *Ironbark Station*, und sie hat mir gesagt, bis Ende der Woche auszuziehen. Lucia, ich hätte es dir so gerne gleich erzählt, aber es war einfach zu viel.« Cates Stimme zitterte.

»*O, Dio!*«, flüsterte Gina, immer noch die Hände vor dem Gesicht, und ließ sich schwer auf einen Stuhl fallen. Im nächsten Moment stieg ihr die Zornesröte in die Wangen. »Diese Frau! Diese grässliche, abscheuliche … ! Ich habe ihr nie getraut. Wie kann man so etwas tun?«, jammerte sie aufgebracht.

»Mum meint damit nur …« Alf legte seiner Mutter beruhigend die Hand auf die Schulter.

»Nichts hat sich geändert«, verkündete Gina entschlossen und stand auf. »Cate, *cara,* du kommst und wohnst bei uns. *La mia casa è la tua.* Unser Zuhause ist auch deines, und zwar jederzeit und für immer. Wir sind eine Familie. *No, no,* Alfredo und Lucia. Keine Sorge. Ich sage jetzt nichts mehr.« Sie nickte ihren Kindern zu. »Also, Cate. *È finito,* die Entscheidung steht. So machen wir es. Ganz schlicht und einfach. Bei den Cristellis hast du deine Ruhe und bekommst genug zu essen. Alles Weitere besprechen wir, wenn du dich ein wenig erholt hast«, fügte sie hinzu, schüttelte zufrieden den Kopf und drohte mit dem Finger, als Cate protestieren wollte.

Cate lag da und lächelte die Cristellis an. Sie fühlte sich, als wäre ihr gerade ein zentnerschwerer Stein vom Herzen gefallen. Nun war ihr Geheimnis kein Geheimnis mehr, und Gina hatte es ihr unmöglich gemacht, die Einladung abzulehnen. Wenigstens war sie jetzt nicht obdachlos. Ihre Unterlippe zitterte, und erneut füllten sich ihre Augen mit Tränen.

»Danke«, flüsterte sie.

»*Buona ragazza*. Braves Mädchen.« Gina drückte sie noch einmal an sich. »Alles wird gut. Da bin ich ganz sicher. Du wirst schon sehen. Und jetzt besorge ich mir eine Tasse Kaffee, falls es hier so etwas gibt, damit ihr Kinder euch in Ruhe unterhalten könnt. Und morgen, Cate, kommen wir und holen dich nach Hause.«

Dass Cate bei den Cristellis wirklich willkommen war, wurde ihr am nächsten Tag noch einmal bestätigt, als Possum, Santas sonst so scheuer Kakadu mit dem schwefelgelben Kamm, auf ihrem Kopf landete, sobald sie auf der Mangofarm aus dem Auto stieg. »Hallo, Possum!«, krächzte der Vogel ihr ins Ohr, kletterte dann auf ihre Schulter und rieb seinen Kopf an ihrer Wange.

»Hallo, Possum. Was für eine Ehre!«, rief Cate aus und streichelte sein weiches, cremeweißes Gefieder.

»Siehst du, er findet auch, dass du hier richtig bist«, sagte Alf.

Den restlichen Tag über beharrte Possum darauf, entweder neben Cate oder auf ihrer Schulter zu sitzen und ihr ins Ohr zu plappern. In der fröhlichen Atmosphäre bei den Cristellis besserte sich Cates Befinden rasch. Allerdings wurde sie die Sorge nicht los, was aus den Mitarbeitern und den Tieren auf *Ironbark Station* werden sollte. Am Abend sprach sie mit Gina und Santa darüber. Da man sie im Krankenhaus ermutigt hatte, so bald wie möglich wieder zum Alltag überzugehen, bat sie Alf, sie und Lucia am nächsten Tag zur Farm zu fliegen.

Als sie am frühen Nachmittag eintrafen, wurden sie von Parrot empfangen, der meldete, am Vormittag sei ein Immobilienmakler da gewesen.

»Steht die Farm etwa schon zum Verkauf!«, entsetzte sich Cate, nachdem Parrot ihr den Zweck dieses Besuchs erklärt hatte. Außerdem teilte er ihr mit, Tahlia habe ihn mit der Veräußerung der Tiere auf der Farm beauftragt.

Streak und Smoocher kamen herbeigelaufen und tänzelten, überglücklich, ihr Frauchen wiederzusehen, schwanzwedelnd um Cate herum. Während sie die beiden Hunde streichelte, fragte sie sich, welche Hiobsbotschaften ihr wohl sonst noch bevorstanden.

»Uns sind die Hände gebunden«, fuhr Parrot fort. »Offenbar hat Tahlia dem Makler die Erlaubnis gegeben, in ihrer Abwesenheit auf der Farm herumzuschnüffeln. Er hatte sogar die Schlüssel zum Haus. Aber ich habe ihm gesagt, dass er zuerst dich anrufen muss.«

»Danke, Parrot.« Cate traute ihren Ohren nicht. Alles ging viel zu schnell. Und dass die wunderschönen Brahman-Rinder ihres Vaters verkauft werden sollten, ließ bittere Tränen in ihr aufsteigen.

»Es war klar, dass Tahlias nächster Schritt so aussehen würde. Oder hast du etwa gedacht, sie wolle hier wohnen?«, meinte Alf tröstend.

»Ich habe dich doch gewarnt, dass man vor dieser Frau auf der Hut sein muss«, sagte Parrot, kratzte sich am Kopf und setzte den verbeulten Akubra wieder auf. »Aber du schaffst das schon, Catie, mein Kind. Ein Haus ist nichts weiter als Steine und Mörtel. Außerdem ist es nicht das einzige auf dieser Welt. Von so etwas lässt ein mutiges Mädchen wie du sich doch nicht unterkriegen.«

»Aber ich liebe diese Farm so sehr. Sie ist mein Zuhause«, widersprach Cate bedrückt. »Zumindest war sie das«, fügte sie zornig hinzu. Sie nestelte an Smoochers Halsband herum und drängte die Tränen zurück, fest entschlossen, sich zur Wehr zu setzen. Sie würde sich ihrer Stiefmutter nicht kampflos geschlagen geben und den Verkauf von *Ironbark Station* verhindern. Sobald hier alles geklärt war, würde sie Donald Keets einen Besuch abstatten. Es musste doch eine Möglichkeit geben, ihr Zuhause zurückzubekommen.

»Smoocher und Streak können mit zu uns kommen. Dad liebt Hunde. Sie werden ihm bei der Arbeit auf der Plantage sicher gute Dienste leisten«, meinte Alf und legte den Arm um Cate. Sie musste ein Problem nach dem anderen angehen. »Mit Chocolate wird es ein bisschen schwieriger, aber uns fällt schon etwas ein.«

»Danke«, sagte Cate und schmiegte sich an seine starke Schulter. »Ich weiß nicht, was ich ohne euch anfangen sollte.« Sie schenkte ihm ein kurzes Lächeln. Wie immer half Alf ihr, ihre Gedanken zu ordnen. Sie überlegte. »Ich bitte Eddy, sich um Chocolate zu kümmern, bis ich ein neues

Zuhause habe. Er hat Pferde sehr gern. So ist er wenigstens in guten Händen.« Seufzend wandte sie sich der nächsten Aufgabe zu.

Eine halbe Stunde später – Alf und Parrot erörterten noch den Verkauf von Vieh, landwirtschaftlichen Geräten und vor allem von Brendans wunderschönen Brahman-Rindern – machte sich Cate auf die Suche nach Lucia. Diese war, unterstützt von einer in Tränen aufgelösten Grace, in der Küche damit beschäftigt, Geschirr in Kisten zu verstauen. Zwei ganze Tage verbrachten die drei Frauen und Alf damit, zu packen, auszusortieren und trauerten den Erinnerungen nach. Als die Möbelpacker kamen, war alles so weit, dass sie einen Großteil der Sachen in ihren Umzugswagen laden konnten. Während sie am letzten Abend auf der Veranda des merkwürdig leeren Hauses bei einem kalten Bier saßen, verkündete Parrot, er werde sich nach dem Verkauf des Viehs »auf die Socken machen«.

»Ich finde schon etwas Neues, Leute. Für einen alten Hasen wie mich gibt es im Territory genug zu tun. Jedem Farmer liegt daran, dass alle Maschinen funktionieren. Die anderen Jungs kriegen sicher auch rasch Arbeit, keine Sorge.« Er klang zuversichtlicher, als er sich fühlte, denn es brach ihm das Herz, dass die Herde aufgeteilt und verkauft und die Farm, die ihm so lange Heimat und Arbeitsplatz gewesen war, geschlossen werden sollte.

In den nächsten zehn Tagen kümmerten sich Cate und Parrot um den Verkauf des Viehs. Cate hatte das Gefühl, Verrat an ihrem Vater zu begehen, und hörte ständig seine vergnügte Stimme im Ohr, während sie mit dem Viehmakler verhandelte. Jeden Moment rechnete sie damit, Brendan über den Hof kommen zu sehen. Als der Letzte der stattlichen Brahman-Stiere in einen Transporter verladen wurde, weinte sie bittere Tränen. Schweren Herzens entließ sie die Farmarbeiter, von denen sie viele schon seit ihrer Kindheit kannte. Es war, als würden alle Erinnerungen an ihren Vater systematisch von der Farm getilgt. Auch der Abschied von ihrem geliebten Chocolate war ein trauriger Augenblick. Wieder blutete ihr das Herz, als sie zusah, wie Smoocher und Streak verdattert in den Wagen sprangen, in dem sie transportiert werden sollten. Am Ende herrschte auf der Farm eine unheimliche Stille. Cate packte ihre letzten Habseligkeiten in das Familienauto und nahm Abschied von den Menschen und dem Ort, der ihr Zuhause gewesen war.

»Ich kann es nicht fassen, dass ich nicht mehr zurückkommen werde«, seufzte sie bedrückt, umarmte Grace, Ed und Parrot und winkte den Aborigine-Familien zu, die auf der Farm lebten und ihr von Kindheit an vertraut waren. »Ich weiß, dass ihr gut für das Land sorgen werdet«, flüsterte sie mit zitternder Stimme.

Während Alf das leichte Flugzeug startete, stieg Cate in das Auto ihres Vaters und fuhr den langen Weg entlang, der vom Haus wegführte. Tränen brannten ihr in den Augen, als sie an den leeren Koppeln vorbeikam, und sie versuchte, die Erinnerungen an ihr Zuhause aus ihrem Gedächtnis zu verbannen. Als sie den großen Damm erreichte, den ihr Vater und ihr Großvater gebaut hatten, wurde sie von der Trauer überwältigt. Die Tränen verschleierten ihr den Blick, sodass sie unfähig war, weiterzufahren. Cate stoppte den Wagen und taumelte zum Damm hinüber, wo sie wild schluchzend zu Boden sank. Gedanken an ihren Vater und an das Elend der letzten Wochen stürmten auf sie ein und brandeten wie Wellen über sie hinweg. Wie sehr sehnte sie sich danach, sich in die Arme ihrer geliebten Eltern zu flüchten. Stattdessen würde sie nun für immer auf diese Geborgenheit verzichten müssen. Sie war eine Waise. Endlich versiegten die Tränen. Cate richtete sich erschöpft auf und starrte stumpf geradeaus. Es dauerte eine Weile, bis sie sich wieder ins Auto setzen und langsam den Weg zur Farm der Cristellis fortsetzen konnte.

Cates Ankündigung, sie werde um ihr Zuhause kämpfen, stieß bei Gina und Santa auf wenig Begeisterung. »Ich weiß, wie wütend du bist und wie viel dir die Farm bedeutet, aber gegen das Gesetz sind wir eben machtlos.« Santa schüttelte zweifelnd den Kopf. »Meinetwegen ruf deinen Anwalt an, aber du wirst nur noch mehr verletzt werden, wenn du eine solche Auseinandersetzung lostrittst.«

»Es ist sicher sehr schwer für dich, doch du bist ja noch jung. Du solltest versuchen loszulassen und ein neues Leben anfangen, *cara* Cate«, riet Gina.

Cate war zwar enttäuscht von den beiden, wollte aber nicht mit ihnen streiten, solange sie unter ihrem Dach wohnte. Deshalb schwieg sie und setzte sich am nächsten Tag mit Donald Keets in Verbindung. Dieser erklärte ihr, es sei vielleicht möglich, die gesetzliche Erbfolge anzufechten. Allerdings handle es sich um einen langwierigen, komplizierten und voraussichtlich recht kostspieligen juristischen Vorgang. Auch er empfahl ihr, mit der kleinen Summe, die sie geerbt hatte, ein neues Leben anzufangen. Doch Cate war – genau wie ihr Vater – nicht bereit, seinem Rat zu folgen. In den nächsten Tagen rechnete sie ihre Finanzen durch, fest entschlossen, diese Ungerechtigkeit nicht auf sich beruhen zu lassen. Aber je länger sie sich in die Angelegenheit vertiefte, desto klarer wurde ihr, wie gering ihre Chancen waren. Das Verfahren würde sich über Jahre hinziehen und Tausende von Dollar verschlingen, ohne dass ihr jemand einen Sieg vor Gericht hätte garantieren können. Offenbar hatte sie keine Möglichkeit, Tahlia einen Strich durch die Rechnung zu machen.

»Ich habe das Gefühl, Dad zu verraten, wenn ich das, was er sich aufgebaut hat und worauf er so stolz war, nicht entschlossen genug verteidige«, erklärte sie Alf, während sie zusammen bei einem Traktor den Reifen wechselten. »Wir haben die Farm gemeinsam geführt ...« Ihre Stimme zitterte.

»Dein Vater würde von dir sicher nicht verlangen, dass du dich aufopferst, weil er nachlässig gewesen ist ... Ach, hallo, Marcella.« Alf blickte hoch, als er eine schlanke Hand auf der Schulter spürte. Verlegen stand er auf, denn Cates bestürzte Miene war ihm nicht entgangen. Sofort fiel Marcella ihm um den Hals und küsste ihn auf den Mund. Dann trat sie einen Schritt zurück und himmelte Alf mit Blicken an.

»Alfie, mein Schatz, ich dachte wir wollten heute ein Picknick machen«, flötete sie und zog ein Schmollmündchen. Sie tat, als wäre Cate gar nicht vorhanden.

»Ja, später, Marcie. Cate und ich müssen noch den Traktor reparieren.«

»Hallo, Marcella«, meinte Cate, überrascht von dem unerwarteten Eintreffen der Rivalin. Marcella lächelte ihr flüchtig zu und fuhr dann fort, Alf anzuschmachten.

»Nun, wir sind ja fast fertig, Marcie. Warum gehst du nicht rein, begrüßt Mum und lässt dir von ihr ein paar Mangos geben?«, schlug Alf rasch vor. Seiner Miene war nichts zu entnehmen. Anschließend drehte er sich um und half Cate, eine festsitzende Flügelmutter zu lösen.

Zum ersten Mal im Leben fühlte Cate sich in Alfs Gegenwart befangen. Dass Marcella eifersüchtig war, lag auf der Hand. Aus welchem Grund hätte sie ihr sonst so unhöflich die kalte Schulter zeigen sollen? Aber woher kam diese Eifersucht? Cate und Alf waren doch nichts weiter als gute alte Freunde.

Cate war zwar noch immer niedergeschlagen, erholte sich körperlich aber recht schnell. Sie empfand sich als Teil der Familie Cristelli, denn ihr gefielen der fröhliche Trubel und das italienische Temperament. Lucia und ihre Brüder stritten oft erbittert wegen irgendwelcher Kleinigkeiten, während der kleine Luciano lautstark versuchte, sich Gehör zu verschaffen. Doch die Auseinandersetzungen endeten stets genauso schnell wie sie angefangen hatten. Santa, der stolz auf seine italienische Herkunft war, stimmte häufig aus heiterem Himmel seine Version von Liedern wie »Nessun Dorma« aus Puccinis »Turandot« oder die berühmte italienische Weise »O Sole Mio« an, was Cate stets zum Schmunzeln brachte. Da auch Alf und seine Brüder gern aus voller Kehle um die Wette sangen, herrschte im Haus oft ein beträchtlicher Lärmpegel. Cate lauschte zufrieden, ließ sich von der Ausgelassenheit der Cristellis anstecken und versuchte, nach Möglichkeit nicht an die Zukunft zu denken.

Abends, wenn die Arbeit auf der Farm getan war, versammelte sich die Familie oft zu spontanen Liederabenden am

Lagerfeuer. Bei diesen Gelegenheiten erinnerte sich Cate meist voller Trauer an ihren Dad. Sie konnte noch immer kaum fassen, dass er nicht mehr lebte und dass sie nie wieder sein strahlendes Lächeln sehen oder seine liebevolle Stimme hören würde. In diesen Momenten fühlte sie sich trotz der heiteren Atmosphäre um sich herum sehr allein.

Eines Abends saßen alle bis auf Gina, die drinnen das Essen vorbereitete, fröhlich singend beisammen, als Alf vorschlug, Cate solle doch ihre Gitarre holen, um sie zu begleiten. Cate, die immer noch nah am Wasser gebaut hatte, verstummte schlagartig und wurde weiß wie ein Leintuch. Kurz darauf flüchtete sie wortlos ins Haus.

»Was hast du zu ihr gesagt?«, erkundigte sich Lucia.

»Ich habe sie nur gefragt, ob sie nicht ihre Gitarre holen möchte«, erwiderte Alf.

»Blödmann!«, rief Lucia aus. »Wie konntest du so etwas tun?«

»Wo liegt das Problem?«

»Die Gitarre ist ein Geschenk von ihrem Dad.«

»Na und?«

»Und jetzt hast du Cate traurig gemacht.«

»Ach herrje, das war doch eine ganz harmlose Bitte. Cate ist doch nicht aus Zucker. Irgendwann wird sie darüber hinwegkommen müssen«, protestierte Alf, der sich im Geheimen über seine eigene Taktlosigkeit ärgerte. Die Hände in den Taschen, marschierte er aufgebracht davon.

Zehn Minuten später kehrte Cate mit ihrer Gitarre zurück. »Ich weiß nicht, ob ich schon so weit bin«, raunte sie Lucia nervös zu. Ihre Hände zitterten, als sie versuchte, einen Akkord anzuschlagen. Nach zwei Anläufen hielt sie inne und starrte bedrückt ins Leere. Die Erinnerungen schnürten ihr die Kehle zu.

»Oh, Cate, mein Bruder ist ein Idiot!«, schimpfte Lucia.

»Nein, Alf hat recht. Ich muss es überwinden. Dad hätte gewollt, dass ich weiterspiele. Es ist nur …« Trauer breitete sich auf ihrem Gesicht aus, als sie an ihren Vater dachte. Dann holte sie tief Luft und schlug die ersten Akkorde von »Waltzing Matilda« an. Das Haar fiel ihr ins Gesicht. Doch als sie zu singen beginnen wollte, brach sie sofort wieder ab, denn sie brachte keinen Ton heraus. Zornig schlug sie gegen den Gitarrenhals, um die Saiten zum Verstummen zu bringen, und wischte sich die heißen Tränen aus den Augen.

Lucia trat einen Schritt auf sie zu. »Du musst das nicht tun, Cate«, sagte sie anteilnehmend.

Alf, der aus einiger Entfernung zusah, spürte ihren inneren Konflikt.

»Doch, ich muss.« Entschlossen versuchte Cate es erneut. Anfangs klang ihre Stimme noch heiser, wurde aber mit jeder Liedzeile kräftiger, als sie Schritt um Schritt die Trauer vertrieb und sich die Freude zurückeroberte, die sie stets beim Singen mit ihrem Vater empfunden hatte. Alf näherte sich von hinten, umfasste ihr Taille, sodass sie zusammenfuhr, und stimmte ein. Kurz darauf war Cate von der gesamten Familie Cristelli umringt, die aus voller Kehle mitsang. Unter Tränen lächelnd, spielte Cate weiter. Als Santa und Alf miteinander wetteiferten, wer den hohen Schlusston am längsten und lautesten halten konnte, fing sie zu lachen an. Bald bogen sich alle vor Gelächter und klatschten laut in die Hände.

»Bravo! Bravo! Und jetzt gibt es Essen!«, verkündete

Gina, die gerade mit einem großen Topf Spaghetti Bolognese nach draußen kam.

»Ich bin am Verhungern!« Lucia setzte sich an den langen Tisch neben dem Feuer und fing an, die Teller zu verteilen.

»Cate und Alf sollten ein kleines Konzert geben, wenn nächsten Monat Ginas Eltern zu Besuch kommen. Nur ihr beide. Es klingt sehr schön, wenn ihr zusammen singt«, meinte Santa, während alle herzhaft zugriffen.

»Eine tolle Idee.« Alfs Augen leuchteten. »Wir nehmen auch ein paar von deinen eigenen Liedern ins Programm, Cate. Du spielst wirklich ausgezeichnet«, fügte er leise hinzu.

»Die Gitarre war ein Geschenk von meinem Dad«, erwiderte Cate stolz. Sie war froh, dass sie gegen ihren Schmerz angekämpft hatte.

»Und wir sind der Background-Chor«, nuschelte Pedro mit vollem Mund.

Die Auswahl der Lieder wurde eifrig debattiert. Und als Cate sich leidenschaftlich an der Diskussion beteiligte, wusste sie, dass sie einen großen Schritt weitergekommen war. Am folgenden Abend fing sie zum ersten Mal seit dem Tod ihres Vaters wieder an zu komponieren, summte Melodien vor sich hin und zupfte Akkorde. Als sie im Sonnenschein saß und sich verschiedene Textzeilen durch den Kopf gehen ließ, spürte sie, wie sie von einer neuen Kraft und einem vergessengemeinten Glücksgefühl durchpulst wurde. Lieder zu schreiben machte ihr große Freude. Ihr Dad wäre sicher stolz auf sie.

Cate und Alf probten regelmäßig, eine Zeit, die nur ihnen beiden gehörte und die ihr sehr viel bedeutete. Alf hatte nicht nur eine schöne Singstimme, sondern trug auch viele neue Anregungen bei und brachte Cate zum Lachen, wenn er sie wieder einmal wegen ihrer Ernsthaftigkeit hänselte. Bald stand ihr kurzes Programm, Cates Niedergeschlagenheit war endlich verflogen, und sie freute sich schon sehr auf das Konzert.

Drei Wochen später traten Cate und Alf am Lagerfeuer auf, sehr zur Begeisterung von Ginas betagten Eltern und angefeuert vom Applaus der restlichen Familie. Als Cate ein fröhliches Lied vortrug, das sie eigens für die Cristellis geschrieben hatte, hallte ihre glockenreine Stimme über die dunkle Landschaft. Nach der Vorstellung fielen ihr alle um den Hals und beglückwünschten sie. Gina und Santa hatten vor Rührung Tränen in den Augen. Als Cate die Umarmung erwiderte, musste auch sie ein bisschen weinen.

Inzwischen war es Juli, und seit dem Tod ihres Vaters waren fast drei Monate vergangen. Cate fand, dass es allmählich Zeit wurde, sich ein eigenes Zuhause und eine Arbeit zu suchen. Allerdings graute ihr sehr vor dem Abschied. An einem sonnigen Morgen, Gina und sie waren gerade mit Brotbacken beschäftigt, sprach sie das Thema an.

»Warum hast du es immer so eilig? Schließlich arbeitest du hier doch auch für deinen Lebensunterhalt«, erwiderte Gina, während sie weiter den Teig knetete. »Wir haben genug Platz, und ich liebe es, wenn im Haus Leben herrscht. Da macht eine Person mehr oder weniger doch keinen Unterschied. Außerdem habe ich dich gerne hier. Lucia ist immer so mit ihrem Beruf und ihren Freundinnen beschäftigt. Also finde ich es schön, eine zweite Tochter zu haben, mit der ich reden kann. Nimm mir das nicht. *È bene!* Außerdem habe ich für deinen achtzehnten Geburtstag ein großes Fest geplant.«

»Ich freue mich, dass ich eine Schwester als Verstärkung gegen meine Brüder habe. Und wenn Mum und Dad dich hierbehalten wollen, würde ich mir an deiner Stelle keine Sorgen machen. Andererseits bin ich während der Woche sowieso nicht hier. Du musst selbst entscheiden, was du mit deinem Leben anfangen willst«, ergänzte Lucia, die in einer Apotheke im einige Autostunden entfernten Katherine beschäftigt war.

Da die Cristellis so liebevoll und energisch darauf bestanden, beschloss Cate, ihnen nicht zu widersprechen.

Obwohl Cate beteuerte, dass sie ihren achtzehnten Geburtstag lieber in aller Stille begehen wollte, organisierte Gina eine große Party, zu der sie alle Nachbarn und viele Freunde einlud. Die Tische bogen sich unter Speisen, und es wurde bis tief in die Nacht hinein gefeiert. Cate musste zugeben, dass sie sich glänzend amüsierte. Wenige Tage später rutschte Gina aus und verstauchte sich den Knöchel, sodass sie zusätzliche Hilfe im Haushalt brauchte, und so erschien Cate der Moment ungünstig, um Zukunftspläne zu schmieden. Die Wochen vergingen, die Saisonkräfte trafen ein, um die reifen Mangos zu pflücken, und alle waren von früh bis spät damit beschäftigt, die Früchte zu sortieren, sie in Kartons zu verpacken und zum Markt zu schaffen. Nach der Mangoernte waren die Weihnachtsvorbereitungen an der Reihe. Am Weihnachtstag herrschte noch mehr Trubel im Haus, als Freunde und Familienmitglieder einander *Buon Natale* wünschten, Geschenke auspackten und sich an köstlichen italienischen Süßigkeiten gütlich taten. Die Kinder tollten umher und ließen Knallbonbons los. Cate gab sich Mühe, nicht an das vergangene Weihnachtsfest zu denken. Also wartete sie bis zum Neujahrstag – die Familie erholte sich noch von der Silvesterfeier, während Cate und Gina die Wäsche aufhängten –, um das Thema Zukunft erneut anzuschneiden.

»Du brauchst dringend ein wenig Abstand von allem, damit du dich nicht gleich wieder übernimmst. Und da habe ich einen wunderbaren Vorschlag für dich!«, verkündete Gina, die sich zwar freute, dass Cate ihr Leben in die Hand nehmen wollte, aber ihre Ziehtochter nur ungern gehen ließ. »Ende Januar findet in Tamworth ein Musikfestival statt. Du kannst bei meiner Schwester Claudia und ihrem Mann Mario unterkommen und in ihrem ausgezeichneten Restaurant, dem *Bellissimo*, aushelfen. Du wirst lecker essen, viel Musik hören und jede Menge Spaß haben. Ein guter Vorschlag, oder? *Bene!*«, sprach Gina weiter, ohne Cates Antwort abzuwarten. »Musik ist Balsam für die Seele. Du grübelst viel zu viel über die Zukunft nach. Die Zeit wird schon alles richten. Weniger da oben, mehr hier unten.« Sie tippte sich erst an die Stirn und klopfte sich dann auf den gewaltigen Busen. »Und wenn du zurückkommst, lassen wir uns etwas für dich einfallen. Ach, und ich habe noch eine Idee. Alf kann dich nach Tamworth fahren und ebenfalls bei seiner Tante und seinem Onkel wohnen. Der Arme braucht auch mal eine Pause. Seit sein Dad den Unfall hatte, arbeitet er rund um die Uhr.« Begeistert von ihrem Geistesblitz, versetzte Gina der Wäschespinne einen schwungvollen Schubs, sodass die Kleidungsstücke

Karussell fuhren. Dann drückte sie Cate an sich, griff nach Korb und Wäscheklammern und eilte zurück zum Haus, um Alf zu rufen.

»Vielleicht bringt die Reise Cate und Alf einander ja näher«, raunte Gina verschwörerisch, als sie sich in dieser Nacht neben Santa ins Bett legte. »Es könnte ja sein, dass sie sich verloben und dass wir nächstes Jahr eine Hochzeit feiern«, fuhr sie aufgeregt fort. Dann küsste sie ihren Mann auf die Wange und kuschelte sich unter die Decke.

Mit Marcella war Gina nie so recht warm geworden und deshalb war sie erleichtert, dass das Mädchen sich in letzter Zeit immer seltener blicken ließ. Marcella war viel zu versessen aufs Heiraten, dachte Gina, während sie ihr Kopfkissen zurechtklopfte. Ganz im Gegensatz zu Cate, die zwar keine Italienerin war, aber ein reizendes Mädchen. Außerdem hatte Gina Brendan versprochen, für seine Tochter zu sorgen, falls ihm etwas zustoßen sollte. Nun, die befürchtete Tragödie war geschehen, und Gina hatte Wort gehalten.

»Hör auf, die Kupplerin zu spielen, und lass die jungen Leute das selbst entscheiden. Dann wirst du auch nicht enttäuscht, wenn es nicht klappt«, antwortete Santa und erwiderte Ginas Kuss.

»Ach, du alter Schwarzmaler. Überall witterst du Probleme.« Gina drehte sich um und schloss die Augen.

Obwohl Santa alles tat, um es ihr auszureden, ließ Gina in den nächsten Wochen gegenüber Alf immer wieder Andeutungen fallen. Die ganze Familie witzelte schon darüber, während der Angesprochene tat, als ginge ihn das alles nichts an. Einen Tag vor der Abreise nach Tamworth konnte Gina nicht mehr an sich halten.

»Warum machst du Cate nicht einen Antrag, wenn ihr unterwegs seid?«, fragte sie, nachdem sie ihren Sohn in der Küche abgefangen hatte. »Du liebst sie doch, Alfredo. Das sehe ich dir an der Nasenspitze an. Vielleicht liebt sie dich ja auch und weiß es nur noch nicht. Cate braucht ein Zuhause, eine Aufgabe und einen Ehemann. Und du könntest ihr das alles bieten.«

»Lass mich bitte in Ruhe, Mum«, protestierte Alf. Er bekam rote Ohren und wünschte, seine Mutter hätte nicht über die unheimliche Fähigkeit verfügt, seine Gedanken zu lesen.

»Was habe ich jetzt schon wieder Falsches gesagt?« Verzweifelt rang Gina die Hände. »Wie lange soll ich denn noch auf mein erstes Enkelkind warten? Dein Vater und ich werden auch nicht jünger. Und du übrigens genauso wenig.«

»Nicht wieder die alte Leier, Mum! Cate ist erst achtzehn. Setz ihm nicht ständig zu!«, schimpfte Lucia, die gerade hereingekommen war und die Tirade ihrer Mutter gehört hatte.

»Was soll das heißen – erst achtzehn? Ich habe euren Vater mit achtzehn geheiratet. Als ich so alt war wie dein Bruder, war ich Ehefrau und Mutter von zwei *bambini*.« Gina warf Alf einen tadelnden Blick zu und fing an, frisch gehacktes Basilikum mit Streichkäse zu mischen. »Heirate Cate und kriege *bambini* mit ihr. Ihr wohnt bei uns. Ich helfe euch mit den Kindern. Alle sind glücklich. Und niemand braucht sich mehr Sorgen zu machen.«

»Wenn eure Mutter sich erst einmal etwas in den Kopf gesetzt hat!«, rief Santa aus. Er kam auf seinen Krücken hereingehinkt, griff nach einem Kräcker und tunkte ihn in den Dip, den Gina gerade vorbereitete. Cate trat nach ihm ein.

»Cate, ich helfe dir beim Packen«, meinte Lucia und schob ihre Freundin rasch aus dem Raum, um zu verhindern, dass ihre liebevolle, aber leider auch recht taktlose Mutter Cate mit ihrem Gerede in Verlegenheit brachte.

»Worum ging es denn?«, fragte Cate.

»Mum versucht wieder mal, dich und Alf zu verkuppeln. Hochzeit, *bambini*, das Übliche eben«, antwortete Lucia und verdrehte die Augen. »Was willst du denn mitnehmen?« Sie griff nach einem ordentlichen Stapel T-Shirts auf dem Bett.

»Ich habe deine Mum schrecklich gern. Sie ist so gut zu mir und bringt einen immer wieder zum Lachen.« Cate fühlte sich davon geschmeichelt, dass Gina sie und Alf gern als Paar gesehen hätte. Allerdings wusste sie, dass es reine Zeitverschwendung war, denn schließlich war Alf ja mit Marcella zusammen. »Es war so lieb von deiner Mum, diese Reise zu organisieren. Ich freue mich wirklich darauf.« Cate fing an, Unterwäsche in ihrem Koffer zu verstauen. »Hoffentlich hat Marcella nichts dagegen, dass ich mit Alf wegfahre.«

»Ach, sei nicht albern! Erstens ist es nur für eine Woche, und zweitens hat die arme alte Marcella viel zu viel mit ihrem kranken Großvater zu tun, um den Kopf für etwas anderes freizuhaben. Außerdem sind du und Alf schließlich kein Liebespaar. Ihr beide erinnert mich eher an zwei alte

Teddybären. Gemütlich, langweilig und schon ein bisschen zerschlissen.«

»Danke für die Blumen!«, rief Cate aus, unsicher, ob sie lachen oder gekränkt sein sollte.

»Tja, das mit dem ›langweilig und zerschlissen‹ stimmt vielleicht nicht ganz. Aber egal. Jedenfalls hat Alf es nicht eilig damit, eine Familie zu gründen. Das hat er mir letztens selbst erzählt. Er hat es noch ein bisschen salopper ausgedrückt: ›Was hat man davon, dass man jung ist, wenn man sich nicht richtig austoben kann?‹«, fügte sie in verschwörerischem Ton hinzu. »Versprich mir, Marcella kein Sterbenswörtchen davon zu verraten. Ich möchte nicht, dass sie mir vorwirft, ich wolle einen Keil zwischen sie und Alf treiben. Mum wünscht sich auf Biegen und Brechen eine Hochzeit. Und wenn Marcella sie weiter aufstachelt, werden wir ja sehen, wer gewinnt. Ihr solltet in Tamworth ein bisschen Straßenmusik machen, um euch etwas dazuzuverdienen. Was hältst du davon?«, fragte Lucia grinsend und hüpfte, Luftgitarre spielend, durchs Zimmer.

»Wir haben genug Lieder im Programm. Außerdem wäre es sicher lustig«, erwiderte Cate lächelnd. Froh, dass das Thema Alf und Marcella nun vom Tisch war, vergewisserte sie sich, ob sie auch alle ihre Noten eingepackt hatte.

11

Als Cate in der Vormittagssonne über die Schwelle des *Bellissimo* trat, fühlte sie sich auf Anhieb wie zu Hause. Mario Ortucchio, dessen dichtes schwarzes Haar an den Schläfen allmählich grau wurde, begrüßte sie überschwänglich und führte sie in einen langen schmalen Raum. Claudia, die ein elegantes dunkelblaues und cremefarbenes Kleid trug und offenbar einen ausgezeichneten Friseur hatte, war dort gerade damit beschäftigt, Kuchenstücke in einer großen Vitrine anzuordnen. Gäste warteten darauf, bedient zu werden. Das Restaurant war bereits zu drei Vierteln besetzt. Claudia glich ihrer Schwester Gina sowohl äußerlich als auch im Wesen wie ein Ei dem anderen. Nachdem sie Cate und Alf begeistert um den Hals gefallen war, wies sie die beiden Männer an, das Gepäck nach oben zu bringen.

»*Bellissimo! Bellissimo!* Ich freue mich ja so sehr!«, rief sie entzückt aus. Nachdem sie dem jungen Mann hinter der Theke das Kuchentablett gereicht hatte, zeigte sie Cate das Restaurant und stellte sie sämtlichen Mitarbeitern vor.

Im *Bellissimo* fühlte man sich wie in Italien. Es roch sogar so, und der Duft von poliertem Holz, köstlichem Brot und leckeren Kuchen rief Erinnerungen an heiße träge Sommer am Mittelmeer wach. Das Personal trug Schwarz mit strahlend weißen Schürzen. In der kühlen Einganghalle saßen Gäste an Tischen aus schimmerndem dunklem Holz, tranken genüsslich ihren Kaffee und lasen Zeitung. Auf der anderen Seite des Raumes standen riesige Glasvitrinen, in denen die hungrige Kundschaft eine reiche Auswahl appetitlicher Kuchen, Plätzchen und Törtchen bewundern konnte. Viele davon waren mit glasierten Mandeln, Aprikosen und gehackten Nüssen dekoriert, und alle strotzten von Zuckerguss. Cates Magen fing wie auf ein Stichwort an zu knurren.

Sie folgte Claudia vier flache Holzstufen hinauf in den luftigen, dicht besetzten Speiseraum. Dort standen die kleinen Tische aus dunklem Holz so dicht, dass kaum ein Stuhl dazwischenpasste. Den Gästen schien es ausgezeichnet zu schmecken. Die Tische waren mit gestärkten Tüchern aus weißem Leinen gedeckt. Gläser und Besteck funkelten im Sonnenlicht. Die Fensterfront führte auf die Hauptstraße von Tamworth hinaus. An den dunkelgrünen Wänden hingen Gemälde, auf denen Rom, Venedig, Mailand und Florenz zu sehen waren, neben signierten Fotos berühmter Countrysänger, die in diesem Restaurant aufgetreten waren. In einer Ecke hatte man Platz für eine kleine Bühne gemacht. Zwei junge Männer bauten gerade ihre Lautsprecheranlage auf.

»Während des Festivals gibt es hier jeden Abend eine Vorstellung. Komm, ich mache dich mit den Musikern bekannt, die heute auftreten. Das sind Joe und Bill«, verkündete Claudia. »Sie werden mit ihrer Band bei uns spielen. Joe ist schon das dritte Jahr hier. Bald werden Sie zu berühmt für uns und das *Bellissimo* sein!«, fügte sie lachend, an die beiden Männer gewandt, hinzu.

Ehrfürchtig schüttelte Cate ihnen die Hand. Sie glaubte, Joe von den Fotos der letztjährigen Verleihung der Goldenen Gitarre wiederzuerkennen. Dann folgte sie Claudia nach oben in einen kleineren Gastraum, wo einige Paare gemütlich beim Essen saßen. Auch hier standen Tische und Stühle dicht an dicht. Durch die offenen Fenster drangen Sommerhitze und die Geräusche der Straße herein.

Mit einem missbilligenden Zungeschnalzen schloss Claudia rasch die Fenster. »Hier haben wir Platz für weitere Gäste und noch mehr Musik. Im Sommer ist zum Glück immer sehr viel los. Und jetzt musst du etwas essen!«, rief sie aus.

Sie führte Cate zu einem kleinen Tisch zwischen der Küchentür und den Stufen zum Speiseraum, wo Mario und Alf bereits mit einer jungen Kellnerin saßen. »Da unsere Gäste sich hier wie zu Hause fühlen sollen, essen wir auch mit ihnen. Wir sind alle eine große Familie«, übertönte Claudia das Stimmengewirr im Restaurant. »Setz dich, setz dich. Also, Alfredo, jetzt erzähl mir, wie es meiner lieben Schwester und Santa geht.«

Nachdem das Essen vertilgt und alles Wissenswerte berichtet war, scheuchten Claudia und Mario die Besucher mit der Anweisung, Tamworth zu erkunden, aus dem Haus.

»Ich fasse es nicht, wie ähnlich deine Mum und deine Tante sich sind!«, stellte Cate, der Claudia vor einigen Jahren schon einmal begegnet war, fest.

»Genau so liebevoll – und mindestens ebenso herrschsüchtig«, erwiderte Alf grinsend. Er fühlte sich wohl und war überglücklich, allein mit Cate die belebte Hauptstraße hinunterschlendern zu können. Aus den Fenstern und Türen wehten Musik und Gelächter hinaus.

Einige Stunden lang spazierten sie vergnügt durch Tamworth. Über die Straßen, auf denen sich die Touristen drängten, waren bunte Lichterketten gespannt. Die farbenfrohe und heitere Stimmung des »Tamworth Music Festival« übertrug sich rasch auch auf Cate und Alf. Die Stadt platzte aus allen Nähten, denn das größte Musikfestival der südlichen Erdhalbkugel lockte viele Besucher an, allesamt begierig, die Atmosphäre auf sich wirken zu lassen. Musik klang aus Türen und hallte um Häuserecken, denn auf den Gehwegen hatte eine große Anzahl Straßenmusiker Posten bezogen. Immer wieder blieben Cate und Alf stehen, um Münzen in offene Instrumentenkoffer zu werfen, und beratschlagten lachend, ob sie es nicht selbst einmal versuchen sollten.

»Hey, schau dir das an!« Alf packte Cate an der Hand und zog sie durch eine Lücke in der Menschentraube, die sich um einen attraktiven dunkelhaarigen Schlagzeuger geschart hatte. Der junge Mann lieferte gerade eine beachtliche Darbietung ab. Das Sonnenlicht reflektierte sich auf seinem Schlagzeug, als der Musiker immer wieder seine Trommelstöcke in die Luft warf und sie genau im Takt auffing. Ein Kontrabassist zupfte auf seinem riesigen Instrument, während ein Gitarrist und eine Sängerin auf ihren Einsatz warteten.

»Wirklich eine tolle Band. Das Mädchen hat fast so eine gute Stimme wie du«, meinte Alf beim Weitergehen, als die Menschenmenge sich zerstreut hatte.

»Du übertreibst«, erwiderte Cate, fühlte sich aber dennoch geschmeichelt.

Der Biergarten des *West Diggers' Clubs* platzte derart aus

allen Nähten, dass auch auf dem Parkplatz Tische, Stühle und Sonnenschirme aufgestellt worden waren. Nachdem sie zwei freie Stühle gefunden hatten, zog Alf los, um Getränke zu holen. Währenddessen knüpfte Cate ein Gespräch mit den anderen Gästen am Tisch an, in denen sie den Schlagzeuger und seine Band erkannte. »Ich habe euch vorhin spielen gehört. Einfach spitze!«, begeisterte sich Cate. Die Sängerin hatte ihr besonders gut gefallen.

»Danke«, antwortete der Schlagzeuger. Er stellte sich als Nat vor. Der Bassist hieß Lance, und der Gitarrist und Keyboarder nannte sich Spider. Angela, die zierliche, magere Sängerin, nickte Cate zu ihrer Enttäuschung nur kurz zu und drehte sich dann sofort zu jemandem am Nachbartisch um.

»Ich bin zum fünften Mal beim ›Tamworth Festival‹, zum dritten Mal mit dieser Band. Aber erst diesmal gehen wir die Sache richtig ernst an«, erklärte Nat und nahm einen großen Schluck kaltes Bier, als Alf mit den Getränken zurückkehrte. »Kümmere dich nicht um sie«, fügte er hinzu und wies mit seinem Glas auf Angela. »Wir hatten nach dem letzten Auftritt einen kleinen Krach. Sie ist zwar eine prima Sängerin, benimmt sich manchmal aber wie eine Primadonna.«

Cate schätzte Nat und Lance auf Mitte dreißig, Spider und das Mädchen auf Mitte bis Ende zwanzig.

»Lance ist ein Genie am Kontrabass und Spider ist für seine Keyboard-Arrangements beim letzten Talentwettbewerb in Adelaide für einen Preis nominiert worden«, sprach Nat weiter. »Wir spielen jetzt seit drei Jahren zusammen und sind auf der Suche nach weiteren Auftrittsmöglichkeiten. In diesem Jahr sind viele wichtige Leute hier. Chefs von Plattenfirmen, Agenten und so weiter. Unsere Band heißt übrigens Wild Knights, falls du uns noch mal spielen hören willst.«

»So wie die Ritter der Tafelrunde?«, lachte Cate. Sie war beeindruckt von der Energie, die die kleine Truppe ausstrahlte, ebenso von der Auswahl ihrer Lieder.

»Genau! Wie wir auf den Namen gekommen sind, das ist eine Geschichte für sich. Wir saßen nach einen Auftritt bei einem Bier zusammen, und es entspann sich die Diskussion darum, wie die Band heißen sollte.«

»Du meinst, du hast dich bis zur Besinnungslosigkeit betrunken und dann einen Streit vom Zaun gebrochen«, unterbrach Spider seine Schilderungen.

»Nun ja, es …«, versuchte sich Nat halbherzig zur Wehr zu setzen. »Ach, egal. Wir haben uns also über den Bandnamen unterhalten und festgestellt, dass unsere Namen denen der Ritter der Tafelrunde entsprechen. Spider heißt eigentlich Arthur. Lance ist die Abkürzung von Lancelot – seine Mutter hat ein Faible für englische Geschichte –, Angela nennen wir Gwinny, nach Guinevere, und ich heiße mit zweitem Vornamen …, ach, so wichtig ist das auch wieder nicht.

»Er heißt Galahad! Was sagst du dazu?«, platzte Lance heraus.

»Galahad! Und das ist wirklich dein Taufname«, rief Cate aus, fasziniert von Nats spitzbübischem Grinsen und seinen funkelnden dunklen Augen. »So ist es«, antwortete Nat. »Na ja, und dann dachten wir uns, dem Ganzen fehlt noch der Pepp, und setzten das »wild« dazu – so viel zu unserem

Bandnamen. Bis jetzt läuft es ganz gut. Wir konnten einige Auftritte ergattern. Nichts Großes zwar, aber das kommt schon noch. Ende der Woche nehmen wir am Talentsuch-Finale teil. Komm doch und feuere uns an«, fuhr der Schlagzeuger fort.

»Gerne!«, sagte Cate begeistert zu und blickte zu Alf hinüber.

»Klar, prima Idee.« Ärgerlich stellte Alf fest, dass es zwischen Nat und Cate offenbar gefunkt hatte, und er fragte sich, warum er sich aufführte wie ein eifersüchtiger Liebhaber. Dennoch – der Mann war schließlich fast alt genug, um ihr Vater zu sein …

»Seid ihr beide …?« Mit hochgezogenen Augenbrauen schaute Nat in Alfs Richtung.

»Oh, nein. Alf hat eine feste Freundin«, erwiderte Cate und lachte errötend auf. »Was ist?«, fügte sie hinzu, als sie Alfs finstere Miene bemerkte.

»Wo hast du das Bassspielen gelernt?«, wandte Alf sich an Lance, um das Thema zu wechseln.

Rasch wurde Cate und Alf klar, dass Mario und Claudia trotz der Mithilfe der drei eigens zum Festival angereisten Ortucchio-Kinder mit dem Andrang im *Bellissimo* völlig überfordert waren. Also machten sie sich an die Arbeit, bedienten an den Tischen und sprangen in der Küche ein, fanden aber immer wieder Zeit, sich davonzustehlen, um sich die Stadt anzusehen und Konzerte zu besuchen.

Am dritten Tag besichtigte Cate die berühmte Goldene Gitarre, schlenderte durch den Roll of Renown und las die Texte über berühmte australische Countrysänger. Sie fühlte sich, als beträten ihre Füße geheiligten Boden, und empfand die Biografien als äußerst inspirierend. Zwei Tage später zeigte Alfs zwanzigjährige Cousine Rosita ihr in ihrem altersschwachen roten Toyota das Umland. Die beiden Mädchen fuhren durch die Hügellandschaft rings um Tamworth, schauten sich das Bergwerksmuseum in dem winzigen Städtchen Nundle an und tranken mit Strohhalmen eiskalte Limonade im Garten eines kleinen Landgasthauses. Als Cate über die von der Sonne verdorrten Weiden blickte, hatte sie einen plötzlichen Geistesblitz. Alles schien an seinen Platz zu rücken, und sie wusste, was sie tun würde.

»Weißt du, ich könnte in einem Städtchen wie diesem wohnen«, meinte sie zu Rosita und nahm einen Schluck von ihrer Limonade.

Die Landschaft unterschied sich zwar sehr von der im Northern Territory, aber Platz gab es hier mehr als genug. Zum ersten Mal seit dem Tod ihres Vaters hatte Cate wieder das Gefühl, frei durchatmen zu können, sich auf das Leben zu freuen und Zukunftspläne schmieden zu wollen.

Am nächsten Tag machte sie Nägel mit Köpfen und zog heimlich alleine los, um Arbeit zu suchen. Während sie in den Ladenfenstern nach Stellenangeboten Ausschau hielt, nahm ihr Plan immer deutlichere Konturen an. Ihr Wunsch war es, mit talentierten Musikern zusammenzuarbeiten, Lieder zu schreiben und selbst aufzutreten. Im Laufe dieser Woche hatte sie so viele Lebensgeschichten aufstrebender Sängerinnen gehört, dass sie sich trotz ihrer mangelnden Kontakte zur Branche Chancen ausrechnete. Also würde sie eine Stelle annehmen und sich ernsthaft mit der Musik beschäftigen. So einfach war das. Man musste nur den ersten Schritt machen.

Der »Tracks Talent Search«, ein Wettbewerb für Teilnehmer aus ganz Australien, fand zwar in eher bescheidenem Rahmen statt, erfreute sich aber seit fünf Jahren zunehmender Beliebtheit. Inzwischen war die Abschlussveranstaltung, bei der die beiden Finalisten drei selbst ausgewählte Lieder vortrugen, für Talentscouts eine Pflichtveranstaltung. Die sechs Besten der Endrunde waren ebenfalls eingeladen, noch einmal ein Solo zum Besten zu geben und anschließend gemeinsam aufzutreten. Ursprünglich hatte der Wettbewerb im *Feather's Pub* gegenüber dem Bahnhof von Tamworth stattgefunden. Doch der Veranstaltungsort war längst zu klein geworden, sodass man nun alljährlich eine provisorische Bühne auf dem Bahnhofsparkplatz errichtete.

In der Mittagspause fiel Cate wieder ein, dass heute der Tag des Abschlusswettbewerbs war, und sie überredete Alf, sie zu begleiten.

»Es ist aufregend, einige der Künstler persönlich zu kennen«, meinte sie, als sie, den Arm voller Teller, von der Küche in den Gastraum ging.

Die Sonne stand noch hoch am Himmel, und der Nachmittag war schwül, als sie und Alf ihren Wagen am Straßenrand im Gras abstellten und sich, beladen mit einer Decke, einem Picknickkorb und Insektenspray, auf den Weg zum Bahnhofsparkplatz machten. Dort hatte sich bereits eine große Menschenmenge versammelt. Die Zuschauer saßen auf Klappstühlen oder Decken und taten sich an dem mitgebrachten Essen gütlich. Es herrschte aufgeregtes Stimmengewirr. Cate breitete die Decke aus, ließ sich mit einem zufriedenen Seufzer darauf nieder und streifte die Riemchensandalen ab.

»Ah, das tut gut! Wir sind heute bestimmt hundertfünfzig Kilometer gelaufen!«, rief sie aus und rieb sich die schmerzenden Füße. Sie genoss die Verschnaufpause, ganz zu schweigen von Alfs angenehmer Gesellschaft. Im grellen Sonnenschein spähte sie zur Bühne hinüber, wo Nat gerade in sein Mobiltelefon sprach. »Schau, das ist ja Nat! Sagen wir ihm Hallo.« Cate sprang auf und zog Alf hinter sich her.

»Solltest du nicht längst hinter der Bühne sein?«, rief Cate fröhlich und lief auf Nat zu, der sein Telefonat gerade beendet hatte. Er starrte sie verständnislos an. »Cate und Alf aus Katherine. Schon vergessen? Wir haben uns letztens im *West Diggers' Club* kennengelernt und sind gekommen, um dich anzufeuern.«

»Was? Ach, ja. Spitze! Hallo!« Nat wirkte geistesabwesend. »Alles in Ordnung?«, fragte Alf, als Nat weiter benommen ins Leere starrte.

»Ja, klar!« Nat streckte die Hand aus, als wolle er die von Alf schütteln, fuhr sich aber stattdessen durch die schwarzen Locken. »Gwinny ist abgehauen, die blöde Kuh!«, verkündete er dann mit verstörtem Blick und schaute zum wohl tausendsten Mal auf die Uhr.

»Wer ist Gwinny?«, fragte Cate. »Angela, die Sängerin«, erklärte Alf rasch.

»Ach herrje, du machst wohl Witze!«, stieß Cate erschrocken aus.

»Ich wünschte, es wäre so«, erwiderte Nat. »Ich habe

gerade bei dem Campingplatz angerufen, wo sie übernachtet hat. Man sagte mir, sie sei vor einer halben Stunde nach Brisbane aufgebrochen. Wir hatten gestern Abend wieder Streit. In zwanzig Minuten müssen wir auf die Bühne. Was zum Teufel, soll ich jetzt tun?« Wieder fuhr er sich durchs Haar und sah Cate blicklos an. Inzwischen waren Lance und Spider dazugekommen.

»Was ist los, Mann?«, fragte Lance.

»Sie ist durchgebrannt!«

»Verdammter Mist!«, rief Spider aus.

»Das war's dann wohl«, fügte Lance hinzu.

»Das kann doch nicht sein! Es muss eine Lösung geben!«, protestierte Nat. »Wir haben so viel Zeit und Geld in diesen Aufritt gesteckt.«

»Fällt dir etwas ein?«, fragte Lance verzagt zurück.

»Zum Beispiel …«, stammelte Nat. Im nächsten Moment griff er nach Cates Hand. »Du hast doch gesagt, du könntest singen. Wäre es vielleicht möglich, dass du einspringst?« Flehend sah er sie an.

Cate schlug das Herz bis zum Hals. »Ich … äh … ich weiß nicht«, stotterte sie. Auf einmal wurde ihr schwindelig.

Ohne auf Cates Protest einzugehen, zerrte Nat sie, gefolgt von den anderen, hinter die Bühne, wo ein heilloses Durcheinander aus Werkzeugen, Instrumenten und Kabeln herrschte. Es wimmelte von Menschen. Die nächste Band wartete auf ihren Auftritt, während ein Techniker laut fluchend eine durchgebrannte Glühbirne auswechselte.

»Wir müssen unsere Anmeldung wohl zurückziehen«, meinte Lance schicksalsergeben. Spider nickte bedrückt.

»Welche Lieder wolltet ihr denn bringen?«, wandte Alf sich an Nat. Der Arme steckte offenbar mächtig in der Klemme. Nat zählte drei Titel auf, die Cate alle nicht kannte.

»Was ist mit dem hier?«, erkundigte sich Nat, der noch nicht aufgeben wollte, griff zu seiner elektrischen Gitarre und schlug ein paar Akkorde an.

»Das kann ich nicht gut genug, um damit aufzutreten«, erwiderte Cate. Nat stimmte weitere Lieder an, doch jedes Mal musste Cate enttäuscht den Kopf schütteln. Sie hätte ihm so gerne geholfen. Nats Gesichtsausdruck wurde immer mutloser.

»Wir sind erledigt.« Er warf resigniert die Hände in die Luft.

»Nein, warte. Wie hieß das Lied noch mal, das wir zusammen gesungen haben ...« Cate sah Alf an, wedelte mit den Fingern und begann leise zu summen. Alf stimmte ein, um ihrem Gedächtnis auf die Sprünge zu helfen. »Ja, ja, das war es!«, rief sie aufgeregt.

»Ist das das einzige Lied, das du gut genug kannst?«, fragte Nat bedrückt. »Wir haben es erst einmal gespielt, und damals hat es den Preisrichtern gar nicht gefallen. Außerdem erwarten sie, dass wir etwas Bekanntes bringen.«

»Besser als nichts«, mischte sich Spider ein.

»Moment«, unterbrach Cate. »Was ist mit ...« Sie nannte ein weiteres populäres Lied, das sie bereits mit Alf gesungen hatte. Dabei sah sie auf die Uhr. »Mit dem Auto schafft man es in zehn Minuten zum Restaurant und zurück. Ist noch Zeit, dass Alf die Noten holt?«

»Wenn es nicht anders geht«, erwiderte Nat hilflos. Es war ihre einzige Chance.

»Es wird aber ganz schön knapp«, meinte Spider, doch er klang schon ein wenig zuversichtlicher.

»Was haben wir zu verlieren?«, fragte Lance.

»Nichts. Also, was soll's?«, antwortete Nat. »Wenigstens haben wir es versucht, anstatt einfach zu kneifen, nur weil unsere verdammte Sängerin uns sitzen gelassen hat.«

»Bin schon unterwegs!« Alf rannte zum Auto und kehrte bereits drei Minuten später mit den Noten zurück. »Wir hatten sie damals im Auto gelassen, schon vergessen?«

Mit zitternden Händen griff Cate nach den Noten, während sie einer anderen Band Platz machen mussten, die auf die Bühne wollte. Doch obwohl Cate beim Probedurchgang nur flüsterte, klang ihre Stimme zittrig, und sie konnte kaum einen Ton halten. Nats Miene verfinsterte sich zusehends. Cates Mut sank.

Einer der Organisatoren erschien. »Ihr seid in fünf Minuten dran«, meinte er zu Nat.

»Echt?« Nat schien erschrocken. »Nun, schlimmer kann es ja nicht werden. Wenn wir schon untergehen, dann wenigstens mit Pauken und Trompeten. Denen wird Hören und Sehen vergehen«, fügte er, ein schalkhaftes Funkeln in den Augen, hinzu.

»Danke, dass du so spontan einspringst.« Spider klopfte Cate auf die Schulter. Ihr wurde flau im Magen.

»Jetzt aber dalli«, rief Lance.

»Hals- und Beinbruch«, sagte Alf.

»Die ›Wild Knights‹!«, verkündete da bereits der Ansager auf der Bühne.

Mit weichen Knien überquerte Cate die klapprigen Dielenbretter und wagte nicht, die Zuschauer anzusehen, die erwartungsvoll die Köpfe gehoben hatten. Die ersten Töne klangen noch falsch und verwackelt, doch als Nat und Lance mit Schlagzeug und Kontrabass den Takt angaben und Spider, seine Gitarre schwenkend, über die Bühne sprang, wurde sie selbstbewusster. Das Publikum klatschte mit. Cates Stimme erhob sich klar und rein über den Radau, und als das Pfeifen eines einfahrenden Zuges genau mit dem Schlusston zusammentraf, konnte sie sich ein Grinsen nicht verkneifen. Sie sah Nat an, der noch ein letztes Mal die Trommelstöcke durch die Luft wirbeln ließ und dann das Lied mit einem ohrenbetäubenden Schlag auf das Becken beendete. Die Zuschauer applaudierten und jubelten.

»Du warst einfach Spitzenklasse!«, begeisterte sich Nat, als die Band von der Bühne abging. Nachdem die zweite Finalistengruppe an der Reihe gewesen war, kämpfte Cate sich, beinahe übertönt von Nats Schlagzeug und Spiders Gitarre, durch zwei weitere Lieder. Das Publikum reagierte mit tosendem Beifall. Mit einem erleichterten Seufzer stimmte die Band in die große Abschlussnummer mit allen anderen Gruppen ein und wartete dann auf die Bekanntgabe des Siegers durch die Jury. Obwohl der Preis an die Konkurrenz ging, schwebten Cate und die Bandmitglieder im siebten Himmel.

»Das Mädchen ist genial. Dazu gehört wirklich Mut!«, meinte Nat auf dem Weg zum Tamworth Hotel zu Alf. Im Hotel drängten sich bereits die Gäste. Musik hallte auf die Straße hinaus.

»Ich weiß«, erwiderte Alf stolz. »Du hast das ganz toll gemacht, Cate.« Er legte den Arm um sie und drückte sie an sich.

Nat musterte Cate eine Weile. »Was hältst du davon, als Sängerin bei uns einzusteigen?«, fragte er schließlich.

»Was? Das ist nicht dein Ernst!«, rief Cate aus und lief feuerrot an.

»Es ist mein voller Ernst«, entgegnete Nat.

In ihrem Hochgefühl nach dem Auftritt hätte Cate beinahe spontan zugesagt. »O.K., dann gib mir Bedenkzeit«, antwortete sie dennoch, weil sie nichts überstürzen wollte.

»Klar. Wir haben keinen Grund zur Eile.« Nat schrieb Cate seine Telefonnummer auf. Wieder war ein Funkeln in seine Augen getreten.

»Ich will es dir ja nicht ausreden. Aber du solltest zuerst mehr über diesen Nat und seine Freunde in Erfahrung bringen, bevor du dich auf dieses Abenteuer einlässt«, warnte Alf auf der Rückfahrt ins Restaurant. Eigentlich hatte er ja nichts dagegen, dass Cate in einer Band sang. Doch das Knistern, das zwischen ihr und Nat in der Luft lag, hatte ihm den ganzen Abend lang schwer zu schaffen gemacht.

»Ich würde so gerne mitsingen. Doch in meiner jetzigen Situation ist es wahrscheinlich keine gute Idee«, erwiderte Cate zweifelnd.

»Was hindert dich?«, gab Alf zurück, fest entschlossen, sich die Urteilsfähigkeit nicht von Eifersucht trüben zu lassen. »Für jedes Problem gibt es eine Lösung. Hol einfach ein paar Erkundungen über sie ein.« Er überlegte, ob er ihr hier an Ort und Stelle seine Liebe gestehen und dieses verrückte Projekt damit im Keim ersticken sollte. Allerdings hatte er seine Beziehung mit Marcella noch nicht offiziell beendet, und er hatte schließlich auch seine Ehre.

»Du bist so ein einfühlsamer, treuer und guter Freund.«

Cates Augen funkelten bei dem Gedanken an die neuen Horizonte, die sich vor ihr auftaten. »Ich würde es zu gerne versuchen. Ach, ich bin so aufgeregt, dass ich gar nicht weiß, ob ich einschlafen kann. Es war ein wunderschöner Abend. Ich finde diese ganze Reise wunderschön.«

Als sie das *Bellissimo* erreichten, fiel Cate Alf um den Hals und hauchte ihm einen Kuss auf die Wange. »Träum süß, Alf«, sagte sie und eilte davon.

Alf blickte ihr nach. Er rieb sich die Wange und fragte sich wieder, warum er nur so dumm gewesen war, sie nicht in die Arme zu nehmen und um ihre Hand anzuhalten. Immer noch hoffte er, dass sie Nats Angebot ablehnen würde, auch wenn er sich widerwillig eingestehen musste, dass es eine gute Gelegenheit für Cate war, eine Karriere als Sängerin zu machen. Seit ihrer Ankunft in Tamworth hatten sie häufig darüber gesprochen, wie schwierig es sei, es als Musiker zu etwas zu bringen. Der Weg zum Erfolg war steinig. Selbstverständlich wusste Cate, dass es nur wenige schafften, sich in der Welt der Countrymusik einen Namen zu machen. Doch wenn sie es nicht versuchte, würde sie nie erfahren, ob es geklappt hätte, sagte er sich, als er im Bett lag und lauschte, wie auf den Straßen weitergefeiert wurde.

Mein Gott, er liebte sie so sehr und wollte nur ihr Bestes. Aber wenn er ehrlich war, wünschte er sich nichts sehnlicher, als Cate zu heiraten und mit ihr eine Familie zu gründen. Er konnte sich nicht erinnern, wann genau er sich in sie verliebt hatte. Es schien vor einer Ewigkeit gewesen zu sein. Vielleicht bestand ja die Möglichkeit, zusammen aufzutreten, dachte er, während er die tanzenden Schatten an der Wand betrachtete. Plötzlich fuhr er hoch. Was hinderte ihn eigentlich daran, ihr sofort die Wahrheit zu sagen? Warum wartete er immer weiter auf einen günstigen Zeitpunkt oder darauf, dass sie im richtigen Alter war, bis es eines Tages womöglich zu spät sein würde? Er nahm sich fest vor, Cate noch morgen einen Heiratsantrag zu machen. Schließlich verband sie eine enge Freundschaft. Und wenn sie noch nicht wirklich so weit war, hatte er genug Liebe für sie beide.

»Hast du Lust auf ein Picknick und einen Ausflug ins Umland?«, fragte Alf Cate zwei Tage später beim Frühstück.

Noch immer in Hochstimmung wegen des erfolgreichen Konzerts und Nats Angebot, war Cate sofort Feuer und Flamme und lief los, um ihre Sachen zu holen. Gerade wollten sie das Haus verlassen, als das Telefon läutete.

»Es ist für dich, Cate!«, rief Claudia aus der Küche. Cate eilte hin und war kurz darauf wieder zurück. »Es war Nat. Er sagt, er wolle mich zwar nicht unter Druck setzen, aber sie hätten übermorgen eine Auftrittsmöglichkeit und noch immer keine Sängerin. Er hat mich gebeten, einzuspringen.«

»Was hast du ihm geantwortet?«, fragte Alf betont gleichmütig, obwohl er sah, wie ihm die Felle davonschwammen.

»Ich fand es unfair, abzulehnen, denn immerhin fahren wir schon in vier Tagen nach Hause. Also habe ich zugestimmt. Schau mich nicht so an!«, fügte sie hinzu, während sie ins Auto stieg.

»Ich schaue doch gar nicht«, knurrte Alf mürrisch und gab Gas.

Als Tamworth hinter ihnen lag, fuhr Alf langsamer. In

gemächlichem Tempo rollten sie durch die Landschaft, genossen die Aussicht und unterhielten sich. Schließlich machten sie auf einer Anhöhe Halt, von der aus man einen malerischen Blick über die Felder und die geschwungenen Hügel hatte. Es war ein wunderschöner Tag, und die Sonne tauchte das Land in ihren goldenen Schein. Eine leichte Brise machte die sonst im Januar so sengende Hitze erträglicher. Cate fühlte sich so glücklich wie selten zuvor.

»Weißt du was?«, meinte sie träumerisch. »Ich hätte wirklich nichts dagegen, Countrysängerin zu werden. Irgendwann einmal. Das heißt nicht, dass ich meine eigenen Lieder besonders gut finde. Außerdem ist mir bewusst, dass einem in dieser Branche nichts geschenkt wird. Aber ich möchte es wenigstens versuchen. Es wäre doch toll, meine Sachen im Radio zu hören.«

»Mach deine Lieder nicht schlecht«, erwiderte Alf und dachte dabei, wie wunderschön Cate im Sonnenschein war. »Warum nimmst du kein Demoband auf, wenn wir wieder zu Hause sind? Dann verschicken wir es und warten ab, was passiert. Ich helfe dir dabei.«

»Eine tolle Idee. So machen wir es.« Beinahe hätte Cate hinzugefügt, dass Nat ihr die Nummern einiger Leute gegeben hatte, mit denen sie bei Gelegenheit Kontakt aufnehmen solle. Dann jedoch fiel ihr ein, dass Alf immer leicht verschnupft reagierte, wenn sie Nats Namen erwähnte, und beschloss zu schweigen. Stattdessen breitete sie eine Decke im Schatten aus und öffnete den von Claudia bis zum Bersten vollgepackten Picknickkorb. Beim Anblick der köstlichen Antipasti und Salate, der Brote mit Aufschnitt, Ei und Käse, des leckeren Gebäcks und des gekühlten Weißweins, den Mario ausgesucht hatte, stieß sie einen Freudenschrei aus. »Was für ein traumhafter Tag!«, begeisterte sie sich und forderte Alf zum Zugreifen auf.

»Was hat dir in Tamworth am besten gefallen?«, fragte Alf, während er Cate über den Rand seines Weinglases hinweg musterte und überlegte, wie er seinen Heiratsantrag am besten formulieren sollte.

Cate, die die prachtvolle Aussicht bewundert hatte, drehte sich zu ihm um. »Einfach einmal Abstand vom Alltag zu bekommen«, antwortete sie nach einer Weile. »Und … es war so schön, mit dir zusammen zu sein. Wir verstehen uns einfach gut. Mit dir kann ich offen über alles reden. Es ist fast, als könntest du meine Gedanken lesen.«

»Das Kompliment kann ich nur zurückgeben«, sagte Alf und setzte sich auf. »Außerdem siehst du hinreißend aus. Das Singen bekommt dir.«

Cate errötete. »Du bist ein Schmeichler«, meinte sie und beugte sich vor, um ihn auf die Wange zu küssen. Obwohl sie das schon unzählige Male getan hatte, bedeutete es Alf nun unendlich viel mehr. Sie roch so betörend, dass ihm schwindelte. Sein Herz klopfte wie wild. Jetzt war der richtige Augenblick, sagte er sich. Jetzt … jetzt.

»Cate …«, begann er.

»Und was war es bei dir?«, unterbrach sie seinen Anlauf.

»Wie bitte?«, entgegnete Alf verdattert.

»Was war dein schönstes Erlebnis in Tamworth?«, antwortete sie und griff nach seinen Händen.

In diesem Moment begann Alfs Mobiltelefon zu läuten, und der Zauber war dahin.

»Verdammt!« Widerstrebend nahm er das Gespräch an.

»Hallo, *zia* Claudia«, begrüßte er seine Tante, bemüht, sich nichts anmerken zu lassen. »Warte mal … nicht so schnell Was ist?« Er stand auf und ging ein paar Schritte. »Wie schlimm ist es? … Sag mir genau, was Mum gesagt hat …« Seine Miene wurde zunehmend besorgt. »Wir kommen sofort zurück«, erwiderte er schließlich und beendete das Gespräch.

»Was ist denn passiert?« Cate war erschrocken aufgesprungen.

»Dad ist unglücklich gestürzt. Er liegt im Krankenhaus, und Mum steht Todesängste aus. Ich glaube, dass er sich wieder erholen wird. Aber wir müssen sofort nach Hause«, erklärte Alf, gleichzeitig enttäuscht und bestürzt, und steckte das Telefon in die Gesäßtasche.

»Ist er schwer verletzt?«

»Keine Ahnung. Tante Claudia war ziemlich durcheinander.«

Rasch packten sie ihre Sachen zusammen und verstauten alles im Auto. Als Cate einsteigen wollte, nahm Alf ihre Hand. »Wir müssen jetzt zwar fahren, aber heute war ein ganz besonderer Tag. Eigentlich wollte ich dir etwas sagen.«

»Was denn?«, fragte Cate, verwundert über die plötzlich so feierliche Stimmung.

»Kann sein, dass wir noch heute Abend nach Hause müssen«, entgegnete Alf ausweichend.

»Heute! Du sagtest doch gerade, es sei nichts Ernstes. Wir sollten uns erst einmal bei deiner Tante und deinem Onkel erkundigen, was wirklich geschehen ist.« Cate hatte zwar ein schlechtes Gewissen, doch sie konnte nur an ihren bevorstehenden Auftritt mit den Wild Knights denken.

»Laut Tante Claudia war Mum schrecklich aufgeregt. Ich möchte sie in dieser Situation nicht allein lassen.« Alf stieg ein und schlug die Wagentür zu.

»Sie ist nicht allein! Sie hat doch deine Geschwister.«

»Darum geht es nicht«, erwiderte Alf gereizt und gab Gas. Die Rückfahrt nach Tamworth verlief schweigend, denn sie hingen beide ihren Gedanken nach.

»Ich wollte dir nicht zu nahe treten«, meinte Cate, als Alf den Wagen parkte. »Außerdem weiß ich, dass du bei deinen Eltern sein willst. Das mit dem Unfall tut mir schrecklich leid. Aber ich komme nicht mit. Ich habe beschlossen, bis zum Ende des Festivals in Tamworth zu bleiben.«

»Was?« Zornig fuhr Alf hoch. »Wann hast du das entschieden? Dazu hat doch die Zeit gar nicht gereicht. Der Unfall ist gerade erst passiert. Da stecken die verdammten Wild Knights dahinter, richtig?«

»Alf, bitte, wir wollen nicht streiten. Du bist mein bester Freund. Ich fand es wirklich wunderschön mit dir, und ich liebe deine Familie. Aber was kann ich zu Hause tun, das sich nicht auch noch in einer Woche erledigen ließe? Ich möchte unbedingt auftreten. Wenn ich bleibe, bis das Festival vorbei ist und die Touristen abgereist sind, kann ich nicht nur der Band aus der Patsche helfen, sondern auch Claudia und Mario unter die Arme greifen.«

»Also ist es wegen den Wild Knights ... Tja, ich glaube, da kann ich dir keinen Vorwurf machen.« Inzwischen hatte Alf sich ein wenig beruhigt. »Du hast in letzter Zeit viel Schlechtes erlebt und es vermutlich verdient, dass sich die Dinge auch einmal zu deinen Gunsten entwickeln. Lass uns herausfinden, wie es Dad geht. Außerdem hast du recht. Ein paar Tage mehr oder weniger spielen keine Rolle.« Er lächelte Cate zu. »Und wenn du wieder zu Hause bist, nehmen wir das Demoband auf.«

»Au ja!« Cates Anspannung legte sich. Als sie Alf ansah, wurde ihr wieder bewusst, wie attraktiv er war. Er und Marcella würden ein hübsches Paar abgeben, dachte sie neidisch. Alf war immer so gütig, rücksichtsvoll und anspruchslos, während sie, Cate, selbstsüchtig ihre Bedürfnisse durchsetzte. »Ich bleibe nur bis zum Ende des Festivals. Anschließend komme ich nach Hause. Vielleicht bin ich dann ja über diese alberne Singerei hinweg.« Sie lehnte sich zurück. »Danke, Alf. Ich wusste, du würdest mich verstehen. Offenbar hast du hellseherische Fähigkeiten.«

In diesem Moment kam Claudia aus dem Restaurant gelaufen. »Gott sei Dank, dass ihr zurück seid. Er ist auf eine Leiter gestiegen! Ist der Mann lebensmüde? *Dio mio! Povera* Gina! Wie soll ich nur ohne euch beide hier zurechtkommen?«

»Ich fahre gleich morgen los, Zia Claudia, aber Cate bleibt in Tamworth und hilft dir bis zum Ende des Festivals. Ist das in Ordnung für euch?«, fragte Alf.

»Ach, du wunderbarer Junge! Danke, Cate, du bist ja so ein reizendes Mädchen! Warum muss es ausgerechnet jetzt passieren, wo wir doch so viel zu tun haben? *Dio mio!* Meine arme Schwester!«

»Also gut. Und jetzt erzähl mir genau, was geschehen ist«, verlangte Alf mit Nachdruck.

12

Am nächsten Morgen nach dem Frühstück stand Cate in der Tür des *Bellissimo*, sah zu, wie Alfs Wagen in der Ferne verschwand und fühlte sich plötzlich sehr einsam. Sie hatte ein schlechtes Gewissen, weil sie ihn nicht begleitet hatte, freute sich aber gleichzeitig auf ihren Auftritt mit den Wild Knights. Also rief sie Nat an. Lance war am Apparat. Er teilte ihr mit, die Probe würde abends um acht in ihrem Haus stattfinden, und erbot sich, sie abzuholen. Cate war gerade dabei, für das Abendessen zu decken, als Spider in seinem zerbeulten Ford Falcon vorfuhr. Claudia, die Cate die Aufregung anmerkte, scheuchte sie zur Tür hinaus, nahm ihr allerdings das Versprechen ab, nicht zu spät zurück zu sein und keinen Lärm zu machen.

»Du kannst singen *und* arbeiten. Schließlich ist Festivalzeit!«, rief sie fröhlich aus. Dankbar stieg Cate, ihre Noten in der Hand, in Spiders vermülltes Auto, und die beiden fuhren davon.

Nat und Lance wohnten in einem kleinen Holzhaus am Rand von Tamworth. Von der Fassade blätterte die Farbe ab, und das Fliegengitter an der Eingangstür war kaputt. Am Gartentor stand inmitten von Unkraut ein defekter Traktor. Der restliche ungepflegte Garten wurde von übrig gebliebenen Wellblechstücken, einem verrosteten alten Wasserfass, schrottreifen Fahrzeugteilen und Autoreifen geziert. Im Inneren des Hauses, wo Kleidungsstücke, Bücher und Zeitungen auf dem Wohnzimmerboden für kreatives Chaos sorgten, sah es nicht viel besser aus. Aus der Küche schwappte eine Lawine aus benutzten Tassen und Tellern. Möbel waren hingegen kaum vorhanden. Durch das schmutzige Fenster konnte Cate einen von verdorrtem Gestrüpp überwucherten Garten erkennen. Die Tür des Gartenhäuschens hing schief in den Angeln.

Sie folgte Spider in den hinteren Teil des Hauses, wo gedämpft der Klang eines Schlagzeugs zu hören war. Als sie über die Schwelle des umfunktionierten Schlafzimmers trat, bekam sie vor Staunen den Mund nicht mehr zu, denn sie stand in einem mit allen Errungenschaften der modernen Technik ausgestatteten Tonstudio. Gewaltige Lautsprecher ragten wie Wachposten neben zwei großen Keyboards und computergesteuerten Mischpulten empor. Nat saß hinten im Raum an seinem Schlagzeug und übte. Überall lagen Instrumente herum. Lance' Kontrabass lehnte neben Nats Schlagzeug. Cate zählte mindestens acht akustische und elektrische Gitarren und ein Banjo, alle offenbar nagelneu und recht teuer. Große Plakate, die Nat allein am Schlagzeug und mit der Band zeigten und von den Erfolgen der Wild Knights kündeten, hingen an den Wänden. Außerdem war alles vorhanden, was der Markt in Sachen Aufnahmegeräte und Videotechnik zu bieten hatte. Cate fragte sich, woher wohl das Geld für die kostspielige Ausrüstung stammte.

Nat hörte auf zu trommeln und kam Cate mit ausgestreckter Hand entgegen. »Wirklich toll, dass du wieder mit uns auftreten möchtest. Wenn du uns nicht gerettet hättest, hätten wir absagen müssen. Die anderen sind alle ausgebucht oder nicht gut genug.«

»Ich kann es gar nicht glauben. Ihr müsst ja ganz gut verdienen!«, rief Cate erstaunt aus.

Nat zuckte die Achseln. »Wir haben hart gearbeitet. Außerdem habe ich ein wenig Geld vom Onkel meiner Mutter geerbt. Alles, was wir hatten, haben wir in dieses Studio gesteckt.«

Cate wies auf ein großes Poster hinter Nat, das die Band zeigte. »Das gefällt mir.«

»Ja, die Dinger habe ich letztes Jahr drucken lassen. Ein ziemlich teurer Spaß. Aber man muss schließlich Werbung machen. Klappern gehört zum Handwerk.« Als er Cate spitzbübisch angrinste, fühlte sie sich sofort wie zu Hause.

»Ich habe ein paar Lieder mitgebracht.« Sie legte ihre Mappe neben einen Notenstapel auf einen Stuhl. »Bist du das?«, fragte sie, als sie auf dem obersten Blatt den Namen Natan Jakubiak las.

Nat nickte. »Mein alter Herr kam aus Polen. Meine Mutter ist Französin. Inzwischen nenne ich mich Nat. Das ist einprägsamer. Hör dir mal die Lieder an, die wir heute Abend singen wollen.« Er legte eine Kassette ein und drückte die Starttaste. Cate zuckte zusammen, als laute Musik durch den Raum hallte. Dann fing sie zu lachen an.

»Erstaunlich!«, rief sie.

»Hallo, Cate. Schön, dich wiederzusehen«, sagte Lance, der gerade hereingekommen war.

»Ein tolles Studio habt ihr hier«, sagte Cate viel zu laut,

weil Nat den Kassettenrecorder schon wieder ausgeschaltet hatte. Spider fing an, seine Gitarre zu stimmen.

»Nicht schlecht, was? Los, fangen wir an«, trieb Lance sie an. Er setzte sich an das größere der beiden Keyboards, spielte an einigen Schaltern herum und stimmte dann eines der Lieder an, die Cate beim Wettbewerb gesungen hatte. Sofort krampfte es ihr vor Aufregung den Magen zusammen.

»Also, gehen wir zum Programm über«, sagte Nat. »Lasst uns zuerst einen Blick in die Noten werfen. Cate, was hast du mitgebracht?«

Sie erörterten, welche Lieder sie beim morgigen Auftritt spielen wollten. Cates Hände waren schweißnass, während sie die Noten durchblätterte und einige Vorschläge machte. Dann begann die Probe. Dank des lockeren Umgangs der Bandmitglieder untereinander und mit ihr legte sich Cates Nervosität rasch. Die von ständigen Diskussionen unterbrochene Probe, die anfangs ein wenig chaotisch auf sie wirkte, entpuppte sich als erstaunlich produktiv.

»Spielst du eigentlich ein Instrument? Keine Ahnung, warum ich dich noch nicht gefragt habe. Es wäre nämlich recht praktisch«, meinte Nat zu ihr, als sie eine kurze Pause einlegten.

»Ja, Gitarre. Beinahe hätte ich sie mitgebracht. Sie liegt im Restaurant.« Cate war zu schüchtern gewesen und hatte sich nicht wichtig machen wollen. Außerdem hatte sie sich eine Probe einer bekannten Band viel ernsthafter, förmlicher und anstrengender vorgestellt und nie damit gerechnet, dass sie sich von Anfang an so gut amüsieren würde.

»Such dir eine aus.« Nat zeigte auf die Instrumente, die

auf dem Boden lagen. »Meinst du, du könntest dich selbst begleiten und ein paar Akkorde zupfen?«

»So?« Cate griff nach einer hellbraunen Akustikgitarre und fing an, eine ihrer Lieblingsballaden zu spielen. Nachdem Nat sie eine Weile eindringlich beobachtet hatte, nahm er ein anderes Instrument und stimmte ein. Überrascht hielt Cate inne. »Ich wusste gar nicht, dass du auch Gitarre spielst.«

»Ich habe eben viele Talente. Mit der Gitarre habe ich noch vor dem Schlagzeug angefangen. Spiel weiter.«

Als Cate der Aufforderung folgte und leise mitsummte, wurde sie von Erregung durchflutet. Dass Nat ein begabter Musiker war, war ihr von Anfang an klar gewesen. Dennoch erstaunte es sie, wie virtuos er auch sein zweites Instrument beherrschte. Ehe sie sich's versah, spielte sie mit ihm im Duett. Mit einem Mal fühlte sich jede Faser ihres Körpers unglaublich lebendig an. Doch mitten in der zweiten Strophe wusste sie den Text plötzlich nicht mehr. »Ich habe vergessen, wie es weitergeht«, sagte sie lachend. Der Rest ihrer Entschuldigung ging in Lance' und Spiders Applaus unter.

»Das wäre eine gute Zugabe«, meinte Spider.

»Für morgen Abend?«, rief Cate, inzwischen ein wenig selbstbewusster, aus.

»Warum nicht?«, gab Nat zurück.

»Weil mir die andere Hälfte des Textes nicht mehr einfällt.« Cate kicherte nervös.

»Dann erfinde eben etwas.« Nat grinste verschmitzt.

»Wir haben das Lied doch noch gar nicht geprobt!« Wieder kicherte Cate. Sie fand, dass Nat mit seinem dunklen Teint, den vor Begeisterung geröteten Wangen und den funkelnden braunen Augen ausgesprochen attraktiv war, und wunderte sich, warum sie das nicht schon früher bemerkt hatte.

»Lebe wild und gefährlich«, entgegnete Nat.

»Wir sollten zuerst das Programm für morgen weiterproben«, holte Lance sie auf den Boden der Tatsachen zurück.

Sie machten sich wieder an die Arbeit. Als Cate das Studio verließ, fühlte sie sich, als ginge sie auf Wolken.

Nach der kurzen Probe am folgenden Nachmittag war Cate das reinste Nervenbündel. In letzter Minute hatte Nat sie gebeten, drei Lieder zu singen, von denen sie zwei noch kaum geprobt hatte. Obwohl der Pub, in dem die Wild Knights auftreten sollten, zu den kleineren und unbekannteren in Tamworth gehörte, platzte das Lokal bereits aus allen Nähten. Mit zitternden Knien trat Cate mit der Band auf die Bühne und wurde mit unerwartetem Applaus begrüßt, als Nat dem Publikum erklärte, sie habe den heutigen Abend gerettet, indem sie spontan eingesprungen sei. Rasch beruhigte sich Cate und ließ sich von der Musik und der Energie der anderen Bandmitglieder mittragen. Dank Nats ansteckendem Humor fühlte sie sich bald lockerer. Die Zuschauer liebten seine schmissigen Ansagen und seine effektvollen Schlagzeug-Soli, und die Band legte sich mächtig ins Zeug, um auch musikalisch zu überzeugen. Nach dem Auftritt klatschten und jubelten alle und forderten Zugaben, ein Wunsch, den die Wild Knights ihnen gerne erfüllten.

»So, jetzt kommt der Knaller«, meinte Nat nach der sechsten Zugabe grinsend zu Cate. Er sprang auf, griff nach seiner blau und silbern gemusterten E-Gitarre und drückte Cate ihr Instrument in die Hand. Dann schob er sie in die Mitte der Bühne und verkündete, sie würden jetzt ein Duett vortragen.

Cate schnappte nach Luft. Ihr Herz klopfte, und jegliche Erinnerung an das Lied, das sie nun singen sollte, war schlagartig wie weggeblasen. »Vergiss die Leute. Schau nur mich an. Du schaffst das«, raunte Nat, der die Panik in ihrem Blick bemerkt hatte. Das Publikum begann wieder zu applaudieren.

Er griff in die Saiten, trat er ein paar Schritte zurück und wiegte den Körper im Takt der Musik. »Erfinde etwas!«, flüsterte ihr zu, sodass Cate am liebsten laut losgelacht hätte. Angefeuert von Nats Kapriolen, fanden ihre Finger die richtigen Akkorde, und der Text kehrte zurück, während die Musik zwischen ihnen im Raum schwebte. · Die Zuschauer hatten großen Spaß und sangen und klatschten mit, sodass es niemandem auffiel, wenn Cate einige Wörter vergaß, einen falschen Ton anschlug oder sogar eine ganze Zeile unter den Tisch fallen ließ. Sie sang und spielte, was das Zeug hielt. Nat stand lächelnd neben ihr, und die Musik hüllte sie ganz und gar ein. Es war fast dasselbe Gefühl von Glück und Freiheit, das sie beim Viehtrieb an der Seite ihres Vaters empfunden hatte.

»Nun, ich glaube, es hat ihnen gefallen. Was meinst du?«, fragte Nat, als sich die Zuschauer endlich zerstreuten. Viele hatten signierte Ausgaben der einzigen CD der Wild Knights gekauft, die den Titel »Born in the Bush« – Im Busch geboren – trug.

»Es war einfach toll! Wenn auch für meinen Geschmack

ein bisschen zu chaotisch«, erwiderte Cate mit einem breiten Grinsen.

»Schon mal was von kreativem Chaos gehört? Das ist nämlich unsere Spezialität.«

Cate betrachtete ihn nachdenklich. Die Musik pulste noch durch ihre Adern. Doch wenn sie ehrlich war, musste sie sich eingestehen, dass sie sich längst entschieden hatte. Und zwar schon bevor sie heute Abend auf die Bühne getreten und ehe Alf nach Katherine aufgebrochen war. »Wenn ihr mich noch wollt, würde ich gerne bei den Wild Knights einsteigen«, sagte sie.

Nats dunkle Augen weiteten sich, und er stieß einen lauten Freudenschrei aus. Dann nahm er Cate in die Arme und drückte ihr einen dicken Kuss auf beide Wangen.

»Sie gehört jetzt zu uns, Jungs!«, rief er den anderen zu, die bereits mit dem Einpacken angefangen hatten. Cate lachte mit. Die Umarmung war zwar ein bisschen plötzlich gekommen, doch sie war viel zu aufgeregt, um sich daran zu stören.

»Ich werde auch nie mehr meinen Text vergessen«, versprach sie.

»Gut. Das muss gefeiert werden!«, verkündete Nat und legte den Arm um sie. »Das könnt ihr doch auch noch später erledigen«, fügte er mit einer Handbewegung in Richtung der Ausrüstung hinzu und schob Cate zum Tresen.

Als Cate am nächsten Morgen erwachte, hatte sich ihre Begeisterung noch nicht gelegt. Ihr gefielen Nats Unbekümmertheit, sein schier grenzenloser Tatendrang und sein Optimismus. Obwohl sie deshalb ein schlechtes Gewissen hatte, empfand sie seine Spontaneität verglichen mit Alfs ständiger Vorsicht als sehr erfrischend. Allerdings wusste sie auch, dass sie sich leider nicht ausschließlich auf die Musik konzentrieren konnte. Sie musste ihren Lebensunterhalt verdienen, und hier in Tamworth bot sich die Möglichkeit, beides miteinander zu vereinbaren, indem sie sich Arbeit auf einer Farm suchte. Die Idee gefiel ihr immer besser, je länger sie darüber nachdachte, denn sie vermisste das Farmleben sehr. Nachdem sie Claudia und Mario von ihren Plänen erzählt hatte, machte sie sich auf die Suche nach einer Stelle und einer Unterkunft.

Da Cate unbedingt auf einer Schaffarm arbeiten wollte, klapperte sie jeden Tag in Marios Auto die Umgebung ab, denn er hatte darauf bestanden, es ihr zu leihen. Doch bald schwand ihre Zuversicht, da sie erfahren musste, dass die Zeiten schlecht waren und niemand jemand einstellen wollte. Als der Erfolg am Ende der Woche noch immer auf sich warten ließ, spielte Cate allmählich mit dem Gedanken, ihren Traum von der Unabhängigkeit zu begraben und den einfacheren Weg zu wählen, nämlich im *Bellissimo* zu bleiben. Allerdings wusste sie, das die Ortucchios sich außerhalb der Festivalzeit keine Vollzeitkraft leisten konnten, sie musste also weiter suchen. Als sie eines Morgens beim Tanken mit dem Tankwart ins Gespräch kam, erfuhr sie, dass die Besitzer von *Murrarrundi Dams* Arbeitskräfte benötigten. Aufgeregt sprang sie ins Auto, kehrte zurück ins *Bellissimo* und vereinbarte telefonisch einen Vorstellungstermin.

Murrarrundi Dams war eine große Farm, auf der Schafe gezüchtet und Weizen angebaut wurde; einige Rinder und

Pferde gab es auch. Die Farm gehörte Jenny und Mel McNally und lag inmitten idyllisch geschwungener Hügel etwa eine Autostunde entfernt von Tamworth. So würde Cate auf dem Land leben und dennoch an den Proben der Wild Knights teilnehmen können. Die McNallys waren ein sympathisches Ehepaar mittleren Alters. Ihre beiden Söhne Mitch und Lee waren Mitte zwanzig und arbeiteten ebenfalls auf der Farm. Wie Jenny und Mel Cate erklärten, brauchten sie ein Mädchen für alles, jemanden, der auch im Haus wohnte. Dann zeigten sie ihr die Farm.

Cate mochte die McNallys auf Anhieb und fühlte sich fast wie zu Hause, während sie über die großen Schafweiden fuhren. Als sie in den gut ausgestatteten Scherschuppen trat, schlug ihr der angenehme Geruch von Tieren, Wolle und warmem Fett entgegen. Mel teilte Cate mit, dass sie hauptsächlich für die Schafe – also für das Scheren, das Verabreichen von Medikamenten, das Ausspritzen der Ställe, die Desinfektionsbäder, die Geburt der Lämmer und die Besamung – verantwortlich sein würde. Außerdem gehöre auch die Feldarbeit dazu, insbesondere die Betreuung des biologischen Anbaus, des neuen Projekts der McNallys. Die wenigen Rinder spielten keine große Rolle, fügte Mel hinzu und meinte dann, sie könne den Job haben. Bei der Vorstellung, wieder in der Landwirtschaft arbeiten zu können, machte Cates Herz einen Satz. Nur dass die McNallys ein Kleinflugzeug besaßen, bereitete ihr ein wenig Sorgen. Sie beschloss, ihren Pilotenschein mit keinem Wort zu erwähnen, und schob die grausigen Erinnerungen beiseite, die sie zu überwältigen drohten.

»Bis jetzt hatte ich nie mit Schafen zu tun, sondern nur

mit Rindern«, gestand sie, aufrichtig wie immer. »Aber ich bin gut im Zäuneflicken und außerdem lernfähig.«
»Schafe sind auch nur Tiere. Sie schaffen das schon. Die Jungs werden Ihnen alles erklären«, erwiderte Mel. »Uns fehlen hier die jungen Leute. Wann können Sie denn anfangen?«

Cate lächelte. »Ab wann brauchen Sie mich denn?« Nachdem ein Arbeitsbeginn in zwei Wochen vereinbart worden war, fuhr Cate überglücklich davon. Offenbar war ihre Pechsträhne vorüber.

Der einzige Wermutstropfen war, dass sie Gina nun nicht persönlich würde sagen können, dass sie nicht zurückkommen würde und ihre Unabhängigkeit brauchte. Sie fand es feige, dieses Gespräch am Telefon zu führen, doch die Zeit reichte einfach nicht für die weite Fahrt nach Katherine. Zumindest redete Cate sich das ein – und bekam sofort wieder ein schlechtes Gewissen. Da es an diesem Abend im *Bellissimo* hoch herging, konnte sie erst mit Claudia und Mario reden, nachdem das Lokal geschlossen hatte. Als Cate endlich Gelegenheit dazu fand, freuten sich beide sehr für sie, und Mario öffnete zur Feier des Tages eine Flasche von seinem besten Wein.

»Wann soll ich ihn denn sonst trinken?«, fragte er und schwenkte die Flasche. Cate war müde und aufgeregt wegen ihres Erfolgs, sodass sie schnell ein wenig beschwipst war.

»Und nachdem du eine Weile auf *Murrarrundi Dams* gearbeitet hast, kehrst du nach Hause zurück und heiratest Alfredo«, meinte Mario väterlich, entkorkte die zweite Flasche und schenkte nach. »Dass der Junge verliebt in dich ist, sieht ein Blinder. Hat er dir schon einen Antrag gemacht?«

Cate wäre fast an ihrem Wein erstickt und lief feuerrot an.

»Mario!«, rief Claudia empört aus, doch in ihrem Blick zeichnete sich Neugier ab. »Also stimmt es? Bist du mit Alfredo …?«

»Nein, nein, Alfredo hat eine Freundin namens Marcella«, entgegnete Cate rasch. »Sie ist mit Lucia befreundet. Sie und Alfredo stehen sich sehr nah.« Wie immer, wenn sie an Alf und Marcella dachte, spürte sie einen Anflug von Eifersucht. Ein wenig benommen, strich sie sich das Haar aus der Stirn. »Marcella ist sehr hübsch und passt ausgezeichnet zu Alfredo.«

»Ach!«, meinte Claudia ein wenig enttäuscht. »Ein nettes italienisches Mädchen für Alfredo. Dieser Geheimniskrämer! Warum hat Gina mir nichts davon erzählt?« Sie schlug mit den Händen auf den Tisch und stand auf, um sich einen Kaffee zu holen. »Wann wirst du Alfredo sagen, dass du hier eine neue Stelle hast?«, erkundigte sie sich, als sie wieder saß.

»Eigentlich wollte ich ihn, Gina und Santa heute Abend anrufen, aber jetzt ist es schon ein bisschen zu spät.« Cate sah auf die Uhr und hatte plötzlich das dringende Bedürfnis, mit Alf zu sprechen.

»Nein, ist es nicht. Du rufst Alfredo sofort an und sagst ihm, dass du einen Job hast. Richte ihm aus, dass wir ihn lieben und vermissen.« Aufmunternd tätschelte Claudia Cate das Knie.

»Ich glaube, du hast recht.« Zögernd erhob sich Cate.

»Schau, was habe ich dir gesagt? Die Turteltäubchen telefonieren miteinander«, meinte Mario und schwenkte sein Glas. Er ignorierte, dass Claudia den Kopf schüttelte und den Finger an die Lippen legte.

Cate rief in Katherine an und war erleichtert, als Alf sich meldete. Nachdem sie erfahren hatte, dass Santa sich gut von seinem Sturz erholte, auch wenn es hie und da noch ein wenig zwackte, und dass Gina sich inzwischen wieder beruhigt hatte, berichtete sie ihm von ihrer Stelle auf *Murrarrundi Dams*. Sie fügte hinzu, sie wolle sehen, wie sich die Zusammenarbeit mit den Wild Knights in den nächsten Monaten weiterentwickelte.

»Bist du noch dran, Alf?«, fragte sie, als Schweigen in der Leitung herrschte.

»Ja«, antwortete Alf ernst. Seit seiner überstürzten Abreise aus Tamworth musste er ständig an Cate denken. Ob er ihr einfach jetzt gleich gestehen sollte, wie sehr er sie liebte und vermisste, und dass es ihm am liebsten gewesen wäre, wenn sie auf der Stelle heimkäme …?

»Dann sag etwas«, forderte Cate ihn auf.

»Was soll ich dazu sagen, außer dass ich diesen drastischen Schritt für überflüssig halte. Du brauchst nicht zu beweisen, dass du auch allein zurechtkommst. Das glauben wir dir auch so«, entgegnete Alf spitz. »Komm nach Hause zu den Menschen, die du liebst und die dich lieben, und führe dein Leben weiter.«

»Genau das tue ich ja: mein Leben weiterführen«, fiel Cate ihm, verärgert über seinen Tonfall, ins Wort.

»Du fehlst, Mum«, erwiderte Alf leise. »Und mir ebenfalls.«

Cates Herz krampfte sich zusammen, und sie war froh,

dass er nicht sah, wie sich ihre Augen mit Tränen füllten. Ein Glück, dass er ihre Gedanken nicht lesen konnte und nicht ahnte, wie sehr sie sich vor der Zukunft fürchtete. Den Hörer fest in der Hand, zwang sie sich zur Ruhe. »Ich vermisse dich auch. Es ist nicht leicht, Alf, aber ich muss es tun«, flüsterte sie.

»Also kommst du nicht zurück?« Alfs Stimme klang barsch. »Entschuldige, es tut mir leid«, fügte er rasch hinzu. Er bereute seine unwirsche Reaktion, denn er spürte, dass ihr Mut nur aufgesetzt war. »Tu, was du für richtig hältst, Cate. Mum wird es schon verkraften. Ich auch. Wir alle schaffen das. Wir wollen doch nur, dass es dir gut geht. Die McNallys scheinen nett zu sein. Ich wünsche dir viel Spaß beim Schafehüten und mit deiner Band. Wenn du so weit bist, komm wieder nach Hause. Du weißt ja, wo du uns findest.«

»Danke, Alf.« Cate seufzte erleichtert auf. »Natürlich komme ich zurück. Seit du weg bist, habe ich ständig darüber nachgedacht. Es geht nicht nur um Nats Band und das Singen«, erklärte sie weiter. In ihrem Bedürfnis, sich ihm verständlich zu machen, überschlugen sich ihre Worte. »Alf, es ist wirklich schade, dass dein Dad einen Unfall hatte. Wie schön, dass es ihm wieder besser geht. Richte Gina aus, dass ich sie sehr liebe. Aber ich kann nicht für immer deiner Familie auf der Tasche liegen, sondern muss meine Zukunft selbst in die Hand nehmen. Mir ist klar, dass der Zeitpunkt denkbar ungünstig ist, denn ich hätte es deiner Mutter gern persönlich gesagt, allerdings … Ich weiß, es hört sich egoistisch an, doch wenn ich jetzt zurückkomme, finde ich vielleicht nie mehr den Mut, fortzugehen. Du kennst deine Mum. Ich möchte sie bestimmt nicht kränken, es ist nur …«

»Du brauchst es nicht zu erklären, Cate. Ich weiß, was du meinst. Mum vermisst dich, aber sie liebt dich sehr und wird sicher Verständnis für dich haben«, antwortete Alf, obwohl er sich bei der Vorstellung, Cate zu verlieren, ganz schrecklich fühlte. Dennoch musste er einräumen, dass sie recht hatte. Sie brauchte Abstand. Gina war zwar eine herzensgute Frau, konnte einem mit ihrer Erwartungshaltung jedoch ganz schön zu Leibe rücken. Wenn seine Mutter sich erst einmal etwas in den Kopf gesetzt hatte, gab es daran nichts mehr zu rütteln. Sicher würde sie alles daran setzen, Cate zum Bleiben zu überreden. »Ich werde Mum erklären, dass du Zeit für dich brauchst und deshalb noch eine Weile in Tamworth bleiben wirst. Halt uns auf dem Laufenden, wie du mit den Schafen klarkommst«, endete er mit einem Auflachen.

Nach dem Gespräch war Cate ein wenig ruhiger. Sie half beim Abräumen und ging dann zu Bett. Und dennoch löste dieser erste Schritt in die Unabhängigkeit in ihr das Gefühl aus, als sei sie ein Schiff, das aufs offene Meer hinaus trieb.

13

Cate gefiel es gut auf *Murrarrundi Dams*. Wenn sie auf Vivaldi, einem der kräftigen Arbeitspferde der Farm, über die Weiden ritt, konnte sie sich beinahe vorstellen, sie säße auf Chocolates Rücken, befände sich auf *Ironbark Station*, und alles sei wieder so wie früher. Den Umgang mit den Schafen zu lernen, dauerte nicht lang. Auch wenn Cate fand, dass Schafe verglichen mit den wunderschönen Brahman-Rindern ihres Vaters reichlich dumme Tiere waren, machten sie zumindest weniger Mühe. Und da sie einem nicht so ans Herz wuchsen, war es auch leichter, sie zu verkaufen oder zu schlachten. Allerdings war Cate noch immer nicht über den Tod ihres Vaters hinweg. Sie sehnte sich nach der Geborgenheit, die er ihr vermittelt hatte, und malte sich aus, wie sie zusammen über die dummen Schafe gelacht hätten. Zum Glück lenkte sie die harte Arbeit auf der Farm ein wenig von ihrem Elend ab.

Cates erste Aufgabe bestand darin, die trächtigen Muttertiere von der Herde abzusondern. Sie war froh über die Gesellschaft des sechsundzwanzigjährigen Mitchell und seines zweiundzwanzigjährigen Bruders Lee, die ihrem Vater auf der Farm zur Hand gingen. Die beiden machten die ganze Zeit ihre Späße, sodass es unmöglich war, lange Trübsal zu blasen. Während Cate die Schafe versorgte, schrieb sie in Gedanken neue Lieder, kritzelte Textzeilen oder Melodiefetzen auf einen Zettel und feilte abends weiter daran herum, bevor sie erschöpft einschlief. An manchen Tagen ging sie nach dem Abendessen mit der Familie mit ihrer Gitarre nach draußen, wo sie in der Dunkelheit saß, leise Akkorde zupfte und mitsummte.

Die Wochenendproben mit den Wild Knights waren ihre größte Freude. Die Ausgelassenheit und das Gelächter gaben ihr neue Kraft, und sie bewunderte Nat für seinen Tatendrang, seine Begeisterungsfähigkeit, seine unkonventionelle Art und seine musikalische Begabung. Er betrachtete das Leben als Herausforderung. Seine Stimmungsumschwünge und Launen nahm Cate als Marotten hin, denn der Charme, mit dem Nat Regeln missachtete, ließ ihn nur noch anziehender erscheinen, sodass sie nicht auf ihre warnende innere Stimme hörte.

Obwohl Lance ihn meistens vor zu großen Dummheiten bewahrte, hatte Cate oft das Bedürfnis, ihn zu bemuttern, auch wenn er fünfzehn Jahre älter war als sie. Es kam zur ersten großen Krise, als Nat anfing, ohne Rücksicht auf die angespannte finanzielle Lage Unsummen für Werbemaßnahmen auszugeben. »Vertraut mir«, sagte er nur beschwichtigend. »Wir kriegen das Geld schon wieder rein.« Als Spider und Lance ihn wegen dieser Leichtfertigkeit zur Rede stellten, verfiel Nat in trotziges Schweigen und wechselte tagelang kein Wort mehr mit ihnen. Dann, eine Woche später, kam er in überschwänglicher Stimmung in die Probe gestürmt und verkündete, seine Wahnsinnstat habe sich bezahlt gemacht und ihnen zu einer Reihe lukrativer Engagements verholfen. Nun gehörten die Schulden der Vergangenheit an, und die monatlichen Einkünfte der Band verdoppelten sich.

Cate genoss es, dass Nat sie mit Aufmerksamkeit überhäufte. Trotz seiner Launenhaftigkeit, die sie an einen raschen Wechsel aus strahlendem Sonnenschein und bedrückenden Gewitterwolken erinnerte, entwickelte sie sich unter seinen Fittichen rasch zu einer routinierten Musikerin. An manchen Tagen lobte er sie nach der Probe in den Himmel, an anderen putzte er sie herunter. Hin und wieder gab er ihr Gitarrenunterricht.

Inzwischen war es Mai. Auf *Murrarrundi Dams* wurden die Lämmer geboren. Cate war jeden Tag schon bei Morgengrauen auf den Beinen, um nach den Jungtieren und ihren Müttern zu sehen, und beobachtete, wie die winzigen Lämmchen sich mühsam aufrappelten und die ersten wackeligen Schritte machten. An einem schwülen Nachmittag half sie bei der Geburt eines besonders großen Lammes. Sie liebte diese Arbeit, die ihrer Kreativität Raum ließ und die ständigen Schuldgefühle, die sie wegen des Todes ihres Vaters quälten, linderte.

»Spielst du die bei deinem nächsten Auftritt?«, fragte Lee eines Abends, als Cate vor dem Haus unter einem Baum saß und auf der Gitarre übte.

»Nein, ich klimpere nur so herum«, antwortete Cate verlegen. Die Jungen behandelten sie zwar eher wie eine Freundin als wie eine Angestellte, doch sie war noch immer zu schüchtern, ihre Eigenkompositionen vorzutragen. Also stimmte sie ein bekanntes Lied an.

»Ach, spiel doch das von vorhin weiter. Ich kenne es zwar

nicht, aber es hat mir sehr gut gefallen.« Lee spähte ihr über die Schulter und bemerkte die mit der Hand beschrifteten Notenblätter auf ihrem Schoß. »Hast du das selbst geschrieben?«

Cate errötete. »Ja. Möchtest du es wirklich hören?«

»Natürlich! Weshalb hätte ich dich sonst fragen sollen, Dummerchen? Hey, Dad, hör dir das mal an. Wir haben eine echte Künstlerin in unserer Mitte!«, rief er. Ein freudiges Lächeln auf den Lippen, fing Cate wieder an zu spielen und zu singen und wurde im Laufe des Liedes immer selbstbewusster. Nachdem sie mit einem Tusch aus lauten Akkorden geendet hatte, legte sie die Hand auf die Saiten und grinste die McNallys, die sich inzwischen um sie geschart hatten und sie ehrfürchtig betrachteten, verlegen an.

»Seht ihr!«, jubelte Lee.

»Ein tolles Stück. Bringst du es mir bei?«, fragte Mitchell beeindruckt. Als Cate ihm die Gitarre reichte, schlug er ein paar Akkorde an und gab sie ihr wieder zurück. »Ich glaube, das überlasse ich lieber der Expertin.«

»Recht hast du!«, frotzelte Lee.

»Hat es euch tatsächlich gefallen?« Cate war gleichzeitig überrascht und erfüllt von Freude.

»Du bist sehr begabt«, meinte Jenny. Sie trug eine Schürze über ihrem Baumwollkleid und hatte eine Porzellantasse und ein Geschirrtuch in der Hand.

»Meine Worte!«, begeisterte sich Mel. »Du hast eine tolle Stimme. Lee, wir müssen morgen unbedingt die obere Weide roden.«

Lee verdrehte die Augen. Sein Vater konnte an nichts anderes denken als an die Farm. »Klar, Dad, kein Problem. Sing uns noch etwas vor, Cate.«

Cate lächelte und stimmte »It must have been a hellava party« von Slim Dusty an. Lees Art erinnerte sie zwar an einen aufmüpfigen Welpen, seine Begeisterung hatte sie aber nachdenklich gemacht. Allerdings dauerte es noch einige Wochen, bis sie endlich den Mut fand, den anderen Mitgliedern der Wild Knights zu gestehen, dass sie auch ein paar Lieder geschrieben hatte. Sie hatten zwar noch immer keine regelmäßigen Engagements, konnten jedoch inzwischen an besseren Veranstaltungsorten spielen. Der nächste Auftritt stand für den kommenden Samstag an, weshalb alle guter Laune waren.

»Ich habe mir ein Lied ausgedacht. Kann ich es euch einmal vorspielen?«, fragte Cate in der Probenpause.

»Ach ja?«, wunderte sich Nat, und auch die anderen schienen überrascht.

»Seit wann schreibst du denn selbst? Wovon handelt dein Lied? Vom Schafehüten?«, witzelte Spider.

»Gib ihr doch eine Chance«, sagte Lance.

»War nur ein Scherz«, protestierte Spider.

»Also, lass hören«, meinte Nat.

»Es handelt von der Landarbeit und heißt ›The Sheep Are In The Wheat Paddock‹ – ›Die Schafe stehn im Weizenfeld‹.« Cate sah achselzuckend Spider an, der Lance einen Rippenstoß versetzte. »Ha, ich hatte recht!«, rief er aus.

Dann räusperte sie sich. Der Titel kam ihr plötzlich schrecklich albern vor, und ihre Nervosität wuchs. Nachdem sie sich ein weiteres Mal geräuspert hatte, stimmte sie ihre Gitarre und sang nach einigen falschen Anläufen die erste Strophe.

»Nicht schlecht«, stellte Nat fest.

»Ich habe es auch mit einem Arrangement für die ganze Band versucht«, fuhr Cate mit geröteten Wangen fort. Als die anderen Interesse zeigten, legte sich ihre Nervosität ein wenig. Sie reichte ihnen die mit der Hand beschrifteten Notenblätter. »Tut mir leid, dass es ein wenig chaotisch aussieht.« Wieder wurde die erste Strophe angestimmt. Doch Cate erschienen Rhythmus und Instrumentierung unbeholfen und holperig. »Vielleicht besser doch nicht«, meinte sie enttäuscht.

Lance begann, seinen Bass zu stimmen. Spider schlug dichte Akkorde auf dem Keyboard an.

»Die Melodie ist toll, das Arrangement Mist«, urteilte Nat schonungslos. »Was haltet ihr davon?« Er trommelte einen Takt.

Lance blickte auf und begann, dazu den Bass zu zupfen. »Ein bisschen langsamer«, meinte er und nickte im Rhythmus mit dem Kopf. Nat gehorchte. Spider griff zu einer elektrischen Gitarre und fing an zu spielen. Cate sang.

»Ja, so geht es!«, rief Nat nach einigen Takten aus.

Zu Cates Begeisterung improvisierten sie die ganze erste Strophe. »Ja, ja, so hatte ich es mir vorgestellt. So klingt es prima!«, jubelte sie.

Nat setzte zu einem komplizierten Schlagzeug-Solo an und ließ die Trommelstöcke wirbeln. »Arbeite daran«, meinte er barsch und legte die Stöcke weg.

Zufrieden packte Cate ihre Noten weg und wandte sich dem Programm zu, das geprobt werden musste.

»Habt ihr gehört, dass die Kängurus letzten Dienstag das Feld von Keith Elliott verwüstet haben?«, berichtete Spider, als sie später alle zusammen in ihrer Stammkneipe saßen. »Sie haben alles platt getrampelt. Er hat sie zwar mit Schüssen und Gebrüll verscheucht, doch am Mittwoch sind sie wiedergekommen. Der alte Keith war nicht sehr erbaut.«

»Tja, das kann man ihm nicht verdenken«, meinte Mandy, Lance' Freundin, eine attraktive Blondine mit einem strahlenden Lächeln.

»Dein Lied war wirklich gut«, sagte Nat zu Cate, reichte ihr ein kaltes Bier und setzte sich neben sie. Während die anderen zum Billardtisch gingen, blieb er bei ihr und sah sie eindringlich an. »Die Melodie ist einprägsam und ein bisschen unkonventionell. Als wir die Instrumentierung und den Rhythmus richtig hingekriegt hatten, klang es gleich viel besser. Wenn du noch ein bisschen daran feilst, können wir es ins Programm aufnehmen.«

»Wirklich? Die Wild Knights werden es spielen?«, rief Cate ungläubig aus, und fragte sich, wie er wohl diesmal reagieren würde.

Nat nickte. »Klar. Warum nicht?« Er legte den Arm um Cate und spielte an einer ihrer kastanienbraunen Haarlocken. Cate erschauderte wohlig. »Du hast wunderschöne Augen«, sagte er mit belegter Stimme und zog sie sanft an sich. »Die können einen Mann verhexen.« Mit diesen Worten beugte er sich vor und küsste sie sanft auf den Mund.

Cate erstarrte, erholte sich aber schnell von der Überraschung. »Und du bist so … unberechenbar«, erwiderte sie mit einem Lachen. Ihr Herz klopfte wild.

»Sehr gut«, gab Nat zurück. »Ich mag es unberechenbar. Komm, wir schlagen die anderen im Billard.« Er nahm ihre Hand und zog sie auf die Füße.

Nach zwei Runden Billard und noch ein paar Drinks traten sie in den kühlen Juniabend hinaus und schlenderten zurück zum Haus. Cate war noch immer benommen von Nats unerwartetem Kuss. »Ich mache mich jetzt besser auf den Heimweg. Jenny und Mel fragen sich bestimmt schon, wo ich bleibe«, meinte sie zögernd, als sie ihr Auto erreichten, das vor dem Haus stand.

»Überwachen sie dich?«, erkundigte Nat sich leise.

»Sie fühlen sich eben für mich verantwortlich, als ob sie meine Eltern wären.« Cate sprach mit den anderen Bandmitgliedern nur selten über ihre Arbeit auf der Farm. »Die McNallys gehen früh schlafen, und ich möchte sie nicht wecken.« Sie holte tief Luft. »Es war wunderschön heute. Danke, dass du mir mit meinem Lied hilfst. Ich freue mich ja so, dass es dir gefällt.«

»Ich fand es heute auch sehr schön«, erwiderte Nat, der sie nur ungern gehen lassen wollte. »Dann also bis Donnerstag.«

Cate stieg ins Auto. »Donnerstag?«, fragte sie mit hochgezogenen Augenbrauen zurück, während sie den Motor anließ. Sie kurbelte das Fenster herunter.

»Die Sonderprobe wegen des Auftritts am Samstag.«

»Oh ja, natürlich«, antwortete Cate und lächelte Nat an. Ihr schwindelte, und ihre Lippen brannten noch von seinem Kuss, als sie in die Nacht hineinbrauste. Ihr Lied hatte Eindruck gemacht. Niemand hatte gelacht, sie verspottet oder es einfach abgetan. Stattdessen hatte es den Geschmack der Band getroffen, und sie hatten sogar spontan dazu improvisiert. Eine professionelle Band spielte ein Lied, das sie geschrieben hatte! Und Nat hatte ihr vorgeschlagen, es ins Programm aufzunehmen. Cate war so überglücklich, dass sie es am liebsten in den Mond hinaufgeschrien hätte, der das Land in silbriges Licht tauchte. Sie würde Alf anrufen, sobald sie zu Hause war. Sicher würde er begeistert sein. Sie würde ihm alles bis ins kleinste Detail berichten. Nun, vielleicht war es besser, die Sache mit dem Kuss wegzulassen. Beim Gedanken an Nats Kuss lief ihr ein wohliger Schauder den Rücken hinunter. Sie mochte ihn und fand sein unberechenbares Verhalten faszinierend. Wenn sie genauer darüber nachdachte, hatte sie ihn sogar mehr als gern. Sie überlegte, was sie Alf alles erzählen wollte, und fuhr singend über die vom Mond hell erleuchteten Weiden. Doch im nächsten Moment fiel ihr Marcella ein, und ihre Hochstimmung erhielt einen herben Dämpfer. Als sie durch das Tor von *Murrarrundi Dams* fuhr und vor dem stillen, dunklen Haus parkte, war sie zu dem Schluss gekommen, dass es sowieso schon zu spät war, um Alf anzurufen. Es würde bis morgen warten müssen.

Am Ende des nächsten Tages hatte sich ihre überschwingliche Stimmung gelegt. Vivaldi hatte zu lahmen angefangen, und ein Mutterschaf, das Cate betreut hatte, brachte ein totes Lamm zu Welt, was Erinnerungen an Misty und *Ironbark Station* wachrief. Wieder stieg Trauer über den Tod ihres Vaters in ihr hoch. Nach dem Abendessen beschloss Cate, dennoch die Cristellis anzurufen, und wählte die Nummer. Doch Marcella kam an den Apparat. Im ersten Moment verschlug es Cate vor Schreck die Sprache.

»Ist Gina da?«, fragte sie schließlich.

»Gina und Santa sind im Urlaub, und Alf und die anderen helfen den Smith', eine Herde zusammenzutreiben«, erklärte Marcella.

»Oh.« Die Nachricht von dem Urlaub wunderte Cate sehr. »Und warum gehst du ans Telefon?«, erkundigte sie sich, ohne ein Blatt vor den Mund zu nehmen.

»Ich verbringe ein paar Tage hier«, entgegnete Marcella zuckersüß. »Es war Lucias Vorschlag, und natürlich auch die meines lieben Alfs«, fügte sie nach einer kurzen Pause hinzu. »Er hat mir von deinen Plänen erzählt. Wie läuft es in Tamworth mit der Musik und den Schafen? Wäre es nicht toll, wenn du richtig berühmt werden würdest? Ach, ich muss dir noch etwas erzählen. Eigentlich habe ich Stillschweigen gelobt, aber Lucia weiß es schon. Du kannst ja sicher ein Geheimnis bewahren. Ich muss es dir einfach sagen«, plapperte sie weiter, ohne Cate Gelegenheit zu einer Antwort zu geben. »Alf und ich waren letzte Woche einkaufen. Und, tja, wir waren auch bei einem Juwelier, um uns Ringe anzuschauen. Ist das zu fassen? Er ist ein echter Schatz. Ich bin schrecklich verliebt in ihn und *so* aufgeregt«, flötete sie. »Mum und Dad ahnen noch nichts, also versprich mir, dass du es niemandem weitererzählst. Er ist noch nicht vor mir auf die Knie gefallen oder so … aber seine Absichten sind doch ziemlich klar, meinst du nicht? Ich habe schließlich schon öfter Andeutungen gemacht, dass ich Ja sagen würde …«

»Wirklich?« Cate heuchelte Begeisterung, obwohl es ihr den Magen zusammenkrampfte. Im Hintergrund hörte sie Lucias Stimme. Im nächsten Moment riss Lucia Marcella den Hörer aus der Hand.

»Hallo, Cate! Wie geht es dir, altes Haus!«, rief sie aufgeregt. »Wir amüsieren uns prima hier. Mum und Dad sind endlich einmal verreist, und Alf und Marcy essen mit uns zu Abend.« Sie senkte die Stimme zu einem Flüstern. »Ich habe einen Mann kennengelernt. Er heißt Evan und hat einen tollen Körper. Marcy findet ihn auch spitze und sagt, sie würde ihn mir wegschnappen, wenn sie nicht so verrückt nach Alf wäre. Richtig, Marcy?« Sie kicherte. »Er sieht einfach großartig aus, Cate. Er würde dir sicher auch gefallen. Davon bin ich überzeugt. Wir werden ein Essen bei Kerzenschein veranstalten. Nur wir vier. Hat Marcy es dir schon erzählt? Das ist ja so romantisch. Ach, bin ich glücklich! Hoppla, ich glaube, da kommt jemand«, verkündete sie plötzlich im Singsangton. »Hallo, mein Schöner … Ich muss auflegen, Cate. Tschüss!« Die Leitung war tot.

Ungläubig und benommen starrte Cate auf den Hörer. Marcella und Alf wollten sich verloben? Beim bloßen Gedanken wurde ihr übel. Allerdings war damit zu rechnen gewesen, schalt sie sich im nächsten Moment. Aber Gina und Santa im Urlaub? Die beiden waren doch noch nie verreist. Und Lucia war so hingerissen von ihrer neuen Eroberung, dass sie ihr nicht einmal die Zeit gelassen hatte, sich zu verabschieden. Und das schlimmste an alldem war, dass Cate von all diesen neuen Entwicklungen rein gar nichts mitbekommen hatte.

»Ich freue mich wirklich für sie«, flüsterte sie in den stillen Raum hinein, obwohl sie es selbst nicht glaubte.

Zwanzig Minuten lang blickte sie stumpf aus dem Schlafzimmerfenster auf das vom Mond beschienene Land und fühlte sich, als hätte ihr gerade jemand eine Tür vor der Nase zugeschlagen. Irgendwo da draußen genossen Lucia,

Marcella, der Typ mit dem tollen Körper und Alf ihr Abendessen bei Kerzenschein, dachte sie bedrückt, während die Tränen ihr in die Augen zu steigen drohten. Fest entschlossen, dem Selbstmitleid nicht nachzugeben, setzte sie sich hin und schrieb einen langen Brief an Gina und Santa und einen kurzen, fröhlichen an Alf und Lucia. Danach kroch sie ins Bett und weinte sich in den Schlaf.

Als sie am nächsten Morgen erwachte, fühlte sie sich, als hätte sie einen gewaltigen Kater. Sie nützte die erste sich bietende Gelegenheit, sich in die Musik zu flüchten, und verfasste ein Lied mit dem Titel »Heartbreak in the Hills«. Melodie und Text strömten nur so aus ihr heraus, und als sie fertig war, fühlte sie sich erleichtert und eigenartig friedlich.

Nat gefiel das Lied sehr gut, sagte er ihr, als sie Hand in Hand vom Pub nach Hause gingen.

»Deine Gefühle sind so intensiv«, meinte er an der Tür zu ihr. Dann nahm er sie in die Arme und küsste sie. Diesmal gab Cate sich dem Kuss hin, froh, dass er ihr keine Fragen stellte und sie einfach nur in seinen starken Armen hielt.

Am folgenden Freitag nach der Probe hatte Cates Stimmung sich gebessert, und sie erbot sich, die ganze Band zu bekochen. Während sie beim Einkaufen war, rief Alf an. Jenny McNally hatte ihm die Nummer gegeben und ihm erklärt, Cate sei so mit den Proben beschäftigt, dass sie sie in letzter Zeit nur noch tagsüber zu Gesicht bekämen.

Spider hob ab. »Bedaure, Kumpel, aber Cate ist gerade unterwegs, um fürs Abendessen einzukaufen. Findest du es nicht auch toll, wie sie sich gemacht hat? Aber Nat ist da, falls du mit ihm reden willst.« Er reichte Nat den Hörer und verdrückte sich, um sich ein Bier zu holen.

»Was willst du?«, fragte Nat mürrisch und nestelte an einem Notenblatt herum.

Nats unfreundlicher Ton stieß Alf sauer auf. »Nur ein bisschen plaudern und mich erkundigen, wie es Cate so geht.«

»Alles ist bestens, alter Junge. Ich kümmere mich um sie. Sie fühlt sich prima. Du brauchst dir also keine Sorgen mehr um sie zu machen.«

»Was soll das heißen?«, hakte Alf argwöhnisch nach.

»Dass wir jetzt zusammen sind. Sie ist bei mir eingezogen«, log Nat, ein selbstzufriedenes Grinsen auf den Lippen. Zu seiner Genugtuung herrschte Schweigen am anderen Ende der Leitung.

»Äh … gut … Tja, dann richte Cate aus, dass ich angerufen habe. In den nächsten ein bis zwei Wochen bin ich unterwegs und telefonisch nicht zu erreichen«, stammelte Alf, bemüht, sich Entsetzen und Enttäuschung nicht anmerken zu lassen. »Ich melde mich, wenn sich die Gelegenheit dazu ergibt«, fügte er hinzu.

Später beim Essen lobten alle Cates Kochkünste. Den Anruf erwähnte keiner.

Im Laufe der nächsten Woche entwickelte sich zwischen Cate und Nat eine Beziehung, ohne dass einer von ihnen es laut ausgesprochen hätte. Lance und Spider hatten nichts gegen Cates häufige Anwesenheit und die regelmäßigen Mahlzeiten einzuwenden. Niemand war überrascht, und so blieb alles mehr oder weniger beim Alten.

Ende Juli erhielt Cate einen Brief von Alf. Er schrieb, er sei sehr beschäftigt gewesen und werde in den nächsten sechs Monaten eine abgelegene Rinderfarm dreihundert Kilometer nördlich von *Ironbark Station* leiten. Er wisse nicht, ob er zur Mangoernte nach Hause kommen könne, und hoffe, in Tamworth sei alles in Ordnung. Marcella erwähnte er nicht, und er wollte auch nicht wissen, wann Cate nach Katherine zurückkehren würde. Den Namen ihres ehemaligen Zuhauses zu lesen, weckte in Cate wieder die Trauer und die Schuldgefühle, die stets unter der Oberfläche schlummerten, und sie deutete den Brief so, dass die Cristellis sie nicht mehr als Teil der Familie betrachteten.

Sie war gekränkt, und als sie es zwei Tage später nicht mehr aushielt, rief sie erneut Gina an. Wieder meldete sich niemand. Enttäuscht legte Cate auf und fragte sich, ob sie nicht zu viel in die Sache hineininterpretiere, anstatt sich damit abzufinden, dass jeder ein Recht auf ein eigenes Leben hatte. Da sie sich dennoch einsamer denn je vorkam, stürzte sie sich noch mehr in die Arbeit und versuchte, sich auf ihre Lieder und die anstehenden Auftritte zu konzentrieren. Sie verdiente zwar mit der Musik immer noch kaum etwas, war aber inzwischen schon einige Male aufgetreten. Mit der zunehmenden Erfahrung wuchs auch ihr Selbstbewusstsein, und bald war sie recht routiniert auf der Bühne. Nat beschloss, die überarbeitete Version des ersten Liedes, das sie den Wild Knights vorgespielt hatte, ins Programm aufzunehmen. Inzwischen trug es den Titel »Kangaroos in the Wheat« – »Kängurus im Weizenfeld«. Auch »Heartbreak in the Hills« sollte bei ihrem nächsten Auftritt in einer Kleinstadt einige Kilometer von Tamworth entfernt uraufgeführt werden. Konzerte wie diese fanden in einer lockeren, ungezwungenen Atmosphäre statt und zogen ein Publikum an, das sich abseits der großen Festivals ohne viel Aufwand amüsieren oder einfach nur einen Ausflug aufs Land machen wollte. Hin und wieder befanden sich auch Talentscouts kleiner Plattenfirmen unter den Zuschauern. Die Gäste waren von beiden Liedern begeistert und jubelten Cate, der jungen, attraktiven und ausdrucksstarken Nachwuchskünstlerin, lauthals zu. Auch Nat war sehr zufrieden und verkündete nach dem Konzert, er werde die Lieder ins feste Repertoire der Band aufnehmen. Überglücklich mischte sich Cate unter die Gäste.

Nat tauchte hinter ihr auf.

»Angus Alpine möchte dich kennenlernen«, verkündete er. Aufgeregt zog er sie von der kleinen Menschentraube weg, die sich um sie geschart hatte, und schob sie durch den Raum. Nach anfänglichem Protest entschuldigte sich Cate lächelnd bei den anderen und ließ sich wegführen.

»Wer ist Angus Alpine?«, fragte sie.

»Er ist der wichtigste Musikagent des ganzen Landes«, erwiderte Nat. Seine Finger bohrten sich durch ihr dünnes T-Shirt, als er sie zu einer Gruppe von Leuten hinüberdrängte, die sich angeregt unterhielten.

»Ah, da ist sie ja!«, rief ein gedrungener Mann von Anfang fünfzig aus. Er trug eine grellorangefarbene Krawatte, die nicht recht zu seiner rotbraunen Weste und der weiten hellbraunen Hose passte. Er hatte aufmerksam dreinblickende graue Augen, schwarzes Haar, das an den Schläfen grau wurde, und ein gütiges Gesicht.

»Cate Perry«, sagte er nach einem kräftigen Händedruck. »Sie haben Talent. Eigentlich bin ich hier, um der Musik für ein paar Tage zu entfliehen, aber wir müssen dringend miteinander reden. Rufen Sie mich an und besuchen Sie mich nächste Woche in meinem Büro in Sydney. Bringen Sie Ihre anderen Lieder und Ihre Gitarre mit. Wenn Sie mich im Büro nicht erreichen, versuchen Sie es unter dieser Nummer.« Er kritzelte etwas auf eine elegante weiße Visitenkarte mit silbernem Prägedruck und reichte sie ihr. »Einen schönen Abend noch. Nett, dich mal wieder getroffen zu haben, Nat.« Im nächsten Moment drehte er sich wieder zu seinen Begleitern um.

Cate blieb der Mund offen stehen. »Er möchte, dass ich ihn in Sydney besuche«, stammelte sie und starrte auf Angus' Rücken.

»Das hast du gut gemacht! Heute ist offenbar dein Glückstag.« Nat strahlte übers ganze Gesicht. »*Unser* Glückstag, um genau zu sein!«

»Unser Glückstag!«, stimmte Cate zu, fiel Nat um den Hals und küsste ihn auf die Wange.

Am kommenden Dienstag packte Cate ihre Reisetasche, die Gitarre und die Noten in ihren alten Gebrauchtwagen und fuhr mit röhrendem Motor nach Sydney. Angus, durch und durch charmant, empfing sie in seinem eleganten Büro, dessen Wände von einer Ehrfurcht gebietenden Galerie von Goldenen und Platin-Schallplatten und den Fotos berühmter Countrymusiker geschmückt wurden.

»Wie schnell könnten Sie ein Album von, sagen wir mal, acht oder zehn Liedern zusammenstellen?«, fragte er und musterte Cate aufmerksam, während sie über die Antwort nachdachte.

»Ich weiß nicht«, stotterte sie schließlich verlegen.

Cate empfand das kurze Gespräch, ständig unterbrochen von klingelnden Telefonen und Anfragen von Angus' persönlicher Assistentin, gleichzeitig bestärkend und ermutigend. Sie fühlte sich wie eine blutige Anfängerin.

»Sie haben Talent«, verkündete Angus abschließend. »Fahren Sie nach Hause, machen Sie sich an die Arbeit und stellen Sie ein Band für mich zusammen. Außerdem würde ich Ihnen vorschlagen, an Gesangswettbewerben teilzunehmen. Schließlich wohnen Sie in einer der Musikhauptstädte der Welt. Nutzen Sie diesen Vorteil. Sie könnten sich zum Beispiel bei Australian StarBuilder bewerben. In dieser Branche ist es nicht leicht, einen Fuß in die Tür zu bekommen. Aber wenn Sie sich anstrengen, haben Sie vielleicht Glück. Am besten schicken Sie mir so bald wie möglich etwas, und dann sehen wir weiter.«

In Hochstimmung fuhr Cate nach Hause. Als sie am Abend in Tamworth ankam, hatte sie bereits ein Konzept für ihr Debütalbum entwickelt und Ideen für sechs weitere Lieder im Kopf. Sie fuhr sofort zu Nat, parkte neben dem Traktor, sprang aus dem Wagen, rannte ins Haus und rief seinen Namen. Als Nat aus dem Tonstudio kam, fiel sie ihm um den Hals.

»Rate mal, was passiert ist!«, jubelte sie. Dann berichtete sie ihm atemlos von der Besprechung. »Wenn du mir keine erste Chance gegeben hättest, wäre ich nie so weit gekommen.« Sie zog ihn an sich und küsste ihn auf den Mund.

»Das weiß ich nicht. Aber ich lasse mich gern loben.« Nat drückte sie fester an sich, beugte sich zu ihr hinunter und küsste sie leidenschaftlich.

»Oh, Nat, ich fasse es noch immer nicht. Schau, wie ich zittere!« Cate streckte die Hände aus.

»Dagegen weiß ich ein Mittel«, stieß Nat hervor und nahm sie wieder in die Arme.

»Es ist so unglaub…«, begann Cate, doch Nat brachte sie mit einem Kuss zum Schweigen. Sie seufzte auf und erwiderte die Zärtlichkeit. Dabei spürte sie, wie sein warmer Körper sich an sie presste und seine Finger über ihren Rücken glitten. Erregung ergriff sie, als er sie immer weiter küsste und liebkoste. Schließlich schob er die Hand unter ihr Hemd, zog es ihr über den Kopf und küsste sie zwischen den Brüsten.

»Wo ist Lance?«, fragte sie mit belegter Stimme. Leidenschaft packte sie. Noch nie waren sie einander so nah gekommen.

»Bei Mandy.« Nat schob ihr den BH hoch und umfasste ihre warme Brust. Cate wurden die Knie weich. Als sie sich an ihn lehnte, spürte sie seine Erektion. Er schob sie rückwärts zum Sofa.

»Cate, meine wunderschöne Cate.« Nate streichelte ihre Schultern und Brüste, öffnete dann langsam ihre Jeans, streifte sie ab und ließ die Hände über ihre Schenkel und ihren Venushügel gleiten. Cate fühlte sich, als würde sie jeden Moment zerspringen. Sie schlang die Arme um ihn, zog ihn auf sich und küsste ihn voller Sehnsucht. Als er die Hand in ihr Höschen schob, seufzte sie auf und hielt sie fest.

»Nat, ich weiß, dass wir jetzt schon eine Weile zusammen sind, aber ich … ich habe noch nie …«

»Ich verspreche, dass ich ganz vorsichtig sein werde. Ich werde dir die Liebe zeigen », murmelte er und fuhr fort, sie auszuziehen, bis sie beide nackt dalagen. Er küsste ihre vollen Brüste und strich mit den Lippen über ihren Bauch, bis sie vor Begierde aufstöhnte. Ihr Duft stieg ihm in die Nase. Sie roch so wunderbar und war so weich und warm und feucht. Rasch streifte er ein Kondom über, spreizte sanft ihre Beine und drang in sie ein. Ein köstliches Gefühl durchflutete Cates ganzen Körper, als sie sich immer schneller bewegten. Es war eine fast unerträgliche Lust. Und dann, plötzlich, war es vorbei. Nat rollte sich von ihr herunter und lag keuchend, einen Arm über dem Gesicht, auf dem Rücken.

»Du hast nicht nur musikalisches Talent. Uff! Das war wunderschön.« Er hielt sie in den Armen und betrachtete sie liebevoll. Zehn Sekunden später war er eingeschlafen.

Cate lag neben ihm, spürte seine Wärme und versuchte, sich zu entspannen. Sie hatte nicht damit gerechnet, dass sie heute Nacht so weit gehen würden. Eigentlich hatte sie nicht darüber nachgedacht, dass ihre Beziehung auf so angenehme Weise außer Kontrolle geraten könnte. Aber sie war froh, dass es geschehen war, und fühlte sich stolz und glücklich und vor allem nicht im Geringsten einsam. Cate küsste Nat zärtlich auf die Nase, deckte ihn vorsichtig mit seinem Hemd zu, zog sich an und machte sich auf die Suche nach etwas Essbarem, denn sie hatte schrecklichen Hunger. Als Nat bei ihrer Rückkehr noch immer nicht aufgewacht war, legte sie sich, ein wenig enttäuscht, wieder neben ihn und nickte ein.

»Bin ich etwa eingeschlafen? Wie peinlich!«, verkündete er benommen um zwei Uhr morgens und ließ die Hände über ihren Körper gleiten. Schlaftrunken schlug Cate die Augen auf. Ihre Enttäuschung legte sich schlagartig, und alle ihre Sinne begannen zu vibrieren, als er sie noch einmal liebte. In den nächsten drei Monaten hatte Cate mit der Arbeit auf der Farm und ihren Liedern alle Hände voll zu tun. Als sie im September endlich mit ihrem neuen Lied »Over the Top« zufrieden war, meldete sie sich für zwei Wettbewerbe an. Beim Hunter-Valley-Liedermacherwettbewerb musste sie die Aufnahme einer Eigenkomposition einreichen. Als Preis waren dreihundert Dollar und dreißig Stunden Aufnahmezeit in einem professionellen Tonstudio ausgelobt. Bei »Australian StarBuilder« wurden bei Veranstaltungen im ganzen Land sechs Finalisten bestimmt, die als einer der Höhepunkte beim »Tamworth Music Festival« auftreten würden.

Obwohl Cate sich keine großen Chancen ausrechnete, schickte sie Angus Aufnahmen von zweien ihrer Lieder, begleitet von den Wild Knights, und versuchte sich dann einzureden, dass sie nicht täglich voller Spannung auf den Postboten wartete. Zu ihrer Freude erhielt sie gegen Ende des Monats tatsächlich eine Einladung, mit den Wild Knights als Begleitband bei der ersten Staffel von »Australian StarBuilder« aufzutreten. Begeistert fuhr sie mit den Wild Knights nach Dubbo, sang zwei Lieder und qualifizierte sich tatsächlich für die zweite Staffel, die für Anfang November in Newcastle angesetzt war.

Auch auf *Murrarrundi Dams* ging es hoch her, denn die Schafe mussten ins Desinfektionsbad getrieben, abgespritzt und mit Medikamenten versorgt werden. Doch Cate empfand die körperliche Arbeit als befreiend und inspirierend. Ende Oktober hatte sie vier der acht Lieder für ihr Debütalbum fertig. Angus rief an, teilte ihr mit, ihm hätten die Aufnahmen gut gefallen, und forderte sie auf, weiter daran zu arbeiten. So ermutigt, gelang es ihr, bis Mitte November noch zwei neue Lieder fertigzustellen. Sie fuhr mit der Band nach Newcastle, um an der zweiten Staffel von Australian StarBuilder teilzunehmen, und trug wieder zwei Lieder vor. Sie war zwar in Hochstimmung, aber vollkommen erschöpft. Als Jenny und Mel sie zwei Tage später zu einem zweiwöchigen Angelausflug einluden, nahm sie gerne an, denn sie hatte nach der harten Arbeit und den vielen Auftritten eine Pause dringend nötig.

Als Cate zur ersten Probe nach den Ferien nach Tamworth fuhr, fühlte sie sich erholt und entspannt. Sie parkte ihre Rostlaube vor dem Tor und wollte gerade aussteigen, als Nat auf sie zukam und sie ohne Begrüßung fest auf den Mund küsste.

»Ich möchte, dass du bei mir einziehst«, meinte er, als sie sich wieder voneinander lösten. »Wir sind sowieso die halbe Woche und die meisten Wochenenden zusammen. Ich sehne mich so sehr nach dir und habe dich schrecklich vermisst. Die letzten zehn Tage waren eine Qual. Am liebsten würde ich sofort über dich herfallen.« Er zog sie wieder an sich.

»Bei dir klingt alles immer so dramatisch. Das hat mir wirklich gefehlt.« Lachend schlang Cate die Arme um seinen Hals, worauf Nat sie küsste und ins Haus trug.

»Lass mich sofort runter! Lance und Spider kommen in einer Viertelstunde zur Probe«, protestierte sie kichernd, als er mit ihr aufs Schlafzimmer zusteuerte.

»Das ist mehr als genug Zeit«, verkündete Nat und

schloss die Schlafzimmertür hinter ihnen. Cate lachte auf und gab sich ihm hin.

Zwei Wochen später zog sie bei Nat ein und fuhr jeden Tag nach *Murrarrundi Dams* zur Arbeit.

Kurz vor Weihnachten erfuhr Cate, dass sie zu den zwanzig Gewinnern von »Australian StarBuilder« gehörte, die im folgenden Januar in zwei Abschlusskonzerten in Tamworth auftreten sollten, den Veranstaltungen also, bei denen die sechs Finalisten bestimmt wurden, die beim »Tamworth Music Festival« in einer großen Gala ihre eigenen Kompositionen vortragen durften. Nat machte vor Freude Luftsprünge. Durch die Teilnahme am Wettbewerb hatten sich die Wild Knights bereits einen Namen gemacht. Der Auftritt bei einer so wichtigen Veranstaltung würde sicher weitere Engagements nach sich ziehen, sodass die Zukunft der Band schon viel rosiger aussah. Auch Cate war begeistert. Die gute Nachricht entschädigte sie beinahe dafür, dass sie schon so lange nichts von den Cristellis gehört und auch auf ihre Briefe keine Antwort erhalten hatte. Sie war gekränkt und sehnte sich danach, jemandem von ihrem Erfolg zu erzählen. Doch da der Wettbewerb in den ersten Wochen des neuen Jahres stattfinden sollte, beschloss sie, über Weihnachten in Tamworth zu bleiben und für das Festival zu proben. Als sie Gina anrief, um es ihr mitzuteilen, hatte diese gerade Besuch von Verwandten.

»Alfredo hat mir von deiner Musik erzählt. Du bist sehr begabt«, sagte sie ein wenig abgelenkt. »Du wirst uns an Weihnachten fehlen. Aber wir verstehen dich.« Nach einem kurzen Gespräch, in dessen Verlauf Cate erfuhr, dass Alf erst am Heiligen Abend nach Hause kommen würde, legte sie enttäuscht auf. Alle waren so mit sich selbst beschäftigt. Nun, dachte sie, schließlich war sie es ja, die unbedingt unabhängig sein und in Tamworth bleiben wollte. Dennoch brachte sie zwei große Geschenkpakete zur Post, eines adressiert an die Cristellis in Katherine, das andere für Claudia und Mario Ortucchio, die sie unbedingt in den nächsten Wochen besuchen musste.

Fröhliche Weihnachten. Ich liebe euch alle, sagte sie sich und wurde von einem Gefühl der Einsamkeit ergriffen. Obwohl sie häufig mit dem Gedanken spielte, dem Northern Territory einen Besuch abzustatten, befürchtete sie stets, die Erinnerungen und die Schuldgefühle wegen des Todes ihres Vaters könnten sie überwältigen.

Der Entschluss, über Weihnachten in Tamworth zu bleiben, erwies sich als richtig. Die Tage vergingen wie im Fluge, während es immer heißer wurde und der Wettbewerb näher rückte. Mandy kämpfte sich mit Cate durch den nachweihnachtlichen Schlussverkauf und half ihr, ein schickes Oberteil und hautenge Jeans auszusuchen, die sie sich eigentlich nicht leisten konnte. Dazu erstand Cate schwindelerregend teure braune kniehohe Lederstiefel mit hohen Absätzen und Nieten. Sie kam sich darin sehr sexy vor.

»Du siehst scharf aus!«, rief Mandy und tänzelte um sie herum.

Als Cate zwei Wochen später mit den anderen Finalisten hinter der Bühne der stickigen alten Konzerthalle auf ihren Auftritt wartete, fühlte sie sich ganz und gar nicht »scharf«, sondern hatte vor Aufregung schweißnasse Hände und ein flaues Gefühl im Bauch. Sie trug ihre neuen Sachen, ergänzt durch baumelnde Glitzerohrringe, die Jenny ihr geliehen hatte, und ihr geliebtes goldenes Kreuz, ein Geschenk ihres Vaters. Es war der letzte Wettbewerb, in dem die sechs Teilnehmer am großen Finale ermittelt werden sollten. Die Finalisten wurden in zwei zeitgleich in verschiedenen Hallen stattfindenden Veranstaltungen ausgewählt. Cates Herz schlug schneller. Auf einmal wollte sie unbedingt gewinnen. Aber die Konkurrenz schlief nicht.

Verstohlen musterte sie die anderen Teilnehmer, von denen einige bereits in den vergangenen Jahren Sieger geworden waren, und betastete ihr kleines Goldkreuz. Sie musste jetzt unbedingt ruhig bleiben. Während sich draußen der Himmel bedrohlich verdüsterte, trat eine schlanke Blondine auf die Bühne. Cate sah ihre Chancen sinken, als die rauchige Stimme ihrer Rivalin den Saal füllte. Inzwischen war es draußen stockdunkel geworden. Plötzlich ertönte ein ohrenbetäubender Knall. Die Türen des Saals flogen auf.

»Alle müssen sofort das Gebäude verlassen«, wies sie der Veranstaltungsleiter an. Im nächsten Moment prasselte Wasser auf die Bühne. Die Preisrichter sprangen auf, und die Blondine ergriff mit ihrer Gitarre die Flucht. Es dauerte nicht lange, das Gebäude zu evakuieren. Erschüttert standen die Teilnehmer auf der Straße und versuchten vergeblich, ihre Instrumente mit ihren dünnen Jacken zu schützen, während der Wind sie umtoste und der Himmel seine Schleusen öffnete. Der unerwartete Sturm, der einige dicke Bäume entwurzelt und die Konzerthalle beschädigt hatte, endete genauso schnell, wie er begonnen hatte. Allerdings konnte die Halle nicht mehr benutzt werden. Zwei angespannte Stunden später wurde der Wettbewerb in einen kleineren Saal verlegt, der unversehrt geblieben war. Durch den plötzlichen Wechsel des Veranstaltungsortes aus dem Konzept gebracht und mit den Nerven völlig am Ende, erfuhr Cate nach einem langen und ermüdenden Tag, dass sie zu den sechs Teilnehmern am großen Finale gehörte. Beim ausgelassenen Feiern mit der Band kehrten ihre Lebensgeister zurück.

Am 22. Januar hatte Cate solches Lampenfieber wie noch nie in ihrem Leben. Dennoch trat sie auf die Bühne des großen Zeltes, das jedes Jahr eigens für das »Tamworth Music Festival« errichtet wurde. Es war ausverkauft. Adrenalin strömte durch Cates Körper. Sie ließ den Blick über das Meer von Gesichtern schweifen, wohl wissend, dass sie vor den wichtigsten Persönlichkeiten in der Welt der australischen Countrymusik stand. Einige Vertreter großer Plattenfirmen waren da, und die Jury war hochkarätig besetzt. Cate fragte sich, ob sie überhaupt den Mut haben würde zu singen.

Also los, feuerte sie sich selbst an und blickte zu den Wild Knights, die ebenso nervös wirkten wie sie. Dann schlug sie den ersten Akkord an. Im nächsten Moment fiel das Lampenfieber von ihr ab, und sie spielte und sang so gut wie nie zuvor. Wie immer begann sie sanft und leise und wurde im Laufe des Liedes immer leidenschaftlicher, was ihren Auftritten eine besondere Note verlieh. Die Menschen wippten mit den Füßen und klatschten begeistert mit. Als zweite Nummer hatte Cate ein Lied gewählt, das sie für ihren Vater kurz nach seinem Tod geschrieben hatte. In jenen traurigen Tagen hatte sie auf diese Weise ihrem Elend Luft machen müssen, es dann jedoch nicht über sich gebracht, das Lied fertigzustellen. Erst vor kurzem war ihr das, ermuntert von Nat, gelungen. Der Song hatte etwas Hoffnungsvolles bekommen. Sie legte all die Liebe hinein, die sie zu ihrem Dad empfand und schlug das Publikum in ihren Bann. Da sie bei den letzten Takten mit den Tränen kämpfte, brach ihr die Stimme bei der letzten Note. Die Zuschauer applaudierten bewegt.

Immer noch aufgewühlt, trat Cate ab und ging in den Raum, der für die Musiker reserviert war. Spider setzte sich neben sie und spielte auf den Knien imaginäre Akkorde, während Nat Lance einen Witz erzählte. Die anderen Teilnehmer waren unglaublich professionell, hatten breit gefächerte musikalische Fähigkeiten, ein ausgezeichnetes Programm vorzuweisen und besaßen außerdem mehr Bühnenerfahrung als Cate. Auch ihre Begleitbands waren großartig. Um zu gewinnen, musste Cate also einen Weg finden, sich von ihnen abzuheben, doch sie hatte keine Ahnung, wie sie das anstellen sollte. Als sie wieder auf die Bühne trat, um ihr letztes Lied vorzutragen, hoffte sie auf eine spontane Eingebung.

Die Schlussnummer handelte vom Leben auf einer Farm, vom Viehtrieb, vom Kampf gegen Buschfeuer, Überschwemmungen, Kängurus und Krokodilen, von der Freundschaft und vor der Abgeschiedenheit im Top End. Es erzählte von allem, was Cate an ihrer Heimat liebte. Doch vor allem waren es Cates Natürlichkeit, ihr einfühlsamer Vortrag, ihre ungekünstelte Art und die Kraft, die sie in ihren Vortrag legte, die alle in ihren Bann schlugen. Vom ersten Ton an hing das Publikum an ihren Lippen, und es lauschte aufmerksam, als sie die Stimme zu einem rauchigen Flüstern senkte, das bis zum Zeltdach hinaufstieg. Mit einem glockenhellen reinen Ton endete das Stück. Die Zuschauer sprangen von ihren Sitzen auf und spendeten Beifall. Einige sangen die Melodie weiter, und jeder wusste, dass die junge Frau, die sie gerade gehört hatten, das Zeug zu einem wirklichen Star hatte. In Cate vereinten sich unverfälschter Charme, Authentizität und musikalisches Können mit außerordentlicher Begabung.

Benommen und mit Freudentränen in den Augen, stand Cate da. Ganz gleich, wie das Urteil der Preisrichter auch ausfallen mochte, sie hatte ihr Bestes gegeben. Sie hatte echtes Leben in das Lied gelegt, und das Publikum liebte sie dafür. Aber das Wichtigste war, dass sie das Andenken ihres Vaters geehrt hatte. Er wäre stolz auf sie gewesen. Und das machte sie froh. Cate trat von der Bühne, um sich das restliche Konzert anzuhören.

Endlich war der Moment der Siegerehrung da. Cate und die anderen Finalisten hielten den Atem an, als der Moderator das Wort ergriff.

»In Kürze werde ich den Gewinner dieses Jahres ankündigen, doch zuerst möchte ich den vielfach preisgekrönten Sänger und Liedermacher, den Vorsitzenden unserer Jury, Mr. Sam Michaelson, bitten, Ihnen zu erläutern, wie die Wahl der Jury zwischen den vielen talentierten Teilnehmern bis hin zu den Finalisten des heutigen Abends abläuft.« Mit einer Handbewegung bat er den Musiker auf die Bühne.

»Wie immer war die Entscheidung, wer den Preis bekommen soll, unbeschreiblich schwierig. Wir suchen einen Künstler, der neu und originell ist und eine Bereicherung für die australische Countrymusik-Branche darstellt«, erklärte Sam Michaelson. »Alle Teilnehmer des heutigen Abends haben in dieser Hinsicht Beachtliches geleistet. Allerdings geht es bei diesem Preis nicht nur um musikalische Professionalität, sondern auch um den Unterhaltungswert. Die Siegerin des heutigen Abends fällt vor allem durch ihre Ausstrahlung und Leidenschaft sowie durch ihren eindringlichen Auftritt auf. Sie hat ihr Talent als Songwriterin ebenso unter Beweis gestellt wie durch ihre ausgezeichnete Bühnenpräsenz und ihren gefühlvollen Vortrag. Ihre Stimmtechnik und Tonsicherheit sind einwandfrei. Diese Künstlerin ist ein Gewinn für die australische Countrymusik.« Mit diesen Worten trat er ab. Cate kaute an ihren Fingernägeln. Der Moderator griff wieder zum Mikrofon.

»Ein Dank an Sam Michaelson, und an all die anderen Mitglieder unserer verehrten Jury. Und nun habe ich die Ehre, die Siegerin des diesjährigen Wettbewerbs anzukündigen: Cate Perry!« Die Zuschauer applaudierten.

Cate fiel Nat um den Hals und küsste ihn. Ein strahlendes Lächeln auf dem Gesicht, trat sie dann mit der Band auf die Bühne, um aus der Hand des legendären australischen Countrymusikers John Williamson den silbernen Pokal entgegenzunehmen. Die Zuschauer klatschten und trampelten mit den Füßen. Auch die anderen Teilnehmer applaudierten.

Als Cate den Blick über die Gesichter im Saal schweifen ließ, wurde ihr klar, dass der Traum, den sie kaum zu träumen gewagt hatte, nun Wirklichkeit geworden war. Sie trat ans Mikrofon. »Ich fasse es noch nicht ganz. Es war wundervoll, an diesem Wettbewerb teilnehmen zu dürfen, und ich hätte nie gedacht, dass ich gewinne. Es gibt so viele

Menschen, denen ich es verdanke, dass ich es so weit gebracht habe, auch wenn die Zeit leider nicht ausreicht, um sie alle aufzuzählen. Ich danke den Veranstaltern, den Preisrichtern, meinen unglaublich begabten Mitbewerbern, den Organisatoren des »Tamworth Music Festival« und meiner fantastischen Band, den Wild Knights. Ich bin so glücklich.« Kurz drehte sie sich zur Band um und wandte sich dann erneut ans Publikum. »Und zu guter Letzt und am meisten danke ich meinem Dad, der mich von Anfang an ermutigt hat.« Ihre Stimme zitterte, und Tränen traten ihr in die Augen. Sie hielt den Pokal hoch. »Vielen Dank.« Sie wünschte nur, er hätte diesen Moment miterleben können.

»Mein geliebter Nat, es ist so ritterlich und liebevoll und großzügig von dir, dich für mich zu freuen, wenn ich im Rampenlicht stehe. Ich liebe dich!«, rief sie überschwänglich aus, als sie wieder hinter der Bühne waren. Jedes harte Wort, das je zwischen ihnen gefallen war, war vergessen. Im Taumel des Erfolgs küsste sie Nat noch einmal, während Reporter die Auslöser ihrer Kameras betätigten.

»Das ist erst der Anfang, meine geliebte Cate. Erst der Anfang«, flüsterte Nat.

»Bestimmt ist es das!«, jubelte sie. Die warnende innere Stimme, die sie bei ihrer ersten Begegnung mit Nat gehört hatte, war aus ihrem Bewusstsein verschwunden.

14

Der Februar brachte für Cate nur gute Nachrichten, denn der Sieg im Wettbewerb brachte nicht nur Ruhm, sondern auch einen Plattenvertrag mit EMI Records, wo ihr Debütalbum produziert werden sollte. Außerdem gehörte Werbung in Radio, Fernsehen, Zeitungen und Zeitschriften ebenso zum Paket wie eine Gitarre in Sonderausführung und Unterricht in Bühnenpräsentation. Die Gitarre schenkte sie Nat als kleines Dankeschön, da sie sowieso lieber auf derjenigen spielte, die sie von ihrem Vater bekommen hatte. Auch Auftritte bei Konzerten und Musikfestivals im ganzen Land waren geplant. Aber am meisten freute sich Cate auf die kostenlose USA-Reise im Juni. Sie sollte bei zwei Konzerten singen und mit einem prominenten amerikanischen Countrysänger ein Lied einspielen, und zwar im Rahmen des »Nashville Fan Fair Country Music Festival« in Tennessee. Cate war so aufgeregt, dass sie den Kopf wochenlang kaum für etwas anderes frei hatte.

»Die wollen Publikumsmagneten. Inzwischen sind wir recht populär. Nun ja, die meisten Zuschauer kommen deinetwegen«, meinte Spider eines Nachmittags bei einer Probe nach einem ausverkauften Konzert in Gosford grinsend zu Cate.

Nat verzog finster das Gesicht und begann, lautstark sein Schlagzeug zu bearbeiten. Cate sah ihn scharf an. Seit ihrem großen Sieg verhielt er sich merkwürdig und fing immer wieder ohne offensichtlichen Grund Streit an. Auffälligerweise jedoch stand jede Auseinandersetzung in engem zeitlichem Zusammenhang damit, dass einer der anderen Cates musikalischen Erfolg erwähnte. Cate versuchte, Nats Launenhaftigkeit mit Humor zu nehmen und dachte, sie sei wahrscheinlich überempfindlich. Heute war es aber wieder besonders offensichtlich, worum es ging.

Die zusätzlichen Auftritte bedeuteten weitere Proben und zahlreiche Reisen. Da Cate außerdem mehr Zeit brauchte, um neue Lieder zu schreiben, musste sie ihre Arbeitgeber auf *Murrarrundi Dams* immer öfter um einen freien Tag bitten. Anfangs hatte Mel nichts dagegen einzuwenden. Doch als Cate nach einer Reihe anstrengender Proben und langer Autofahrten zu Auftritten dreimal innerhalb von zwei Wochen verschlief und erst am späten Vormittag zur Arbeit erschien, waren die McNallys mit ihrer Geduld am Ende.

»Selbstverständlich kannst du dir freinehmen«, meinte Jenny freundlich. »Wir freuen uns über deinen Erfolg und fühlen uns geehrt, einen Star in unserer Mitte zu haben. Aber denkst du nicht, dass es langsam an der Zeit ist, dir zu überlegen, ob du es überhaupt noch nötig hast, weiter hier zu arbeiten, Cate?«

»Nein, nein, ich möchte gerne bei euch bleiben«, stammelte Cate und errötete verlegen. »Es tut mir leid, Jenny. Ich verspreche, es wird nicht wieder vorkommen.« Als sie sich betreten trollte, war ihr klar, dass sie die Geborgenheit bei den McNallys ebenso brauchte wie die Arbeit auf der

Farm, denn hier draußen auf den Weiden fühlte sie sich ihrem Dad und ihrer Vergangenheit sehr nah.

»Könnten wir vielleicht die Probenzeiten ändern?«, fragte sie die anderen Bandmitglieder, nachdem sie ihnen kurz ihr Dilemma geschildert hatte. Doch da sie alle sehr unter Druck standen, stieß Cate nur auf wenig Verständnis.

»Kauf dir einen lauteren Wecker«, schimpfte Spider.

Nat trommelte einen Wirbel und warf dann entnervt die Stöcke durchs Zimmer. »Kaum gewinnst du einen dämlichen Wettbewerb, spielst du schon die große Diva und verlangst, dass wir nach deiner Pfeife tanzen. Entweder passt du dich an, oder du verschwindest.«

Cate erbleichte. »Nein, Nat. So habe ich es nicht gemeint …«

Aber Nat war nicht mehr zu bremsen. »Du führst dich auf, als wären wir ohne dich gar nichts. Glaubst du, du könntest Proben absagen, wann es dir in den Kram passt? Offenbar denkst du, wir hätten nichts Besseres zu tun, als auf dich zu warten. Du hast wohl vergessen, dass du ohne uns überhaupt nicht singen würdest. Wenn ich nicht entschieden hätte, dich zu nehmen, hättest du es nie so weit gebracht. Und was kriege ich dafür von dir? Nichts! Langsam wird es Zeit, dass du nicht immer nur an dich denkst!« Mit diesen Worten stürmte er aus dem Studio.

Cate lief feuerrot an. »Was soll ich tun?«, fragte sie, den Tränen nahe.

Mit einem lauten Seufzer setzte sich Spider ans Keyboard und schlug ein paar Akkorde an.

Lance drehte an den Wirbeln seines Kontrabasses herum.

»Er hat finanzielle Sorgen, Cate, und kann sich nur schwer damit abfinden, dass du momentan das meiste Geld hereinbringst. Die Wild Knights sind schon so lange sein Lebensinhalt, sie sind sein Baby …«

Kurz darauf kam Nat wieder herein. »Was würdest du denn gerne ändern?«, meinte er fröhlich, als ob nichts geschehen wäre.

Cate versuchte, sich ihren Schreck nicht anmerken zu lassen, und erklärte es ihm.

»Hat jemand etwas dagegen?«, wandte er sich an Spider und Lance, die erleichtert die Köpfe schüttelten und sofort mit den neuen Probenzeiten einverstanden waren. »Schließlich wollen wir nicht, dass du arbeitslos wirst, Cate«, fügte Nat lächelnd hinzu. Dann begannen sie zu spielen.

Zwischen Dankbarkeit und Zorn hin und her gerissen, versuchte Cate, sich auf die Musik zu konzentrieren. Sie war zwar durchaus in der Lage, sich gegen Nat zu behaupten, kam sich neben ihm aber oft sehr jung und unerfahren vor. Außerdem sehnte sie sich fast ebenso verzweifelt nach seinem Lob wie nach dem ihres Vaters. Doch da es immer schwieriger wurde, die Arbeit auf der Farm und das Singen unter einen Hut zu bringen, während die Häufigkeit der Engagements sowie die Höhe der Gagen zunahmen, fragte Cate sich allmählich, wie lange es noch so weitergehen sollte. Das Schicksal nahm ihr die Entscheidung ab, als auf einen anstrengenden mit dem Zusammentreiben von Schafen verbrachten Tag eine lange Probe folgte. Immer wieder machte Cate Fehler oder traf den Ton nicht, worauf Nat in Rage geriet und sie anschrie. Aufgebracht, erschöpft und wohl wissend, dass sie die Kritik diesmal verdient hatte, beschloss sie, dass es Zeit war, den Sprung ins kalte Wasser zu wagen und die Stelle auf der Farm aufzugeben.

»Ich bin froh, dass du dich endlich entschieden hast«, meinte Jenny, als sie sich nach dem Zusammentreiben der Schafe zum Desinfizieren ein belegtes Brot teilten. »Nütze deine Chance, mein Kind. Schafe wird es hier auch noch in tausend Jahren geben. Und wenn du wirklich eine Stelle brauchst, kannst du jederzeit wieder bei uns anfangen. Aber ich hoffe, dass du Erfolg haben wirst. Geh und genieße es, ein Star zu sein.«

»Du musst uns unbedingt besuchen kommen und uns Bescheid sagen, wann deine CD erscheint«, fügte Mel lächelnd hinzu und wickelte sein Brot aus.

Am Abend umarmte Cate Jenny und Mel zum Abschied. Sie schämte sich ihrer Tränen nicht. »Ihr wart wie eine Familie für mich. Ihr beide auch«, fügte sie hinzu und fiel auch Mitch und Lee um den Hals. »Es war so nett, von euch gehänselt zu werden. Ich werde euch alle schrecklich vermissen. Und die Schafe auch, obwohl ich immer noch finde, dass es dumme Tiere sind.«

»Du wirst uns ebenfalls fehlen und bist jederzeit hier willkommen«, erwiderte Mel.

»Ich besuche euch, Ehrenwort«, antwortete Cate. Nachdem sie alle noch einmal umarmt hatte, stieg sie ins Auto. Als sie *Murrarrundi Dams* verließ, war sie gleichzeitig traurig und erleichtert. Trotz der Beteuerungen, sie könne ihren Job auch wieder antreten, fühlte sich die Entscheidung sehr endgültig an, und Cate wünschte, ihr Dad wäre da gewesen, um ihr zu sagen, dass sie das Richtige tat. *Sicher ist es das beste so*, dachte sie. *Vielleicht ist das ja der Wendepunkt in meinem Leben, an dem ich aufstehen und für meine Träume kämpfen muss.* Bei ihrer Ankunft in Tamworth war sie bereits froher gestimmt. Und am nächsten Tag stürzte sie sich mit Feuereifer ins Schreiben und ins Proben.

Da Cate jetzt nur noch an die Musik denken musste, stand sie weniger unter Anspannung, sodass ihr die Texte und Melodien nur so zuflogen. Auch die Instrumentalparts fielen ihr inzwischen viel leichter.

Eines Nachmittags Anfang April saß sie allein im Studio und legte letzte Hand an die Gesangspartie des fünften Stücks für ihr Debütalbum. Sie fühlte sich so wohl wie schon lange nicht mehr und war sehr zufrieden mit dem Text dieser Buschballade. Inzwischen traute sie sich als Musikerin viel mehr zu. Sie zupfte auf ihrer Gitarre und summte vor sich hin, um die Melodie immer wieder zu variieren, als sie hörte, wie die Vordertür aufging. Da die Jungs erst am frühen Abend von der Arbeit nach Hause kommen würden, glaubte sie, dass sie sich das Geräusch nur eingebildet hatte, und spielte weiter. Doch da erklangen Schritte auf dem Flur.

»Hallo! Ist jemand zu Hause?«, rief eine Frauenstimme.

Als Cate verdattert aus dem Studio trat, stand sie vor einer attraktiven, schlanken Blondine, Ende zwanzig, die enge Jeans, hochhackige Schuhe und ein knappes rotes Top mit Spaghettiträgern trug. Die Wimpern über ihren schwarz umrandeten Augen waren dick getuscht. An ihrem Handgelenk klimperten einige klobige Metallarmbänder.

»Hallo, ich bin Estelle. Ist Nat da?«, fragte sie und blickte an Cate vorbei ins Studio.

»Nein. Ich bin seine Freundin.« Abwehrend hakte Cate die

Hände in den Hosenbund und sah die Frau, die sie an ihre Stiefmutter erinnerte, finster an.

»Wirklich? Er hat mir gar nicht von dir erzählt«, wunderte sich Estelle und machte erstaunte Kulleraugen.

»Was hätte er dir denn erzählen sollen?«, gab Cate gereizt zurück. Auf einmal kam sie sich hässlich und schlecht angezogen vor.

»Dass er eine neue Freundin hat. Wie verträgst du dich denn mit der Sängerin?«

»Ich *bin* die Sängerin.«

»Oh, wirklich? Ich war eine Weile im Ausland. Früher habe ich bei den Wild Knights gesungen. Eine tolle Zeit. Dann wollte ich es mit einer Solokarriere versuchen. Nat war mir eine große Hilfe. Wenn ich nach Hause komme, treffen wir uns immer. Ich dachte, er hätte vielleicht Zeit für ein Mittagessen. Schade, ich bin nämlich nur kurz hier und reise bald wieder ab.« Sie musterte Cate abschätzend. »Er lässt dich allein hier proben?«, meinte sie überrascht.

»Ich wohne hier«, entgegnete Cate knapp.

»Wirklich? Bei Nat! Ach, es geschehen noch Zeichen und Wunder!«

»Was meinst du damit?« Allmählich riss Cate der Geduldsfaden. Offenbar gab es da noch einiges, was sie nicht über Nat wusste.

»Nur, dass Nat sich, soweit ich es weiß, noch nie auf eine feste Beziehung eingelassen hat. Nun ja. Genieß es, solange es dauert. Schade, dass ich ihn verpasst habe. Richte ihm Grüße von Legs aus. So nennt er mich immer«, fügte sie mit einem strahlenden Lächeln hinzu, als sie Cates verdatterte Miene bemerkte.

»Ich bringe dich raus«, erwiderte Cate spitz. Sie stieß die Frau mehr oder weniger aus dem Haus und knallte so heftig die Tür hinter ihr zu, dass die Besucherin fast gestürzt wäre. Dann ging sie in die Küche, um sich einen Tee zu kochen. Sehr zu ihrem Ärger zitterten ihre Finger.

»Ein Mädchen namens Legs war heute hier. Ich soll dir schöne Grüße ausrichten«, meinte Cate am Abend so ruhig wie möglich zu Nat, der ausgesprochen schlechte Laune hatte und sich gerade ein Bier aus dem Kühlschrank holte. Seine Stimmung besserte sich schlagartig.

»Legs? Soll das ein Witz sein? Die tolle Legs mit den endlos langen Beinen und dem erotischsten Lachen der Welt? Ist sie etwa wieder in der Stadt? Natürlich hat sie nicht so schöne Beine wie du«, fügte er rasch hinzu und streichelte Cate über den Oberschenkel.

»Klar«, entgegnete Cate kühl. »Sollte ich mehr über sie wissen?«

In diesem Moment kam Lance herein.

»Hör mal, Kumpel, Legs ist in Tamworth. Habe ich dir nicht gesagt, dass sie irgendwann wieder angekrochen kommt?«, rief Nat aus, ohne auf Cates Frage einzugehen.

»Legs war hier. Interessant«, erwiderte Lance grinsend. »Wie es die Amis wohl mit ihr ausgehalten haben?«

Als Cate anfing, das Abendessen vorzubereiten, folgte ihr Nat, legte ihr die Arme um die Taille und küsste ihren Nacken. »Ob du mehr über sie wissen solltest? Eigentlich nicht. Legs war nie wirklich mein Typ. Ihr beide müsstet euch eigentlich gut vertragen. Ihr seht hinreißend aus, und wenn sie nicht gerade eine Konkurrentin wittert, kann sie sehr nett sein. Die Jungs werden dir alles über sie erzählen. Richtig, alter Junge?« Er wies mit dem Kopf auf Lance. »Sie war in den Anfangstagen unserer Band unsere Sängerin. Doch dann … nun, lange Rede kurzer Sinn, sie hat mir irgendwann zu sehr geklammert, sodass ich sie rausschmeißen musste. Aber keine Sorge. Das ist Schnee von gestern.«

»Wie kommst du darauf, dass ich mir Sorgen mache?«, gab Cate zurück.

»Mir gefällt die Vorstellung, dass zwei Frauen um mich kämpfen.« Mit einem Auflachen schmiegte Nat das Gesicht in ihr Haar.

Besänftigt drehte Cate sich zu ihm um und legte ihm die Arme um den Hals. Wasser tropfte von ihren Gummihandschuhen. »Mach dir bloß keine allzu großen Hoffnungen, mein Schatz.«

»Wie war dein Tag?«, fragte Nat, um vom Thema Legs abzulenken. »Ist dir ein Titel für dein Album eingefallen?«

»Nein, aber dafür steht jetzt das letzte Lied: ›Did You Bring The Rain With You?‹ – ›Hast du den Regen mitgebracht?‹.« Auch Cate hatte nicht allzu viel Lust, weiter über Nats Vergangenheit zu sprechen. Wenn der Abgabetermin erst einmal vorbei war, würde noch genug Zeit dafür sein.

Estelle war schlagartig vergessen, als Angus zwei Tage später anrief, um die Tage für die CD-Aufnahmen und weitere Details zu bestätigen. In den nächsten drei Wochen ging es hoch her. Die Band arbeitete von früh bis spät an der Instrumentierung und den Gesangspartien, und die vier debattierten bis spät in die Nacht über die richtige Stimmung. Die meisten Lieder stammten zwar von Cate und wurden auch von ihr gesungen, doch Nat hatte darauf bestanden, dass auch die Wild Knights nicht zu kurz kommen durften. Cate war noch neu in der Branche, und Angus wusste sehr wohl, dass Nats effektvolle Schlagzeugsoli und seine ungewöhnlichen Arrangements einen großen Teil der Wirkung ausmachten. Deshalb ließ er sich rasch überreden, auch ein Instrumentalstück und ein Duett von Cate und Nat in das Album aufzunehmen.

Die nächsten beiden Wochen – die Aufnahmen fanden in einem Tonstudio in Sydney statt – waren die anstrengendsten in Cates Leben. Am ersten Tag half sie, die Ausrüstung in das stickige, in einem bedrückenden Braun gestrichene Aufnahmestudio mit den schallisolierten Wänden zu schleppen. Sie stellte ihre Gitarre ab und rümpfte die Nase, als ihr der Geruch nach alter Pizza in die Nase stieg. Während die anderen ihre Instrumente aufbauten, sah sie sich um. In der Mitte des Raums waren riesige Mikrofone und Kopfhörer an langen Ständern angebracht. An den Wänden standen Stühle. Durch ein großes Fenster am einen Ende des Studios hatte man einen Blick in den Regieraum. Als Cate ein paar Töne sang, hatte sie das Gefühl, dumpf zu klingen. Im nächsten Moment kamen John Evans, der Produzent und ein Tontechniker zu ihnen, und alle machten sich miteinander bekannt. Zu Cates Überraschung schien selbst Nat Respekt vor den beiden Männern zu haben.

»Wenn Sie alles aufgebaut haben, machen wir einen Soundcheck«, verkündete John Evans. Er genoss einen ausgezeichneten Ruf als Produzent, und er wurde ihm auch gerecht, denn es gelang ihm rasch, Cates Befürchtungen zu zerstreuen. Den Großteil des Vormittags hörte er zu, als die

Band ihm ihre Vorschläge im Hinblick auf Tempo, Mischung und Hintergrundeffekte unterbreitete, ließ sich Passagen vorspielen und gab Anregungen. Cate freute sich und war ein wenig überrascht, als er sagte, wie sehr er ihre Lieder bewunderte.

Die Aufnahmen entpuppten sich zwar als großer Spaß, verlangten allen aber auch eine gewaltige Konzentration und Kraft ab. Außerdem dauerten sie viel länger als erwartet. Am Abend des ersten Tages waren erst zwei Lieder im Kasten, und nach einer Woche stand gerade einmal die Hälfte des Albums. Als die zweite Woche begann, waren alle schon ein wenig lockerer, auch wenn die Anstrengung, immer wieder auf Stichwort eine Spitzenleistung abzuliefern, allmählich ihren Tribut forderte. Obwohl John sich Mühe gab, niemanden unter Druck zu setzen, unterlief ihnen ein Fehler nach dem anderen. Als Cate am letzten Aufnahmetag – es mussten nur noch zwei Lieder aufgezeichnet werden – wieder patzte und drei Mal hintereinander zu früh einsetzte, brüllte Nat, der ebenfalls erschöpft war, sie sollte doch besser aufpassen.

»Das versuche ich doch!«, empörte sich Cate. Dann vergeigte Nat sein Schlagzeugsolo, warf nach dem elften Versuch die Trommelstöcke durch den Raum und schrie, Cate sei schuld, da sie ihn aus dem Takt gebracht habe. Cate nahm den Kopfhörer ab und setzte sich, mit den Tränen kämpfend, auf einen Stuhl. John beriet sich mit dem Tontechniker.

»Vielleicht sollten wir eine Pause einlegen«, schlug Spider vor, nahm den Kopfhörer ab und schüttelte sich das Haar aus der Stirn.

»Mit diesen ständigen Unterbrechungen, werden wir nie fertig«, protestierte Lance, der rasende Kopfschmerzen hatte. »Wenn du in der Lage wärst, bis vier zu zählen, hätten wir dieses Problem nicht«, zischte Nat mit einem finsteren Blick auf Cate, die schniefte und ihn ebenfalls zornig ansah.

»Beruhig dich, alter Junge, wir sind alle müde«, meinte Spider beschwichtigend, worauf Nat ärgerlich nach seinen Trommelstöcken griff.

»Wir müssen die Lieder in den Kasten kriegen, Leute. Unsere Zeit im Studio ist bald um«, verkündete John.

»Fünf Minuten Pause«, rief Nat, um Ruhe bemüht. Cate holte tief Luft und beschloss, nicht auf seine ungerechten Vorwürfe einzugehen und sich auf die Aufnahmen zu konzentrieren. Ihre Anstrengungen wurden dadurch belohnt, dass Nats Stimmung sich schlagartig erhellte. Offenbar blieb ihr nichts anderes übrig, als sich mit seinen Launen abzufinden.

Als endlich alle zufrieden und die Lieder aufgenommen waren, traten Cate und Nat Hand in Hand in die frische Luft hinaus. Cate lächelte übers ganze Gesicht. Sie hatte zwar dunkle Ringe unter den Augen und war todmüde, freute sich aber unbändig über das, was sie geleistet hatten.

Am nächsten Tag rief Angus an, um die Covergestaltung der CD zu besprechen. Er erklärte sich mit »Under the Southern Sky« als Titel des Albums einverstanden und vereinbarte einen Fototermin für die Band.

»Ich hatte ja keine Ahnung, wie es ist, eine CD aufzunehmen«, meinte Cate später auf dem Weg zum Pub zu Nat. »Nie hätte ich gedacht, dass ein Produzent sich wirklich Mühe gibt zu verstehen, worauf man hinauswill. John hat es tatsächlich geschafft, etwas umzusetzen, das davor nur in meinem Kopf existiert hat – und es ist sogar noch besser geworden! Außerdem haben ihm unsere Lieder wirklich gefallen. Ich fasse es immer noch nicht. Angus ist auch große Klasse. Das Cover wird spitze aussehen. Meine erste CD! Ich kann es kaum erwarten, dass sie fertig ist. Ich bin so aufgeregt!« Sie drehte sich zu Nat um und küsste ihn. »Ich liebe dich«, sagte sie. »Und bald geht es nach Nashville! Großartig!«

Wenige Wochen später blickte Cate aus dem Fenster des Flugzeugs, und sah die Landebahn des Flughafens von Nashville, Tennessee, näher kommen. Während ihres Kurzbesuchs würde sie beim jährlichen »Fan Fair Festival« auftreten und ein Lied mit Kenny Montgomery aufnehmen. Für die Band waren Zimmer im *Nashville Music Inn*, unweit der Innenstadt und nur wenige Autominuten vom Flughafen entfernt, reserviert. Nachdem sie sich vergewissert hatten, dass das Gepäck und ihre Instrumente ebenfalls eingetroffen waren, fuhren sie mit dem Aufzug hinauf in den dritten Stock.

»Ich kann kaum glauben, dass wir wirklich in Nashville sind!«, rief Cate, als sie in das gemütliche, in Dunkelrot und Rosa gehaltene Zimmer trat, das sie mit Nat teilte. »Jeden Moment könnte ich zu Hause im Northern Territory aufwachen. Es ist unfassbar!« Zum ersten Mal seit dem Flugzeugabsturz konnte sie an zu Hause denken, ohne traurig zu werden, stellte sie im nächsten Moment freudig überrascht fest.

»Die wichtigsten Veranstaltungsorte sind zu Fuß zu erreichen. Das erspart uns einiges«, meinte Nat nach einem Blick in die bunte Broschüre, die auf dem Bett lag. Dann ließ er sich auf die Tagesdecke fallen und verschränkte die Arme hinter dem Kopf.

»Wie lange braucht man wohl von hier aus zu den Palmtree-Studios?« Cate zog die violetten Vorhänge zurück und schaute hinunter auf die belebte Straße.

»Davor müssen wir noch zwei Konzerte durchstehen«, zischte Nat, dessen gute Laune plötzlich wie weggeblasen war.

Cate seufzte. Warum war sie nur so taktlos gewesen, ihre Aufnahmen mit Kenny Montgomery zu erwähnen? Bis auf eine kurze glückliche Phase kurz nach der Fertigstellung der CD kriselte es zwischen ihnen schon seit einer Weile. Cate wusste, dass ihre wachsende Popularität schuld an den ständigen Sticheleien war. Eigentlich hatte sie gehofft, dass die Lage sich durch die Reise nach Nashville entspannen würde, doch bis jetzt sah es ganz und gar nicht danach aus. Dass Cate ein Lied mit Kenny Montgomery aufnehmen sollte, brachte Nat am meisten auf die Palme. Es wurmte ihn, dass die Wild Knights nicht dabei sein würden, und er war außerdem überzeugt, dass Cate sich nicht genug für die Band eingesetzt hatte. Dieser Vorwurf kränkte Cate sehr. Weil sie sich verzweifelt nach Nats Anerkennung sehnte und unbedingt ihre Professionalität beweisen wollte, hatte sie alles getan, um Angus zu überreden. Doch der Agent war hart geblieben und hatte nur wiederholt, so sei es am besten für Cates Zukunft. Sie solle ihm vertrauen. Cate hatte nichts dagegen einzuwenden, doch Nat war nicht bereit, ihr diesen Schritt zu verzeihen.

Cate ließ den Vorhang sinken und drehte sich um. »Du freust dich doch, hier zu sein, oder?«

»Es ist nur die Zeitverschiebung«, knurrte Nat. »Ich gehe nachsehen, ob die Instrumente schon auf dem Weg nach oben sind.« Mit diesen Worten verschwand er.

Fest entschlossen, sich von Nats schlechter Laune nicht den Aufenthalt verderben zu lassen, begann Cate, ihre Sachen auszupacken. Dabei erinnerte sie sich an ihr letztes Gespräch mit Angus.

Schon seit einiger Zeit hatte sie ein schlechtes Gewissen, weil die Zuschauer mehr auf sie achteten als auf die anderen Bandmitglieder und häufig äußerten, dass sie nur ihretwegen zu den Konzerten kämen. Deshalb war Cate sogar ein wenig erleichtert gewesen, als Angus ihr die Entscheidung, was die Aufnahmen anging, aus der Hand genommen hatte. Allerdings hatte er bei ihrem letzten Gespräch unter vier Augen eine Bemerkung fallen lassen, die ihr nun nicht mehr aus dem Kopf wollte. Nachdem er gemeint hatte, er mache sich Gedanken über ihre Zukunft, hatte er sie davor gewarnt, sich von den Aufnahmen in Nashville sofort eine CD zu erhoffen. »Wir halten sie zurück und warten ab, wie Sie sich entwickeln«, hatten seine Worte gelautet. Wenn diesem Rat nicht ein hitziger Streit mit Nat wegen der Zusammenarbeit mit den Amerikanern vorangegangen wäre, Cate hätte es wohl als eine von Angus' typischen Vorsichtsmaßnahmen abgetan. Inzwischen hatte sie jedoch den Eindruck, dass Angus etwas mit ihr vorhatte, was sie gleichzeitig neugierig machte und auch ein wenig ängstigte.

Nach dem Auspacken machte Cate sich auf die Suche nach den anderen. Die drei saßen in der eleganten mit

Zedernholz ausgestatteten Hotelbar. Lance bestellte ihr ein Budweiser und teilte ihr mit, Priscilla, die Assistentin des Produzenten von *Showcase Concerts*, habe gerade angerufen.

»Wir haben in einer Stunde unser erstes Radiointerview. Also trink aus, damit wir zum Sender fahren können. Offenbar wird es nicht unser einziger PR-Termin bleiben. Die Leute hier meinen es wirklich ernst.«

Obwohl das »Fan Fair Festival« erst in zwei Tagen beginnen sollte, gönnte man der Band keine ruhige Minute. In der schwülen Hitze besuchten sie verschiedene Veranstaltungsorte, lernten Organisatoren kennen und hetzten zwischen Proben und spontan angesetzten Radio- und Fernsehinterviews hin und her. Zum Essen blieb nur wenig Zeit. Auch nicht zum Schlafen, obwohl ihnen wegen des Zeitunterschieds vor Müdigkeit fast die Augen zufielen.

»Ständig sehe ich hier Leute, die ich sonst nur von Plattenhüllen oder aus dem Fernsehen kenne. Das da drüben war ganz sicher Dolly Parton«, meinte Cate ehrfürchtig, als sie zu den Bühnen im Riverfront Park eilten, wo sie am Nachmittag auftreten sollten. Sie würden zwischen zwei sehr erfolgreichen australischen Künstlern spielen, denen sie auf der Probe vorgestellt worden waren. Auf einmal wurde Cate von Lampenfieber ergriffen. »Niemand kennt uns hier. Vielleicht werden sie uns ausbuhen«, flüsterte sie Nat zu, als sie zusah, wie sich die Sitzreihen der Freilichtbühne allmählich füllten.

»Ganz bestimmt nicht«, erwiderte Nat und lachte über ihre Befürchtungen, obwohl er nicht minder nervös war.

Allerdings hätten sie sich die Sorgen sparen können, denn

Australier erfreuten sich in Nashville gerade großer Beliebtheit. Es waren zwar weniger Zuschauer gekommen als erwartet, doch Cate stellte fest, dass sie sich genauso leicht begeistern ließen wie die Gäste in ihrem Stammpub in Tamworth. Lächelnd nahm sie nach dem ersten Lied den Applaus entgegen und vertiefte sich dann in ihr Solo, ein wehmütiges Liebeslied, das sie eigens für Nat geschrieben hatte. Das Publikum lauschte gebannt und hing auch während des Duetts mit Nat an ihren Lippen. Da sie ihm, ohne es zu wollen, die Schau gestohlen hatte, war sie sehr erleichtert, als die Zuschauer nach seinem wilden Schlagzeugsolo frenetisch Beifall klatschten und Zugaben forderte.

Bei der Aftershow-Party wurden sie von fröhlichen Fans, weiterem Beifall und Glückwünschen begrüßt. Cate erkannte einige populäre Countrymusiker unter den Gästen. Priscilla machte sie mit dem Produzenten von *Showcase Concerts* bekannt, einem beleibten Mann mit einem lauten Lachen und unnatürlich weißen Zähnen, der ihnen höflich gratulierte und dann verschwand.

»Ich würde vorschlagen, dass wir uns morgen freinehmen und uns die Stadt ansehen«, meinte Lance zu Spider und ließ sich von einem Kellner noch ein Bier geben.

»Prima Idee. Da wir jetzt eine kleine Atempause haben, würde ich gerne etwas vom Festival sehen«, stimmte Spider zu.

»Haben wir denn die Zeit?«, wandte Cate ein, die schon an das nächste Konzert dachte.

»Wir können für Sie sicher eine kleine Nashville-Tour organisieren«, erwiderte Priscilla, der das Konzert sehr gut gefallen hatte.

Gerade drehte Cate sich zu einem Fan um und erstarrte,

als eine hoch gewachsene schlanke Blondine auf sie zugehastet kam.

»Nat! Endlich. Ich dachte, ich würde dich gar nicht mehr treffen. Tolles Konzert. Das Duett war große Klasse, Cate!«, rief die Frau, streckte die langen, schlanken Arme aus und fiel Nat um den Hals.

»Legs, was machst du denn hier?«, wunderte sich Nat. Er drückte sie an sich, küsste sie auf beide Wangen und trat dann, sie immer noch an den Händen haltend, einen Schritt zurück. Er musterte sie eindringlich, bis sie kichernd errötete. »Was hat dich nach Nashville verschlagen?«, wiederholte er und verschlang sie förmlich mit Blicken.

»Ich arbeite. Zwischen meinen Auftritten arbeite ich als Fremdenführerin. So kann ich meine Rechnungen bezahlen, und außerdem macht es mehr Spaß als Kellnern«, antwortete Legs. »Ich könnte euch doch die Stadt zeigen. Wie lange bleibt ihr denn?«

»Wir haben ziemlich wenig Zeit«, entgegnete Cate.

»Nein, das stimmt nicht«, zischte Nat.

»Ich kann euch auch kostenlose Eintrittskarten besorgen, kein Problem.« Legs senkte verschwörerisch die Stimme und beugte sich vor. Als Nat den Arm um sie legte und sie noch einmal an sich drückte, kicherte sie wieder.

Am liebsten hätte Cate Estelle in ihr ebenmäßiges Gesicht geschlagen. Doch in diesem Moment näherten sich zwei Fans, die Cate um ein Autogramm baten. Erleichtert wandte sie sich ab, um die CD zu signieren, und wurde sofort mit Fragen überhäuft. Als sie sich wieder zu den anderen umdrehte, war bereits alles beschlossene Sache. Legs lachte über einen Witz und bleckte die perlweißen Zähne.

»Das wäre also abgemacht. Wir treffen uns morgen Vormittag um halb zehn im *Music Inn.*« Estelle stieß ein rauchiges Lachen aus und strahlte die Männer an. Cate hätte sie kaltblütig erwürgen können.

»Wir haben noch ein Konzert. Wir müssen proben«, beharrte sie, sobald sie mit Nat allein war.

»Müssen wir nicht.«

»Doch! Es ist zwar sehr nett, dass diese Estelle Soundso uns herumführen will, aber wir haben keine Zeit. In zwei Tagen findet unser Konzert statt, und dann kommt die CD-Aufnahme. Schließlich sind wir hier, um unserer Karriere auf die Sprünge zu helfen.« Sie wusste, dass sie beinahe hysterisch klang. Obwohl die Proben ihr wichtig waren, wollte sie in Wirklichkeit verhindern, dass Nat mit Estelle Nashville besichtigte.

»Ich weiß, warum wir hier sind. Oder hältst du mich für blöd? Wir proben, seit wir aus dem Flugzeug gestiegen sind. Außerdem möchte ich dich daran erinnern, dass die CD-Aufnahme nicht unser Problem ist«, fügte Nat gehässig hinzu.

»Entschuldige. Natürlich halte ich dich nicht für blöd. Ich liebe dich, und ich wollte dich wirklich nicht verärgern, aber …«, wandte Cate rasch ein, um einen Streit unter allen Umständen zu vermeiden.

»Kein ›aber‹, Cate. Wir sehen uns die Stadt an. Schließlich kommen wir nicht alle Tage ans andere Ende der Welt, verdammt noch mal. Wer weiß, wann sich uns so eine Gelegenheit noch einmal bietet? Wenn du nicht mitwillst, kannst du ja im Hotel bleiben und arbeiten.«

Wortlos verschränkte Cate die Arme und wünschte, sie wäre nicht Zeugin davon geworden, wie Nat sich vor

Estelle in die Brust warf. Allmählich fühlte sie sich wie das fünfte Rad am Wagen, was ihrem Selbstbewusstsein nicht besonders guttat.

»Vertrau mir, Cate, wir haben genug geprobt. Schau, wie gut heute Nachmittag alles geklappt hat. Schließlich wollen wir uns nicht totarbeiten.« Nat legte den Arm um Cates steife Schultern. »Wir werden uns prächtig amüsieren, Liebling, du wirst schon sehen«, fügte er hinzu und küsste sie auf die Wange.

Erleichtert ließ Cate sich überzeugen. Wider Erwarten wurde es ein angenehmer Tag. Als sie durch die schwülheißen und belebten Straßen schlenderten und die Geräusche und die festliche Stimmung auf sich wirken ließen, stellte Cate fest, dass Legs überraschend sympathisch und offen war und außerdem eine Menge über die Stadt wusste.

»Ich habe Straßenmusik gemacht und jede Veranstaltung besucht, zu der ich mir die Eintrittskarte leisten konnte. Klar, dass ich mich auskenne!«, erklärte sie lachend, als Cate sie nach dem Grund dafür fragte.

Am Abend hatten sich Cates Befürchtungen mehr oder weniger gelegt, und sie kam zu dem Schluss, dass die Frau eigentlich ziemlich sympathisch war. Als sie ins *Music Inn* zurückkehrten, um sich für den Abend umzuziehen, ließ Cate ihre Tasche auf einen Stuhl fallen, streifte die Schuhe von den schmerzenden Füßen und schlüpfte aus der verschwitzten Jeans. Dann zog sie das T-Shirt über den Kopf und lächelte Nat an.

»Du hattest recht. Es war ein toller Tag. Legs ist wirklich nett, und ich fühlte mich schon viel wohler.« In BH und Höschen stand sie vor ihm. Ihre cremeweiße Haut glühte nach dem anstrengenden Tag. »Puh, ich muss dringend unter die Dusche.«

»Ich mag dich, wenn du so verschwitzt bist, meine süße Cate«, murmelte Nat und zog sie in seine Arme.

»Du klingst wie Petruccio in ›Der Widerspenstigen Zähmung‹«, meinte Cate lachend.

»Tja, was hältst du also von einem bisschen schmutzigen elisabethanischen Sex?« Nat warf sie aufs Bett und sprang auf sie. Kichernd strampelte Cate mit Armen und Beinen. »Mir scheint, die Dame wehrt sich zu heftig.« Nat küsste sie leidenschaftlich.

Na, wer hat jetzt gewonnen?, dachte Cate, als ihr kurz das Bild der eleganten Legs vor Augen stand. Dann gab sie sich Nat hin.

Zwei Tage später traten die Wild Knights vor einem ausverkauften Haus gemeinsam mit anderen australischen Künstlern auf. Cates Ausstrahlung und ihre Fähigkeit, die Zuschauer in ihren Bann zu schlagen, begeisterte alle. Nach dem Konzert konnte Cate vor Freude kaum an sich halten, als Lee Kernaghan, für den sie als Kind geschwärmt hatte, auf sie zukam, um ihr zu gratulieren.

Am Morgen des Tages, an dem die Aufnahmen mit Kenny Montgomery stattfinden sollten, erwachte Cate voller Panik. Sie konnte sich nicht entscheiden, was sie anziehen sollte, und redete wie ein Wasserfall. Bei jeder Kombination, die sie anprobierte, wuchs ihre Nervosität, während Nats Stimmung sich von Minute zu Minute verdüsterte. Als Cate ihn schließlich in heller Angst anflehte, mit ihr in

Form eines Rollenspiels durchzugehen, was sie antworten sollte, falls sie mit einer Entscheidung des Produzenten nicht einverstanden sei, verlor er die Geduld. Er schrie sie an, sie solle sich zusammenreißen, und verschwand im Badezimmer. Cate kämpfte mit den Tränen und traf völlig aufgelöst im Tonstudio ein. Anfangs unterlief ihr ein Patzer nach dem anderen. Allerdings war Kenny nicht nur ein ausgezeichneter Musiker, sondern auch charmant und verständnisvoll. Zehn Minuten später hatte Cate sich beruhigt, sang wunderbar und konnte über ihr eigenes Lampenfieber lachen. Die drei Stunden, die sie mit diesem faszinierenden Musiker zusammenarbeitete, entpuppten sich als überaus lehrreich und produktiv.

»Du hast Talent, Kleine. Jetzt musst du dir nur noch einen Namen machen«, meinte Kenny anschließend.

»Oh, mein Gott, ich war ja so nervös.«

»Gewöhn dir das Lampenfieber bloß nicht ab«, erwiderte Kenny. »Es beflügelt einen nämlich. Außerdem hast du großartig gesungen. Glaub mir, ich habe im Laufe der Jahre viele Möchtegern-Sängerinnen gehört. Nur wenige haben das gewisse Etwas, das den Funken überspringen lässt und sie zum Star macht. Du hast es, Kleine. Mach was draus.«

Cate war hingerissen und konnte kaum fassen, dass ein Mensch gleichzeitig so musikalisch, liebenswürdig und erfolgreich sein konnte.

Als sie aufgeregt in die Hotelbar des *Music Inn* kam, waren Nat und die anderen schon beim zweiten Drink. Sie fing an, von ihrem Nachmittag zu erzählen, bereute es aber sofort, denn Nat war neidisch, tat gelangweilt und hielt allen einen Vortrag über den Klang und die Stimmung wahrer australischer Countrymusik. Dann zog er amerikanische Sänger im Allgemeinen durch den Kakao und lästerte über verblödete amerikanische Produzenten. Cates Hochstimmung war schlagartig wie weggeblasen, und sie versuchte, Nat zu beruhigen. Allerdings goss sie mit ihren beschwichtigenden Worten nur Öl ins Feuer, denn Nat warf ihr vor, sie sei nur ein ganz kleiner Fisch in einem sehr großen Teich und habe mit dieser Aufnahme den Wild Knights hoffentlich nicht geschadet. Mit diesen Worten knallte er sein Bierglas auf den Tisch und stürmte hinaus auf die Straße.

Cate schaute ihm nach und wandte sich dann verdattert an die anderen. »Was sollte das?«

Lance zuckte die Achseln und wich ihrem Blick aus. »Seit ihr beide zusammen seid, hat er sich sehr gebessert«, erwiderte er in dem vergeblichen Versuch, sie aufzumuntern.

Cate verabschiedete sich und flüchtete in ihr Zimmer. Ihre Knie zitterten, als sie über den dicken Teppich zur Tür ging. Nachdem sie sich geduscht und umgezogen und sich ein wenig von dem Schrecken erholt hatte, ging sie wieder hinunter zu Lance und Spider. Die hatten inzwischen zwei hübsche amerikanische Sängerinnen kennengelernt und sie zum Essen in ein Restaurant um die Ecke eingeladen. Von Nat fehlte jede Spur. Cate fühlte sich wie das fünfte Rad am Wagen, als sie, Fröhlichkeit vortäuschend, auf ihrem Teller herumstocherte und hoffte, dass Nat jeden Moment hereinkommen würde. Sie verbrachte eine traurige Nacht allein im Doppelbett, schreckte bei jedem Geräusch hoch und schlief erst bei Morgengrauen ein. Es schienen nur wenige Sekunden vergangen zu sein, als Nats Pfeifen unter der Dusche sie weckte.

»Wo zum Teufel warst du gestern Nacht?«, fragte sie, als er, mit einem Handtuch bewaffnet, ins Zimmer kam.

»Aber, aber, wer wird denn gleich in die Luft gehen?«, erwiderte Nat mit dem frechen Grinsen, bei dessen Anblick Cate normalerweise weich wurde. Er beugte sich vor, um sie zu küssen. »Hmmm, du duftest so warm und appetitanregend.«

»Das funktioniert nicht, Nat.« Cate wandte sich ab und wappnete sich gegen seinen Charme. »Du kannst manchmal so ein Mistkerl sein. Wo warst du?«

Nat nahm ein verhältnismäßig sauberes Hemd aus dem Schrank und zog es an. »In einer halben Stunde haben wir einen Termin beim Fernsehen, und allein die Fahrt dorthin dauert zwanzig Minuten. Also würde ich vorschlagen, dass du jetzt aufstehst«, meinte er freundlich und knöpfte das Hemd zu.

Cate sah auf die Uhr neben dem Bett. »Ach du meine Güte!« Sie sprang auf und hastete ins Bad. Eine Viertelstunde später – Cate hatte eine Tasse abgestandenen kalten Kaffee heruntergestürzt und eine halbe Scheibe angetrocknetes Marmeladenbrot gegessen – stürmte sie, Gitarre und Noten in der Hand, hinter Nat aus dem Hotel und sprang neben Spider in das Taxi, das Lance angehalten hatte. In der luxuriös ausgestatteten Vorhalle des Senders wurden sie schon von Priscilla erwartet. Die Programmassistentin begrüßte sie und scheuchte sie in die Maske. Fasziniert lauschte Cate dem nahezu unverständlichen Südstaatenakzent der jungen Maskenbildnerin, die pausenlos redete und dabei Kaugummi kaute. Nachdem sie Cates Gesicht gepudert hatte, trug sie einen dezenten Lippenstift auf, toupierte ihr Haar und ratterte dabei ununterbrochen Namen von Filmstars herunter, die sie schon geschminkt hatte. Von Nat, Spider und Lance wollte sie wissen, ob sie Crocodile Dundee kennengelernt hätten, ob es in Sydney Kängurus gäbe und ob in australischen Gärten wirklich Killerspinnen lauerten. Cate konnte der Versuchung nicht widerstehen, alle drei Fragen mit Ja zu beantworten.

Sie hatte das Gefühl zu träumen, als sie die Fernsehkulisse betrat. Der komfortable, einem Wohnzimmer nachempfundene Raum wurde von riesigen Scheinwerfern beleuchtet. Die schwarzen Wände und die Stufen, die nicht im Bild waren, bestanden aus wackeligem Sperrholz. Rick Franklin, ein populärer Moderator, interviewte gerade einen schlaksigen, etwa vierzigjährigen Erfinder. Nervös wartete Cate mit den anderen in der Kulisse. Als Rick Franklin mit seinem Gast erschien und ihr, Nat, Spider und Lance die Hand schüttelte, stellte sie überrascht fest, wie klein er war.

»Ihr Auftritt kommt ganz zum Schluss der Sendung«, verkündete er, während die Maskenbildnerin ihm die Schweißtropfen von Stirn und Nase tupfte. Er nahm sich zwanzig Sekunden Zeit, um mit ihnen die Fragen von seiner Liste durchzugehen. Dann waren sie an der Reihe. Der dreiminütige Beitrag verging wie im Flug. Cate erzählte von ihren Liedern und ihrem Sieg im Wettbewerb, während Nat, Spider und Lance begeistert von den Wild Knights berichteten. Dann bat Rick die Band auf die kleine Bühne rechts von der Kulisse. Die Kameras schwenkten auf ihn, als er sich direkt an das Studiopublikum wandte, das Cate im grellen Scheinwerferlicht kaum ausmachen konnte.

Da die üblichen Reaktionen der Zuschauer fehlten, war

es eine recht unpersönliche Angelegenheit, in einem Fernsehstudio zu singen und zu spielen. Doch für Grübeleien blieb keine Zeit, denn es war rasch ausgestanden. Mit einem erleichterten Auflachen packte Cate ihre Sachen zusammen. Rick Franklin war bereits mit der Sendung des nächsten Tages beschäftigt. Das Studiopublikum zerstreute sich.

Ihr schwindelte noch immer von dem überstürzten Tempo, als sie in den Sonnenschein hinaustraten. Im nächsten Moment landete sie unsanft auf dem Boden der Tatsachen, denn ihr wurde klar, dass ihre Reise nun fast zu Ende war. Sie sah Nat an und fragte sich, ob er wohl genauso empfand wie sie. Würde er weiter so gut gelaunt sein wie bei dem Fernsehauftritt? Offenbar ahnte er gar nicht, wie sehr er sie verletzt und beleidigt hatte. Cate bedauerte, dass sie ihrem Dad nicht von ihrem ersten Fernsehinterview erzählen konnte. Aber vielleicht wäre er ja gar nicht beeindruckt gewesen. Was er wohl zu ihrer und Nats Beziehung gesagt hätte? Schuldbewusst vermutete sie, dass er sie nicht gutgeheißen hätte.

»Es war ein Vergnügen, mit Ihnen zusammenzuarbeiten. Die Zeit ist unglaublich schnell vergangen. Hoffentlich sehen wir uns nächstes Jahr wieder«, sagte Priscilla und riss sie damit aus ihren Grübeleien. Alle schüttelten ihr die Hand, bedankten sich bei ihr und winkten ihr zum Abschied nach.

»Wohin jetzt, Leute?«, fragte Nat, immer noch in aufgeräumter Stimmung. »Am besten bringen wir unsere Sachen ins Hotel und machen dann einen Spaziergang«, schlug er vor, als niemand etwas erwiderte. Alle waren einverstanden. Der vergangene Abend wurde mit keinem Wort erwähnt.

Cate konnte es nicht fassen, welche Verwandlung mit Nat vorgegangen war, denn er plauderte angeregt, riss Witze und tätschelte ihr den Oberschenkel, als sie in einem angenehmen Straßencafé Eistee tranken. Rings um sie war das Festival noch in vollem Gange. Cate verstand zwar die Welt nicht mehr, war aber fest entschlossen, den letzten Tag in Nashville zu genießen. Als sie sich von einigen ihrer Lieblingskünstler Autogramme geben ließ, konnte sie kaum noch nachvollziehen, warum sie sich vor nur wenigen Tagen wegen der Proben verrückt gemacht hatte.

Am Abend besuchten sie das Abschlusskonzert in einem großen Stadion, wo sie die Leute trafen, die sie während ihres Aufenthalts kennengelernt hatten. Über der Bühne hing eine gewaltige Leinwand. Entspannt ließ Cate sich von der Musik treiben. Nun wurde ihr endlich bewusst, was es bedeutete, an dieser internationalen Veranstaltung teilgenommen zu haben. Während sie die Darbietungen der zahlreichen talentierten Bands und Solisten auf sich wirken ließ, vergaß sie ihre bohrenden Fragen und dachte lieber daran, was für ein wundervolles Abenteuer diese Reise gewesen war und wie viel sie gelernt hatte. Schade, dass es bald vorbei sein würde.

Das Konzert war schon zu drei Vierteln vorüber, als zu Cates Begeisterung Kenny Montgomery auf die Bühne trat. Vom Publikum bejubelt, trug er einige seiner beliebtesten Lieder vor. Alle kannten den Text und sangen aus voller Kehle mit. Plötzlich sprang Kenny von der Bühne und fing an, mit einigen Zuschauern zu tanzen, womit er noch heftigeren Beifall erntete. Cate, die in Feierlaune war, tanzte mit Kenny, als er auf sie zukam, und stimmte am Ende des Liedes in den Jubel der Zuschauer ein. Als sie sich strahlend zu Nat umdrehte, stellte sie fest, dass er verschwunden war. Dann hörte sie, wie jemand ihren Namen rief. Kenny streckte die Hand aus, um sie auf die Bühne zu ziehen. Mit einem breiten Lächeln und zitternden Knien ließ Cate es, begleitet vom Johlen des Publikums, geschehen. Die nächsten Minuten waren wie ein Traum, denn Cate und Kenny sangen das Lied, das sie zusammen aufgenommen hatten. Wieder war Cate wie gebannt von seiner Musikalität und Ausstrahlung. Ein erneuter Rundumblick sagte ihr, dass Nat wieder am alten Platz stand. Cate fuhr erschrocken zusammen und hätte beinahe gepatzt: Er hatte den Arm um Legs gelegt.

Ich lasse mich nicht von ihr verdrängen! Das kommt überhaupt nicht in Frage. Er liebt mich. Ich liebe ihn. Er will sicher nur nett zu ihr sein, redete sie sich ein, während sie rasch von der Bühne sprang. Auch dass Legs darauf bestand, sich am Flughafen von ihnen zu verabschieden, konnte nicht an ihrer Überzeugung rütteln.

Bei der Landung auf dem Kingsford-Smith-Flughafen in Sydney warf Cate dem schlafenden Nat einen erschöpften Blick zu. Wieder dachte sie, wie sehr sie ihn liebte. Sein Abschiedskuss für Legs hatte sicher nichts zu bedeuten. Nat schlug die Augen auf und lächelte schlaftrunken. Seit dem Start hatte keiner von ihnen sie mehr erwähnt.

Cate griff nach Nats Hand und streichelte sie. »Das war eine wunderschöne Reise, mein Liebling. Den Wild Knights steht eine große Karriere bevor, und wir werden es gemeinsam noch weit bringen. Ich liebe dich so sehr.« Tränen des Glücks traten ihr in die Augen. Ihre Befürchtungen erschienen ihr inzwischen weit weg und vollkommen unbegründet.

15

Am nächsten Tag rief Angus an und teilte Cate mit, ihre CD habe es trotz der wenigen Werbemaßnahmen auf Platz sechs der australischen Country-Hitparade geschafft. Plötzlich klingelte das Telefon ununterbrochen, denn alle wollten die Wild Knights engagieren. Es dauerte nicht lange, und die Band war bis Weihnachten ausgebucht, sodass Cate in dem Trubel keine Zeit hatte, über die Nacht in Nashville nachzudenken. Obwohl sie wusste, dass sie sich zu sehr von Nats Anerkennung abhängig machte – das war der wahre Grund dafür, warum sie nie darauf bestand, zu erfahren, wo er an jenem Abend gewesen war –, hatte sie einfach nicht die Kraft für einen weiteren Konflikt.

Im August traten Cate und die Wild Knights beim »Queensland Gympie Muster Talent Search« auf, einem wichtigen Talentwettbewerb, der in der Welt der Countrymusik große Beachtung fand. An einem angenehm kühlen Winterabend standen sie vor einer gewaltigen Zuschauermenge, die während der sechstägigen Veranstaltung in einem Staatsforst campierte. Cate wurde Siegerin, wodurch die Band in den Genuss eines beträchtlichen Preisgeldes kam, sodass sie sich nun ausschließlich auf ihre Musik konzentrieren konnten. Im Oktober meldete Angus, Cate sei für sechs Goldene Gitarren nominiert. Diese heiß umkämpften Trophäen wurden jeden Januar als Höhepunkt des »Tamworth Music Festival« verliehen. Die Kategorien, für die sie vorgeschlagen worden war, lauteten »Buschballade des Jahres«, »Instrumentalkünstler des Jahres«, »Nachwuchstalent des Jahres«, »Sängerin des Jahres«, »Album des Jahres«, und – der allerbegehrteste – »Radiohit des Jahres«.

»Mach dich auf turbulente Zeiten gefasst«, warnte Angus lachend.

Cate, die allein zu Hause war, ließ sich auf einen Stuhl fallen. »Meinst du das ernst?«, stieß sie hervor.

»Ja, aber steiger dich nicht zu sehr rein. Du hast viel Konkurrenz«, erwiderte Angus gelassen. »Außerdem gibt es da noch etwas, über das ich mit dir reden wollte. Wir müssen uns überlegen, wie es mit deiner Karriere weitergehen soll.« Er fuhr fort, ohne ihr Gelegenheit zu einem Einwand zu geben. »Du warst mit den Wild Knights sehr erfolgreich. Aber ich finde, es ist an der Zeit, dass du es als Solokünstlerin versuchst. Der letzte Wettbewerb und die Nominierungen sind der Beweis dafür.«

Cate wurde ganz flau. »Ich soll eine Solokarriere anstreben?«

»Ja. Du hast eine Menge zu bieten. Du bist ungemein musikalisch. Du schreibst deine eigenen Lieder, und du siehst hinreißend aus. Deine Bühnenpräsenz ist ausgezeichnet. Doch am wichtigsten ist, dass deine Stimme das gewisse Etwas hat, du hast eine spezielle Energie, die den Menschen gefällt. Ich würde …«

»Was? Ich soll die Wild Knights im Stich lassen? Ich singe gern mit der Band. Ohne sie hätte ich es nie so weit gebracht«, fiel Cate ihm erschrocken ins Wort.

»Nein, Cate, das hast du nur deiner Stimme und deinem Talent zu verdanken«, widersprach Angus mit Nachdruck.

Allmählich bekam Cate es mit der Angst zu tun. »Aber das geht doch nicht, Angus! Das wäre Verrat«, stieß sie hervor. »Ohne Nat ...«

»Nicht *du* bist den Wild Knights etwas schuldig, sondern umgekehrt«, entgegnete Angus schonungslos. »Sieh der Wahrheit ins Auge. Nat ist ein guter Musiker und versteht sich darauf, sich darzustellen. Die anderen auch. Sie sind eine solide, bodenständige Band, die mit ein bisschen Mühe von ihrer Musik leben kann. Du hast viel von ihnen gelernt. Doch im Grunde genommen sind sie nur deine Begleitgruppe. Dir verdanken sie den Erfolg. Ich weiß, dass das für dich recht überraschend kommt. Also warten wir erst einmal die Verleihung der Goldenen Gitarre ab. Bis dahin denkst du darüber nach, und dann unterhalten wir uns noch mal.«

Benommen legte Cate auf. Sechs Goldene Gitarren! Auch wenn sie natürlich keine davon gewinnen würde, sagte sie sich und versuchte, sich auf ihr neues Lied zu konzentrieren. Während sie weiter an der Melodie feilte, überschlugen sich ihre Gedanken. Sechs Nominierungen! Natürlich kam es überhaupt nicht in Frage, dass sie Angus' wahnwitzigen Rat annahm und sich von der Gruppe trennte. Sie konnte doch unmöglich eine Band im Stich lassen, die ihr Leben verändert und ihr so eine riesige Chance gegeben hatte! Allein würde sie es nie schaffen. Und was war mit ihrer und Nats Beziehung? Was zum Teufel dachte sich Angus nur dabei! Sie war erleichtert, als sie hörte, wie die Tür zufiel und Nats Schritte sich auf dem Flur näherten. Cate lief ihm entgegen.

»Angus hat gerade angerufen. Du wirst nicht glauben, was er gesagt hat. Ich ... die Band ... wir sind für sechs Goldene Gitarren nominiert! Sechs Stück!« Lachend hüpfte sie auf der Stelle.

Nat blieb der Mund offen stehen. Als sie ihm um den Hals fiel und ihn leidenschaftlich küsste, hielt er sie fest. »Welche Kategorien?«, stieß er atemlos hervor und schob sie auf Armeslänge weg.

»Ich weiß es nicht mehr. Das Telefonat war gerade eben, ich kann ihn ja noch einmal anrufen«, jubelte Cate, außer sich vor Freude.

»Ich habe eine viel bessere Idee.« Nat warf seine Jacke beseite, fasste Cate um die Taille und schob sie ins Schlafzimmer. Cates ganzer Körper vibrierte, als er sie entkleidete und ihre nackte Haut liebkoste. Erregung stand in seinen dunklen Augen, während Cate immer noch Freudenschreie ausstieß. »Du bist das Beste, was den Wild Knights passieren konnte«, flüsterte er, sog ihren Duft ein und ließ die Hände über ihre steifen Brustwarzen gleiten.

»Lieb mich!«, rief Cate, umfasste sein Gesicht und küsste ihn fest auf den Mund. Als seine Hände die geheimsten Stellen ihres Körpers erkundeten, stöhnte sie wollüstig auf. So leidenschaftlich war es schon seit Monaten nicht mehr zwischen ihnen gewesen.

»Ich liebe dich so sehr«, sagte Cate und sah ihn aus großen Augen an, als sie sich danach in seinen Arm schmiegte.

Sie konnte es noch immer nicht fassen. Sechs Nominierungen! Es war kaum zu glauben.

»Meine süße, wunderbare Cate«, murmelte Nat und küsste die zarte Haut an ihrem Hals.

»Sag das noch mal, und ich fange wieder von vorne an«, drohte sie lachend und rollte sich auf ihn. Draußen tuckerte ein Traktor langsam durch den Sonnenschein.

»Und jetzt musst du mir verraten, für welche Kategorien wir nominiert sind«, meinte Nat ein wenig später, als sie zufrieden nebeneinander lagen.

Immer noch im Liebestaumel, stützte Cate sich auf den Ellenbogen und tippte mit den Fingerspitzen auf Nats nackte Brust. Da sie sich inzwischen beruhigt hatte, waren ihr die Nominierungen wieder eingefallen.

»He, bis auf ›Instrumentalkünstler‹ geht es immer nur um dich, nicht um die Wild Knights.« Nat schob ihre Hand weg und fuhr hoch. »Warum wurden wir nicht für unser Duett oder für unsere Zusammenarbeit vorgeschlagen? Was wird hier gespielt?«, rief er vorwurfsvoll und strich sich eine schwarze Haarlocke aus der Stirn.

»Ich weiß nicht. Vielleicht die Regeln … Ich dachte, du würdest dich freuen …«

Nat schlüpfte in seine Hose und zog den Reißverschluss zu. »Natürlich freue ich mich. Es ist wirklich toll. Aber … Tja, warum soll ich überhaupt mit zur Preisverleihung kommen? Ich würde ja dastehen wie ein Idiot. Alle Leute werden glauben, dass wir nur die Begleitband sind. Verdammter Mist …«

»Nein, das werden sie nicht. Auf gar keinen Fall. Du weißt doch so gut wie ich, dass ich meine Nominierung nur der Band zu verdanken habe. Ohne dich hätte ich nie so viel Erfolg gehabt!« Cate setzte sich auf und streckte verzweifelt die Hand nach ihm aus. Warum musste er nur so launisch sein? Anfangs hatte er sich doch so gefreut. Aber nun war er wütend.

»Gut, dass du wenigstens das kapiert hast. Wahrscheinlich gewinnst du sowieso nicht«, stieß Nat erbittert hervor. Bebend vor Enttäuschung verließ Cate das Zimmer. Sie war fest entschlossen, nicht zu weinen, und zermarterte sich das Hirn, was sie nur sonst noch tun konnte, damit er glücklich war.

In den nächsten Tagen machten Cate und Nat einen Bogen umeinander. Da sie kein Wort wechselten, kam es zumindest zu keinem Streit. Lance, der die Anspannung spürte, beschloss, für ein paar Tage zu Mandy zu ziehen. Als Cate und Nat am fünften Tag allein beim Frühstück saßen, verkündete er beiläufig, seine Mutter, die in Adelaide lebte, werde Weihnachten und Silvester bei ihnen im Tamworth verbringen.

Mit zornig blitzenden Augen stellte Cate die Tasse weg. »Du hättest mich wenigstens fragen können, bevor du sie einlädst.« Cate, die Jacqueline Jakubiak einige Male bei ihren Besuchen in Tamworth begegnet war, fand die Französin kühl und unsympathisch.

»Du warst nicht da. Außerdem, warum sollte ich dich fragen? Sie ist schließlich meine Mutter«, gab Nat zurück.

Cate wurde von Verzweiflung ergriffen. »Muss sie wirklich so lange bleiben?«, flehte sie. »Wir werden mit der Preisverleihung und den Auftritten auf dem Festival genug zu tun haben.«

»Jetzt übertreib nicht. Du hast schließlich schon öfter auf dem ›Tamworth Music Festival‹ gesungen. Außerdem treten wir bei der Preisverleihung gar nicht auf. Mum wäre sehr gekränkt, wenn ich ihr absage.« Mit finsterer Miene schob Nat seinen Stuhl zurück und stand auf. »So hast du wenigstens Gelegenheit, sie besser kennenzulernen.«

»Nein … ich meinte doch nur … Natürlich treten wir nicht auf. Schon gut. Es wird ihr sicher gefallen. Mir wird es gefallen. Ich freue mich doch …«, stammelte Cate rasch und fing an, das Frühstücksgeschirr abzuräumen, um einen erneuten Streit wegen der Nominierungen zu vermeiden. Während Nat ins Tonstudio ging, sagte sie sich niedergeschlagen, dass Jacquelines Besuch nur eine zusätzliche Belastung in einem Leben bedeutete, in dem sie von allen Seiten unter Druck gesetzt wurde.

Lance erbot sich, während dieser Zeit auszuziehen. Und dabei hatte Cate doch auf seine moralische Unterstützung gehofft! Hinzu kam, dass Jacqueline darauf bestand, schon drei Tage früher anzureisen.

»Damit Natan ein wenig Unterstützung hat«, verkündete sie und machte sich sofort daran, den ganzen Haushalt auf den Kopf zu stellen.

Cate zeigte sich von ihrer besten Seite. Auf der Suche nach seltenen Zutaten für traditionelle französische und polnische Gerichte, kämpfte sie sich durchs vorweihnachtliche Getümmel und tat alles, um Jacquelines Zuneigung zu gewinnen. Sie ließ den ständigen Strom von Sticheleien wegen ihrer Haushaltsführung über sich hinwegbranden und versuchte, sich nicht aufzuregen, wenn Jaqueline wieder einmal so tat, als würde sie ohnehin nicht verstehen, was sie sagte. Allerdings blieben sämtliche Bemühungen, die Stimmung aufzulockern, erfolglos. In ihrer Verzweiflung beschloss Cate, am Samstag vor dem Beginn des »Tamworth Music Festival« eine Grillparty zu geben, damit Jacqueline einige ihrer Freunde kennenlernte.

Es war ein strahlender Januartag. Die Sonne schien von einem klaren blauen Himmel, eine leichte Brise vertrieb die Schwüle, und auf der Terrasse hinter dem Haus drängten sich die Gäste, die alle aufgeregt das kommende Festival erörterten. Einige Freunde hatten ihre Instrumente mitgebracht. Jacqueline, die sich ständig in die Vorbereitungen eingemischt hatte, begrüßte nun die Besucher, als wäre sie die Gastgeberin. Dennoch fühlte sich Cate zum ersten Mal seit der Ankunft dieser Frau ein bisschen wohl, denn die Gegenwart ihrer Freunde lenkte sie wenigstens für ein paar Stunden von der angespannten Atmosphäre ab. Sie trat hinaus auf die Terrasse und setzte sich zu Mandy, mit der sie sich inzwischen gut angefreundet hatte. Allerdings hatten sie sich, seit Jacqueline hier war, kaum gesehen.

»Jacqueline amüsiert sich, Gott sei Dank!«, flüsterte sie. »Und wie geht es dir?«

»Es gibt Neuigkeiten. Lance und ich ziehen zusammen«, antwortete Mandy und drehte ihr fast unberührtes Champagnerglas zwischen den Fingern. »Wir haben ein Haus drei Straßen weiter gekauft. Es ist zwar nicht sehr groß, aber dafür seid ihr jetzt endlich ungestört. Der Zeitpunkt passt ausgezeichnet, denn ...« Mit einem verschwörerischen Lächeln hielt sie inne. »Ich will dir ja nicht die Schau stehlen, denn ich finde es absolut spitze, dass du nominiert worden bist. Hoffentlich kriegst du alle sechs Goldenen Gitarren. Aber … ich bin schwanger! Ich habe es heute erst erfahren. Lance und ich … wir können es einfach nicht für uns behalten!«, rief sie mit strahlenden Augen aus.

»Schwanger!«, jubelte Cate und klatschte erfreut in die Hände. »Dann werde ich ja bald so eine Art Tante!« Sie fiel Mandy um den Hals und lächelte Lance zu, der Mandy beschützend den Arm um die Schulter legte.

»Bandnachwuchs«, verkündete er stolz.

»Weil es natürlich ein Junge wird!« Cate nickte vielsagend.

»Natürlich«, erwiderte Lance.

Alle lachten und umringten das Paar, um zu gratulieren.

»Sind sie denn verheiratet? Wann war die Hochzeit? Warum war ich nicht eingeladen?«, empörte Jacqueline sich lautstark.

»Immer mit der Ruhe, sie wohnen nur zusammen. Du hast also nichts verpasst«, meinte Nat beschwichtigend.

»Oh! *Ma mère* würde sich im Grab herumdrehen!«, rief Jacqueline aus.

»Heutzutage muss man nicht mehr heiraten, bevor man eine Familie gründet, Ma.« Nat wirkte peinlich berührt. Mandy war feuerrot angelaufen.

»Oh!«, entrüstete sich Jacqueline. »So etwas würde ich niemals dulden. Skandalös ist das.« Sie wandte sich an Cate. »Hoffentlich wirst du uns nicht mit *enfants bâtards* beglücken!«

Schlagartig herrschte verlegenes Schweigen. Nun errötete auch Cate heftig, und sie warf Nat einen flehenden Blick zu.

»Äh … Ma …«

»Ich weiß, dass du gern daherredest, als hätte die Ehe keine Bedeutung, mein lieber Natan. Aber wenn der richtige Zeitpunkt gekommen ist, wirst du tun, was sich gehört, und zwar in der richtigen Reihenfolge«, fuhr Jacqueline mit Nachdruck fort, ohne darauf zu achten, wie sehr sie die Gäste durch ihr Verhalten in Verlegenheit brachte. Sie musterte Cate mit eiskalten Augen. »Versteh mich nicht falsch. Das sollte nicht heißen, dass ich euch zu einer Ehe dränge. Doch falls du meinen Sohn heiraten willst, wünsche ich vor der Hochzeitsnacht keine *petites surprises. Merci*. Und jetzt hätte ich gern noch ein Gläschen Champagner«, fügte sie hinzu und hielt Cate mit einem verkniffenen Lächeln ihr leeres Glas hin.

»Ich erledige das«, sagte Cate, die am liebsten vor Scham im Erdboden versunken wäre. Froh über die Gelegenheit zur Flucht, sprang sie auf und griff nach dem Glas. Die anderen atmeten erleichtert auf und begannen, lautstark zu plaudern.

»Eine grässliche Frau!«, stöhnte Mandy, die Cate in die Küche gefolgt war und sich das letzte Stück Mandelkuchen nahm. »Lass nicht zu, dass sie deinen Triumph verdirbt. Muss ich in Zukunft einen Knicks vor dir machen, wenn du alle sechs Goldenen Gitarren gewinnst?«, frotzelte sie dann.

Cate umarmte ihre Freundin. »Es tut mir ja so leid, dass sie dir solche Unverschämtheiten an den Kopf geworfen hat.«

»Ach herrje, um mich brauchst du dir keine Sorgen zu machen.« Mandy pflückte eine Mandel aus dem Kuchen und steckte sie nachdenklich in den Mund. »Bevor du dir diese Frau als Schwiegermutter antust, musst du sie dringend umerziehen. Die blöde Kuh lebt wohl noch im neunzehnten Jahrhundert. Heutzutage ist ein uneheliches Kind doch etwas ganz Normales. Außerdem war es überflüssig und absolut gemein von ihr, dich vor allen deinen Freunden so zu blamieren. Was hast du denn?«, fragte sie, als sie sah, dass Cate Tränen in die Augen traten. Sie legte den Arm um sie.

»Nichts. Entschuldige. Ich bin einfach nur müde. Die letzte Zeit war nicht leicht für mich.« Cate wurde von bleierner Erschöpfung ergriffen und versuchte, nicht daran zu denken, dass sie und Nat sich seit Jacquelines Ankunft nicht mehr geliebt hatten. Außerdem wurde die Stimmung zwischen ihnen immer angespannter, je näher der Tag der Preisverleihung rückte.

Sie wischte sich mit der Hand über die Augen. »Jacqueline ist eben Nats Mutter, und er vergöttert sie … also sollte ich besser versuchen, mich mit ihr zu vertragen«, meinte sie ausweichend.

»Hast du eigentlich schon in Katherine angerufen und deinen Freunden von der Nominierung erzählt?«, erkundigte Mandy sich anteilnehmend. Cate hatte ihr vom Tod ihres Vaters erzählt, und sie wusste, dass die Cristellis eine Art Ersatzfamilie für sie waren.

»Ich wollte damit bis nach der Preisverleihung warten. Aber vielleicht rufe ich sie doch noch heute Abend an«, erwiderte Cate. Dann jedoch fiel ihr ein, wie lange sie nicht mit Gina und Lucia gesprochen hatte. Außerdem wusste sie nicht, wie sie Alf erreichen sollte, den einzigen Menschen, mit dem sie wirklich darüber sprechen wollte. Als die letzten Gäste gingen und ihr das Telefonat wieder einfiel, war es bereits lange nach Mitternacht.

Sie war froh, sich in der nächsten Woche mit Feuereifer in das »Tamworth Music Festival« stürzen zu können, denn der Applaus war Balsam für ihre Seele. Endlich hatte sie Gelegenheit, Jacqueline zu entrinnen, die im Wirbelwind der Proben und Konzerte sich selbst überlassen blieb und mit Leichenbittermiene die Märtyrerin spielte. Jedes Konzert regte Cate zu weiteren Liedern an, sodass sie nach den Auftritten unverzüglich zurück ins Tonstudio eilte, um ja die Melodie nicht zu vergessen. Dass sie deshalb stundenlang nicht ansprechbar war und sich auch nicht ums Einkaufen und Kochen kümmerte, war dem Verhältnis zwischen den beiden Frauen nicht eben zuträglich. Cate gab sich zwar Mühe, nicht auf Jacquelines missbilligende Blicke zu achten, doch Nats zunehmend schlechte Laune konnte man kaum übersehen. Als der Abend der Preisverleihung näher rückte, hoffte Cate verzweifelt, dass die Wild Knights wenigstens in der Kategorie »Instrumentalkünstler des Jahres« gewinnen würden. Dann war der große Tag da. Cate konnte die Anspannung kaum noch ertragen.

Im mit begeisterten Fans, Musikerkollegen und wichtigen Persönlichkeiten aus der Branche voll besetzten großen Zelt des »Tamworth Festival« war es unerträglich heiß. Cate trug ein hübsches mit rosafarbenen und silbernen Pailetten besticktes Oberteil und hautenge Jeans. Nervös saß sie da und spielte an dem goldenen Kreuz herum, das an ihrem Hals hing. Während die Namen der Preisträger aufgerufen wurden, wurde ihr Herzklopfen immer stärker, und sie sagte sich, dass die Nominierung allein schon Ehre genug war. Im nächsten Moment zuckte sie vor Schreck zusammen, denn ihr Lied »Kangaroos in the Wheat« war zur »Buschballade des Jahres« gekürt worden. Zitternd vor Aufregung küsste sie Nat und hastete dann auf die Bühne, um ihre Goldene Gitarre entgegenzunehmen und ein paar Dankesworte zu sprechen. Ihre Augen leuchteten in der Dunkelheit, als sie sich danach wieder neben Nat setzte und seinen Arm drückte.

»Ich glaub, ich träume!«, flüsterte sie ehrfürchtig und betastete die schlichte Trophäe in ihren Händen. Als der Sieger in der Kategorie »Instrumentalkünstler des Jahres« angekündigt wurde, hielt sie den Atem an. Doch der Preis ging an einen eher unbekannten Musiker. Ängstlich sah sie Nat an, der mit verbittert zusammengepressten Lippen auf die Bühne starrte, und spürte, wie enttäuscht er war. Aber ehe ihr tröstende Worte einfielen, hörte sie schon wieder ihren Namen, und zwar als Siegerin in der Kategorie »Sängerin des Jahres«. Angus, der einige Plätze weiter saß, lächelte ihr zu. Dann wurde »Under the Southern Star« zum Album des Jahres gewählt. Kaum hatte Cate wieder Platz genommen, als ihr Name erneut fiel, diesmal als »Nachwuchstalent des Jahres«. Mit vor Begeisterung glühenden Wangen setzte sie sich, ihre Trophäe in der Hand – und wurde zum fünften und letzten Mal aufgerufen, um den begehrten Preis für den »Radiohit des Jahres« zu empfangen. Außer sich vor Freude und mit den Tränen kämpfend, bedankte sie sich beim Publikum und reckte, begleitet von Applaus, ihre Goldene Gitarre in die Höhe. Das Herz klopfte ihr bis zum Halse, ihre Wangen waren gerötet, und sie zitterte von Kopf bis Fuß, als sie zu ihrem Platz zurückkehrte. Sie wischte sich die Tränen ab und strahlte Nat an, der das Lächeln zu ihrer Erleichterung erwiderte und ihr half, die vielen Trophäen unterzubringen. »Kneif mich, das muss einfach ein Traum sein«, flüsterte sie.

Allerdings war das noch längst nicht der Höhepunkt des heutigen Abend gewesen. Nachdem Cate und die Wild Knights hinter der Bühne Presseinterviews gegeben und sich dem Blitzlichtgewitter gestellt hatten, eskortierte man sie mit nahezu königlichem Gefolge zur Nachfeier, wo sie berühmten Countrymusikern und Prominenten aus Radio und Fernsehen vorgestellt wurde, die sie bis jetzt nur aus der Ferne kannte. Mit geröteten Wangen, bedankte sie sich immer wieder überschwänglich, nahm Glückwünsche entgegen und nippte an ihrem Champagnerglas. »Ich kann es gar nicht fassen«, raunte sie Nat zu, immer noch ungläubig, dass sie nun auch zur Musikelite gehörten.

Angus kam auf Cate zu und hakte sie unter. »Du musst kurz mitkommen«, sagte er. »Ich entführe sie dir eine Weile«, fügte er, an Nat gewandt, hinzu. Dann zog er Cate von den Gratulanten weg und machte sie mit dem Geschäftsführer von *Kangaroo Records Inc.* bekannt, einer Plattenfirma, die sich in Australien und den USA rasch einen Namen machte.

»Habe ich dir das nicht prophezeit?«, meinte Angus einige Gläser Champagner und viele Unterhaltungen mit wichtigen Leuten aus der Musikbranche später. Cate konnte sich zwar an nichts Derartiges erinnern, wollte ihm aber nicht widersprechen, und lächelte deshalb nur. Ihr Handtäschchen quoll von Visitenkarten über, und ihr Herz klopfte vor Aufregung. »Das Publikum liebt dich, weil du einzigartig bist, Cate. Eins sage ich dir: Wenn du bei den Wild Knights bleibst, werden sie dich runterziehen. Du spielst in einer anderen Liga.«

Cate ging wie auf Wolken und hätte in diesem Moment alles für möglich gehalten. Sie fühlte sich begabt und wunderschön und war überzeugt davon, dass ihr eine glänzende Zukunft bevorstand. Sie würde als Solokünstlerin Karriere machen und gleichzeitig den Wild Knights unter die Arme greifen. Sicher würde Nat einsehen, dass das die erfolgversprechendste Strategie war. Schließlich konnten sie weiterhin Duette singen, gemeinsam an Arrangements arbeiten und Lieder schreiben, sodass er im nächsten Jahr aufgrund seiner eigenen Leistung neben ihr auf dem Podium stehen würde. Sie und die Wild Knights würden gemeinsam Karriere machen. Cate war erfüllt von Stolz. Außerdem zerstreuten Spider und Lance ihre Befürchtungen, die Band könnte neidisch auf ihre Goldenen Gitarren sein, indem sie sagten, die vielen Preise würden ihrer aller Karriere für die nächsten Jahre sichern. Zu ihrem Erstaunen machte sogar Nat einen wenn auch ein wenig angestrengten Witz, jetzt würde sie wenigstens endlich richtig Geld verdienen.

Cates Hochstimmung hielt auch in der nächsten Woche an, als sich die Vertreter aller Medien um sie rissen. Sie trat in Talkshows im Fernsehen und im Radio überall in Australien auf und wurde unter anderem in der Abflughalle des Flughafens von Sydney und um zwei Uhr morgens in ihrem Hotelzimmer in Melbourne interviewt. Auf der Fahrt zu Fotoaufnahmen mit der Band im Auftrag einer Zeitschrift stellte sie fest, dass sogar ihre Gefühle gegenüber Jacqueline versöhnlicher geworden waren. Doch als der Reporter einer

Lokalzeitung am Telefon Nat nicht gleich erkannte, hing der Haussegen sofort wieder schief.

»Verdammter Schwachkopf! Warum beschäftigt eine Zeitung Leute, die nichts von ihrem Job verstehen? Meinst du, der Typ würde mit Slim Dusty und Lee Kernaghan auch so umspringen?«, schimpfte er.

Cate biss sich auf die Lippe. »Wir sind nur kleine Fische in einem großen Teich«, erwiderte sie leise. Sie hatte rasch gelernt, dass es sich mit dem Berühmtsein ganz anders verhielt, als sie es sich vorgestellt hatte.

»Natürlich musst du mir widersprechen«, brüllte Nat und stürmte hinaus.

Die Krise spitzte sich zu, als Cate allein in die »Today Show« eingeladen wurde. Auch für zwei weiteren Talkshows wollte man nur sie haben. Bis jetzt hatten die Journalisten das Spiel mitgemacht und keine Einwände erhoben, wenn Cate beteuerte, in Wahrheit stünden die Preise schließlich den Wild Knights zu. Eines Tages jedoch äußerte ein Moderator, der für seine konfliktfreudige, auf die Einschaltquote schielende Art bekannt war, öffentlich Zweifel an dieser Sicht der Dinge und blamierte Nat vor laufender Kamera. Er unterbrach ihn mitten im Satz mit dem Hinweis, »Heartbreak in the Hills«, das Lied, mit dem Cate gewonnen habe, handle immerhin von einem Waisenmädchen, einem Thema also, von dem Nat keine Ahnung habe. Als Nat protestierte, ließ er ihn gar nicht zu Wort kommen, sondern stellte stattdessen Cate eine Frage, worauf diese vor Verlegenheit ins Stottern geriet. Auf der Heimfahrt schwieg Nat verstockt. Und als er endlich wieder mit Cate sprach, verlangte er von ihr, dass sie sich entweder bei ihm entschuldigen oder sich eine andere Band suchen sollte.

Cate verkniff sich die Antwort, weil sie wusste, dass Nat enttäuscht war, dass sie keine Goldene Gitarre gewonnen hatten. Allerdings ärgerte sie sich über den ungerechten Vorwurf und sehnte sich verzweifelt danach, wieder allein mit ihm im Haus zu sein, um offen über alles reden zu können.

»Mein Sohn braucht eine Frau, die für seine Karriere Opfer bringt, anstatt ihm Konkurrenz zu machen«, sagte Jacqueline spitz, während sie und Cate das Abendessen kochten.

Cate ging nicht auf diesen Seitenhieb ein. Zu ihrer großen Erleichterung verkündete Jacqueline am nächsten Tag, sie werde nun nach Hause zurückkehren. Nachdem weitere quälende vierundzwanzig Stunden mit Packen und umständlichen Vorbereitungen vergangen waren, setzten Cate und Nat seine Mutter schließlich in das Flugzeug nach Adelaide.

»Endlich sind wir wieder allein«, seufzte Cate. Sie wirbelte herum, froh, dass im Haus wieder Ruhe herrschte. Dann hielt sie inne. »Du weißt, dass ich dich liebe!«

In diesem Moment läutete es an der Tür. Nat ging aufmachen und kehrte mit einem gewaltigen Blumenstrauß zurück.

»Von deinem Hinterwäldler«, verkündete er, nachdem er mit finsterer Miene die Karte gelesen hatte. »Ich wusste gar nicht, dass es nördlich von Cairns Radio und Fernsehen gibt.«

Mürrisch reichte er Cate die Blumen.

»Hör auf damit«, stöhnte Cate, die heute mit starken Halsschmerzen aufgewacht war. Inmitten ihrer Beziehungskrise konnte sie es überhaupt nicht gebrauchen, an die Vergangenheit erinnert zu werden.

Sie nieste.

Als sie den Text las, wurde sie von Heimweh ergriffen: *Herzlichen Glückwunsch zu deinem wunderbaren Erfolg, Cate. Viele liebe Grüße, Alf.*

Am nächsten Tag hatten sich die Halsschmerzen zu einer Kehlkopfentzündung ausgewachsen, sodass sogar das Flüstern wehtat.

16

Es war Mitte März. Vor einer Woche waren die Wild Knights von einer hektischen zweiwöchigen Tournee durch Neusüdwales zurückgekehrt und saßen nun nach einer besonders anstrengenden und unproduktiven Probe beim Mittagessen auf der Veranda. Keiner von ihnen hatte Lust auf das Konzert, das in zwei Tagen stattfinden sollte. Cate, die wusste, wie erschöpft alle waren, hatte spontan angeboten, eine Suppe zu kochen.

»Igitt! Das schmeckt ja scheußlich! Es kann ja wohl nicht so schwierig sein, Hühnersuppe zu machen! Hast du gar nichts von meiner Mutter gelernt?«, ereiferte sich Nat, spuckte die Suppe aus und schob die Schale weg.

»Bis jetzt hat dir meine Suppe doch immer geschmeckt. Was stimmt denn nicht damit?«, fragte Cate, immer noch heiser. Ihre Augen blitzten. Sie hatte die vom Arzt verschriebenen Antibiotika genommen und sich nach einigen Tagen, in denen sie schon befürchtet hatte, die Stimme zu verlieren, mehr schlecht als recht von ihrer Kehlkopfentzündung erholt. Obwohl sich ein hartnäckiges Kratzen im Hals hielt, hatte sie sich recht wacker geschlagen. Einige Fans sagten sogar, sie klänge nun noch erotischer als vorher. Doch während das Publikum sie liebte und die CDs der Band sowie Cates Album

»Under the Southern Sky« reißenden Absatz fanden, war Cates und Nats Beziehung an einem Tiefpunkt angelangt.

»Vielleicht war ich bis jetzt ja nur höflich«, entgegnete Nat gehässig. Als er ein Stück von einem harten Käse abschneiden wollte, zerbröckelte dieser auf dem Teller. Wütend schleuderte Nat das Messer auf den Tisch. »Gibt es in diesem Haus denn nichts Anständiges zu essen? Und warum kochst du so miserabel? Nicht einmal Spider hat uns einen solchen Fraß vorgesetzt!«

Während Lance betreten zu Boden blickte, lächelte Spider verlegen.

Cate kostete von der Suppe und spuckte sie ebenfalls rasch aus. »Pfui! Entschuldigt, Jungs. Offenbar habe ich statt Maisstärke das Natron erwischt.« Sie verzog ob des bitteren Geschmacks den Mund und lachte dann auf. »Tja, es ist eben beides weißes Pulver.« Sie sammelte die Suppenschalen ein, bevor die anderen probieren konnten, und erbot sich, stattdessen eine Dose Kürbissuppe aufzuwärmen. Alle lehnten ab.

Nachdem sie die Suppe weggekippt hatte, schnitt sie sich eine Scheibe Brot ab.

Bald nörgelte Nat immer öfter an ihren Kochkünsten herum, bis Cate, die selbst müde und gereizt war und seine ständigen Beschwerden satthatte, ihn anbrüllte, er solle doch selbst den Kochlöffel in die Hand nehmen, wenn er es so gut könne, und aus dem Haus stürmte. Inzwischen hatte er an allem, was sie tat, etwas auszusetzen, dachte sie bedrückt. Selbst ihre offenen Diskussionen, die früher das Problem stets aus der Welt geschafft hatten, endeten mittlerweile in erbittertem Gezänk, worauf Nat schmollend schwieg, bis ein anderes Bandmitglied oder ein Freund auftauchte. Zum Glück waren nach dem nächsten Konzert einige Wochen Pause eingeplant.

Sie konnte doch nicht wirklich in allen Dingen so unfähig sein, sagte sich Cate, während sie immer schneller lief. Die Tournee war wunderbar gelaufen, und die Fans waren von Cate begeistert gewesen. Und genau das war das Problem, dachte sie, während sie ihre geballten Fäuste lockerte. Sie wusste nicht, wie sie mit ihrer Beliebtheit beim Publikum so umgehen sollte, dass Nat sich nicht ständig zurückgesetzt fühlte. Unablässig warf er ihr vor, sie dränge sich in den Vordergrund und nutze die anderen Bandmitglieder aus – was immer das auch bedeuten sollte, da Cate sich doch die größte Mühe gab, das genaue Gegenteil zu tun, damit ihr Erfolg als der der Wild Knights gesehen wurde. Allerdings konnte sie angesichts ihrer zunehmenden Popularität nicht länger die Augen davor verschließen, dass sie der Grund für den kometenhaften Aufstieg der Band war. Die Fans standen Schlange, um sie zu sehen, die Mädchen kopierten ihre Frisur und ihre Kleidung, und sogar das leichte Kratzen in ihrer Stimme wurde positiv bewertet. Eigentlich hätte Nat froh darüber sein sollen, doch es machte ihn nur unleidlich und gereizt.

»Mir würde es auch nicht gefallen, nicht beachtet zu werden«, sagte sie laut, in dem Versuch, die Dinge von seiner Warte aus zu sehen.

Als sie, ein wenig beruhigt nach ihrem Spaziergang, zurückkehrte, war das Haus leer. Drei Stunden später kam Nat in seinem Transporter angefahren. Er brachte eine neue

Angelausrüstung und ein von einer Frauenzeitschrift veröffentlichtes Kochbuch mit Hochglanz-Einband mit, das den Titel »Einfache Rezepte für jeden Tag« trug, und reichte Cate das Buch.

»Ein Geschenk für die Küchenchefin. Entschuldige, dass ich vorhin so brummig war, aber du solltest vielleicht die Dosen beschriften, bevor du uns noch alle vergiftest«, meinte er und küsste sie auf die Wange.

»Immerhin war es nur Natron, kein Rattengift.« Im nächsten Moment sagte sie sich, dass sie sich diese Bemerkung hätte verkneifen sollen, denn schließlich versuchte Nat ja, sich mir ihr zu versöhnen. »Entschuldige, ich wollte nicht patzig sein. Ich gebe mir wirklich Mühe.« Sie lächelte ihn verlegen an, küsste ihn ebenfalls und versprach, sich noch mehr anzustrengen. »Vielleicht sollte ich einen Kochkurs machen«, meinte sie, um die Versöhnung nicht zu gefährden.

»Als deine Stimme gestreikt hat, hat er es richtig mit der Angst zu tun bekommen«, sagte Mandy, als sie eines Tages mit Cate auf der Veranda saß und die kühle Brise genoss. Mandy war ein wenig blass um die Nase und hatte sich wegen Schwangerschaftsübelkeit krankschreiben lassen. Die Jungen waren für eine Woche zum Angeln gefahren. Cate fand es sehr angenehm, einfach mal nichts zu tun.

»Auf diesen Gedanken wäre ich nie gekommen. Mir gegenüber hat er kein Wort darüber verloren«, erwiderte Cate, froh, bei ihrer Freundin das Herz ausschütten zu können. Seit dem unglückseligen Grillabend mit Jacqueline waren sie sich noch näher gekommen. Dazu trug auch bei, dass Mandy keine Musikerin war und Cate sich deshalb nicht in eine Konkurrenzsituation gedrängt fühlte. »Ich habe ihm den Rosinenkuchen von Jacqueline mitgegeben, der mit der Post kam, während wir weg waren. Allerdings glaube ich nicht, dass wir uns besser verstehen würden, wenn ich lerne, zu kochen wie sie.« Ihre Stimme hatte sich beinahe wieder erholt.

»Sie redet ja nicht einmal mit dir, schon vergessen?«, neckte Mandy.

»Stimmt!« Mit einem Nicken erinnerte sich Cate daran, wie Jacqueline Taubheit vorgeschützt hatte, sobald sie nicht mit ihr konform ging. »Erzähl mir von Legs.«

»Legs? Du meinst Estelle? Warum interessierst du dich plötzlich für sie?«, fragte Mandy, erstaunt über den abrupten Themenwechsel.

»Keine Ahnung. Wahrscheinlich, weil ich versuche, Nat besser zu verstehen. Ich dachte, wenn ich mehr über sein Leben vor meiner Zeit erfahre …«

»Da gibt es eigentlich nicht viel zu erzählen. Ich habe nicht viel davon mitbekommen. Nat hat sie gefragt, ob sie in der Band mitmachen will. Er war ziemlich scharf auf sie, und sie sind eine Weile miteinander gegangen. Aber dann gab es irgendwann Ärger. Sie ist sowieso im Ausland, du brauchst dir also wegen ihr nicht den Kopf zu zerbrechen. Nat liebt dich. Er betet dich an.«

»Da bin ich nicht so sicher. Ich glaube, es ist eher andersherum – ich vergöttere ihn. Manchmal befürchte ich, er könnte mich zu jung und langweilig finden …«

»Auf gar keinen Fall!«, rief Mandy aus. »Er spricht ständig von dir, Und schau, wie erfolgreich die Band geworden ist, seitdem du dabei bist!«

»Genau das ist ja das Problem. Liebt Nat nun mich oder nur die Popularität, die ich den Wild Knights eingebracht habe?« Cates Miene verdüsterte sich.

»Du grübelst zu viel.« Mandy strich sich über den gerundeten Bauch. »Nat ist verrückt nach dir, und du tust ihm gut. Ich muss dringend etwas essen. Du hast nicht zufällig sauren Hering da?«

»Sind Essiggurken auch in Ordnung?«, fragte Cate. Auf einmal war sie eifersüchtig auf Mandys Glück. Sie und Nat hatten sich schon seit Wochen nicht geliebt, und sie sehnte sich verzweifelt nach der früheren Nähe. Sie nahm ein Glas mit der Aufschrift »Cornichons« aus dem Schrank. »Mit freundlichen Grüßen von Jacqueline«, sagte sie und reichte Mandy das Glas.

»Wenigstens kommt so einmal etwas Gutes von ihr«, erwiderte Mandy grinsend.

Als die Männer, braun gebrannt übersprudelnd von Angleranekdoten, zurückkehrten, hatte der Alltag Cate bald wieder. Doch fünf Wochen vor dem Konzert in Newcastle, dem wichtigsten Auftritt seit Nashville, verlor Cate erneut die Stimme. Mit einem Rezept für ein Antibiotikum bewaffnet, eilte sie in die Apotheke, doch das Medikament bewirkte nur, dass sie sich noch elender fühlte. Sie gurgelte mit einem Mittel gegen Halsentzündung, trank heiße Zitrone mit Honig, lutschte abscheulich schmeckende Tabletten und schonte sich während der Proben. Dabei dachte sie daran, wie liebevoll Gina sie während ihres Zusammenbruchs nach dem Tod ihres Vaters gepflegt hatte. Diese energische und mütterliche Zuwendung fehlte ihr sehr. Allerdings wagte sie nicht, sie anzurufen, weil es ihr peinlich war, dass sie sich so lange nicht gemeldet hatte. Im nächsten Moment fiel ihr Alf ein und sie stellte sich niedergeschlagen und ärgerlich vor, dass er sicher ganz anders als Nat auf ihre Krankheit reagiert hätte. Nat machte nämlich keinen Hehl daraus, wie sehr ihm die Situation auf die Nerven ging, und beschwerte sich ständig über den üblen Geruch der Hustenbonbons.

»Ich weiß, dass sie nicht gut riechen, aber sonst hilft nichts«, krächzte Cate. »Findest du nicht, dass ich sexy klinge?«, versuchte sie es dann mit einem Witz.

»Werd einfach wieder gesund«, brummte Nat.

Je näher das Konzert rückte, desto mehr wuchsen Nats Ungeduld und schlechte Laune. »Du bist nur eines von vier Mitgliedern dieser Band. Schließlich ist eine Halsentzündung nicht lebensbedrohlich. Also hör auf, hier den sterbenden Schwan zu spielen und uns die ganze Arbeit machen zu lassen!«, brüllte er zornig, als Cate sagte, sie wolle sich zehn Minuten hinliegen, bevor sie für den morgigen Auftritt die Sachen in den Transporter packte.

»Möchtest du, dass ich morgen singe oder nicht?«, zischte sie, bereute es aber schon im nächsten Moment, weil sofort wieder die Halsschmerzen einsetzten.

»Übertreibst du es nicht ein bisschen?«

»Nein, hörst du es denn nicht?«, flüsterte sie.

»Ich höre kein Wort«, erwiderte Nat, plötzlich ein Lächeln auf den Lippen.

Cate warf ein Kissen nach ihm, griff sich zwei Gitarren und wünschte, das Sprechen wäre nicht so anstrengend gewesen. Das Konzert in Newcastle machte ihr mehr Sorgen, als sie sich anmerken ließ.

»Wirst du es schaffen? Wenn du aussteigen willst, sag es gleich, damit ich einen Ersatz suchen kann«, meinte Nat zwei Wochen vor dem Auftritt in Newcastle. Dass Cates Gesundheitszustand sich einfach nicht bessern wollte, gefiel ihm gar nicht.

»Es klappt schon, Nat, Ehrenwort«, erwiderte Cate entschlossen und steckte die nächste Halstablette in den Mund. Da beim letzten Auftritt alles wunderbar funktioniert und sie gut gesungen hatte, war sie ein wenig beruhigt. Allerdings war sie danach ziemlich erschöpft gewesen.

Außerdem wusste Nat, dass die Fans Cate sehen wollten. Hinzu kam, dass ihre Engagements für das nächste Jahr stark von diesem Konzert abhingen. Nun stand Nat vor einer schweren Entscheidung: Sollte er den Auftritt absagen, um nicht zu riskieren, dass Cates Stimme versagte und die Fans enttäuscht waren? Oder war es besser, es mit einer Vertretung zu versuchen, auch wenn dann dasselbe Ergebnis drohte? Also beschloss er, auf Cates Urteil zu vertrauen, obwohl ihm die Situation gar nicht gefiel. Jedoch ermutigte er Cate nun, sich zu schonen und sich zwischen den Proben und Konzerten mehr Ruhe zu gönnen, und brachte ihr außerdem Essen und kleine Geschenke mit, um sie aufzuheitern.

Da Nat auf einmal so viel netter zu ihr war und ihre Stimme sich allmählich besserte, fühlte Cate sich selbstbewusster und freute sich sogar wieder auf die Auftritte. Als sie aber am Morgen des Konzerts in Newcastle im Motel aufwachte und keinen Ton herausbrachte, begann sie in ihrer Panik sofort wie wild zu gurgeln. Nachdem sie ein paar extra starke Halstabletten gelutscht und einige Tassen heißen süßen

Tee getrunken hatte, klang sie schon besser, aber immer noch recht heiser. Nach einigen Stimmübungen legte sich das beängstigende Krächzen allmählich. Cate fand, dass es nicht in Frage kam, das Konzert abzusagen. Schließlich war es der zweitgrößte Auftritt in der Karriere der Wild Knights. Drei Viertel der Eintrittskarten waren bereits im Vorverkauf weggegangen, und man rechnete mit einem bis auf den letzten Platz besetzten Saal. Wenn sie sich schonte, würde sie es stimmlich schon durchstehen, sagte sie sich streng. Allerdings war Schonung das Letzte, was in diesem Konzert angebracht war, dachte sie bedrückt nach einer Probe, in der sie nur geflüstert hatte, um ihre Stimmbänder nicht überzustrapazieren.

Als sie am Abend unbemerkt durch den Bühneneingang ins Gebäude schlüpften, hatte sich am Hauptportal bereits eine große Menschenmenge versammelt. Fünf Minuten vor Konzertbeginn platzte der Saal, der zweitausend Menschen fasste, aus allen Nähten. Cate war verzweifelt und wünschte zum ersten Mal in ihrer Musikkarriere, in einer nahezu leeren Halle vor zehn Zuschauern zu stehen. Obwohl sie noch zwei auf dem Grunde ihrer Handtasche gefundene Antibiotika-Tabletten genommen hatte, ließen die Schmerzen beim Schlucken einfach nicht nach, und sie glühte am ganzen Körper. Cate steckte noch eine Halstablette in den Mund und grinste die anderen entschuldigend zu.

»Nimm's nicht so schwer. Es wird nicht unser letztes Konzert sein«, flüsterte Lance beruhigend.

Cate, die sich nach Aufmunterung sehnte und nicht mehr aus noch ein wusste, wäre beinahe in Tränen ausgebrochen.

»Es könnte durchaus unser letztes werden, wenn du vor dem Publikum schlappmachst«, knurrte Nat, der an einem schweren Anfall von Lampenfieber litt. Er fuhr sich mit der Hand durchs Haar und ging noch einmal die letzten Änderungen im Programm durch. »Um dich zu entlasten, Cate, damit wir bis zum Ende durchhalten. Schon dich und bewege an den Stellen, wo man es nicht merkt, nur die Lippen«, wies er sie an.

Cate nickte erleichtert.

»Spar dir die Kraft für das letzte Stück auf«, riet Mandy. Sie stand neben Lance, trug ein hübsches rotes Umstandstop aus Baumwolle über einer schwarzen Hose und strahlte vor zukünftigem Mutterglück.

»Danke«, murmelte Cate. Sie war ziemlich sicher, dass sie es schaffen würde. Nat erklärte dem Moderator, welche Programmänderungen sie beschlossen hatten.

»Das wird den Zuschauern gar nicht gefallen. Sie sind heute Abend ziemlich launenhaft«, entgegnete der Moderator warnend. Und er behielt recht. Das Publikum war ganz und gar nicht einverstanden. Einige Leute in den ersten Reihen begannen sogar, die Ankündigungen lautstark zu kommentieren, wurden aber von ihren Sitznachbarn zum Schweigen gebracht. Die Anspannung hinter der Bühne wuchs. Als die Wild Knights auftraten, hatte sich die Stimmung im Publikum bereits gegen sie gewendet.

Cate brachte das erste Lied hinter sich und überließ Nat das Duett. Doch schon nach drei Takten ihrer einzigen Solonummer in der ersten Hälfte des Konzerts spürte sie, wie die Zuschauer unruhig wurden. Offenbar hatten die Leute bemerkt, dass sie nicht ihr Bestes gab. Um die Gunst des Publikums zurückzugewinnen, schlug sie alle Vorsicht in den Wind und sang aus voller Kehle. Erleichterung ergriff sie, als ihre Stimme klar und kräftig durch den Saal hallte. Die Leute trampelten, klatschten und riefen begeistert – und unterhielten sich lautstark während des nächsten Instrumentalstücks. Aber als Cate in der Pause abtrat, wusste sie, dass sie in ernsthaften Schwierigkeiten steckte. Es war ein schwerer Fehler gewesen, sich bei dem Solo derart ins Zeug zu legen, denn nun konnte sie kaum noch sprechen, geschweige denn singen.

»Es geht nicht mehr«, flüsterte sie Nat zu.

»Trink ein Glas Wasser und lutsch eine von diesen scheußlichen Tabletten. Dann klappt das schon«, erwiderte Nat und griff nach der Wasserflasche.

»Nein, Nat! Ich muss das Konzert abbrechen«, krächzte sie und fing dann an zu husten.

»Was zum Teufel soll ich tun? Rausgehen und den Leuten mitteilen, dass du nicht singen kannst? Sie werden mich lynchen!« Nat stieß seinen Stuhl weg, trat auf Cate zu und fuhr sich verzweifelt mit den Händen durchs Haar. Das aufgeregte Stimmengewirr der Zuschauer war deutlich zu hören. Während Nat Cate zornig ansah, wurde ihm klar, dass alles, was er sich so mühsam aufgebaut und so hart erarbeitet hatte, sich nun mit einem Schlag in Luft auflösen würde. »Mir war gleich klar, dass ich mir einen Ersatz für dich hätte besorgen sollen. Du hättest das auch wissen und dich wie ein Profi verhalten müssen.«

Der Pausengong hallte ihnen in den Ohren.

Als Cate etwas erwidern wollte, fiel Nat ihr ins Wort. »Du gehst jetzt da raus und singst«, zischte er. »Spider, Lance, haltet euch bereit, auf Ansage die Reihenfolge zu ändern.« Mit diesen Worten marschierte er auf die Bühne und ließ Cate damit keine andere Wahl.

Für Cate war es die beängstigendste Erfahrung ihrer Bühnenkarriere, vor eine Horde aufgebrachter Fans zu treten, ohne zu wissen, ob sie einen Ton herausbringen würde. Die Zuschauer spürten sofort, dass etwas nicht stimmte, wurden noch unruhiger und störten schon die erste Nummer mit Zwischenrufen. Cate war beinahe froh über die Unterbrechungen, als sie sich durch das Lied quälte, wobei ihr immer wieder ohne Vorwarnung die Töne wegbrachen. Erschöpft beugte sie sich über die Gitarre. Nat, der endlich begriff, dass sie in ernsthaften Schwierigkeiten steckte, versuchte, sie mit einem Schlagzeugsolo zu retten, und wurde ausgebuht.

»Wir wollen Cate hören, du Blödmann!«, brüllte jemand.

»Verpisst euch!«, schrie ein anderer.

Cate sprang auf, verbeugte sich und hastete mit hochrotem Gesicht von der Bühne.

»Was ist los, Cate? Magst du uns nicht?«, rief ihr jemand nach.

Als Nat und die Band ein weiteres Instrumentalstück anstimmten, wurden die Proteste und Buhrufe lauter.

»Wir wollen Cate!«, brüllte einer. Spider fuhr die Lautstärke seines Keyboards hoch, worauf die Zuschauer begannen, mit den Füßen zu trampeln und im Chor »Wir wollen Cate!« zu rufen.

»Hol sie zurück«, zischte Nat Spider zu, da dieser dem Ausgang am nächsten saß.

Auf Spiders Winken trat Cate, ein breites Lächeln auf

dem Gesicht, doch mit traurigen Augen, wieder auf die Bühne. Die Zuschauer applaudierten johlend. Nachdem sie sich einige Male verbeugt und den Applaus entgegengenommen hatte, wies Cate auf die Band, die sich ebenfalls erhob.

»Es tut mir so leid, Nat«, flüsterte Cate, als sie abtraten.

Zwei Minuten später kam der Moderator auf die Bühne, bat mit ausgestreckten Händen um Ruhe und wartete, bis die Menschen endlich still waren.

»Meine Damen und Herren, sicher stimmen Sie mir zu, dass heute ein ganz besonderer Abend ist. Es ist mir eine Ehre, die Bühne mit begabten Musikern wie diesen zu teilen. Deshalb möchte ich den Wild Knights für ihren bisherigen Auftritt danken.« Er wurde von zornigem Trampeln und Buhrufen unterbrochen. »Leider habe ich schlechte Nachrichten. Die wunderschöne und talentierte Cate Perry …« Wieder brach Tumult aus, sodass der Moderator innehalten musste. »… Cate Perry, die wir glücklicherweise hier hören durften, leidet an einer Kehlkopfentzündung und kann heute Abend nicht mehr auftreten.« Seine Worte wurden von erschrockenem Schweigen und kollektivem Aufstöhnen gefolgt. »Miss Perry entschuldigt sich, ist sehr traurig und bittet Sie um Ihr Verständnis.« Allerdings stieß dieses Anliegen bei den Zuschauern auf taube Ohren. Die aufgebrachten Menschen begannen erneut zu zischen und zu buhen.

»Warum hat sie dann nicht abgesagt?«, rief ein erboster Konzertbesucher.

»Bekommen wir unser Geld zurück?«, brüllte ein anderer. Ein Tumult brach los, als die Leute wild durcheinanderschrien, mit ihren Programmen warfen und sich beinahe niedertrampelten, um an der Kasse ihr Geld zurückzufordern.

Am nächsten Morgen brachten alle überregionalen Zeitungen Berichte über das Katastrophen-Konzert. Da gerade Sauregurkenzeit herrschte, hatten die Journalisten kaum andere Themen, sodass Cate zum ersten Mal eine richtig schlechte Presse bekam. Nat war so wütend, dass er kein Wort mehr mit ihr wechselte. Cate war das alles entsetzlich peinlich. Noch schlimmer als die Halsschmerzen plagte sie das schlechte Gewissen, weil sie die Band im Stich gelassen hatte. Sie verbrachte den ganzen Tag einsam und allein im Bett.

Als sie am nächsten Tag zum Arzt ging, erfuhr sie, nachdem sie ihre Symptome geschildert hatte, dass sie nicht an einer Kehlkopfentzündung, also einer Infektionskrankheit, litt, sondern einfach nur ihre Stimme schonen müsse. Falls in zwei Wochen keine Besserung eingetreten sei, solle sie wiederkommen.

»Zwei Wochen! Verdammt noch mal! Wozu sind diese Ärzte eigentlich gut?«, rief Nat und raufte sich die Haare. »Was ist mit unseren Engagements?«

»Dann suchen wir uns eben einen Ersatz«, flüsterte Cate. Die erste Sängerin entpuppte sich als Fehlbesetzung. Sie zuckte nervös zusammen, wenn Nat sie anfuhr, konnte keinen Ton halten und beherrschte im Konzert den Text nicht. Die nächste fluchte wie ein Bierkutscher, brüllte Nat an, als er wagte, sie während der Probe zu kritisieren, verlangte ihr Geld und stürmte hinaus. Also mussten die Wild Knights einige Konzerte absagen und andere verschieben. Als Cate zwei Wochen später noch immer nicht singen konnte, ging sie wieder zum Arzt, der sie erneut untersuchte und sie nach ihrer Familiengeschichte befragte. Cate erzählte ihm, dass sie ihre Mutter im Alter von zehn Jahren durch Brustkrebs verloren hatte. Ihr Vater sei vor kurzem bei einem Flugzeugabsturz ums Leben gekommen. Der Arzt kratzte sich am Kopf, konsultierte noch einmal seine Notizen und griff dann nach seinem Block.

»Ich möchte sie an einen Kollegen überweisen. Dr. Samuel Barclay ist Facharzt für Hals-Nasen-Ohrenheilkunde in Sydney«, verkündete der Allgemeinmediziner und blickte über den Brillenrand. »Vielleicht ist ja eine Kehlkopfspiegelung oder ein CT nötig, um herauszufinden, was Ihnen fehlt.«

Bestürzt verließ Cate die Praxis. Nie wäre sie auf den Gedanken gekommen, dass sie ernsthaft krank sein könnte. Da sie es nicht wagte, Nat reinen Wein einzuschenken, vertraute sie sich Mandy an, nahm ihr aber das Versprechen ab, zu schweigen wie ein Grab.

»Ich weiß, dass ich das Kind mit dem Bade ausschütte, aber … was ist, wenn sie was Ernstes finden. Als meine Mum krank wurde, dachten anfangs auch alle, es wäre nur eine Kleinigkeit. Ich habe ja solche Angst, Mandy«, schluchzte sie. »Ich fühle mich so elend, weil ich alle im Stich gelassen und den Wild Knights geschadet habe …«

»Erstens bist du nicht deine Mutter, und zweitens ist es nicht deine Schuld. Außerdem bist du wirklich ein bisschen voreilig«, fiel Mandy ihr ins Wort. Übelkeit stieg ihn ihr hoch. »Tut mir leid, Cate, ich muss weg. Offenbar gehöre ich zu den Frauen, denen nicht nur morgens schlecht ist.« Ihr Gesicht hatte eine grünliche Färbung angenommen. Die Hand vor den Mund geschlagen, rannte sie zur Tür.

»Mandy hat mir erzählt, die große Diva müsse nun zu einem Spezialisten in Sydney«, höhnte Nat am nächsten Tag beim Frühstück.

Cate starrte ihn ungläubig an. Offenbar hatte Mandy sich verplappert. »Vielleicht ist eine Kehlkopfspiegelung nötig – sie fahren mir mit einer Kamera in den Hals, um nachzuschauen, ob etwas nicht stimmt.«

»Hör auf, das ist ja ekelhaft!«, erwiderte Nat erschaudernd und hob abwehrend die Hände. Nach einem Blick auf sein halb verzehrtes Spiegelei schob er abrupt den Teller weg und stand auf. »Pass auf, Cate. Ich kann mit Krankheiten nicht umgehen. Du wirst dich alleine damit auseinandersetzen müssen.«

»Genau das versuche ich ja. Ich wünschte, Mandy …«, versuchte Cate bedrückt, sich zu rechtfertigen.

»Ich auch!«, unterbrach Nat sie mit einem bitteren Auflachen und steuerte auf die Tür zu.

»Nat, bitte versteh mich … Ich brauche dich …«, flehte Cate.

»Nein, tust du nicht! Geh doch zu diesem dämlichen Arzt in Sydney. Ich muss proben«, zischte Nat und marschierte ins Studio.

Cate sackte in sich zusammen, schlang die Arme um den Leib und wiegte sich hin und her. Sie fühlte sich vollkommen alleingelassen und bemerkte gar nicht, dass Nat, die E-Gitarre in der Hand, in die Küche zurückgekehrt war.

»Übrigens kannst du deine Ausflüge selbst bezahlen. Oder dachtest du etwa, die Band käme dafür auf? Ach, Mandy hat mir erzählt, dass Legs wieder in der Stadt ist. Ich habe beschlossen, dass sie dich vertreten wird.«

17

Cates Herz krampfte sich zusammen. Sie hätte nicht gedacht, dass es noch schlimmer kommen könnte – offenbar ein folgenschwerer Irrtum.

»Tut mir leid, dass ich mich wegen des Facharztes verplappert habe«, entschuldigte Mandy sich am Nachmittag. »Ich mache mir einfach solche Sorgen um dich. Das mit Estelle habe ich Nat erzählt, weil ich dachte, es würde alle eure Probleme lösen, dass sie wieder in Australien ist. Ich habe wirklich nur an Nat und die Band gedacht, Ehrenwort. Ich wollte dir nicht wehtun, Cate, wirklich nicht. Jetzt habe ich ein schlechtes Gewissen. Die Schwangerschaft vernebelt mir offenbar das Hirn«, fügte sie mit einem reumütigen Lächeln hinzu.

Cate nickte ein wenig erleichtert. Es war schwer, einem lieben und aufrichtigen Menschen wie Mandy lange böse zu sein. Vielleicht war Legs ja wirklich die Rettung, obwohl Cate die Vorstellung gar nicht gefiel. Aber immerhin konnte sie singen und hatte auch schon erfolgreich mit den Wild Knights zusammengearbeitet, sodass sie den Großteil des Repertoires kannte. Dass sie schlechter war als die letzten beiden Sängerinnen, mit denen sie es versucht hatten, war jedenfalls ziemlich unwahrscheinlich. Cate nahm sich vor, mit Nat keinen Streit wegen seiner Ex-Freundin anzufangen. Schließlich ging es um die Zukunft der Band.

»Wenn er nur vorher mit mir darüber gesprochen hätte, wäre es nicht so schlimm«, meinte sie.

»Männer!« Mandy verdrehte die Augen.

Am folgenden Tag kam Legs ins Studio gerauscht. Sie war sonnengebräunt, sah hinreißend aus und redete über den nächsten Auftritt, als wäre sie niemals fort gewesen. Cates Lieder sang sie hervorragend, lauschte höflich ihren geflüsterten Vorschlägen, allerdings ohne darauf einzugehen, und war der Charme in Person. Obwohl Cate ihr am liebsten an Gurgel gegangen wäre, musste sie zugeben, dass Legs für die Wild Knights und auch für sie selbst ein Geschenk des Himmels war. Das Einzige, was Cate nicht ertragen konnte, war, wenn Legs ihre Gitarre anrührte. Obwohl sie sich kleinlich und kindisch dabei vorkam, entfernte sie das geliebte Instrument deshalb aus dem Studio, versteckte es im abgeschlossenen Gitarrenkoffer unter dem Bett, das sie mit Nat teilte, und befestigte den Schlüssel an ihrer Halskette.

Als sie, ein wenig beruhigt, ins Studio kam, wirkte Nat so zufrieden wie schon seit Monaten nicht mehr.

»Ich glaube, Legs ist unsere Rettung«, verkündete er in Gegenwart aller und grinste Estelle verschwörerisch zu.

»Oder sie lässt uns untergehen wie ein Betonklotz«, murmelte Cate. Sie war niedergeschlagen und enttäuscht, denn sie hatte gerade erfahren, dass es für einen Termin bei Dr. Barclay eine dreimonatige Warteliste gab. Mit jedem Tag wuchsen ihre Angst um ihre Stimme und ihre Mutlosigkeit. Hinzu kam, dass Angus ihr zusetzte, sie solle endlich die Lieder für das neue Album schreiben, das die Plattenfirma unbedingt innerhalb der nächsten sechs Monate auf den Markt bringen wollte. Für Cate war das unvorstellbar, denn sie hatte seit Wochen nichts zu Papier gebracht und auch keine Ideen mehr.

Dann meldete sich die Empfangsdame des Facharztes und teilte ihr mit, ein Patient habe abgesagt, weshalb sie bereits in vier Wochen einen Termin haben könne. Mit einem erleichterten Aufseufzen steckte Cate eine Halstablette in den Mund und beschloss, sich keine Sorgen mehr um Dinge zu machen, auf die sie keinen Einfluss hatte. Viel besser war es, die Ärmel hochzukrempeln und endlich aktiv zu werden. Also nahm sie Notizblock und Gitarre, fuhr zu einem Aussichtspunkt und verbrachte den restlichen Tag damit, im Sonnenschein zu sitzen und zu komponieren. Zum ersten Mal seit Beginn ihrer Stimmprobleme konnte sie wieder schreiben, und als ihr immer mehr neue Ideen kamen, wurde sie von Begeisterung ergriffen. Allerdings unterschied sich das Ergebnis sehr von ihren früheren Arbeiten. Zunächst überrascht, ließ sie ihrer Kreativität schließlich einfach freien Lauf. Die Lieder waren düster und tiefgründig, hatten etwas sehr Herbes und waren mit traurigen Texten unterlegt. Doch am Abend fühlte Cate sich schon viel ruhiger.

Den anderen zeigte sie die neuen Stücke erst, nachdem sie weiter daran gefeilt hatte und damit zufrieden war. Eine Woche später bat sie die Band dann, die beiden Lieder zu spielen. Abgesehen von Legs' Interpretation, die in Cates Augen oberflächlich war und am Thema vorbeiging, war sie freudig überrascht. Doch als das erste Lied zu Ende war, herrschte betretenes Schweigen. Mitten in der ersten Strophe des zweiten Liedes, warf Nat schließlich genervt die Trommelstöcke hin.

»Was zum Teufel soll das? Ich fand das erste Stück schon grauenhaft, aber das hier ist Mist. Absoluter Mist. Du vergeudest unsere Zeit.«

»Es ist ein bisschen anders, aber interessant«, meinte Lance, diplomatisch wie immer.

»Nichts als düsteres Deprigesülze«, höhnte Nat. »Unsere Fans werden schreiend Reißaus nehmen.«

Als Legs zu kichern begann, sah Cate sie finster an. Legs war zwar kein Publikumsmagnet wie Cate, doch die Band wurde regelmäßig gebucht. Außerdem ging Nat untypisch zartfühlend mit der Sängerin – der *Vertretung*, wie Cate sich zornig verbesserte – um.

»Nun ja, es ist nicht das, was wir von dir gewöhnt sind. Aber ein Künstler darf auch mal eine neue Richtung einschlagen«, meinte Spider leise.

»Nicht, wenn er ein Profi ist«, zischte Nat.

»Natürlich! Und es ist ja auch nicht ungewöhnlich. Ich kann nicht erkennen, was falsch sein soll an meinen Liedern. Sie sind düster und aufrüttelnd, genau darauf kam es mir ja an«, krächzte Cate, gekränkt von Nats Reaktion. »Ich werde Angus fragen«, fügte sie trotzig hinzu.

Da es später im Pub zu einem erneuten Streit mit Nat kam, ging Cate früh nach Hause und wurde um zwei Uhr von ihm geweckt, weil er sich sturzbetrunken zu ihr ins Bett legte. Am nächsten Tag zankten sie sich wieder, und zwar, weil Cate wissen wollte, warum er mit der Sängerin flirtete. Daraufhin warf Nat ihr vor, sie sehe Gespenster. Er wolle nur nett zu der Frau sein, die ihnen in dieser schwierigen

Situation aus der Patsche geholfen habe. Dieser Bemerkung folgte der altbekannte Seitenhieb, Cate hätte es ohne ihn, Nat, nie so weit gebracht. Den restlichen Tag wechselte Cate kein Wort mehr mit ihm. Stattdessen rief sie Angus an, berichtete ihm von dem Arzttermin in Sydney und verabredete sich mit ihm. Dann versuchte sie sich mit Nat zu versöhnen und überredete ihn, mit der Band eine kurze Demo-CD der beiden Lieder aufzunehmen. Nachdem Nat sich eine Weile hatte bitten lassen, gab er großzügig nach.

Endlich war der Tag des Arzttermins da. Überzeugt, dass ihre Karriere als Sängerin vorbei war, hätte Cate das Demoband beinahe nicht eingepackt. Erst in letzter Minute überlegte sie es sich anders und steckte es in ihre Handtasche. *Es muss ja nichts Schlimmes sein*, sagte sie sich, als sie in Sydney aus dem Zug stieg. Aber sie glaubte nicht so recht daran.

Dr. Barclay gehörte zu den führenden Spezialisten für Hals-Nasen-Ohrenheilkunde in Australien und behandelte berühmte Opernsänger, Popstars und andere Prominente. In seinem Wartezimmer saßen bereits einige Patienten. Eine Frau trug einen beängstigend wirkenden Verband um den Hals, ein anderer Mann litt offenbar an Kehlkopfkrebs und sprach mit einem atemlosen Röcheln. Cate musste all ihre Selbstbeherrschung aufbieten, um nicht die Flucht zu ergreifen. Zitternd füllte sie den Aufnahmebogen aus, den die Empfangsdame ihr reichte, und nahm dann voller Angst Platz. Ständig musste sie an die letzten Tage ihrer Mutter denken und fragte sich, ob sie wohl auch an einer tödlichen Krankheit litt. Als sie endlich an der Reihe war, fühlte sie sich ziemlich flau. Dr. Barclay, ein väterlicher weißhaariger

Mann Ende fünfzig, hatte gütige blaue Augen und zerstreute rasch die meisten ihrer Bedenken. Nachdem er den Brief ihres Hausarztes gelesen hatte, untersuchte er sie und stellte Fragen zu ihren wiederholten Halsentzündungen und den Anfällen von Heiserkeit, die Cate stockend beantwortete.

»Eigentlich sieht alles ganz normal aus. Aber ich würde dennoch gern eine Kehlkopfspiegelung durchführen«, erklärte Dr. Barclay. »Das ist eine ganze einfache Untersuchung, die fünf bis zehn Minuten dauert und hilft, mir ein Bild von Ihrem Hals und Ihrem Stimmapparat zu machen.« Er erteilte seiner Sprechstundenhilfe eine entsprechende Anweisung. »Wir sehen uns in zwei Wochen wieder. Meine Mitarbeiterin gibt Ihnen einen Termin. Und jetzt erzählen Sie mir ein bisschen von sich. Hier steht, Ihr Vater sei vor kurzem bei einem Flugzeugabsturz im Northern Territory ums Leben gekommen«, begann er freundlich.

»Ja«, sagte Cate. »Mein Vater besaß eine Rinderfarm … *Ironbark Station* …« Sie konnte nicht verhindern, dass die ganze Geschichte aus ihr heraussprudelte: Wie ihr Vater durch ihre Schuld beim Absturz eines Kleinflugzeugs auf der Farm gestorben war, wie sie ihr Zuhause an ihre Stiefmutter verloren hatte, den Umzug nach Tamworth und die fünf Goldenen Gitarren. Sie schilderte ihm, wie ihre Krankheit die Beziehung zu ihrem Freund immer mehr belastete. Danach brach sie zu ihrem Entsetzen in Tränen aus.

Dr. Barclay reichte ihr eine Packung Papiertaschentücher und wartete geduldig, bis ihr Schluchzen verebbt war. »Ich sehe schon, Sie haben viel mitmachen müssen, Cate, und das tut mir sehr leid für Sie. Aber zermürben Sie sich nicht mit Sorgen, bevor wir nicht wissen, was los ist«, meinte er gütig.

Erschöpft und ausgelaugt verließ Cate die Praxis und machte sich auf den Weg zu Angus' Büro, froh, dass sie nicht gleich nach Hause zu fahren brauchte.

»Den Großteil unseres Lebens zermartern wir uns das Hirn wegen Dingen, die dann niemals eintreten«, sagte Angus gut gelaunt und zuversichtlich, nachdem sie ihm von ihrem Besuch bei Dr. Barclay berichtet hatte. »Wenigstens haben deine Stimmprobleme dich nicht vom Komponieren abgehalten. Sehr gut«, fuhr er fort, legte das Band ein und hörte zu. »Die Stücke sind ganz anders. Ausgezeichnet, aber recht düster«, stellte er fest, als er sie angehört hatte. »Ich möchte dich ja in dieser Situation nicht entmutigen, doch ich weiß nicht, ob dein Publikum jetzt schon reif für so schwere Kost ist. Wir müssen vorsichtig sein. Es ist ein sehr unbeständiges Geschäft. Allerdings haben die Lieder etwas«, fügte er aufmunternd hinzu.

Zu Cates Erleichterung erwähnte Angus eine mögliche Trennung von den Wild Knights mit keinem Wort mehr. Stattdessen plauderten sie über das neue Programm der Band. Cate schlug ein Datum für die Plattenaufnahmen vor.

»Bis dahin bin ich sicher wieder auf dem Damm«, verkündete sie entschlossen. Obwohl Angus ihre neuen Lieder gelobt hatte, war sie auf der Heimfahrt ziemlich bedrückt.

In den nächsten beiden Wochen wuchs ihre Niedergeschlagenheit, denn die Stimmung zwischen ihr und Nat wurde immer schlechter. Jeden Tag musste sie sich zwingen aufzustehen, wanderte ziellos durchs Haus, war nicht in der

Lage zu komponieren oder zu üben, und brach beim kleinsten Anlass in Tränen aus. Als es Zeit wurde, für die Untersuchung wieder nach Sydney zu fahren, war sie beinahe erleichtert.

»Ich kann nichts feststellen, und es gibt nicht die geringsten Hinweise auf einen Tumor«, sagte Dr. Barclay nach der Kehlkopfspiegelung.

»Ich habe also keinen Krebs?«, flüsterte Cate. Am liebsten hätte sie laut vor Erleichterung gelacht, doch ihre Kehle war von der örtlichen Betäubung noch ganz gefühllos.

»Nein, meine Liebe, Sie haben keinen Krebs. Ihr Hals sieht bemerkenswert gesund aus.« Wieder warf er einen Blick in seine Aufzeichnungen, schob seinen Stuhl zurück und betrachtete sie. »Cate, Ihr Hals ist in Ordnung, und ich glaube, wir müssen diesbezüglich auch nichts unternehmen. Allerdings scheinen Sie unter großem emotionalem Druck zu stehen. Ich werde Ihrem Hausarzt empfehlen, Sie an einen Psychologen zu überweisen, damit Sie mit ihm über Ihre Partnerschaft und die Schuldgefühle wegen des Todes Ihres Vaters sprechen können. Stress kann eine Menge Symptome hervorrufen. Auch die Auftritte können Stress auslösen«, fügte er hinzu und notierte sich etwas.

»Aber ich trete gern auf«, protestierte Cate.

Lächelnd sah er sie an. »Ich schicke einen Bericht an Ihren Hausarzt. Wenn er ihn hat, wird er sich mit Ihnen in Verbindung setzen. Bis dahin würde ich Ihnen empfehlen, nach Hause zu fahren und Dinge zu tun, die Sie entspannen und Ihnen Spaß machen. Das ist die beste Medizin für Sie, Cate.«

Gleichzeitig erleichtert und voller Sorge um die Zukunft,

verließ Cate die Praxis. Wieder zu Hause, versuchte sie, die angespannte Stimmung aufzulockern, indem sie mehr Interesse am nächsten Konzert der Band zeigte. Dass ihre Kreativität zurückgekehrt war, war eine große Hilfe. Während die Band probte, fuhr sie hinaus ins Grüne, um zu komponieren. Obwohl sie versuchte, sich Nats mangelnde Anteilnahme nicht zu nah gehen zu lassen, spitzte sich die Krise zwischen ihnen immer weiter zu, denn Cates Stimme wollte einfach nicht zurückkehren. Nat war wieder einmal besonders unwirsch gewesen, als sie zu ihrem Hausarzt fuhr. Dieser teilte Dr. Barclays Auffassung, sie solle professionelle Hilfe in Anspruch nehmen.

»Sprechen Sie mit meinem Freund Alan Peters. Vielleicht bringt Sie das ja weiter«, schlug der Arzt vor, steckte die Überweisung in einen Umschlag und reichte ihn Cate mit einem Lächeln.

Als Cate aus der Praxis trat, verwandelte sich ihre Niedergeschlagenheit rasch in Zorn. Auch wenn es eine Erleichterung war, dass keine Lebensgefahr drohte, versuchten die Ärzte ihr nun offenbar einzureden, dass sie nicht ganz richtig im Kopf war und sie ihre Halsschmerzen durch ihre innere Anspannung selbst verschuldet hatte. Nun, da hatten sie sich aber geschnitten. Mit ihrem Verstand war alles in Ordnung. Cate hatte nicht die Absicht, die nächsten Monate mit einer Nabelschau bei einem dämlichen Seelenklempner zu verbringen! Sie wollte die Überweisung schon zerreißen, überlegte es sich dann aber anders und steckte das Kuvert ein. Auf der Heimfahrt fragte sie sich, was sie Nat nur diesmal erzählen sollte. *Äh … bei deiner Freundin ist eine Schraube locker …?*

Sie beschloss, ihm reinen Wein einzuschenken, um Missverständnissen zuvorzukommen.

»Und, wirst du irgendwann noch mal gesund?«, erkundigte Nat sich gehässig.

»Es geht mir schon besser. Dr. Barclay meinte, ein Psychologe könne mir vielleicht helfen. Ich wollte nur, dass du das weißt. Aber keine Angst, ich gehe da nicht hin. Ich brauche keinen Psychoonkel.«

Allerdings machte diese Auskunft Nat nur noch wütender, anstatt ihn zu beruhigen. »Tja, wenn du keine Lust hast, auf deinen Arzt zu hören, reiß dich verdammt noch mal zusammen und tu etwas für dein Geld, damit ich dich nicht auf die Straße setze!«

Cate zitterte am ganzen Leib. »Hör auf, ständig von mir zu verlangen, dass ich mich zusammenreiße. Wenn ich könnte, täte ich es. Mir gefällt diese Situation ebenso wenig wie dir. Du machst es auch nicht besser, wenn du mich schlecht behandelst.«

»Ach, werd endlich erwachsen!«

Cate gab sich geschlagen. Sie wusste zwar, dass Nat sie absichtlich verletzte, war aber zu erschöpft und zermürbt für einen weiteren Streit. »Wenn du meinst.« Mit einem finsteren Blick auf Nat ging sie hinaus.

Am nächsten Tag vereinbarte sie einen Termin bei Dr. Peters. Sie fühlte sich ohnehin schon elend genug, weil sie ihre Freunde, insbesondere den Mann, den sie liebte, im Stich ließ, und er machte es nur noch schlimmer, indem er sie nach ihrer Kindheit und Tahlia befragte. Als er mehr über den Tod ihres Vaters wissen wollte, bekam sie kein

Wort mehr heraus. Sie sagte den zweiten Termin ab, weil sie das Kreuzverhör nicht ertragen konnte. Stattdessen rief sie Jenny an und besuchte sie und Mel auf *Murrarrundi Dams*.

Es war Ende Juni, also wieder Ablammsaison, und Cates Stimmung erhellte sich, als sie die winzigen Tiere sah, die auf den Weiden umhertollten oder bei ihren zufriedenen Müttern tranken. Im alten Farmhaus wurde sie von Jenny McNally mit offenen Armen empfangen. Jenny überhäufte Cate mit Fragen, gratulierte ihr zu den Goldenen Gitarren und lauschte verzückt den Geschichten von Konzerten und Dramen hinter der Bühne. Da sie fand, dass Cate besorgniserregend müde wirkte, bestand sie darauf, dass sie die nächsten beiden Wochen blieb und sie bei der Arbeit mit den Schafen unterstützte. Dankbar nahm Cate an und gab Nat telefonisch Bescheid. Beim Abendessen erzählte sie Jenny und Mel von ihrem geplanten zweiten Album. In dieser Nacht schlief sie zum ersten Mal seit Ewigkeiten tief und fest.

»Bist du krank? Du siehst so müde aus«, meinte Jenny am nächsten Morgen beim Frühstück, als sie Cates heisere Stimme hörte.

»Eigentlich geht es mir gut. Mir bleibt nur immer die Stimme weg.« Sie schilderte Jenny den frustrierenden Ärztemarathon, erwähnte aber weder die Überweisung zum Psychologen noch ihre Beziehungskrise mit Nat. »Kann man sich durch Stress selbst krank machen?«, erkundigte sie sich beiläufig, als sie mit Jenny im alten Geländewagen der Farm über die Weiden fuhr.

»Man sagt so was«, erwiderte Jenny gelassen, während sie ein Mutterschaf und sein vor einer halben Stunde frisch geborenes Lamm untersuchte. »Wenn du mich fragst, brauchst du nichts weiter als viel frische Luft und ein bisschen Bewegung mit den dummen alten Schafen«, meinte sie und tätschelte Cate die Schulter.

»Hast du Lust, mit Vivaldi auszureiten? Sie hat dich sehr vermisst«, schlug Mel beim Abendessen vor.

»Ja, Cate, der alte Klepper leidet fürchterlich und wird auf unserer einzigen guten Weide von Minute zu Minute fetter«, frotzelte Mitch, ein mutwilliges Funkeln in den Augen.

»Lass das mit dem Klepper bloß nicht Vivaldi hören. Sie wird dich wahrscheinlich beißen«, entgegnete Cate und rieb sich die Schulter. Sie erinnerte sich noch gut daran, wie das freundliche, aber freche Pferd sie gezwickt hatte, weil sie ihm keinen Zucker mitgebracht hatte. Froh über die liebevolle Aufnahme, lächelte sie die McNallys an.

Während der Zeit auf *Murrarrundi Dams* gelang es ihr, Abstand vom Elend der letzten vier Wochen zu bekommen. Während sie auf Vivaldis Rücken über die Koppeln preschte, nach den Schafen und Lämmern sah und die frische Landluft einatmete, besserte sich ihre Stimmung zusehends. Am Ende der zweiten Woche fühlte sich ihr Hals wieder fast an wie früher.

»Am liebsten würde ich für immer bleiben, aber ich muss zurück nach Tamworth. Sonst setzt Nat mich noch auf die Straße«, meinte sie lachend. »Er war in letzter Zeit wirklich sehr verständnisvoll«, fügte sie hinzu. Plötzlich vermisste sie ihn und hatte große Sehnsucht nach ihm. Mit Tränen in den Augen umarmte sie Jenny zum Abschied. Als sie davonfuhr, fragte sie sich jedoch, warum sie in Bezug auf Nat gelogen hatte.

Als sie zurückkam, war das Haus still und leer. Überall herrschte Unordnung, und offenbar hatte es während ihrer Abwesenheit niemand für nötig befunden, das Geschirr zu spülen. Enttäuscht und zornig machte Cate sich ans Aufräumen und wünschte, sie hätte es mit der Heimreise nicht so eilig gehabt. Während sie die Küche putzte, musste sie an Katherine und die fröhlichen Cristellis denken. Sie erinnerte sich daran, wie Gina darauf bestanden hatte, zu ihrem achtzehnten Geburtstag eine Party zu geben. Ihr fehlten die ausgelassene Stimmung im Haus der Cristellis und die vertrauten Gespräche mit Lucia. Schmunzelnd fiel ihr ein, wie Santa aus voller Kehle »Nessun Dorma« geschmettert hatte. Alf und seine Brüder hatten eingestimmt und gewetteifert, wer von ihnen am höchsten und am lautesten singen konnte. Cate griff nach einem Geschirrtuch und begann, das Besteck abzutrocknen. Während sie ein Stück nach dem anderen in die offene Schublade warf, summte sie Santas liebste italienische Weise vor sich hin. Ermutigt, versuchte sie es ein wenig lauter und fing an, das Geschirrtuch zu schwenken wie einen Dirigentenstab. Ihre Stimme schwoll zu einem Crescendo an und hallte durch die winzige Küche und durchs ganze Haus.

»Ich kann wieder singen! Ich kann wieder singen!« Vor Erleichterung und Freude liefen ihr die Tränen die Wangen hinunter. Warum konnte das Leben nicht immer so schön sein? Weshalb hörte Nat ihr nicht zur Abwechslung mal zu, anstatt immer abzublocken? War das denn so schwer? Sie liebte Nat wirklich – auch seine Unberechenbarkeit –, und sie würde ihm immer dafür dankbar sein, dass er so viel Musik, Abwechslung und Erfolg in ihr Leben gebracht hatte. Deshalb schmerzte es sie, dass sie einander nicht mehr so nah waren wie früher. Warum versuchte er nicht, ein bisschen Verständnis zu zeigen, so wie Alf es getan hätte? Sofort bekam Cate ein schlechtes Gewissen, weil sie Vergleiche zwischen den beiden anstellte. Doch sie wurde die Vorstellung einfach nicht los, dass all die vielen Erklärungen bei Alf gar nicht nötig gewesen wären.

Inzwischen war Alf sicher wieder in Katherine, dachte sie, und ihre Zuversicht wuchs. Nachdem sie sich die Augen mit dem Geschirrtuch abgewischt hatte, warf sie es auf einen Stuhl, ging ins nun wieder ordentliche Wohnzimmer und griff zum Telefon. Sie wollte schon die Nummer wählen, hielt dann aber inne. War sie schon wieder bereit, mit Gina zu sprechen? Würde Alf sich freuen, von ihr zu hören? Was, wenn Marcella an den Apparat ging? Seufzend wandte sie sich ab und ging ins Tonstudio, wo sie die Tür schloss, auf Spiders Keyboard herumklimperte, mit einem Finger eine Melodie spielte und mit verschiedenen Instrumentenklängen experimentierte. Dabei schlug sie die Akkorde an, wie er es ihr gezeigt hatte. Dann griff sie zur Gitarre und begann zu singen.

Zum ersten Mal seit Ewigkeiten war sie glücklich. Sie war so in die Musik versunken, dass sie nicht hörte, wie draußen im Flur das Telefon läutete. So erfuhr sie nie, dass Alf ihre Einsamkeit gespürt und sie aus Queensland angerufen hatte. Nach einer Weile ließ er langsam den Hörer sinken, blickte in die Dunkelheit hinaus und schalt sich für seine eigene Dummheit. Cate brauchte ihn bestimmt nicht. Sicher ging es ihr ausgezeichnet und sie nahm nicht ab, weil sie ganz und gar mit Nat beschäftigt war.

Als Cate am nächsten Morgen aufwachte, schien die Sonne. Schlaftrunken tastete sie nach Nat, doch das Bett neben ihr war leer. Nachdem sie sich enttäuscht aufgerichtet und sich die Augen gerieben hatte, ließ sie sich wieder auf den Rücken fallen und fragte sich, wo er wohl stecken mochte. Dann fiel ihr wieder ein, dass sie am Vorabend gesungen hatte. Sie stimmte ein paar Töne an und stellte fest, dass es tatsächlich ging. Zu ihrem Erstaunen war es nicht nur ein schöner Traum gewesen. Die Heiserkeit war fort. Sie konnte wirklich wieder singen! Cate warf die Decke beiseite, sprang aus dem Bett und verbrachte nach einem hastigen Frühstück den restlichen Vormittag mit Singen und Saubermachen. Als alles endlich wieder blitzblank war und Cate sich allmählich ernsthaft Sorgen um Nat machte, hörte sie jemanden an der Vordertür. Nat kam herein. Cate lief ihm entgegen und fiel ihm um den Hals.

»Nat, Liebling, ich kann wieder singen! Ich kann wieder singen. Noch nie ist es mir so gut gegangen. Hör nur!«, rief Cate überschwänglich aus und drückte ihm einen dicken Kuss auf die Wange. Dann trällerte sie eine kleine Melodie, die auf einem hohen B endete. Darüber vergaß sie ganz, ihn zu fragen, wo er denn heute Nacht gewesen sei.

»Ach, hallo! Mit dir hätte ich erst nächste Woche gerechnet«, meinte Nat und errötete verlegen.

»Nun, ich habe dich vermisst und beschlossen, dass es an der Zeit ist, nach Hause zu kommen und wieder zum Alltag überzugehen.« Cate war enttäuscht. »Meine Stimme ist wieder da. Ist dir klar, was das bedeutet? Alles wird gut. Ich bin wieder auf dem Damm. Also wird es so wie früher. Ich wollte gerade anrufen und … Was ist denn?«

»Soll ich die andere Tasche reinbringen, Liebling?«, rief da eine Stimme von der Tür. Cate erstarrte, als Legs, einen Koffer hinter sich herziehend, hereinkam. Nat trat rasch auf sie zu und nahm ihr das Gepäckstück ab.

»*Liebling?*«, wiederholte Cate und blickte ungläubig zwischen den beiden hin und her.

Nat sah sie kühl an. »Cate, ich kann so nicht mehr weitermachen«, verkündete er knapp.

»Was meinst du mit *so?*«

»Du, ich, die Band. Für dich mag das alles prima sein, aber nicht für mich«, erwiderte er seufzend. »Was ist nur los mit dir? Erst kannst du singen. Dann wieder nicht. Du verschwindest für eine Woche und vergnügst dich auf der Farm. Und plötzlich tauchst du hier auf und sagst, alles sei in Ordnung, und wir könnten unser Leben wieder nach deinen Bedürfnissen ausrichten. Ich ertrage deinen Egoismus nicht mehr.«

Cate starrte Nat mit offenem Mund an.

»So habe ich es doch nicht gemeint. Ich wollte nur …« Sie kämpfte mit den Tränen.

»Schau, Cate.« Nat holte tief Luft. »Legs, ich und die anderen haben alles besprochen. Wir finden, dass wir dir genug Freiraum gelassen haben. Ich habe keine Lust mehr, Cate. Es ist vorbei für dich – mit den Wild Knights und auch mit mir.«

»Vorbei?« Cate erbleichte und musste sich an der Sofalehne festhalten. »Wovon redest du? Nat, ich kann wieder singen. Hast du es nicht gehört? Estelle braucht mich nicht mehr zu vertreten. Wir schaffen unsere Auftritte …« Ihre Beine zitterten heftig.

»Gut, dann noch mal ganz langsam zum Mitschreiben, Cate«, entgegnete Nate gehässig. »Legs zieht hier ein, und du ziehst aus. Und zwar noch heute.«

Am ganzen Körper bebend setzte Cate sich auf die Armlehne des Sofas. »Legs? Du … sie …?« Sie rang nach Atem.

»Genau, Cate, Legs und ich. Wir lieben uns.« Er legte den Arm um Estelles Taille und zog sie an sich.

»Ist das dein Ernst?« Cate traute ihren Ohren nicht.

»Wir helfen dir packen«, antwortete Nat kühl. »Mandy meint, sie wüsste jemanden, bei dem du vorübergehend wohnen kannst.«

»Jetzt tu nicht so überrascht«, fügte Legs lässig hinzu und schmiegte sich enger an Nat. »Ich war sicher, dass du über uns beide Bescheid wusstest und nur nicht darüber reden wolltest, oder, Nat? Anderenfalls wärst du die einzig Ahnungslose in ganz Tamworth gewesen. Tut mir leid.« Achselzuckend wandte sie sich zu Nat um und tätschelte ihm die Wange.

Alles drehte sich um Cate. Sie konnte nur daran denken, dass Alf in so einer Situation sicher genau gewusst hätte, was zu tun wäre. Kurz schloss sie die Augen und versuchte, tief durchzuatmen und sich zu beruhigen. Als sie endlich wieder Luft bekam, starrte sie den Mann, den sie zu lieben geglaubt und auf dessen Liebe sie vertraut hatte, entgeistert an.

»Schön, dass ihr alles schon geplant habt«, erwiderte sie eiskalt und rauschte hinaus.

»Ach, übrigens, Angus hat angerufen. Mit der Plattenfirma gibt es irgendwelche Probleme«, rief Nat ihr noch nach.

Cate war speiübel. Nat! Legs! Mandy! Hatten sich denn

alle gegen sie verschworen? Sie setzte sich auf das Doppelbett und starrte stumpf auf ihre Hände. Tränen liefen ihr die Wagen hinunter und tropften auf ihr Hemd. Nachdem Cate sie ungeduldig weggewischt hatte, ließ sie die Hand über die Bettdecke gleiten. Erinnerungen an ihre Liebesnächte mit Nat stürmten auf sie ein. Ihre Lust, wenn er ihren Körper liebkoste, und die süßen verruchten Worte, die er ihr ins Ohr geflüstert hatte. Und dann hatte er sie ohne die kleinste Spur eines schlechten Gewissens betrogen. Wann hatte es zwischen ihm und Legs angefangen? Letzten Monat? Letztes Jahr? War ihre Beziehung von Anfang an nur eine Lüge gewesen? Wie viele intime Geheimnisse hatte Nat mit der schönen Estelle geteilt? Warum mussten gut aussehende Frauen ihren Mitmenschen nur so viel Leid bringen?, fragte sie sich und musste an Tahlia denken. Sie beschloss, Trauer und Wut auf später zu verschieben, denn im Moment war sie viel zu erschöpft. Sie ließ sich auf die Bettdecke fallen und legte den Arm übers Gesicht. Was sollte sie nun tun? Wo sollte sie hingehen? Doch am meisten wurmte es sie, dass sie so naiv gewesen war. Entschlossen stand sie auf, holte ihren Koffer aus dem großen Schrank, legte ihn auf den Boden und begann, ihre ordentlich gefalteten Kleider einzupacken.

»Mandy kann mich kreuzweise!«, murmelte sie zornig, während sie überlegte, wohin sie gehen sollte. Zu Jenny und Mel zurückzukehren, ließ ihr Stolz nicht zu. Ob sie sich in die Arme der Familie Cristelli flüchten sollte, die sie sicher willkommen heißen würde? Aber sie schämte sich viel zu sehr, um zum Hörer zu greifen. Ginas liebevoll gemeinte Fragen, ihr verständnisvolles Nicken und das Gefühl, versagt zu haben, wären mehr gewesen, als sie ertragen konnte.

Vergeblich versuchte sie sich vorzustellen, wie wohl ihr Vater auf das Fiasko zwischen ihr und Nat reagiert hätte. Verzweiflung überwältigte sie, und es kostete sie alle Kraft, nicht wieder weinend aufs Bett zu sinken. Cate griff nach dem Oberteil mit den rosafarbenen und silbernen Pailletten, das sie bei der Verleihung der Goldenen Gitarre getragen hatte, als sie so glücklich gewesen war. Es roch immer noch nach dem Parfüm. Cate faltete das Kleidungsstück ordentlich zusammen und presste es sich an die Wange. Auf einmal fiel ihr ein Ausweg ein: Sie würde Angus anrufen und ihm sagen, er solle sich wegen des Albums keine Sorgen machen. Und dann würde sie an den einzigen Ort zurückkehren, wo sie wieder glücklich werden konnte: Top End. Irgendwo in der geliebten endlosen Landschaft würde sie eine Möglichkeit finden, zu kämpfen und noch einmal von vorne anzufangen. Sie würde alles dafür tun, ihr Leben wieder in Ordnung zu bringen. Denn zwei Dinge standen für Cate fest: Sie würde Nat nicht um eine Versöhnung bitten. Und sie würde es nie wieder zulassen, dass ein anderer Mensch sie so tief verletzte.

Dritter Teil

18

Beim Anblick des winzigen Viersitzers auf dem Rollfeld des Flugplatzes von Darwin brach Cate der kalte Schweiß aus, und es kostete sie allen Mut, nicht kehrtzumachen und sich in ihr schäbiges Zimmer zu flüchten. Nur die Tatsache, dass sie einen Termin mit den neuen Besitzern von *Ironbark Station* hatte, hinderte sie daran. Heute Morgen wollte sie hinfliegen, um zu versuchen, ihr Zuhause zurückzugewinnen, nach dem sie sich mehr sehnte als nach allem anderen auf der Welt. Also überwand sie sich, folgte Dave Andrews, dem Piloten, an Bord, schnallte sich mit zitternden Händen an und ließ sich die Kopfhörer reichen. Dann lehnte sie sich, Gelassenheit vorspiegelnd, zurück und starrte aus dem Cockpitfenster. Immer wieder musste sie an jenen schrecklichen letzten Flug mit ihrem Vater denken. Obwohl es in der kleinen Kabine verhältnismäßig kühl war, hatte sie feuchte Hände und spürte, wie ihr der Schweiß zwischen den Brüsten hinunterrann.

»Sind Sie zum ersten Mal im Top End?«, erkundigte Dave sich freundlich, während er seinen Kopfhörer aufsetzte. Er hatte gewelltes braunes Haar und warme bernsteingelbe Augen. Cate schätzte ihn auf Anfang dreißig.

»Ich habe früher hier gelebt«, erwiderte sie nur.

»Aha! Ich wette, Sie freuen sich, wieder in der Gegend zu sein. Top End ist ein ganz besonderes Fleckchen Erde. Bleiben Sie oder sind Sie nur zu Besuch?«

»Nur zu Besuch«, entgegnete Cate. Zum ersten Mal empfand sie die Gesprächigkeit der Leute im Outback als lästig.

»*Ironbark Station* ist eine riesige Farm. Jetzt im September findet der Viehtrieb statt. Man kann von hier oben alles gut beobachten. Sind Sie schon oft geflogen?«

»In letzter Zeit nicht mehr.« Seufzend wurde Cate klar, dass sie um eine Erklärung, was ihre Beziehung zu der Farm anging, wohl nicht herumkommen würde. Als Dave die Triebwerke anließ und die Maschine auf die Startbahn lenkte, zuckte sie zusammen.

»Es könnte ein paar kleine Turbulenzen geben. Aber ansonsten sollte es ein ruhiger Flug werden«, meinte er nach einem Blick in den Himmel und kontrollierte die Instrumente. »Also, los geht's.« Er gab Gas.

Steif saß Cate auf ihrem Sitz. Ihre Finger umkrallten den Sicherheitsgurt, als die Maschine startete. Mit bangem Herzen wartete sie ab, während sich die Maschine neigte, Dave eine Kehre nach rechts flog, in die Waagerechte ging und Kurs nach Süden nahm. In der ersten halben Stunde war sie so angespannt, dass sie nicht wusste, ob sie hinschauen oder besser die Augen schließen sollte. Schreckliche Gedanken wirbelten ihr im Kopf herum, und das leiseste Ruckeln des Flugzeugs sorgte dafür, dass sie von Panik ergriffen wurde. Als sie in eine kleine Turbulenz gerieten, befürchtete sie schon, sich übergeben zu müssen. Doch da der Flug ruhig verlief, entspannte sie sich allmählich und sagte sich, dass sie diese Strecke schon unzählige Male zurückgelegt hatte und entweder überleben würde oder eben nicht. Schließlich überwand sie sich sogar und riskierte einen Blick auf die Welt jenseits der Fensterscheibe.

Unter ihnen erstreckte sich die verdorrte Landschaft, die sie so sehr liebte, bis zum Horizont. Zwischen Baumgruppen und Gebüsch verliefen die vertrauten roten Pfade und die gewundenen trockenen Flussbette. Als Cate immer mehr Orientierungspunkte wiedererkannte, traten ihr Tränen in die Augen. Beim Anblick des riesigen Felsens, den ihr Dad stets »Humpty Dumpty« genannt hatte, fühlte sie einen Kloß in der Kehle. Wie oft hatten sie ihm auf ihren Nachhauseflügen zugewinkt! Verstohlen wischte Cate sich die Tränen weg und begann, mit Dave zu plaudern. Ohne den Tod ihres Vaters zu erwähnen, erzählte sie ihm, *Ironbark Station* sei früher das Zuhause ihrer Familie gewesen, und fügte hinzu, sie vermisse die Viehtriebe und die Arbeit auf der großen Farm sehr.

»Wenn die Bedfords auch aus der Gegend sind, werden sie uns sicher einladen, über Nacht zu bleiben, und dann erfahren Sie das alles sowieso«, fügte sie hinzu.

Die gut sechs Wochen seit Cates Abreise aus Tamworth waren die schrecklichsten, traurigsten und einsamsten ihres Lebens gewesen. Zunächst war sie in ein kleines Haus auf der anderen Seite der Stadt gezogen, in dem außer ihr noch drei andere junge Frauen ihres Alters wohnten. Doch schon nach wenigen Tagen war ihr klar geworden, dass es keinen Sinn hatte, hierzubleiben, und zwei Wochen später stand der Entschluss fest, Tamworth den Rücken zu kehren. »Nur vorübergehend«, redete sie sich ein. Doch in Wahrheit fragte sie sich, ob sie Australiens Hauptstadt der Countrymusik wohl je wieder besuchen würde. Erneut litt sie an Heiserkeit, schon seit Monaten war sie nicht mehr aufgetreten, und mit ihrer musikalischen Karriere ging es rasch bergab. Doch vor allem hatte sie es nicht mehr in Tamworth ausgehalten, weil ganz offensichtlich alle über Nats Affäre mit Estelle Bescheid gewusst hatten – alle außer ihr. Ihre Freunde hatten sie so überschwänglich getröstet, dass es ihr regelrecht peinlich gewesen war, wie sie so blind hatte sein können. Und ihre aufmunternden Worte, Nat sei die Tränen nicht wert, sorgten nur dafür, dass sie sich noch dümmer und naiver vorkam. Also hatte Cate einen Teil ihres hart erarbeiteten Geldes in eine Fahrkarte nach Darwin investiert. Am folgenden Morgen um sechs war sie in den Bus gestiegen, hatte Tamworth zum Abschied zugewinkt und war aufgebrochen – »in den zweiten Teil meines Lebens«, wie sie selbst es theatralisch nannte.

Während der Bus langsam durch das endlose Outback tuckerte, war ein neues Gefühl in Cate aufgekeimt. Und als sie in Darwin ausstieg, die vertraute schwüle Luft schnupperte und den strahlend kobaltblauen Himmel betrachtete, wurde sie zum ersten Mal seit langem von Aufregung ergriffen. Es war ein völlig anderes Prickeln als dasjenige, das sie auf der Bühne empfand. Es glich auch nicht der flüchtigen Ekstase der ersten Liebesnacht mit Nat, sondern war eine tiefe Leidenschaft, die sie in ihrem Innersten berührte. Cate spürte mit jeder Faser ihres Körpers, dass dieser prachtvolle Teil Australiens der Ort war, wo sie hingehörte. Zuversichtlich eilte sie vom Busbahnhof in die Jugendherberge, voller Gewissheit, dass die Durststrecke nun ausgestanden war.

Allerdings legte sich die Hochstimmung schon nach

einem halben Tag, da es offenbar nicht leicht war, Arbeit und eine bezahlbare Unterkunft zu finden. Cate mietete ein kleines, schäbiges Zimmer in einem heruntergekommenen Haus und kaufte sich einen uralten Gebrauchtwagen. In der Hoffnung, dass sich bald etwas anderes ergeben würde, nahm sie die erste Stelle an, die sie kriegen konnte, und zwar als Kellnerin in einem Café. Sie traf dort sogar zufällig einige Bekannte von früher. Eine weitere freudige Überraschung erlebte sie, als ein Fan sie erkannte und sie um ein Autogramm bat. Nach einer Weile rief sie Angus an, um ihm mitzuteilen, sie sei im Northern Territory und versuche, etwas Abstand zu gewinnen. Als er ihr erklärte, bei der Plattenfirma habe es einige Umstrukturierungen gegeben, und der neue Geschäftsführer habe ihr zweites Album auf Eis gelegt, gab sie sich alle Mühe, nicht zu sehr enttäuscht zu sein.

Während der langweiligen Arbeitsstunden im Café musste Cate immer wieder voller Zorn an Estelles Verrat denken. Allerdings durfte sie dabei nicht vergessen, dass Nat auch nicht unschuldig an der Sache war, was wiederum die Frage aufwarf, wie lange er sie wohl schon betrogen hatte. Als sie am Abend des fünften Tages die Tische abwischte, fiel ihr plötzlich wider Willen die Reise nach Nashville ein. Nats Ungeduld mit ihr. Seine Begeisterung über das Wiedersehen mit seiner Ex-Freundin. Die Nacht, in der er nicht ins Hotel zurückgekehrt war. Jene Nacht! Aber natürlich! Wie hatte sie nur so blind sein können? In dieser Nacht war ihre Beziehung mit Nat offenbar zu Ende gewesen. Er hatte sich anderweitig orientiert. Also war es wohl das beste, wenn sie das ebenfalls tat. Doch in welche Richtung? Cate wurde klar, dass nur eines gab, was sie noch mehr vermisste als ihren Dad, und das war *Ironbark Station*. Und nun lief sie in Darwin ausgerechnet dem Immobilienmakler Tim Stockman in die Arme, der ein alter Freund ihres Vaters war.

Tim kam aus der Bäckerei und biss in ein riesiges Sahneteilchen, als Cate eintrat und ihn beinahe umgerannt hätte. »Entschuldigen Sie vielmals«, sagte sie und machte rasch Platz. Dann erst sah sie den Mann mit dem geröteten Gesicht und dem blonden Haar an, dem Sahne und Marmelade über das Kinn tropften. »Tim Stockman!«, rief sie erstaunt aus. Sie hatte völlig vergessen, dass er in Darwin wohnte.

»Na, wenn das nicht die kleine Catie Perry ist, die die Bullenpeitsche gegen fünf Goldene Gitarren eingetauscht hat!« Tim war nicht minder überrascht. »Wir alle haben von deinem großen Erfolg gehört. Was führt dich nach Darwin? Ich dachte, du wohnst inzwischen sicher in Sydney.« Rasch wischte er sich mit einem überdimensionalen Taschentuch Mund, Kinn und Finger ab. »Die tun immer viel zu viel Marmelade in die Dinger.«

»Ich war eine Weile weg, aber jetzt wollte ich den Ort besuchen, den ich am meisten liebe. Ich habe Top End so sehr vermisst. Die endlosen Weiten, das nächtliche Firmament! Ich hätte das nie gedacht. In der Stadt brennen nachts so viele Lichter, dass man die Sterne kaum sieht.«

»Also wirst du hier für uns ein Konzert geben?«, erkundigte Tim sich erfreut. »Brendan wäre sicher schier geplatzt vor lauter Stolz auf dich.«

Cate errötete und hatte plötzlich einen Kloß im Hals.

»Offen gestanden bin ich gerade dabei, mein Leben neu zu ordnen«, gestand sie verlegen. »Mein Freund und ich haben uns ziemlich plötzlich getrennt, und ich brauche ein bisschen Zeit, um mir zu überlegen, wie es weitergehen soll. Das Wichtigste ist, eine anständige Bleibe und eine besser bezahlte Stelle zu finden. Am liebsten würde ich auf einer Farm arbeiten.«

»Hast du es eilig, oder kann ich dich auf einen Kaffee einladen?«, fragte Tim besorgt und schob sie an ein paar unschlüssigen Kunden vorbei.

Ein wenig später blickte Cate Tim nach, der in seinem blitzblanken BMW davonfuhr. Sie fühlte sich schon viel besser, denn es war schön gewesen, mit jemandem zu reden, der ihre Familie gekannt hatte. Außerdem hatte Tim versprochen, sich bei einigen seiner Freunde nach einer Stelle für sie umzuhören. Die Begegnung mit Tim hatte Cate klar gemacht, dass sie endlich für das kämpfen musste, was ihr wirklich etwas bedeutete, und zwar, ihr Zuhause zurückzubekommen. Der einzige Weg, der ihr einfiel, war, die Farm zurückzukaufen, auch wenn sie wusste, dass das eine wahnwitzige Idee war. Andererseits wollten viele Leute ihre Farmen loswerden, wenn die Zeiten schlecht waren. Außerdem klang ihr noch immer der Wahlspruch ihres Vaters in den Ohren: »Träume von großen Dingen. Wenn du sicher bist, was du willst, hast du den Weg schon zu drei Vierteln geschafft.« Über die Finanzierung würde sie sich also später Gedanken machen.

Zwei Tage später rief sie Tim an und teilte ihm mit, sie spiele mit dem Gedanken, *Ironbark Station* zu kaufen. Ohne ein Blatt vor den Mund zu nehmen, erwiderte Tim, sie sei wohl übergeschnappt, denn keine Bank der Welt würde ihr einen solchen Kredit geben. Hinzu käme, dass Ulla und Ryan Bedford die Farm liebten und schon viel zu viel investiert hätten, um an einen Verkauf denken zu können. Doch Cate ließ sich nicht davon abbringen, und nachdem sie Tim zwei Wochen lang zugesetzt hatte, erklärte er sich einverstanden, die Bedfords zu kontaktieren. Diese meinten, sie würden Cate gern kennenlernen; sie hatten von ihrer Karriere als Countrysängerin gehört. Da sie sich am Telefon regelrecht begeistert angehört hatten, war Cate voller Hoffnung.

»Ich bitte dich nur um eins: Fall nicht gleich mit der Tür ins Haus. Du musst erst herausfinden, was das für Leute sind«, flehte Tim und fragte sich, warum um alles in der Welt er sich nur auf dieses verrückte Vorhaben eingelassen hatte.

Cate hatte zugesagt. Und deshalb saß sie nun in diesem winzigen Flugzeug und hielt in der vertrauten Landschaft Ausschau nach dem Viehtrieb. In ihrer Vorfreude darauf, endlich wieder einen Fuß auf den Boden setzen zu können, der einst ihre Heimat gewesen war, vergaß sie sogar ihre Angst vor dem Fliegen.

»Da sind sie!«, rief sie aus, als sie die Rinderherde in einer Staubwolke ausmachen konnte. Daneben waren Reiter zu sehen. Die lange, dunkle Kolonne bewegte sich den Pfad entlang nach Süden. Cate fragte sich, ob einer der Männer wohl Ryan Bedford war, der neue Besitzer, der aus Texas stammte. Eine halbe Stunde später wies sie Dave auf die Flussbiegung hin, wo ihre Mutter ihr das Schwimmen beigebracht hatte. Dann kam das Haus in Sicht, und Cate wurde von ihren Gefühlen überwältigt. Rasch wischte sie sich die Tränen weg. Mit dieser emotionalen Reaktion hätte sie nicht gerechnet. Sie hatte geglaubt, sich im Griff zu haben, denn schließlich war auch ihr klar: Sie war nur zu Besuch hier.

»Wir werden schätzungsweise in zehn Minuten landen«, verkündete Dave.

Cate erstarrte, und die Panik kehrte zurück, als Dave *Ironbark Station* anfunkte. Ulla Bedford meldete sich und sagte, sie werde sie vom Flugfeld abholen. Sie hatte einen leicht schwedischen Akzent. Cates Hände begannen zu zittern. Vor diesem Teil der Reise hatte sie sich am meisten gefürchtet.

»Wahrscheinlich ist es heute ziemlich heiß hier«, meinte Dave, während er die Landepiste nach Hindernissen absuchte und die Klarliste für die Landung durchging. »Festhalten.« Er schwenkte die Maschine nach rechts und ging in den Landeanflug. Cate klopfte das Herz bis zum Hals. Als sie sich dem Boden näherten, wurde das Flugzeug von einer plötzlichen Windböe erfasst und zur Seite geworfen. Nach Luft schnappend, schloss Cate die Augen. Wieder sah sie den riesigen Felsen auf sich zurasen, an dem ihr Vater gestorben war. Sie flüsterte ein Gebet. Wenige Sekunden später spürte sie ein leichtes Rumpeln, als das Fahrwerk den Boden berührte, schlug die Augen auf und kam sich sehr albern vor.

»Wir sind da«, stieß sie hervor und zwang sich zur Ruhe.

»Hoffentlich hat Ulla den Kessel aufgesetzt. Für eine Tasse Tee würde ich alles tun.« Dave lächelte Cate an. Dann ließ er die Maschine gemächlich ausrollen, stellte den Motor ab und sprang hinaus.

Als er die Tür öffnete, schlug Cate heiße Luft entgegen. Sie zitterte so sehr, dass sie nicht wusste, ob sie es schaffen würde aufzustehen. Mit bebenden Fingern streifte sie Kopfhörer und Sicherheitsgurt ab, stieg aus und sah sich um. Ihr Herzschlag wurde allmählich langsamer.

»Es hat sich nichts verändert«, flüsterte sie, die Augen vor Erstaunen geweitet.

In ihrer Fantasie war *Ironbark Station* ein trister, von düsteren Erinnerungen an die Beerdigung ihres Vaters erfüllter Ort geworden. Doch es war noch genauso idyllisch hier, wie sie es zu Brendans Lebzeiten empfunden hatte. Das gelbe Gras war brüchig und verdorrt. Die weite Landschaft erstreckte sich bis zum Horizont. Der vertraute rote staubige Pfad schlängelte sich zum Haus. Als sie aufschaute, erwartete sie einen Moment lang, dass Brendan und Alf auf sie zugelaufen kommen würden. Doch Brendan war tot, Alf in Queensland, und diese Farm war nicht länger ihr Zuhause. Plötzlich strömten ihr die Tränen die Wangen hinunter. Rasch wischte sie sie mit dem Ärmel weg, als ein nagelneuer, silberner Geländewagen, gefolgt von einer Wolke aus feinem rotem Staub, vom Haus her auf sie zukam.

Die zierliche, kurzhaarige Blondine, die ausstieg und ihnen entgegeneilte, war Anfang vierzig und trug Shorts und eine grüne ärmellose Bluse. »Cate Perry, wie schön, Sie kennenzulernen. Ich bin Ulla Bedford. Ryan kommt gleich. Er ist gerade vom Viehtrieb zurück. Hoffentlich hatten Sie einen angenehmen Flug.« Wenn man Ulla gegenüberstand, war der Akzent noch deutlicher wahrzunehmen als über Funk. »Hallo, Dave, nett dich zu sehen.« Sie küsste ihn auf die Wange. »Wir haben uns wirklich sehr auf Sie gefreut,

Cate, und möchten alles über Ihren Erfolg als Musikerin hören. Sie bleiben doch hoffentlich über Nacht?«

Auf dem Weg zum Geländewagen erzählte Ulla Cate ihre halbe Lebensgeschichte. Sie war in einer kleinen Stadt in Südschweden aufgewachsen und hatte den aus Texas stammenden Ryan Bedford aus Texas vor siebzehn Jahren während eines Arbeitsaufenthalts in Westaustralien kennengelernt und geheiratet. Da Ryans Mutter Australierin war, besaß er auch die australische Staatsbürgerschaft, und weil sie beide dieses Land liebten, hatten sie beschlossen, sich hier niederzulassen.

Ulla wirkte, als sei sie auf der Farm geboren, während Cate sich bald wie ein Eindringling fühlte. Ihre Zuversicht schwand zusehends, als ihr klar wurde, wie sehr die Frau sich hier zu Hause fühlte.

»Wir haben noch viel mit der Farm vor. Ryan freut sich so darauf, sie in eine original australische Ferienranch zu verwandeln. Allerdings sieht man, dass wir noch nicht lange auf *Ironbark Station* wohnen. Mit den Arbeiten am Haus haben wir bereits angefangen, wie Sie gleich sehen werden, doch es gibt noch jede Menge zu tun. Ganz oben auf der Liste steht der Abriss dieser scheußlichen Baracken da drüben, die wir durch echte Outback-Hütten ersetzen wollen.« Sie wies auf die Unterkünfte der Farmarbeiter.

»Was ist mit den Familien?«, erkundigte Cate sich entsetzt und blickte hinüber zu dem Haus, in dem Grace' Familie wohnte.

»Oh, die sind hocherfreut. Zumindest glaube ich das, da wir uns hauptsächlich in Zeichensprache unterhalten. Die hiesigen Aborigines verstehen uns offenbar nicht richtig.«

»Ich kannte die meisten von ihnen«, erwiderte Cate. »Wissen Sie, wer Grace ist? Sie ist ein bisschen jünger als ich. Wenn Sie nichts dagegen haben, schaue ich später kurz bei ihr vorbei.«

»Nur zu. Vielleicht können Sie sich ja mit ihr verständigen.«

Cate fröstelte innerlich, als sie an die arme empfindsame Grace, den gutmütigen Eddy, Sam und die anderen Männer dachte, die für ihren Vater gearbeitet hatten. Was hielten ihre alten Freunde wohl von den neuen Besitzern und ihren Plänen? Sobald die Farm wieder ihr gehörte, würde sie alles wieder in Ordnung bringen, schwor sich Cate und straffte die Schultern, als sie das Haus erreichten.

Beim Betreten der vertrauten Veranda verspürte sie einen kleinen Stich. Es war merkwürdig, sein früheres Zuhause mit dem Hab und Gut anderer Leute ausgestattet zu sehen. Drinnen war nur wenig verändert worden – mit Ausnahme der Küche, die man von Grund auf umgestaltet hatte. Beim Anblick der Küchenzeile aus blitzendem Edelstahl und der Gerätschaften, die auf dem neuesten Stand der Technik waren, schnappte Cate unwillkürlich nach Luft. Der Küchenumbau allein musste ein Vermögen gekostet haben. Cate fühlte sich, als sei sie in die Seiten einer eleganten schwedischen Einrichtungszeitschrift geraten.

»Diesen Raum habe ich zuerst herrichten lassen. Wir wollen Schritt für Schritt das ganze Haus renovieren«, erklärte Ulla rundheraus, stellte Gläser auf ein Tablett und gab Eiswürfel aus dem Eiswürfelbereiter an der Kühlschranktür in einen Krug.

Cate nahm das angebotene Glas Limonade entgegen.

Ullas Mangel an Einfühlungsvermögen war ihr ausgesprochen unangenehm. »Haben Sie etwas dagegen, wenn ich mich ein wenig umsehe?«, fragte sie, denn sie sehnte sich verzweifelt danach, wenigstens einige ihrer Erinnerungen an ihr früheres Zuhause bestätigt zu sehen.

»Nur zu. Ich bereite währenddessen einen kleinen Mittagsimbiss zu. Sobald Ryan zurück ist, essen wir. David, ich hätte da ein paar Dinge, bei denen ich deine Unterstützung bräuchte.«

Cate fand zwar nicht, dass Ulla einen sehr hilfsbedürftigen Eindruck machte, war jedoch froh über die Gelegenheit, sich ungestört im Haus bewegen zu können. Als sie den Flur entlang zu den Schlafzimmern ging, versuchte sie, sich die Szene vorzustellen, wie die Arbeiter sich vor dem Viehtrieb Eier und Steaks hatten schmecken lassen – und zwar in der alten Küche, wie sie vor dem Umbau gewesen war. Das Haus erschien ihr kalt und abweisend, sodass sie sich plötzlich wie eine Fremde fühlte.

In diesem Moment kam Ryan herein, nahm den breitkrempigen Cowboyhut ab und stellte sich vor. Ryan war ein kräftig gebauter Mann mit blauen Augen, grau meliertem Haar, einem freundlichen Lächeln und einem unverkennbar texanischen Akzent. »Wir freuen uns über Ihren Besuch, Miss Perry«, begrüßte er sie liebenswürdig.

Das Essen wurde im Esszimmer an dem großen blitzblanken Mahagonitisch von früher serviert. Allerdings wollten das sachlich-elegante schwedische Porzellan und Besteck so gar nicht zu dem behaglichen Einrichtungsstil der Perrys passen.

»Uns gefällt es sehr gut hier. Wir sind ja so aufgeregt«,

begeisterte sich Ulla, als alle einen vollen Teller vor sich hatten. »Habe ich schon erwähnt, dass wir die Farm umbenennen wollen? Der neue Name lautet ...« – Ulla machte eine dramatische Pause – »... *Bedfords Welt*. Ich finde ihn großartig. Wir machen eine Mischung aus Disney World und australischem Naturreservat daraus, ein Reiseziel für Ökotouristen, das vor allem asiatische Besucher anziehen wird. Natürlich sind Australier auch willkommen.«

Mit freudig geröteten Wangen schilderte Ulla die Ferienranch, auf der zahlende Gäste sich als echte Jackaroos und Jillaroos fühlen und im Viehtreiben und der Wildschweinjagd versuchen konnten. Außerdem standen Besichtigungen der Heiligtümer der Aborigines sowie Wildwasserfahrten und außerdem Ausflüge mit dem Fesselballon, Drachenfliegen und Bootstouren auf dem Programm.

»Alles, was zu einem richtigen Abenteuer im Outback gehört. Nach einem spannenden Tag können sich die Gäste in geschmackvoll eingerichtete, klimatisierte Bungalows zurückziehen und nach einer erfrischenden Dusche den Sonnenuntergang bewundern, während köstlich duftende Pfeffersteaks aus eigener Schlachtung schon auf dem Grill schmurgeln.«

Allmählich drehte sich Cate von den vielen Touristenklischees der Kopf.

Benommen lauschte sie, wie Ryan ausführlich den geplanten Hubschrauberlandeplatz beschrieb. Außerdem wollte er Rinder einer hochwertigen Rasse anschaffen. *Ihr Zuhause – ein Disneyland im Outback?* Cate schüttelte es beim bloßen Gedanken. Sie war schrecklich enttäuscht von Ryan, denn auf den ersten Blick hatte er wie ein Mann auf sie gewirkt, der die Kultur der Einheimischen verstand und sie bewahren wollte. Allerdings schien er von seinen schauderhaften Geschäftsideen noch mehr begeistert zu sein als seine Frau. Cate wurde von Verzweiflung ergriffen. Hatte es überhaupt Sinn, diesen reichen Ausländern von ihren Kaufabsichten zu erzählen? Dann begann Ryan, sich bei Cate nach dem Rinderzuchtprogramm ihres Vaters zu erkundigen. Wenn sie nichts von *Bedfords Welt* gewusst hätte, hätte sie sich über sein Interesse gefreut. Doch sie hatte nicht die geringste Lust, sich für die Entstehung eines kitschigen Themenparks einspannen zu lassen.

Eine halbe Stunde später lehnte Cate die zweite Tasse Kaffee ab und floh unter dem Vorwand, sich auf der Farm umsehen zu wollen, bevor es dunkel wurde, nach draußen. Ryan war so nett gewesen, Cate seinen Landrover zur Verfügung zu stellen.

Es war ein heißer Nachmittag und die Sonne stand noch hoch am Himmel. Eine leichte Brise bewegte das trockene Gras zu Cates Füßen, als sie am alten Gemüsegarten vorbei zum Auto ging und unbewusst nach den Spuren von Grace' sorgfältiger Gartenpflege Ausschau hielt. Sie setzte sich in den Landrover und fuhr auf direktem Weg zu Grace, wo sie auf die kleine Veranda trat und nach ihrer alten Freundin rief.

Doch es erschien nur Grace' uralte verhutzelte Großmutter, die Cate mitteilte, die ganze Familie sei zu einer Beerdigung gefahren. Enttäuscht schlug Cate den Weg zum Flugfeld ein. Als sie ausstieg, umfingen sie die Schönheit und der Frieden des Outback wie ein weicher Schal. Zikaden zirpten, und hoch in den Eukalyptusbäumen sangen die Vögel. Ein winziger Zaunkönig flog von einem struppigen Bäumchen auf, und Eidechsen suchten raschelnd Schutz im dürren Gras am Wegesrand. Vor Cate ragte der vertraute schmucklose Hangar in den kobaltblauen Himmel. *Ironbark Station* stand in großen Lettern auf dem Wellblechdach.

Cate setzte sich wieder in den Wagen. Als sie weiterfuhr, erinnerte sie sich an die provisorischen Schuppen, die sie, Brendan und Parrot für die mutterlosen Kälber gebaut hatten. Der gute Parrot. Was er zu *Bedfords Welt* gesagt hätte, konnte sie sich gut vorstellen. Ganz sicher nichts Schmeichelhaftes, dachte sie grinsend. Als ihr einfiel, wie Honey auf sie zugelaufen war, wurde sie von tiefer Sehnsucht nach jenen Tagen ergriffen. Cate bog um die Kurve, hielt erwartungsvoll Ausschau und trat dann erschrocken auf die Bremse. Die Kälberkoppel gab es nicht mehr. Auf dem kahlen Boden stand ein nagelneuer Traktor neben einem riesigen, blitzblanken Bulldozer. Daneben stapelten sich Betonsteine und Stahlstreben, die besser in ein Industriegebiet als auf eine Farm gepasst hätten. Im nächsten Moment erblickte sie das riesige halbfertige Schild auf dem Boden. *Bedfor…* Cate schaltete den Motor ab und stieg aus. Sie fühlte sich flau und zittrig. Offenbar meinten die Bedfords es tatsächlich ernst! Noch schlimmer – sie hatten sogar schon angefangen, ihre Pläne in die Tat umzusetzen. Während des Mittagessens hatte Cate noch ein Fünkchen Hoffnung gehabt, Ulla wolle sich mit ihrem Tourismuspark nur wichtig machen. Aber weit gefehlt.

Tränen der Trauer und Enttäuschung stiegen Cate in die Augen, als sie daran dachte, wie viel Herzblut sie und ihr Dad in den Aufbau von *Ironbark Station* gesteckt hatten. Stets hatten sie versucht, im Einklang mit der Natur zu arbeiten, denn abgesehen davon, dass man die praktischen und finanziellen Seiten nicht außer Acht lassen durfte, war das ihnen beiden ein Anliegen gewesen. Wenn sie ihren Vater nur nicht dazu überredet hätte, sie den Landeanflug üben zu lassen. Dann würden sie alle noch hier zusammen leben, sagte sie sich verzweifelt. Ganz gleich, was die Bedfords auch aus dieser Rinderfarm machten, gab es an der Tatsache, dass sie die Schuld am Tod ihres Vaters trug, nichts zu rütteln. Kein Wünschen und Hoffen konnte es rückgängig machen.

Cate sank im Schatten des Traktors zu Boden und schlug die Hände vors Gesicht. Wie hatte sie nur so dumm sein können, die Zeit zurückdrehen zu wollen? Was hatte sie erwartet? Eine glückliche Familie, die sie mit offenen Armen aufnahm? Selbstmitleid und Schuldgefühle überkamen sie, und die Tränen strömten ihr über die Wangen, ohne dass sie ihnen Einhalt gebot. Den Kopf an den Traktor gelehnt, blickte sie über das wunderschöne weite Land, wo sie ihr Glück wiederzufinden gehofft hatte. Was war nur los mit ihr? Wie hatte sie so aus der Bahn geraten können? Schließlich hatte das Schicksal ihr ein wundervolles Leben geschenkt. Eine außergewöhnliche Stimme. Talent. Chancen, für die die meisten Menschen einen Mord begangen hätten. Und dennoch hatte sie nichts davon richtig genutzt. So sehr ihr der Gedanke an die Zerstörungen, die die Bedfords hier vorhatten, auch zuwider war, waren ihr die Hände gebunden. Ihre leidenschaftliche Sehnsucht, wieder an diesem Ort zu leben und zu arbeiten, konnte daran nichts ändern, und die Erinnerungen an damals begannen bereits zu verblassen.

Die Natur wird siegen, sagte sie sich.

Da ihr nichts anderes übrig blieb, machte Cate während

des restlichen Aufenthalts gute Miene zum bösen Spiel. Nach einer unruhigen Nacht und der Einladung, doch wiederzukommen und sich *Bedfords Welt* anzusehen, wenn alles fertig war, stieg sie schweren Herzens neben Dave ins Flugzeug. Von dem Rückflug nach Darwin bekam sie kaum etwas mit, denn sie hing lautlos weinend ihren Gedanken nach. Unter Tränen erinnerte sie sich an die letzten glücklichen Wochen mit ihrem Vater und ihre gemeinsamen Pläne für *Ironbark Station*, die nun niemals wahr werden würden. Verzweifelt presste sie die Hände vor den Mund, um ein Schluchzen zu unterdrücken. *Ich habe es versucht, Dad, ich habe mein Bestes gegeben. Aber jetzt bin ich ratlos.*

Deutlich stand ihr der traurige Tag vor Augen, an dem sie vor zwei Jahren in einem vollgepackten Auto ihr Zuhause verlassen hatte. Allerdings traf es sie heute noch härter, denn diesmal würde der Abschied endgültig sein. »Warum musstest du sterben, Dad?«, flüsterte sie, während das Land, das sie ihr Leben lang gekannt und geliebt hatte, hinter ihr in der Ferne verschwand.

Nach ihrer Ankunft in Darwin ließ sich sich einen Tag Zeit, um sich zu beruhigen, und rief dann in ihrer nächsten Mittagspause Tim an.

»Wenn sie nicht an der Regenzeit scheitern, dann an der Einsamkeit«, meinte er tröstend. »Aber vergiss nicht, dass das alles auch etwas Positives hat. Sie bringen Geld nach Top End. Und wer weiß, vielleicht wird das Projekt ja ein Erfolg«, fügte er anteilnehmend hinzu, da er spürte, wie Cate unter der Situation litt. »Es ist Zeit zum Loslassen, Catie. Du musst nach vorne schauen und neu anfangen.«

Cate wusste, dass er recht hatte. Also suchte sie in den folgenden Wochen sämtliche Zeitungen und schwarzen Bretter nach Angeboten für eine Vorarbeiterstelle auf einer Farm ab, aber leider vergeblich. In ihrer Verzweiflung war sie kurz davor, sich als Obstpflückerin einer Gruppe von vier Wanderarbeitern anzuschließen, die zusammen in einem zerbeulten Wohnwagen hausten. Sie hoffte, die Plackerei würde sie ablenken, damit sie endlich aufhörte, sich mit Selbstvorwürfen zu zermürben. Allerdings erinnerte sie das Obstpflücken zu sehr an Gina und Alf und die Tatsache, dass ihr Leben noch immer in einer Sackgasse steckte.

Sie hatte immer Nat für das Scheitern ihrer Beziehung verantwortlich gemacht. Doch nun wurde ihr allmählich klar, dass sie einen Großteil ihres Unglücks selbst verschuldet hatte, da sie sich die ganze Zeit über beharrlich weigerte, den Menschen, die ihr am nächsten waren, ihr Herz auszuschütten. Sie hätten ihr in ihrer misslichen Lage helfen können. Doch sie brachte es einfach nicht über sich, Gina anzurufen, weil sie sich wie eine Versagerin fühlte. »Wenn die Nacht am tiefsten ist, ist der Tag am nächsten«, sagte sie sich jeden Tag, ehe sie aufs Neue versuchte, einen Weg aus ihrer Finsternis zu finden.

Als sie an einem besonders schönen sonnigen Tag ihren Wagen abstellte und an der Bäckerei vorbeikam, stieg ihr ein köstlicher Duft in die Nase. Spontan machte sie kehrt, betrat den Laden und kaufte zwei große von Marmelade triefende Teilchen. Dann stieg sie wieder ins Auto und fuhr zu Tims Büro.

»Es ist an der Zeit, Nägel mit Köpfen zu machen«, verkündete sie und warf ihm eines der Teilchen zu.

»Hmm, lecker!«, meinte Tim und biss hinein, dass ihm die Füllung über die Finger rann. »Ich wollte dich gerade anrufen«, sprach er weiter, nachdem er das Gebäck inmitten der Papierstapel, die seinen Schreibtisch bedeckten, auf der Papiertüte deponiert hatte. »Du kommst gerade im richtigen Moment. Ich glaube, ich habe die ideale Stelle für dich gefunden.«

Cate stellte ihre Handtasche auf den Boden, zog sich einen Stuhl heran, setzte sich und beugte sich neugierig vor. Ihr Teilchen hatte sie noch nicht angerührt.

»Die Farm heißt *Wedgetail Creek*«, erklärte Tim. »Offenbar ist sie ziemlich heruntergewirtschaftet. Die Gebäude sind Bruchbuden, die Felder sind ungepflegt, und das wenige Vieh, das noch übrig ist, lohnt die Arbeit kaum.

Nadia und Barry Teal, die Besitzer, wollen auf unbestimmte Zeit ins Ausland reisen und suchen händeringend jemanden, der dort für Ordnung sorgt, den Laden wieder in Schwung bringt und nach dem Rechten sieht, bis sie zurück sind.

Für den Anfang bieten sie eine Anstellung für sechs Monate und ein anständiges Gehalt. Danach kann der Vertrag, abhängig von deinen Leistungen und ihren Plänen, um jeweils ein Jahr verlängert werden. Ihnen kommt es vor allem darauf an, jemanden zu finden, auf den sie sich verlassen können.

Es wäre die größte Herausforderung deines Lebens, Cate, aber ich glaube, du könntest es schaffen. Oh, übrigens liegt die Farm in North Queensland. Sie ist nicht schwer zu finden – die Wegbeschreibung wird dir gefallen.«

Tim förderte ein Blatt Papier zutage und las laut vor:

»Nehmen Sie die Barnes Development Road bis nach Flying Fox Creek. Dort steht ein Wegweiser mit der Aufschrift ›Green Hills 108 Kilometer, Werandi 47‹. Wenn Sie den Fluss überquert haben, sehen Sie nach etwa anderthalb Kilometern einen Weg, der nach rechts abgeht. Dort finden Sie einen Briefkasten, auf dem ›Wedgetail Creek‹ *steht. Biegen Sie in den langen, kurvigen Pfad ein und fahren Sie weiter, bis Sie zu einer alten Holzhütte kommen. Kurz darauf erreichen Sie das Haupthaus von* Wedgetail Creek. *Ein schönes Fleckchen Erde. Meistens trocken, außer in der Regenzeit, wenn alles überschwemmt ist. Unwirtlich, aber idyllisch.«*

»Was meinst du, Cate? Klingt perfekt, oder?«

19

Tim hatte mit seiner Einschätzung recht gehabt, dachte Cate, als sie den baufälligen Viehpferch von *Wedgetail Creek* betrachtete. Die Farm war der Inbegriff des Chaos – eines wunderschönen, ungepflegten Chaos, bei dessen Anblick es Cate in den Fingern juckte. Der Besitz war fünf Autostunden von Townsville in Northern Queensland entfernt. Zu den nächsten Nachbarn waren es anderthalb Stunden über eine Holperpiste. Trotz des heruntergekommenen Zustandes von *Wedgetail Creek* fühlte sich Cate sehr an *Ironbark Station* erinnert. Während sie die großen Koppeln, die ausgetrockneten Bachbette, die schroffen Sandsteinschluchten und die Wasserlöcher erkundete, begann sie, sich in die Farm zu verlieben. Ihr wurden die Augen feucht, als sie daran dachte, wie sie den langen, gewundenen Pfad entlang und vorbei an der alten Holzhütte zum Haupthaus gefahren war. Alles sah genauso aus wie in Tims Beschreibung. Seit ihrer Ankunft ging ihr »The Road to Gundagai«, die alte Hymne der Familie Perry, nicht mehr aus dem Kopf.

Es war ein später Nachmittag Mitte Dezember, und es herrschte eine schwüle Hitze. Cate betrachtete die beiden riesigen Keilschwanzadler, die über ihrem Kopf kreisten und ihre melodischen Rufe über das Land hallen ließen. Zum ersten Mal seit ihrer Abreise aus Tamworth stieß sie einen wirklich glücklichen Seufzer aus. Die Anweisungen der Teals waren ganz einfach gewesen: *Schaffen Sie Ordnung und bringen Sie die Farm wieder zum Laufen.* Wenn sie Geld brauche, solle sie sich an Tim wenden, der zudem jedes Vorhaben genehmigen müsse. Cate konnte es kaum fassen, mit nur einundzwanzig Jahren einen so verantwortungsvollen Posten ergattert zu haben, auch wenn sie dazu mitten in der Einöde leben musste. Allerdings störte sie das nicht. Es war ein Neuanfang an einem Ort, der nicht von den Geistern der Vergangenheit belastet war.

Bekleidet mit ihrer Lieblingsjeans und einem rosafarbenen Baumwollhemd, stützte Cate die Arme auf den rostigen Eisenzaun, stellte einen Stiefel auf die unterste Querstrebe und malte sich aus, wie der Pferch wieder von muhenden und Staub aufwirbelndem braunweißem Vieh bevölkert sein würde. Sie würde es wieder mit Brahman-Rindern versuchen, denn diese waren wie gemacht für das tropische Klima in Queensland. Begeistert zuckte ihre Nase, als sie an den vertrauten scharfen Geruch der Brahman-Rinder mit ihren langen Hörnern, den Hängeohren und den großen traurigen braunen Augen dachte. Wenn sie erst eine Herde beisammen hatte, würde sie selbst mit der Zucht beginnen. Schließlich hatte sie die nötige Erfahrung und genug Spielraum und Startkapital. Doch zuerst musste sie für Ordnung sorgen.

Am nächsten Tag stellte Cate zwei junge Tagelöhner, Aborigines namens Tommy und Will, an und machte sich mit Feuereifer an die Aufräumarbeiten. Die Weiden mussten vom Gestrüpp und dem immer näher an die Farm heranrückenden Busch befreit werden. Außerdem warteten Zäune, Windmühlen und Wasserleitungen darauf, repariert zu werden, und sie benötigten neue Wassertröge. Als Cate sich eines Nachmittags in den verfallenen Scheunen umsah, entdeckte sie einen funktionstüchtigen Traktor, einen leicht defekten Mähdrescher, eine nicht einsatzfähige Planiermaschine und zwei rostige Geländewagen ohne Türen, die sie an den alten Bullenfänger auf *Ironbark* erinnerten.

Wenn ich ein Mechanikergenie wie Parrot hier hätte, wären diese Fahrzeuge gleich wieder flott, dachte sie und wischte sich mit dem Hemdsärmel den Schweiß von der Stirn. Heute, in der ersten Januarwoche, war es sehr heiß. Die Temperaturen stiegen weiter, während sich am Himmel rasch grellweiße Wolken zusammenballten.

Neugierig geworden, steuerte Cate auf einen alten Heuschober zu, der einige Meter abseits stand. Nachdem sie mühsam die schwere Tür aufgeschoben hatte, trat sie in den kühlen, dämmrigen Raum. Ihr Herz machte vor Schreck einen Satz, als sie die Umrisse einer alten Cessna erkannte. Es war ein ganz ähnliches Modell wie das Flugzeug, in dem ihr Vater ums Leben gekommen war. Niemand hatte erwähnt, dass es auf *Wedgetail Creek* ein Flugzeug gab, sagte sie sich ärgerlich, während die alte Angst wieder in ihr aufstieg und ihren Puls zum Rasen brachte. Es dauerte eine Weile, bis ihre Augen sich an die Dunkelheit gewöhnt hatten.

Der Bug des Flugzeugs war zerbeult, und eine Tragfläche war schwer beschädigt. Dasselbe galt für den Propeller, der mit verbogenen Flügeln auf dem Boden lag. »Mit dir brauche ich mich wohl nicht mehr auseinanderzusetzen«, verkündete Cate laut, sodass ihre Stimme von dem hohen Wellblechdach widerhallte. Dann eilte sie hinaus in den Sonnenschein, gefolgt von einigen Schwalben, die sie aufgescheucht hatte. Cate legte den großen hölzernen Riegel wieder vor, klopfte sich den Staub von den Händen und kehrte, plötzlich von tiefer Trauer ergriffen, zurück zu ihrem Wagen. Würde je der Tag kommen, an dem endlich Schluss mit der schrecklichen Schuld und Einsamkeit war? Wie auf ein Stichwort hin zuckte plötzlich ein Blitz am Himmel. Im nächsten Moment ertönte bedrohliches Donnergrollen, und die heranziehenden düsteren Wolken verdunkelten rasch die Sonne. Cate straffte die Schultern, fuhr zurück zum Haupthaus, und zwang sich, sich auf die anstehenden Aufgaben zu konzentrieren.

Da Cate jeden Morgen um vier Uhr aufstand, den ganzen Tag unter der heißen Sonne von Queensland arbeitete und bis spät nachts an ihrem Computer saß, hatte sie kaum Zeit, über die unschöne Trennung von Nat oder die Fehler, die sie in der Vergangenheit gemacht hatte, nachzugrübeln. Jeden Tag warteten neue Herausforderungen auf Cate, und sie meisterte sie glänzend, sodass sie neues Selbstbewusstsein gewann und sich allmählich besser fühlte. Am Ende des zweiten Monats in ihrem neuen Zuhause hatte sie das undichte Dach über ihrem Bett geflickt und die beiden Brunnen, die das Haus und die nahe gelegenen Viehpferche mit Wasser versorgten, wieder in Schuss gebracht. Langsam zeichneten sich die ersten Erfolge ab, sodass Cate sogar hin und wieder Muße fand, einen der malerischen Sonnenuntergänge zu genießen, bevor sie hundemüde ins Bett fiel.

Ihr nächstes Projekt war das Aufstocken der Viehbestände. Ermutigt von Zeitungsberichten, in denen stand, dass im Moment viele Farmer die Landwirtschaft aufgaben und auf dem wöchentlichen Viehmarkt ihre Rinder günstig verkauften, beschloss Cate, die dreistündige Fahrt in die Provinzstadt Timber Creek zu wagen, um sich einen Überblick über das Angebot zu verschaffen. Während sie über die von Schlaglöchern übersähte und von graugrünem Stachelkopfgras und langblättrigen Sheoaks gesäumte Straße holperte, bewunderte sie die Schönheit der unberührten Natur. Rote Zylinderputzer schimmerten in der Hitze. Die Blüten und die dicken dunkelbraunen Samenkapseln ragten wie Kerzen zwischen den schmalen Blättern hervor. Die Luft duftete nach Eukalyptus. Wo die Straße im Schatten verlief, wuchsen saftige Farne und weiche Gräser in den Bodensenken, während auf das offene Land grell die Sonne hinunterbrannte.

Als Cate durchgeschwitzt und durstig in Timber Creek ankam, ging sie als Erstes in den Gemischtwarenladen, um sich nach dem Viehmarkt zu erkundigen.

»Sie sollten mit Daryl Williams, unserem Tierarzt, sprechen. Sie kommen auf dem Weg zum Markt an seinem Haus vorbei. Was Daryl nicht über Rinder weiß, brauchen Sie auch nicht zu wissen«, lautete die verwirrende Auskunft des Ladenbesitzers. »Sie müssen die junge Dame sein, die sich jetzt um *Wedgetail Creek* kümmert und so viele Goldene Gitarren gewonnen hat. Hier spricht sich alles schnell herum. Mein Dad hat mal Slim Dusty kennengelernt. Toller Typ. Warum, um Himmels willen, schuftet sich ein hübsches Mädchen wie Sie in einem heruntergekommenen

Laden wie *Wedgetail* ab? Allerdings konnte ja auch nichts draus werden, wenn die Teals dauernd im Ausland sind. Aber es stimmt schon, die Farm hat Potenzial.«

Cate konnte sich das Lachen nicht verkneifen und machte sich nach einigen ausweichenden Antworten auf die Suche nach dem Tierarzt. Sie fand ihn neben einem Gehege mit zehn abgemagerten Rindern, wo er sich mit dem Leiter des Viehmarktes unterhielt. Nachdem der ältere Mann sich entfernt hatte, drehte sich der Tierarzt zu Cate um. Als er zum Gruß seinen breitkrempigen Akubra-Hut zog, bekam Cate den Schreck ihres Lebens. Mit seiner durchtrainierten schlanken Figur, dem dichten dunklen Haar und dem lodernden Blick sah Daryl Williams aus wie eine ältere Version von Alf.

»Hallo, ich bin Cate Perry und leite *Wedgetail Creek*. Man hat mir gesagt, ich kriege von Ihnen vielleicht ein paar Tipps, wo ich hier Vieh kaufen kann«, meinte sie, nachdem sie sich wieder gefasst hatte. »Sie haben nicht zufällig Verwandte namens Cristelli?«

»Nicht, dass ich wüsste«, erwiderte der Tierarzt, etwas überrascht. »Sie müssen meine neue Nachbarin sein. Es ist mir richtig unangenehm, dass ich Sie noch nicht besucht habe. Wir wohnen etwa eine Stunde entfernt von Ihnen«, fügte er hinzu und schüttelte Cate fest die Hand. Wenn er lächelte, bildeten sich Fältchen um seine Augen. »Nächste Woche verkauft ein Farmer aus der Gegend eine gute Herde, weil er den Betrieb aufgeben will. Mit diesen Tieren fahren Sie sicher nicht schlecht, auch wenn sie wahrscheinlich ein bisschen mager sein werden.«

Zu Cates Erleichterung verschwand die Ähnlichkeit mit

Alf, sobald Daryl den Mund aufmachte. Sie erklärte ihm rasch ihren Plan, eine Brahman-Herde auf *Wedgetail Creek* aufzubauen. Je länger sie sprach, desto selbstsicherer wurde ihr Tonfall. Begeisterung rötete ihre Wangen. So seltsam es auch war, ohne Brendan an ihrer Seite die Rinderzucht zu erörtern, war sie doch heilfroh, wieder das Leben zu führen, das sie kannte und liebte.

Nachdem Daryl Cate einige Ratschläge gegeben hatte, worauf sie beim Rinderkauf achten müsse, erbot er sich, sich die neue Herde anzusehen, sobald sie in *Wedgetail Creek* eingetroffen war. »Als Begrüßungsgeschenk für die neue Nachbarin«, meinte er vergnügt.

Nachdem Cate sich bei ihm bedankt hatte, erkundete sie den Rest der Stadt, wobei sie versuchte, nicht auf das plötzliche Kratzen in ihrem Hals zu achten. Zwei Wochen später sah sie voller Freude zu, wie zweihundert wunderschöne, wenn auch ein wenig unterernährte, caramelfarbene und weiße Brahman-Rinder aus den riesigen Viehtransportern in die Pferche von *Wedgetail Creek* strömten. Einige Kühe waren bereits trächtig. Cate hatte auch in einen preisgekrönten Brahman-Bullen, zwei Ziegen – wegen der Milch – und zwei kräftige Arbeitspferde investiert. Der sture Grauschimmel hieß Smoko, der intelligende rotbraune Wallach hörte auf den Namen Sox, weil er an jeder Fessel eine deutlich sichtbare weiße Socke hatte. Außerdem jätete Cate den überwucherten Gemüsegarten, kaufte sechs honigbraune und weiße Hühner und baute ein Hühnerhaus mit Auslauf.

Allmählich sieht es hier wieder aus wie auf einer richtigen Rinderfarm, dachte sie schmunzelnd, als sie vier nestwarme frische Eier aus dem Nistkasten nahm und in einen

Korb legte. Sie betrachtete die Hühner, die mit ihren hellgelben Krallen vergnügt im Mist herumkratzten.

Als Daryl am nächsten Tag mit seinem Flugzeug auf der Weide neben dem großen Heuschober landete, der die defekte Cessna beherbergte, stellte Cate wieder wehmütig fest, wie sehr er sie an Alf erinnerte. Sie vermisste die liebevollen Hänseleien und die lockere Art ihres Freundes und hätte so gerne die Freude über ihre ersten Erfolge auf der Farm mit ihm geteilt. Auf dem Rücksitz des Flugzeugs saß ein kleines Mädchen mit zerzauster aschblonder Lockenmähne. Sie hatte eine Tasche mit Büchern und Buntstiften und einen leuchtend pinkfarbenen Pullover dabei.

»Das ist meine Tochter Kimberley. Sie wollte unbedingt unsere neue Nachbarin kennenlernen. Tut mir leid, dass wir uns erst jetzt blicken lassen«, entschuldigte sich Daryl. Als er den Arm um die Schulter des kleinen Mädchens legte, war die Ähnlichkeit mit Alf wieder wie weggeblasen. Cate schätzte Kimberley auf etwa acht Jahre. Die großen blauen Augen, mit denen sie Daryl bewundernd ansah, blickten mit einem fröhlichen Funkeln in die Welt. Durch die Zahnlücke wirkte das schüchterne Lächeln des Mädchens noch reizender.

»Hallo, Kimberley«, sagte Cate schmunzelnd und schüttelte die ausgestreckte Hand des Kindes.

»Hast du Pferde?«, fragte Kimberley und schaute sich aufmerksam um.

»Ja. Wenn wir mit den Rindern fertig sind, zeige ich dir alles.«

»Sie haben hier ja schon eine ganze Menge geschafft«, sagte Daryl anerkennend auf dem Weg zum Pferch. »Offenbar sind die Rinder trotz der Fahrt ziemlich gut in Form«, fügte er hinzu, als er in den Pferch trat, um die Tiere zu untersuchen.

Während Cate ihm folgte, versuchte sie, nicht an Alf zu denken. Stattdessen stellte sie sich vor, wie sehr Nat das alles hier verabscheut hätte. Dann hielt sie Ausschau nach dem kleinen Mädchen, das inzwischen seine Tasche abgestellt hatte und nun jauchzend im Staub herumtollte, dass die blonden Locken flogen.

»Ich bin Ihnen hier keine große Hilfe. Am besten kümmere ich mich um Ihre Tochter«, schlug Cate vor.

»Hoppla!«, rief Kimberley, rannte auf Cate zu und blieb dicht vor ihr stehen. »Ich habe auch ein Pferd. Es heißt Saxon und geht nächstes Jahr in Rente. In Menschenjahren ist Saxon sechsundachtzig, und er wird sehr schnell müde. Dad sagt, wir müssen dafür sorgen, dass es ihm in seinen letzten Jahren gut geht«, erklärte sie atemlos.

»Pssst!«, zischte sie im nächsten Moment, reckte gebieterisch den Finger in die Luft und blieb reglos stehen. Dann schlich sie auf eine große braune Eidechse zu, die sich auf einem Felsen sonnte. Erschrocken ließ die Eidechse den Kopf herumfahren und sauste davon. »Ooh!«, seufzte Kimberley enttäuscht auf. »Na ja.« Achselzuckend machte sie kehrt und fing wieder an herumzugaloppieren. Cate beobachtete, wie das kleine Mädchen zufrieden spielte. Wie wäre es wohl, noch einmal so sorglos und glücklich zu sein?, dachte sie. Plötzlich fühlte sie sich alt und erschöpft.

»Sie haben eine gute Herde. Einige der Kühe werden bald kalben«, stellte Daryl nach der Untersuchung fest. »Das

Weideland hier draußen ist nicht schlecht. In ein paar Monaten haben die Tiere sich erholt.«

Cate nickte. »Wir werden sie diese Woche sortieren und impfen.« Außerdem mussten die Kälber mit Ohrmarken versehen und enthornt werden. Dann stand noch an, sämtliche Daten der Herde aufzunehmen und sie mit Brandzeichen zu versehen. Cate lächelte müde. Langweilen würde sie sich ganz sicher nicht.

»Ich habe Durst. Kann ich etwas zu trinken haben?«, fragte Kimberley.

»Natürlich. Ich wollte dich und deinen Dad sowieso zum Tee einladen. Ich habe gestern nämlich etwas gebacken«, antwortete Cate. Kimberleys Augen leuchteten auf.

»Ich bringe nur schnell die Sachen ins Flugzeug, damit ich nichts vergesse. Dann muss ich noch kurz ans Funkgerät«, meinte Daryl. »Ich komme gleich nach. Benimm dich, kleines Fräulein.« Nachdem er Kimberley zugenickt hatte, eilte er in Richtung Koppel.

»Bist du traurig?«, erkundigte sich Kimberley bei Cate.

»Traurig?«, wiederholte Cate überrascht.

»Ja, traurig. Du hast einen traurigen Blick, so als hättest du deinen besten Freund verloren. Ich werde sicher auch traurig sein, wenn Saxon in Rente geht«, verkündete sie. »Mein Daddy sagt, das Leben ist zu kurz, um lange traurig zu sein. Es ist viel besser, an die schönen Dinge zu denken.«

»Da hat dein Daddy ganz recht«, erwiderte Cate mit hochroten Wangen. Das kleine Mädchen legte in ihrer kindlichen Arglosigkeit eine erstaunliche Sensibilität an den Tag. »Komm, wir kümmern uns um den Tee. Aber zuerst schauen wir nach, ob die Hühner heute Eier gelegt haben!«, schlug sie vor und hielt dem Mädchen die Hand hin.

»Hoffentlich ist ein braunes dabei!« Fröhlich hüpfte Kimberley neben Cate her. Allerdings lag im Nistkasten nur ein kaltes weißes, das sie nach drinnen mitnahmen. Dennoch war Kimberley begeistert. »Du musst zu uns kommen und Pat kennenlernen. Sie wohnt bei uns, seit Mummy tot ist«, erklärte sie sachlich, den Mund voller Sandkuchen, während sie Cate beim Tischdecken zur Hand ging.

»Das wäre sehr nett«, antwortete Cate und nahm die Milch aus dem Kühlschrank.

»Singst du wirklich vor vielen Leuten?« Plötzlich schüchtern, sah sie Cate aus großen blauen Augen an. Pat und Daryl hatten ihr erzählt, dass die neue Nachbarin auf *Wedgetail Creek* eine berühmte Sängerin sei, die viele wichtige Preise gewonnen habe. Doch auf Kimberley machte sie einen ganz normalen Eindruck.

»Das habe ich früher einmal getan.«

Kimberleys Augen weiteten sich noch mehr. »Kannst du jetzt etwas singen?«

»Tja, ich weiß nicht so recht, ich bin nämlich heiser.«

»Versuch es! Bestimmt kannst du es!«, platzte Kimberley, auf einmal gar nicht mehr schüchtern, heraus. »Daddy sagt, man muss es immer versuchen. Und wenn es wirklich nicht geht, dann darf man auch aufhören.«

»Dein Daddy ist ein sehr kluger Mann, und ich bin ganz seiner Ansicht. Also gut.« Cate war ganz angetan von Kimberleys schlichten Lebensweisheiten. Als sie leise zu singen begann, wartete sie, dass das altbekannte Kratzen eintrat und sie eine trockene Kehle bekam, aber nichts dergleichen geschah. Erleichtert sang sie weiter. »Kennst du das?«, fragte sie, ein wenig selbstbewusster. Kimberley nickte gebannt. Der Tee war vergessen, als sie, die Hände brav im Schoß gefaltet, dasaß und andächtig lauschte. Dabei ließ sie Cate keinen Moment aus den Augen. Auch Cate war so in ihr Lied vertieft, dass sie ihre Umgebung nicht mehr wahrnahm, während ihre natürlich schöne Stimme durch den Raum hallte.

»Das war toll!«, seufzte Kimberley. »Ich möchte auch so singen können. Bringst du es mir bei?«

»Warte!«, rief Cate, ebenso aufgeregt wie Kimberley, aus. Sie konnte noch immer kaum fassen, wie leicht ihr das Singen gefallen war. Cate eilte ins Schlafzimmer, riss den großen Einbauschrank auf und wühlte zwischen Kleidern, Kartons und Schuhen ihren geliebten Gitarrenkoffer hervor. Nachdem sie das schimmernde dunkelrote Instrument herausgenommen hatte, überprüfte sie die Saiten, die alle intakt waren. »Zeit, dass du mal wieder an die Luft kommst«, verkündete sie überglücklich und küsste die Gitarre auf den glänzenden Klangkörper. Als sie leicht mit den Fingerspitzen über die Saiten fuhr und schräge Töne hörte, hatte sie plötzlich ein schlechtes Gewissen, weil sie das Instrument so lange vernachlässigt hatte. Rasch legte sie sich den Gurt um den Hals und lief zurück in die Küche.

»Ohhh!«, jubelte Kimberley mit leuchtenden Augen. »Darf ich es auch mal versuchen?«

»Klar, aber zuerst muss ich sie stimmen.« Mit großen Augen beobachtete Kimberley, wie Cate jede Saite anzog und dann einige Akkorde spielte. »Jetzt bist du dran«, meinte Cate. Sie hielt Kimberley die Gitarre hin und legte dem kleinen Mädchen den Gurt um den Hals. Voller Begeisterung verbrachte Kimberley die nächsten Minuten damit, ein wenig darauf herumzuzupfen. Die blonden Locken wippten im Takt.

»Und jetzt du.« Sie reichte Cate die Gitarre. »Sing mir dein Lieblingslied vor«, befahl sie. Sie strahlte übers ganze Gesicht, als sie das Lied von Cates CD erkannte, und wippte schweigend im Takt. Während Cate leise sang, konnte sie es kaum fassen, dass die Heiserkeit endlich verschwunden war. Wie dankbar war sie dem kleinen Mädchen, das ihr den Mut gegeben hatte, wieder zu singen. Hatte sie sich die Stimmprobleme vielleicht wirklich nur eingebildet?

»Na, was ist denn hier los?«, fragte Daryl, der von der Türschwelle aus zugehört hatte, bewundernd und kam herein.

Cate sprang auf und griff nach dem Teekessel. »Wir haben uns ablenken lassen«, stammelte sie. »Möchten Sie ein Stück Kuchen?«

Kimberley rannte auf Daryl zu. »Daddy! Daddy! Ich habe überhaupt keine Angst vor Cate. Sie ist sehr nett und hat mich sogar auf ihrer Gitarre spielen lassen!«

»Wirklich? Du bist aber ein Glückspilz.« Daryl zauste seiner Tochter die blonden Locken und sah erst sie und dann Cate lächelnd an. »Entschuldigen Sie, dass es so lange gedauert hat. Ich fürchte, wir werden auf den Tee verzichten müssen. Ich muss noch einige Dinge erledigen. Pack deine Sachen zusammen, Kimberley.«

Enttäuschung breitete sich auf Kimberleys Zügen aus. »Müssen wir wirklich schon gehen? Es ist doch so schön hier, und außerdem hast du den Kuchen noch gar nicht probiert«, flehte sie.

»Ich wickle dir den restlichen Kuchen ein. Dann kannst du ihn mitnehmen«, schlug Cate vor und griff nach dem Butterbrotpapier und der Kuchendose.

»Verwöhnen Sie sie nicht so!« Daryl grinste ihr über Kimberleys Kopf hinweg zu und nahm den Kuchen entgegen.

»Das macht mir nichts aus! Bringst du mir das Gitarrespielen und Singen bei?«, fragte Kimberley und sah Cate an.

»Belästige Cate nicht, Kimberley. Du kennst sie ja kaum«, tadelte Daryl.

»Tu ich wohl. Seit heute sind wir gute Freunde, richtig?«, rief Kimberley leicht trotzig aus. »Bringst du es mir bei, damit ich auch so schön singen und spielen kann wie du?«

Cate fing an zu lachen.

»Warum kommen Sie nächste Woche nicht zum Mittagessen? Dann stelle ich Ihnen meine Mutter Pat vor«, schlug Daryl vor und sah auf die Uhr. »Sie ist sicher sowieso neugierig auf Sie. Außerdem wird Kimberley ohnehin pausenlos von Ihnen reden. Dann können Sie mir auch erzählen, wie es Ihren Rindern geht.«

»Danke, sehr gerne«, antwortete Cat, die sich schon auf die Begegnung mit dem dritten Mitglied dieser sympathischen Familie freute.

»Oh, wie schön! Schön, schön, schö-ön!« Aufgeregt sprang Kimberley im Zimmer herum und klatschte in die Hände.

Daryl grinste. »Jetzt aber los, du kleiner Quälgeist. Wir haben noch etwas vor.«

20

»Was für ein Tag!«, seufzte Cate, als sie dem kleinen Flugzeug nachblickte, das in den blauen Himmel verschwand.

Sie blieb noch eine Weile stehen, starrte hinauf, ließ die vergangene Stunde Revue passieren und wäre in ihrem Überschwang am liebsten losgerannt. Ein breites Lächeln auf dem Gesicht, nahm sie eine Wasserflasche vom Tisch, holte einen Sattel und Zaumzeug aus der Wäschekammer und eilte hinüber zur Koppel. Nachdem sie Sox mit einem Pfiff herbeigerufen hatte, sattelte sie ihn, steckte die Wasserflasche in die Satteltasche, streifte die Zügel über den kräftigen Hals des Rotfuchses und stieg auf.

Im Licht der späten Nachmittagssonne wurden die Schatten auf den Weiden länger, als sie Sox zum Galopp antrieb. Am Himmel kreisten rufend die Keilschwanzadler. Die Luft duftete nach Eukalyptus und warmem Holz, und das ganze Land flirrte in der Hitze. Was für ein wunderschönes Fleckchen Erde, dachte sie. Sox, der Cates aufgestaute Energie spürte, galoppierte los, und so preschten Pferd und Reiterin den Pfad entlang.

»Ich kann wieder singen! Ich kann wieder singen!«, jubelte Cate, obwohl nur die Papierrindenbäume sie hören konnten.

Cate war so unbeschreiblich froh, dass sie glaubte, das Herz müsse ihr zerspringen. Es war unfassbar. Sie öffnete den Mund, sang ein paar Takte und wartete auf die altbekannte Enge in der Kehle. Doch die Töne hallten glockenrein, warm und voll über das weite Land. Als sie innehielt, folgten weder ein quälender Hustenanfall noch Heiserkeit – sondern Hochgefühl. Voller Freude sang sie weiter, atmete in tiefen Zügen die Luft ein und wiegte sich im Gleichtakt mit Sox' warmem, kräftigem Körper.

Eine zarte Brise strich über ihre Wangen, und auf dem harten Boden war das gedämpfte Trappeln der Hufe zu hören. Cate ritt den langen gewundenen Pfad entlang, vorbei an dem großen Damm, der reparierten Windmühle am Brunnen und über das rissige ausgetrocknete Flussbett. Sie duckte sich unter dem Ast eines jungen Baums durch und erreichte einen dämmrigen Hohlweg zwischen zwei hohen Felsen, wo Farne und Moose wucherten. Dahinter befand sich ihr Lieblings-Wasserloch. Cate stieg ab und führte Sox zum Ufer. Während das Pferd durstig trank, ließ Cate die Schönheit der schroffen Felsen auf sich wirken und begann wieder zu singen. Diesmal stimmte sie eine traurige Ballade voller Sehnsucht und Hoffnung an. Darauf folgte ein Lied, das von Triumph und heldenhaftem Sieg erzählte, und danach eines über einen inneren Kampf. Als die Sonne am Horizont versank und die Felsen in einen prachtvollen rosafarbenen und orangenen Schein tauchte, und die Bäume sich in dunkle Silhouetten verwandelten, trat sie leise zu Sox, der ganz in der Nähe graste. Sie streichelte seinen warmen kräftigen Hals, lehnte den Kopf an sein Fell und küsste dann sein weiches Maul. »Man weiß nie, wer es ist, der einem wieder auf die Beine hilft«, flüsterte sie. Sox hob den Kopf, nickte beifällig und pustete dann warme Atemluft und Gras auf Cates Hemd. Sie lachte auf, stieg dann mit einem zufriedenen Seufzer in den Sattel und machte sich auf den Heimweg.

Während das Pferd leichtfüßig über lose Steine trabte und Felsbrocken und Schlaglöchern auswich, dachte Cate über *Wedgetail Creek* und ihre wunderschönen Brahman-Rinder nach. Ihr wurde klar, dass sie unbewusst versucht hatte, *Ironbark Station* wieder zum Leben zu erwecken. *Doch das hier ist nicht Ironbark*, sagte sie sich jetzt. *Die Landschaft mag ebenso schroff, schön und einsam sein, aber es ist dennoch etwas anderes.* Hier hatte sie ihre zweite Chance bekommen, endlich konnte sie das Land betrachten, ohne wie in ihrem alten Zuhause vom Schmerz überwältigt zu werden. Nichts hier erinnerte sie an die Vergangenheit – bis auf das Flugzeugwrack in der alten Scheune, um die sie bewusst einen Bogen machte.

Daryl fiel ihr ein. Wie ähnlich er Alf sah! Als ihr die Cristellis in den Sinn kamen, fühlte sie einen Kloß in der Kehle. Wie sehnte sie sich danach, sich über das alles hier mit dieser wunderbaren Familie auszutauschen und wieder ein Teil von ihrem Leben zu werden. Gina und Santa sollten stolz auf sie sein. Auch wenn Alf inzwischen sicher mit Marcella verheiratet war, wollte sie das Risiko eingehen und Kontakt mit ihnen aufnehmen. Wer war wohl inzwischen Lucias neuer Schwarm? Da sie nun endlich wieder Erfolg im Leben hatte, hinderte sie doch nichts mehr daran, die Cristellis anzurufen.

Sie trieb Sox zur Eile an und galoppierte rasch nach Hause, wo sie dem Pferd eilig den Sattel abnahm, es abrieb und es mit einem Eimer Futter und ein paar frischen Karotten wieder in seine Koppel brachte. Sattel und Zaumzeug in der Hand, lief sie dann durch die Dämmerung zum Haus. Nachdem sie die Sachen neben der Tür auf den Boden geworfen hatte, machte sie Licht, griff nach dem Telefon und wählte die Nummer der Cristellis. Ein Blick auf die Wanduhr sagte ihr, dass es in Katherine noch ziemlich früh war. Mit einem Seufzen lockerte sie die Schultern, zwang sich zur Ruhe und überlegte sich, in welcher Reihenfolge sie die vielen Dinge erzählen sollte, die sie auf dem Herzen hatte. Dabei spähte sie nach draußen, wo es rasch dunkel wurde. In der Ferne heulte ein Dingo. Immer noch meldete sich niemand. Cate stöhnte ungeduldig auf. Von dem großen Eukalyptus vor dem Haus flog eine Fledermaus auf, deren dunkler Umriss im mondlosen Himmel kaum zu sehen war. Das Telefon läutete weiter, bis sie schließlich aus der Leitung geworfen wurde. Enttäuscht legte Cate auf. Nun hatte sie wenigstens Zeit, sich in Ruhe zu überlegen, was sie ihnen alles zu erzählen hatte, tröstete sie sich, während sie sich ein Brot schmierte und hungrig hineinbiss. Da sie noch immer zu aufgeregt war, um schlafen zu gehen, nahm sie ihre Gitarre, setzte sich nach draußen, wo es warm und still war, und schrieb eine Ballade mit dem Titel »Better This Year«.

Nachdem Cate, unterstützt von Tommy und Will, den ganzen nächsten Tag damit verbracht hatte, die Rinder mit Brandzeichen zu versehen, war sie staubig und durchgeschwitzt. Ihr tat jeder Knochen im Leib weh. Sie gönnte sich eine kühle Dusche, die sie neu belebte. Dann wickelte sie sich in ein Handtuch und griff erneut zum Telefon. Wieder meldete sich bei den Cristellis niemand. Ob sie im Urlaub waren? Allerdings war das um diese Jahreszeit höchst unwahrscheinlich. Als Cate zwei Tage später noch immer niemanden erreicht hatte, machte sie sich allmählich Sorgen. Sie blätterte ihr Adressbuch durch und hatte nach einigen vergeblichen Versuchen endlich einen Nachbarn der Cristellis an der Strippe. Dieser reagierte ziemlich mürrisch und teilte ihr in unfreundlichem Ton mit, die Cristellis hätten die Farm zum Verkauf ausgeschrieben und seien weggezogen, ohne eine Nachsendeadresse zu hinterlassen. Die Nachricht traf Cate wie ein Schlag in die Magengrube. Dieser Umzug, über den sie keiner informiert hatte, war nur ein weiterer Beweis dafür, wie sehr sie sich inzwischen von den Cristellis entfernt hatte.

Aber daran bin nur ich allein schuld, sagte sie sich bedrückt. Schließlich war sie es gewesen, die aus blankem Stolz den Kontakt zu ihren lieben Freunden abgebrochen hatte.

Am nächsten Tag rief sie Claudia an. Diese hatte keine Zeit und teilte Cate nur hastig mit, Gina und Santa unternähmen gerade eine Auslandsreise. Von einem Verkauf hätte ihr gegenüber niemand etwas erwähnt. Sie versprach, Cate später noch einmal anzurufen, was sie aber nicht tat. Cate fühlte sich einsam und zurückgestoßen und verbrachte die nächsten Tage damit, nach ihren trächtigen Kühen zu sehen. Um sich aufzumuntern, dachte sie an Kimberleys Gitarrenstunden und die Begegnung mit Pat. Doch als sie eine Woche später im strahlenden Sonnenschein in den Weg einbog, der zum Haus der Williams' führte, hatte sich ihre Niedergeschlagenheit noch immer nicht gelegt.

Kimberley trabte ohne Sattel auf Saxon über eine nahe gelegene Koppel, als Cate vor dem hübschen, frisch gestrichenen weißen Haus bremste und neben dem Eisentor parkte.

»Schau, was ich kann!«, rief Kimberley und winkte aufgeregt. Im nächsten Moment kniete sie sich auf den Rücken des Pferdes und breitete die Arme weit aus. »Das hier ist Saxon, und wir üben Zirkuskunststücke. Sieh nur!« Sie stand auf und hielt mühsam das Gleichgewicht. Cate erinnerte sich an ihre eigenen Versuche auf ihrem ersten Pony.

Der brave Saxon, der wusste, was für eine wertvolle Last er trug, wurde immer langsamer und schritt gleichmäßig um die Koppel herum. In ihrem Überschwang sprang Kimberley auf Saxons Rücken hin und her, sodass ihr Gesicht einmal nach hinten und dann wieder nach vorne zeigte. Inzwischen war das Pferd beinahe stehen geblieben. Mit erhobenem Kopf wartete der Hengst ab, während Kimberley wie eine Zirkusartistin mit ausgebreiteten Armen auf einem Bein balancierte. »Schau!«, rief sie atemlos und schwankte dabei gefährlich.

»Kimberley, setz dich sofort hin!«, befahl Pat, die ängstlich aus dem Haus gelaufen kam. Kimberley musste so lachen, dass sie unsanft auf Saxons Rücken landete.

»Schau, Pat, ich bin nicht runtergefallen!«, jubelte sie und streichelte die dichte braune Mähne des Pferdes. Sie glitt von Saxons Rücken, schlang dem Hengst die Arme um den Hals und küsste ihn auf die Nase. »Ich muss mich jetzt um meinen Besuch kümmern, Saxon, aber morgen komme ich wieder«, versprach sie, während sie ihm das Halfter abnahm.

»Warum hast du ihn nicht gesattelt, wie ich es dir gesagt habe?«, schimpfte Pat.

»Er wollte heute keinen Sattel«, erwiderte Kimberley.

Pat schüttelte den Kopf. »Wann wird dieses Kind endlich lernen, dass Angst nicht immer etwas Schlechtes ist? Manchmal ist sie schlimmer als ein Sack Flöhe«, fügte sie seufzend hinzu und hielt der Besucherin die Hand hin. »Sie sind sicher Cate.«

»Du schaust schon wieder so traurig«, stellte Kimberley fest. Sie hüpfte neben den beiden Frauen auf und nieder und sah Cate vorwurfsvoll an. Cate fragte sich, ob ihr ihre Gedanken wirklich so deutlich ins Gesicht geschrieben standen. »Heute wird nicht Trübsal geblasen. Ich bin gekommen, um Pat zu besuchen. Außerdem wollten wir doch mit dem Gitarrenunterricht anfangen. Natürlich nur, wenn deine Großmutter einverstanden ist.«

»Oh, prima!«, jubelte Kimberley. »Das würde mich so freuen! Du willst doch, dass ich mich freue, oder? Dann freust du dich bestimmt auch! Darf ich? Darf ich, Pat?«

»Jetzt geh erst mal spielen!«, rief Pat und versetzte ihr einen liebevollen Klaps aufs Hinterteil. »Lass unseren Gast in Ruhe Tee trinken.« Fröhlich lief Kimberley vor den beiden Frauen her ins Haus. Cate empfand ihre Begeisterung und ihre überschwängliche Art als ansteckend.

»Jetzt hat sie mich schon zum zweiten Mal erwischt«, gab sie zu und erklärte Pat rasch, was es mit der Bemerkung über die Traurigkeit auf sich hatte.

Pat bat Cate in die Küche, wo, bedeckt von einem Musselintuch, belegte Brote, frischer Sandkuchen und Scones auf dem Tisch standen. »Kimberley hatte schon immer eine gute Intuition«, sagte sie. »Sie ist ein außergewöhnliches kleines Mädchen, und ich habe sie entsetzlich gern. Sie kann ziemlich stur sein, aber es ist unmöglich, etwas vor ihr zu verbergenn.« Sie begann, die Scones mit Butter zu bestreichen. »Sie spürt, was in einem vorgeht, noch fast ehe man selbst es bemerkt.«

Cate fand Pat auf Anhieb sympathisch. Sie war eine zierliche Frau von Ende sechzig, hatte krauses graues Haar und trug eine Caprihose und eine hellblaue Baumwollbluse. Ihr offenes und gütes Gesicht war faltig und von den vielen Jahren im Outback sonnengebräunt. Außerdem hatte sie hohe Wangenknochen und freundliche blaue Augen, die sicher schon einiges Leid gesehen hatten. Cate bemerkte, dass die zarte Frau eine gewaltige Kraft ausstrahlte. Die Ähnlichkeit zwischen ihr und Kimberley war nicht zu übersehen.

»Ihre Mutter Nicole war auch so, allerdings besaß sie nicht Kimberleys Konstitution«, erklärte Pat, als ihre Enkelin losgelaufen war, um ihren Dad zum Tee zu rufen. »Vor zwei Jahren erkrankte sie an einer Virusgrippe und starb völlig unerwartet. Kimberley war damals erst sechs. Ich dachte, wir würden uns nie von dem Schock erholen. Vor allem nicht Daryl. Doch Kimberley hat uns gerettet …« Mit zitternder Stimme hielt sie inne und tupfte sich die Augen ab. »Obwohl sie ihre Mutter schrecklich vermisst, versucht sie, in allem das Positive zu sehen, als stünde sie noch in Kontakt mit ihr. Damals sagte sie uns, ihre Mummy sei glücklich. Sie habe ihre Aufgabe erfüllt, und wir müssen sie jetzt gehen lassen. Ich weiß nicht, wo das Kind das herhat. ›Mummy würde wollen, dass wir glücklich sind‹, wiederholte sie ständig. Und sie hatte recht. So sehr Nicole uns auch fehlt, das Leben muss weitergehen.« Sie seufzte tief auf.

Auch Cate musste sich die Tränen wegwischen.

»Ach, was jammere ich Ihnen die Ohren voll!«, entschuldigte sich Pat. »Also, wie machen wir weiter? Erst die Gitarrenstunde oder erst der Tee?«, fragte sie, als das kleine Mädchen in die Küche gerannt kam. »Kimberley ist ja so aufgeregt und redet über nichts anderes mehr, seit sie Sie kennengelernt hat. Ich schwöre, sie kann den Großteil der Lieder auf Ihrer CD schon auswendig.«

»Erst die Gitarrenstunde, Pat. Bitte! Bitte!«, bettelte Kimberly, hüpfte wie ein Gummiball durch die Küche und wollte Pat um den Hals fallen.

»Also gut!« Pat erwiderte lächelnd die Umarmung und scheuchte Cate und Kimberley ins Arbeitszimmer im hinteren Teil des Hauses.

»Sie lernt schnell und hat eine hübsche Stimme«, meinte Cate, als sie eine halbe Stunde später zurückkamen.

»Das fand ich auch immer«, sagte Pat zufrieden. Im nächsten Moment erschien Daryl, und alle taten sich an Pats köstlichen Scones mit hausgemachter Marmelade gütlich. Cate spürte, wie diese kleine Familie einander Geborgenheit und Kraft schenkte. Außerdem hatten sie sie, eine Fremde, mit offenen Armen aufgenommen.

Cate freute sich stets auf Kimberleys wöchentliche Gitarrenstunde, die abwechselnd bei den Williams' und auf *Wedgetail Creek* stattfand. Sie hatte auch wieder mit dem Komponieren angefangen, und die Melodien strömten nur so von ihren Lippen und aus ihren Fingerspitzen heraus.

Vergessen waren die düsteren und traurigen Lieder aus ihrer Zeit mit Nat. Stattdessen schrieb sie hoffnungsfrohe, aufmunternde und zuversichtliche Lieder, die direkt von Herzen kamen und sie mit Stärke erfüllten. In einem Anfall von Enthusiasmus schickte Cate eine E-Mail an Angus Alpine, um ihn vom neuesten Stand der Dinge zu unterrichten. Doch trotz ihrer Zufriedenheit wusste sie, dass in ihrem Leben etwas fehlte, das sie nicht auf Dauer beiseite schieben konnte.

Bald stellte sie fest, dass Daryl nicht nur ein ausgezeichneter Tierarzt war, sondern dass er eine geheime Leidenschaft für das Herumbasteln an Motoren aller Art hegte. Nachdem er die alten Geländewagen, den defekten Mähdrescher und den nicht mehr funktionstüchtigen Planierer untersucht hatte, verkündete er, sie seien alle noch zu retten, und erbot sich, sie als Gegenleistung für die Gitarrenstunden flottzumachen. Außerdem half er Cate beim Zureiten der Wildpferde, die sie auf dem Gelände der Farm einfing. Kimberley war Feuer und Flamme, hatte aber strikte Anweisung, sich von den reizbaren Tieren fernzuhalten.

»Sie ist wunderschön!«, staunte Kimberley, als sie an einem sonnigen Vormittag im August neben Cate vor der erst kürzlich instand gesetzten Koppel stand. Innerhalb der Einfriedung war Daryl damit beschäftigt, den letzten Neuzugang zu zähmen. Das magere schwarze Stutfohlen, dessen Rippen sich durch das struppige Fell abzeichneten, galoppierte in der dämpfigen Hitze die kreisförmige Umzäunung entlang. Es hatte Schaum vor dem Maul und schnaubte ängstlich. Auf seinen bebenden Flanken zeichneten sich dunkle Schweißflecke ab. Ruhig hielt Daryl die

Longe und gab dem Tier Zeit, sich an seine Gegenwart zu gewöhnen.

»Wie heißt sie denn?«, fragte Kimberly. Sie war aufgeregt, obwohl sie ihrem Vater schon öfter bei dieser Arbeit zugesehen hatte.

»Sie hat noch keinen Namen«, erwiderte Cate.

Als Daryl einen vorsichtigen Schritt auf die Stute zu machte, rollte diese mit den Augen, dass man das Weiße sah, und stürmte dann wieder rund um die mit einem gepolsterten Zaun versehene Koppel.

»Hm ... ich werde sie ... Cheekygirl nennen, weil sie so frech ist«, verkündete Kimberley. Im nächsten Moment streckte sie die Hand aus und trat auf das Pferd zu.

»Nicht!«, schrie Cate und riss das Kind weg. Nur wenige Sekunden später prallte die verängstigte Stute, der die plötzliche Bewegung nicht entgangen war, gegen den Zaun, und zwar genau an der Stelle, wo Kimberley gerade noch gestanden hatte. Das Wildpferd zog die Lippe zurück, fletschte hasserfüllt die riesigen gelben Zähne und stieß ein zorniges schrilles Wiehern aus.

»Ich habe keine Angst«, protestierte Kimberley, die allerdings recht blass geworden war. Sie zog ihre Hand weg und wich einen Schritt zurück.

»Das solltest du aber«, entgegnete Cate strenger, als sie eigentlich beabsichtigt hatte, denn ihr saß der Schreck noch genauso in den Gliedern wie Kimberley. »Cheekygirl ist kein braves Pferd, sondern hinterhältig und gefährlich. Du musst dich von ihr fernhalten.«

Kimberley blinzelte die Tränen weg, und ihre Unterlippe zitterte verdächtig.

Reumütig ging Cate in die Hocke, um auf Augenhöhe mit dem bestürzten Kind zu sprechen. »Hör zu, Schätzchen, Cheekygirl hat noch sehr große Angst, weil sie eingefangen worden ist. Deshalb ist sie so wütend, und das macht sie gefährlich. Zuerst muss sie Manieren lernen, uns vertrauen und ihre Furcht verlieren. Und das wollen dein Dad und ich ihr beibringen, damit sie sich wohl bei uns fühlt. Versprichst du mir, nicht in ihre Nähe zu gehen?«

»Ich möchte auch helfen, dass sie sich besser fühlt. Warum darf ich nicht zu ihr, so wie du und Daddy?«, bohrte Kimberley nach.

»Das darfst du, wenn sie ein braves Pferd geworden ist, was sicher nicht mehr lange dauern wird. Aber im Moment ist es noch zu gefählich. Sie könnte dich schwer verletzen. Und deshalb möchte ich, dass du Abstand zu ihr hältst.«

»Ich will aber nicht«, entgegnete Kimberley mit trotzig gerecktem Kinn, schien sich ihrer Sache jedoch nicht mehr so sicher zu sein.

»Versprich mir, dass du von Cheekygirl wegbleibst«, beharrte Cate.

»Na gut«, antwortete Kimberley und trollte zur Scheune, um ein Emu-Ei, das sie zuvor gefunden hatte, näher unter die Lupe zu nehmen.

In ihrer Begeisterung, wieder singen zu können, hatte Cate beschlossen, heute für ein paar Freunde einen Grillabend auf *Wedgetail Creek* zu veranstalten Sie plante eine Liederrunde am Lagerfeuer, und sie hatte Kimberley versprochen, dass sie gemeinsam auftreten würden. Bei ihrer Ankunft heute Morgen hatte Pat sich sofort in die Küche zurückgezogen, um Salate vorzubereiten und Steaks zu marinieren. Zu den Eingeladenen gehörten ihre nächsten Nachbarn Chris und Elva, Pats Schwester Robyn und ihr Schwager Alex, die auf ihrer Rundreise gerade hier Station machten, sowie Merv McLellan, der Leiter des Viehmarkts von Timber Creek, seine Frau Jean, seine halbwüchsige Tochter und zwei Freunde. Cate freute sich schon auf den Abend, war aber auch sehr nervös.

»Kann ich einen Keks dazuhaben? Ich bin am Verhungern«, fragte Kimberley, die vergnügt in die Küche marschiert kam.

»Du hast immer Hunger«, erwiderte Cate lachend und hielt ihr die Keksdose hin.

»Verschütt den Tee nicht«, mahnte Pat, während Kimberley schon wieder nach draußen rannte.

Der Abend war ein großer Erfolg. Die Flammen des Lagerfeuers loderten in den tiefblauen Nachthimmel empor, während die Zikaden lautstark versuchten, den Sängern Konkurrenz zu machen. Vom Himmel grüßten die Sterne herab, und die Luft war kühl. Als alle Gäste eingetroffen waren, hatte Cate nicht gewusst, ob sie oder Kimberley mehr Lampenfieber hatte. Sie befürchtete, ihre Stimme könnte wieder versagen, und hatte Angst vor der Reaktion des Publikums. Doch sie hätte sich darüber nicht den Kopf zu zerbrechen brauchen. Pat war die geborene Gastgeberin, hieß alle willkommen, bewirtete sie und sorgte für einen steten Nachschub an Steaks und hausgemachtem Pudding mit Früchten und Schlagsahne. Außerdem hatte sie eine hübsche Stimme und ermutigte ihre kleine Enkeltochter und die anderen zum Singen. Selbst Daryl brummelte leicht neben der Melodie mit.

Kimberley und Cate hatten eines von Cates neuen fröhlichen Liedern als Duett einstudiert und viel geübt. Alle waren begeistert, applaudierten und wünschten sich anschließend einige beliebte Countryweisen. Danach saßen die Gäste am Lagerfeuer, unterhielten sich und tauschten Geschichten aus. Erst kurz vor Mitternacht – Kimberley, die auf Pats Knie saß, fielen schon die Augen zu – machten sich die Besucher schließlich auf den Weg. Alle waren sich darin einig, dass sie sich glänzend amüsiert hatten und freuten sich schon auf das nächste Mal.

»Dann nennen wir es ›musikalisches Lagerfeuer auf *Wedgetail Creek*‹ und laden alle Nachbarn dazu ein«, meinte Cate und streckte sich gähnend. Zufrieden legte sie sich ins Bett und lauschte dem Knarzen des Hauses.

Wie gerne würde ich Alf das alles erzählen, dachte sie und schlief ein.

21

Als die Regenzeit näher rückte, wurde die Arbeit immer anstrengender, denn die stickige Hitze und die Schwüle machten jede Bewegung zur Qual. An manchen Tagen hingen dicke weiße Gewitterwolken am Himmel, an anderen verfärbte er sich drückend dunkelblau. Die Natur wusste, dass es bald regnen würde. Als es immer feuchter wurde, trieben die schlanken Papierrindenbäume aus, und die Grüne Pflaume begann zu blühen, sodass die Blütenblätter wie weiße Wattebäusche über die Ebene wehten. In den Wasserlöchern öffneten sich prachtvolle Wasserlilien. Brachvögel und Spaltfußgänse erschienen und mischten sich unter die Jabirus mit ihren langen Schnäbeln und die majestätischen Brolga-Kraniche. Honigfresser und Lories labten sich an offenen Blüten. Und dann fing es an zu regnen, dass die Tropfen nur so auf das Blechdach von *Wedgetail Creek* prasselten. Stauseen und ausgetrocknete Flussbette füllten sich, und die Überflutungsflächen wurden üppig grün. Überall schossen Wildblumen aus dem Boden. Da nun genug Grünfutter für das Vieh zur Verfügung stand, gab es auf *Wedgetail Creek* weniger zu tun, sodass Cate endlich die Zeit fand, in aller Seelenruhe aufzuräumen, Gerätschaften instand zu setzen, Zaumzeug zu putzen und neue Lieder zu schreiben.

»Was hältst du davon, wenn ich die alte Cessna wieder flottmache?«, schlug Daryl bei einem seiner Besuche vor. »Es bringt doch nichts, ein Flugzeug auf der Farm zu haben, wenn es nicht funktioniert. Vielleicht brauchst du es eines Tages ja.«

»Tu, was du nicht lassen kannst. Viel Spaß mit dem Schrotthaufen«, entgegnete Cate spitz – und legte sich sofort mit Kopfweh und starken Halsschmerzen ins Bett.

Sie ärgerte sich über sich selbst, weil sie sich bei Daryls Anblick jedes Mal nach Alf sehnte. Allerdings weigerte sie sich auch weiterhin standhaft, einen Zusammenhang zwischen dem Fliegen und ihren Halsschmerzattacken zu sehen. Das Ergebnis war, dass sie sich zwischen Dankbarkeit, Zorn und schlechtem Gewissen, weil sie die Hilfe des Tierarztes immer wieder in Anspruch nahm, hin und her gerissen fühlte – alles in allem eine Kombination, die ihre Beschwerden nur verstärkte.

Als geborener Bastler ließ sich Daryl von Cates Reaktion nicht abschrecken und begann, in seiner Freizeit an der Maschine herumzuschrauben. Nachdem er seine Hausbesuche erledigt hatte, kam er mit seinem modernen Kleinflugzeug nach *Wedgetail Creek* und machte sich fröhlich pfeifend daran, den Motor zu zerlegen. Als der Boden durch die Regenfälle zu weich zum Starten und Landen wurde, legte er die zweistündige Fahrt über holperige Kiespfade und durch kleine Bachbette eben mit dem Auto zurück. Cate, die sich inzwischen ihrer Abwehrhaltung schämte, half ihm, die beschädigte Tragfläche auseinanderzunehmen, und das zweite, noch schwerer demolierte Flugzeug, das weiter hinten in der Scheune stand, nach Ersatzteilen auszuschlachten. Sie hatte zwar nicht die Absicht, jemals wieder zu fliegen, genoss aber Daryls Gesellschaft und freute sich stets, Kimberley und Pat zu sehen.

»Der Motor klingt schon mal nicht schlecht«, stellte Daryl eines heißen Nachmittags stolz fest und wischte sich die schweißnasse, dreckverschmierte Stirn ab. »Bald fliegt sie wieder.«

Cate, die in der kühlen, dunklen Scheune stand, stöhnte auf. Sie war schmutzig und durchgeschwitzt, denn sie hatte den ganzen Vormittag damit verbracht, die holprige Rollbahn, die sie auf der Weide entdeckt hatte, von Gestrüpp zu befreien.

»Schau mich nicht so an«, fuhr Daryl mit einem frechen Grinsen fort. »Ich habe nämlich Erkundigungen eingezogen und einiges über dich rausgekriegt, Cate Perry. Nämlich, dass du nicht nur fliegen kannst, sondern sogar eine ausgezeichnete Pilotin bist, du hinterhältige Geheimnistuerin.«

Cate lief feuerrot an. »Du solltest nicht auf Gerüchte hören«, erwiderte sie rasch, auch wenn es ihr schmeichelte, dass er sich für ihre Vergangenheit interessierte. Sie schloss Daryl, seine offene Art und seine Unverblümtheit immer mehr ins Herz. Und als er ein wenig nachhakte, erzählte sie ihm von ihrem ersten Soloflug und dem ganzen Drama mit Tahlia und ihrem Auszug. Sie sprach sogar ein wenig über den Unfall und fügte hinzu, sie habe sich danach geschworen, nie wieder eine Maschine zu steuern. Die grauenhaften Schuldgefühle, die sie jedes Mal beim Anblick eines Flugzeugs packten, erwähnte sie jedoch nicht.

»›Nie wieder‹ ist eine lange Zeit«, meinte Daryl und musterte sie nachdenklich.

»Du klingst von Tag zu Tag mehr wie Kimberley«, gab Cate zurück. Inzwischen irritierte es sie schon weniger, dass Daryl Alf so ähnlich sah. Heute erinnerte er sie sogar eher an Parrot, denn er hatte dieselbe raue Schale, riss dieselben schlechten Witze und war stets guter Dinge. Das allein war schon bemerkenswert genug, sagte sich Cate, während sie sich mit einer festsitzenden Schraube abmühte. Vor allem wenn man bedachte, was Daryl in den letzten Jahren durchgemacht hatte.

Anstatt über das Fliegen nachzugrübeln, begann Cate, sich auf die Bastelei an der Maschine zu freuen. Nach einigen Wochen war die Cessna wieder flugtüchtig und sah mit ihrer neuen strahlend gelben Lackierung richtig schnittig aus, als Cate und Daryl sie am späten Vormittag hinaus in den Sonnenschein schoben. Eine angenehme Brise wehte Cate ins Gesicht, und über sich hörte sie die inzwischen vertrauten Rufe der Adler. Ein Schwarm grüner Papageien flog aus dem hohen Gras auf, und eine dicke braune Eidechse mit wild blickenden schwarzen Augen saß auf einem von der Sonne erwärmten Felsen und starrte sie an.

»Lass uns sehen, ob sie nach unserer harten Arbeit auch anspringt«, verkündete Daryl, stieg ein und schloss die Tür.

Cate trat einige Meter zurück. »Propeller frei!«, schrie Daryl aus dem offenen Fenster. Der Propeller sprang an und wirbelte trockenes Gras, Samen und Staub auf. »Ein echtes Schmuckstück!«, rief er Cate zu und reckte den Daumen hoch. Dann schaltete er den Motor ab. »Propeller frei!«, rief er noch einmal. Wieder begannen die Propeller sich zu drehen. Nach wenigen Sekunden stellte Daryl den Motor ab und sprang aus der Maschine.

»Es ist an der Zeit, Jacko zu holen, damit er das gute Stück unter die Lupe nimmt, bevor wir den ersten Ausflug unternehmen«, meinte er mit einem breiten Grinsen. Jacko war ein guter Freund und ausgebildeter Flugzeugmechaniker.

Am nächsten Wochenende – Jacko hatte die Maschine inzwischen inspiziert – sah Cate zu, wie Daryl die holperige Sandpiste entlangrollte und startete. Sie verspürte ein wenig Aufregung, so wie damals, wenn sie mit ihrem Vater geflogen war. Während sie beobachtete, wie die Cessna über die Bäume am Ende der Weide glitt und in den Himmel emporstieg, wurde das Gefühl stärker. Sie wusste genau, was Daryl von dort oben sah und was in ihm vorgehen musste. Das unbeschreibliche Glücksempfinden … Unwillkürlich blickte sie in den leuchtend blauen Himmel hinauf, betrachtete die kleinen weißen Wölkchen am Horizont und hielt Ausschau nach Anzeichen von aufkommendem Wind oder einem Wetterumschwung. Bisher hatte es in diesem Jahr verhältnismäßig wenig geregnet. Eine leichte Brise zerzauste ihren kastanienbraunen Pferdeschwanz und strich über ihre Wangen.

Plötzlich fühlte sie sich wieder wie sechzehn und sehnte sich danach, den Himmel zu erobern.

Auf der einen Seite der Weide ragte ein Stahlmast, schief wie ein Betrunkener, aus dem Boden. Der graue Lumpen, der daran flatterte, war früher offenbar einmal eine Windhose gewesen. Wenn Daryl die Rollpiste regelmäßig benutzen wollte, würde sie das Ding ersetzen müssen, dachte sie. Doch dass sie selbst wieder flog, kam überhaupt nicht in Frage. Ihre Kehle fühlte sich trocken an, und sie kehrte in die Scheune zurück, in der sonst die Cessna stand, um ihre

Wasserflasche zu holen. Zwanzig Minuten später landete Daryl und stellte den Motor ab.

»Gar nicht schlecht für so einen alten Vogel! Lust auf einen Flug?«, fragte er, ging um das Heck herum und grinste Cate an. Cates Herz machte einen Satz, und sie bekam es mit der Angst zu tun. Als sie antworten wollte, kam nur ein Hustenanfall heraus. Daryl musterte sie fragend.

»Alles in Ordnung, mir fehlt nichts … es ist nur der Staub«, keuchte sie und trank gierig aus der Wasserflasche.

Daryl wartete ab, bis sie zu husten aufgehört hatte. »Schon gut. Es ist Zeit, dass du wieder das Steuer in die Hand nimmst. Also los«, befahl er.

Panisch schüttelte Cate den Kopf. Obwohl sie so gern wieder selbst geflogen wäre, hielt die Angst sie unerbittlich im Griff. »Ich kann nicht, Daryl. Ich kann einfach nicht«, sagte sie und ging, von Scham erfüllt, davon.

Eine Woche später kam Cate zögernd auf Daryl zu, der gerade im großen Heuschober am Traktor herumschraubte. »Ich habe über deinen Vorschlag, wieder zu fliegen, nachgedacht.« Tatsache war, dass sie schon seit Tagen an nichts anderes mehr dachte. »Aber ich weiß nicht, ob ich den Mut dazu habe.«

»Es gibt keinen besseren Zeitpunkt als die Gegenwart«, verkündete Daryl, warf den Schraubenschlüssel in den Werkzeugkasten und stand auf. »Du weißt doch hoffentlich noch, wie es geht?«, frotzelte er im Versuch, sie aufzuheitern.

Da Cate vollkommen damit beschäftigt war, sich zusammenzunehmen, verstand sie den Witz nicht. »Natürlich weiß ich das! So etwas vergisst man doch nicht!«, zischte sie, mit den Tränen kämpfend. *Ich darf mich nicht unterkriegen lassen*, dachte sie dann zornig. »Ich bin nur ein wenig aus der Übung«, fügte sie zögernd hinzu. »Herrscht heute starker Wind da oben?«

Es regt sich kein Lüftchen«, antwortete Daryl, der sie aufmerksam beobachtete. »Du schaffst es. Los! Wir starten, solange der Boden noch fest ist. Für die nächsten Tage sind nämlich starke Regenfälle vorhergesagt.« Sie gingen in die Scheune und schoben die Cessna auf die Startbahn. Daryl hielt Cate die Tür zum Cockpit auf, bevor er selbst zustieg. »Lass mich das machen«, meinte er sanft, als sie mit zitternden Händen den Sicherheitsgurt schließen wollte.

»Danke.« Cate pustete sich eine Haarsträhne aus dem schweißnassen Gesicht. Ihr Herz klopfte so stark, dass Daryl es sicher hören konnte.

»Tief durchatmen. Du kannst das«, sagte Daryl.

»Danke«, erwiderte Cate, ein klein wenig beruhigt. *Ich werde es schaffen*, wiederholte sie still für sich. Stumpf starrte sie auf das Armaturenbrett vor sich und versuchte, sich zu konzentrieren. Als sie sich an die Vorflugkontrolle machte, fiel ihr alles schlagartig wieder ein. Die unauslöschlich in ihr Gedächtnis eingeprägten Anweisungen liefen vor ihr ab wie eine Bandaufnahme, und die vielen Flugstunden mit ihrem Dad kamen ihr in den Sinn. Sie setzte den vorgeschriebenen Funkspruch ab, straffte die Schultern und ließ den Blick über die Weide schweifen, um Ausschau nach Hindernissen, Vögeln oder Anzeichen für plötzliche Windböen zu halten. »Propeller frei«, rief sie dann und startete den Motor. Mit klopfendem Herzen und schweißnassen Händen entriegelte sie die Parkbremse und schob das Steuerhorn vor, sodass die Maschine über die schmale Startbahn holperte.

»Mehr Geschwindigkeit«, sagte Daryl leise. Cate gab Gas. Das Ende der Weide schien viel zu schnell näher zu kommen. Inzwischen handelte Cate rein automatisch, und alles, was ihr Vater ihr so sorgfältig beigebracht hatte, war mit einem Mal wieder da. Die Angst war vergessen, als sie das Flugzeug über die holprige Piste lenkte und genau im richtigen Moment das Steuerhorn zurückzog, sodass sie sich elegant über die Baumwipfel erhoben. Cate ließ die Maschine steigen. Auf sechshundert Metern ging sie in den Horizontalflug über und blickte auf die winzigen spielzeugähnlichen Bäume und Schuppen rings um das Haus hinunter. Routiniert wie früher stellte sie dann den Kurs ein und grinste Daryl zittrig an.

»Ach, ist das schön!«, rief sie erstaunt aus. Keine Panik, keine grausigen Erinnerungen, nur die pure Freude und das Gefühl von Freiheit, das sie immer so geliebt und seit dem Tod ihres Vaters nicht mehr empfunden hatte.

»Warum folgen wir nicht dem Fluss und schauen uns dort ein wenig um?«, schlug Daryl vor und wies auf das breite Flussbett, das nach den schweren Regenfällen der vergangenen Wochen zu drei Vierteln voll war.

»Gute Idee. Endlich kriege ich meine ganze Farm zu sehen – tja, wenigstens habe ich fast das Gefühl, dass es meine ist, in Anbetracht des mangelnden Interesses der Eigentümer.«

Während des Flugs unterhielten sie sich angeregt. Daryl entdeckte immer wieder kleine Rinderherden. Als Cate tiefer flog, schreckte sie einige Wildpferde auf, die von dem

Lärm aus dem Unterholz getrieben wurden. Sie kamen zu den Windmühlen, die Cate erklommen hatte, um sie zu reparieren, damit das Wasser aus den unterirdischen Reservoires in die Rindertränken gepumpt wurde. Die sonst ausgedörrten Bachbette hatten sich in reißende Ströme verwandelt. Es war zwar nicht *Ironbark Station*, doch es war nicht minder schön – vielleicht sogar noch schöner, dachte Cate, als sie über das weite Land brausten. »Wie gerne würde ich diese Farm kaufen«, seufzte sie mit träumerischem Ausdruck. Ein Blick auf die Treibstoffanzeige zeigte ihr, dass der Tank noch mehr als halb voll war. Als die Maschine in einer Turbulenz zu rütteln begann, ließ sich Cate davon nicht aus der Ruhe bringen und hielt weiter den Kurs.

»Übernimmst du die Landung?«, fragte Daryl eine halbe Stunde später. Cate strahlte übers ganze Gesicht.

»Klar«, erwiderte sie, ohne zu zögern. »Allerdings würde ich mich freuen, wenn du sie Schritt für Schritt mit mir durchgehst.«

»Kein Problem«, antwortete Daryl mit einem Nicken.

Cate wendete die Maschine. Als sie den Landeplatz in Augenschein nahm, schlug ihr Herz schneller, und ihr wurden wieder die Hände feucht. Sie wischte sie an ihrer Jeans ab und zwang sich zur Ruhe. Alles würde klappen wie am Schnürchen. Die Landebahn war frei. Kein Felsen weit und breit. Sie bereitete die Landung vor, setzte den Funkspruch ab und hielt Ausschau, ob sich vielleicht ein anderes Flugzeug näherte. Nichts war zu sehen. Keine Vögel, keine plötzlichen Seitenwinde. Optimale Bedingungen also. Sie senkte die Nase des Flugzeugs, schwebte über die Bäume und landete genau an der vorgesehenen Stelle. Dann ließ sie die Maschine bis zum Scheunentor ausrollen.

»Ausgezeichnet!«, rief Daryl aus, als Cate die Bremse zog und den Motor abstellte.

»Nicht schlecht, was?« Cates Wangen waren gerötet, und ihre Augen funkelten. Sie konnte ihr Glück noch immer nicht fassen und war ausgesprochen zufrieden mit sich. »Aber ich weiß nicht, ob ich das noch einmal so hinkriegen würde.«

»Natürlich wirst du. Mit ein bisschen Übung wird es dir bald wieder in Fleisch und Blut übergehen«, antwortete Daryl bewundernd. »Du bist eine prima Pilotin.«

Cate nahm den Kopfhörer ab und schüttelte ihr langes, kastanienbraunes Haar. Es war so schön gewesen. Spontan beugte sie sich vor und küsste Daryl auf die Wange, worauf dieser sie fest umarmte.

»Du bist deinem Ruf mehr als gerecht geworden.« Seine Augen leuchteten ebenso wie ihre, und er hatte die Arme noch immer um sie gelegt. »Außerdem bist du wunderschön.«

Plötzlich verlegen, machte Cate sich los. Sie wollte nicht, dass Daryl romantische Gefühle für sie entwickelte, denn ihr genügte die lockere und unkomplizierte Freundschaft, die sie miteinander verband. Daryl war so ein herzensguter Mensch und würde einer anderen Frau sicher ein traumhafter Ehemann sein. Doch Cate konnte sich einfach nicht vorstellen, sich in ihn zu verlieben … Sie war noch nicht wieder bereit für eine Beziehung. Vielleicht war es nach der Erfahrung mit Nat ja besser, wenn sie für immer die Finger von Männern ließ. Und dann war da noch der Altersunterschied. Nein, Unsinn, bei Nat hatte er sie schließlich auch nicht gestört. Die Wahrheit lautete schlicht und ergreifend, dass Alf der einzige Mensch war, mit dem sie sich vorstellen konnte, ihr Leben zu teilen. Alf, der sie immer nur behandelt hatte wie eine kleine Schwester, hätte jetzt hier neben ihr sitzen sollen. Die Sache hatte nur den Haken, dass er inzwischen sicher mit Marcella verheiratet und außerdem wie vom Erdboden verschluckt war.

»Da ist ja Kimberley!«, rief Cate erleichtert aus, als das kleine Mädchen um die Scheune herumgehüpft kam. Das Sonnenlicht glitzerte auf ihrem hübschen mit violetten und silbernen Pailletten verzierten Oberteil. Dazu trug sie bestickte hellblaue Jeans. Das Haar hatte sie zu einem Knoten aufgesteckt, aus dem sich einige aschblonde Strähnen gelöst hatten. Pat hastete verschwitzt und mit gerötetem Gesicht hinter ihr her. Kimberley eilte um das Flugzeug herum und hätte Daryl beinahe umgerannt.

»Daddy! Daddy! Ich habe gewonnen!«, jubelte sie aufgeregt.

»Sie meint den Kinder-Solowettbewerb von Timber Creek«, erklärte Pat atemlos. »Deine Tochter hat den ersten Preis gewonnen. Sie hat gesungen wie ein Vögelchen, obwohl ich als Großmutter natürlich voreingenommen bin. Danach wollte sie unbedingt sofort hierherkommen, um es euch zu erzählen. Also habe ich mich breitschlagen lassen. Schließlich hat sie es sich verdient. Die Preisrichter waren begeistert. Ich bin ja so stolz auf meine Kleine.«

»Toll!« Daryl drückte Kimberley an sich. Dann hob er sie hoch, wirbelte sie herum und küsste sie ab, bis sie darum flehte, wieder losgelassen zu werden.

»Ich bin auch stolz auf dich, Kimberley. Du hast sehr fleißig geübt«, sagte Cate und lächelte ihre Schülerin an. Kimberley strahlte.

»Hast du auch Gitarre gespielt?«, fragte Daryl.

»Diesmal nicht«, mischte sich Pat ein.

Kimberley stemmte die Hände in die Hüften und verdrehte die Augen.

»Da-ad, das hab ich dir aber doch schon gesagt. Beim nächsten Mal!«, verkündete sie.

»Da bin ich ganz sicher. Nun, wir haben auch etwas Aufregendes zu erzählen«, begeisterte sich Daryl, nachdem Kimberley noch einmal gebührend gelobt worden war. »Cate hat heute die Cessna geflogen und die beste Landung hingelegt, die ich seit langem gesehen habe. Sie ist wirklich so gut, wie alle sagen. So viele begabte Frauen um mich herum. Ich bin wirklich ein Glückspilz!«

Immer noch in Hochstimmung nach dem Flug, legte Cate die Arme um Pat und Daryl. Auf dem Weg zum Haus tänzelte Kimberley fröhlich vor ihnen her. »Ich glaube, *ich* bin hier der Glückspilz«, meinte Cate. »Vor dem heutigen Tag war ich felsenfest davon überzeugt, dass ich nie wieder fliegen würde. Es ist wirklich ein großer Schritt nach vorn für mich.« Dankbar lächelte sie Daryl an.

Als Cate in dieser Nacht allein auf der erst halb fertigen neuen Veranda von *Wedgetail Creek* saß, schrieb sie ein Lied für Daryl, dem sie den Titel »Flying Like a Bird« gab. Nachdem sie es fertiggestellt hatte, wurde ihr klar, dass ihre Stimme sich wieder vollständig erholt hatte. In ihrer Zufriedenheit konnte sie sich eingestehen, dass ihre Stimmprobleme eine Folge von Angst und Anspannung gewesen waren. An diesem wunderschönen Ort und mit der Hilfe einer liebevollen kleinen Familie waren ihre Wunden endlich geheilt.

Nach einigen weiteren Flügen mit Daryl wagte Cate den ersten Soloflug. Sie war zehn Minuten in der Luft und legte eine schauderhafte Landung hin, bei der sie so sehr ins Schlingern geriet, dass auf der Landebahn eine Zickzackspur zurückblieb. Dennoch kam sie wohlbehalten an und stieg mit triumphierender Miene aus dem Flugzeug.

Ende Februar kamen endlich die vorhergesagten Regenfälle. Rasch füllten sich die bereits angeschwollenen Bäche. Die Flüsse traten über die Ufer und überschwemmten die Ebenen. Als es Abend wurde, waren die Straßen nach *Wedgetail Creek* überflutet, sodass die Farm von der Außenwelt abgeschnitten war. Als es angefangen hatte zu regnen, waren Pat und Kimberley gerade zu Besuch gewesen. Daryl, der wegen eines Notfalls auf einer anderen Farm festgehalten wurde, meldete über Funk, er könne sie nicht mit dem Flugzeug abholen.

Auf dem Quad und zu Fuß machten die beiden Frauen und das kleine Mädchen die Runde auf der Farm und trieben das Vieh auf höher gelegenes Gelände, da es immer weiterregnete.

»Ich bin klatschnass!«, rief Kimberley, der das feuchte Haar am Kopf klebte, lachend.

»Wir gehen rein und trocknen dich ab«, sagte Pat.

»Bleiben wir lange hier?«, fragte Kimberley aufgeregt.

»Ein paar Tage, bis dein Dad uns abholen kommt. Aber du bist sicher nicht traurig darüber, mein Kind«, meinte Pat und grinste Cate über Kimberleys Kopf hinweg zu.

Weil es unablässig weiterregnete und es nicht viel zu tun gab, nützten die beiden Frauen, froh, Gesellschaft zu haben, die Zeit, einander besser kennenzulernen. Sie kochten abwechselnd, dachten sich einfache Unterrichtseinheiten für Kimberley aus und versicherten ihr, dass Saxon auf seiner Weide nichts geschehen könne. Außerdem sahen sie nach den Rindern. Die schwülen Abende verbrachten sie Gitarre spielend, singend und plaudernd. Kimberley beschäftigte sich mit Schularbeiten, übte auf ihrem Instrument und tollte ansonsten fröhlich auf der Farm umher.

Nach einigen Tagen wurde es wieder ausgesprochen schwül. Die Niederschläge hatten zwar aufgehört, sodass die morastigen Weiden langsam trockneten, doch die dicken Wolken am Horizont verhießen weitere Tropenstürme.

Am Vormittag rief Daryl an und meldete, er sei unterwegs zu einer mehrere Flugstunden entfernten Farm und könne sie heute noch nicht abholen. Kimberley, die wegen des nassen Bodens immer in der Nähe des Hauses bleiben musste, wurde allmählich unruhig und wusste plötzlich nicht mehr, wie sie sich beschäftigen sollte.

»Mir ist langweilig«, beklagte sie sich bei Cate, die gerade im Internet nach einem Ersatzteil für die defekte Planiermaschine suchte.

»Warum gehst du nicht raus und sagst Smoko und Sox Hallo? Ihre Koppel ist trockener als die anderen. Sicher langweilen sich die beiden bei diesem Wetter ebenfalls.« Cates Blick war auf den Computerbildschirm gerichtet.

»Darf ich auf Smoko reiten?«, quengelte Kimberley.

»Klar, aber bleib in der Koppel«, antwortete Cate geistesabwesend. »Wenn du die Sachen holst, helfe ich dir, ihn zu satteln.«

»Ohne Sattel«, beharrte Kimberley.

»Meinetwegen.« Froh, ihre Suche im Internet nicht unterbrechen zu müssen, griff Cate zur Maus und scrollte die Seite hinunter. Schließlich ritt Kimberley auch Saxon oft ohne Sattel. Smoko war ein ausgesprochen braves Pferd und würde sich vermutlich kaum von der Stelle rühren.

»Spitze!«, jubelte Kimberley, wieder gut gelaunt. Sie nahm eine Handvoll Zuckerwürfel aus einem Glas und hüpfte nach draußen.

»Sie ist nur selten so quengelig«, rief Pat aus dem kühlen Wohnzimmer herüber, als sie die Fliegengittertür knallen hörte.

»Ich finde es toll, wie sie sich selbst beschäftigt«, erwiderte Cate. Nach einem Blick hinaus zu den Koppeln wandte sie sich wieder dem Computer zu. Doch zwanzig Minuten später sprang sie erschrocken auf, denn ihr war eingefallen, dass sie am Vorabend Cheekygirl zu Smoko und Sox in die Koppel gesperrt hatte. Die Stute war zwar ruhiger geworden und scheute und biss nicht mehr, aber Cate traute ihr noch nicht ganz. Als sie draußen eine plötzliche Bewegung wahrnahm, hastete sie zur Tür.

»Oh, mein Gott!«, rief sie erschrocken aus, als ihr klar wurde, dass es die galoppierende Cheekygirl gewesen war, die sie gesehen hatte. Auf ihrem Rücken saß, die Finger in die Mähne gekrallt und die Knie fest an den Leib des Pferdes gepresst, ein zusammengekauertes kleines Kind. Cate rannte zurück und griff nach dem Autoschlüssel; ihre Hände zitterten so sehr, dass er ihr hinter die Kommode fiel und sie ihn erst wieder hervorkramen musste. Sie sprang auf, eilte hinaus und stieg in den Geländewagen. Endlich sprang das Auto an. Cate gab Gas, dass die Hinterreifen im Morast ins Schleudern gerieten, und raste den Pfad entlang. Cheekygirl war durchgegangen und preschte vor ihr den schlammigen Pfad entlang. Dunkelrote Erdklumpen flogen von ihren Hufen. Das Pferd achtete nicht auf Kimberleys schrille Schreie, es solle doch langsamer laufen.

»Halt dich fest, Kimberley!«, rief Cate.

Kaum hatte sie die Worte ausgesprochen, als Cheekygirl, offenbar erschreckt durch ein plötzliches Knacken im Unterholz, scheute, sodass Kimberley kopfüber im Gras landete. Mit einem ängstlichen Wiehern galoppierte das nun reiterlose Pferd davon.

Mit pochendem Herzen fuhr Cate zu Kimberley hinüber, bremste, sprang aus dem Wagen und lief auf die reglose kleine Gestalt zu.

»Kimberley! Kimberley! Kannst du mich hören?«, fragte Cate und kniete sich neben sie. Kimberley reagierte nicht. Sie hatte eine blutende Platzwunde an der Stirn. Cate rannte zurück zum Wagen, um einen Verband für die Wunde zu holen. Da sie nur einen öligen Lappen fand, riss sie sich die Bluse vom Leibe und presste sie auf die Verletzung. Zumindest atmete sie und schien sich auch nichts gebrochen zu haben. Im nächsten Moment kam Pat in Daryls Geländewagen angebraust. Kimberley stöhnte und verdrehte die Augen. Nach einem Blick auf ihre Enkelin nahm Pat Bandagen und eine Rettungsdecke aus ihrem Verbandskasten. Während Cate die Blutung stillte, wickelte sie das Kind warm ein.

»Wir müssen sie in die stabile Seitenlage bringen. Ich drehe dich jetzt auf die Seite, Kimberley.« Zum Glück hatte sie ihren Reithelm auf, dachte Cate, während sie und Pat das Kind vorsichtig wendeten.

»Wir müssen die Luftrettung rufen«, verkündete Pat. Sie war fast ebenso bleich wie Kimberley.

Cate eilte zurück zum Geländewagen, in dem ein Funkgerät war.

»Bei Kopfverletzungen gehen wir lieber kein Risiko ein«, erwiderte der Sanitätsoffizier, nachdem Cate die Symptome geschildert hatte. »Die Patientin muss zum CT und zur ärztlichen Behandlung in ein Traumazentrum geflogen werden. Townsville ist von Ihnen aus das nächste. Packen Sie die Patientin warm ein und bewegen Sie sie nicht. Innerhalb der nächsten Stunde ist ein Flugzeug bei Ihnen.«

Ein wenig beruhigt beendete Cate das Gespräch. Es blutete zwar nicht mehr so stark, doch Kimberley war noch immer sehr blass und verlor immer wieder das Bewusstsein.

»Mein Kopf, mein Kopf!«, stöhnte sie.

»Alles wird gut, Schätzchen«, versuchte Pat, das kleine Mädchen zu beruhigen. Kimberleys Augenlider flatterten.

Besorgt blickte Cate auf die Uhr und danach hinauf zu den Wolken, die sich am Horizont zusammenballten. Ihrer Schätzung nach würde es noch einige Stunden dauern, bis das Unwetter losbrach. Dann betrachtete sie die kleine Verletzte und die aschfahle Pat. Im Moment blieb ihnen nichts anderes übrig als zu warten.

»Ich machte uns eine Tasse Tee«, schlug Cate vor. Die Angst krampfte ihr den Magen zusammen. Der Boden war bereits morastig. Wenn es wieder zu regnen begann, würde kein Flugzeug starten oder landen können. Fünf Minuten später kehrte sie mit einer Thermosflasche mit heißem süßem Tee, zwei Tassen und einem Päckchen Kekse zurück. »Mir gefallen diese Wolken gar nicht«, meinte sie nach einem erneuten Blick auf die Uhr.

»Der Notdienst kommt gleich. Das Warten ist immer das Schlimmste«, erwiderte Pat mit gepresster Stimme.

Cate nahm einen Keks, betrachtete ihn und steckte ihn zurück in die Packung. Es musste doch irgendetwas geben, um die Sache zu beschleunigen! Als sie wieder hoffnungsvoll zum Himmel schaute, wuchs ihre Nervosität. Das Unwetter kam eindeutig näher. Weitere zehn Minuten vergingen. Die Hände tief in den Taschen, fing Cate an, auf und ab zu gehen. Sie schauderte trotz der Hitze. Als das Funkgerät ansprang, zuckte sie zusammen.

Sie griff zum Mikrofon. »Hier spricht Cate Perry auf *Wedegetail Creek, over.*«

»Wir haben einen Triebwerksschaden. Ich fürchte, wir müssen Ihren Flug streichen«, meldete der Offizier vom Rettungsdienst. »Die geschätzte Ankunftszeit der nächsten Maschine ist in etwa vier Stunden. Es tut uns wirklich leid, aber wir können nichts tun. Wir schicken Ihnen ein Flugzeug, sobald es geht.«

Cates Magen krampfte sich zusammen. »Verstanden«, erwiderte sie bestürzt. »Hier zieht gerade eine Unwetterfront heran. Gibt es denn gar keine Möglichkeit, das Flugzeug früher zu schicken? Es steht zu befürchten, dass der Boden zu weich zum Starten und Landen wird, wenn wir zu lange warten. Wir hatten in den letzten Tagen ziemlich viel Regen.«

»Ich bedaure, nein. Wir halten Funkkontakt wegen des Wetters und werden Sie informieren, wenn sich am Zeitplan etwas ändert. Wie geht es der Patientin?«

»Die Blutung hat aufgehört. Sie ist immer noch nicht ganz bei Bewusstsein. *Wedgetail Creek, out.*« Cate war wütend. Hatte sich denn die ganze Welt gegen sie verschworen? Aber bald beruhigte sie sich wieder und überlegte fieberhaft. Kimberley war in ihrer Obhut und warm zugedeckt. Die Wunde blutete nicht mehr. Das Kind hatte zwar Kopfschmerzen, war jedoch wieder bei Bewusstsein. Also würden sie wohl die Zähne zusammenbeißen und die vier Stunden durchhalten müssen. In der Ferne ertönte ein unheilvolles Grollen.

»Wir müssen sie zum Haus bringen, bevor es zu regnen anfängt«, sagte Cate zu Pat. Wieder funkte sie den Sanitätsoffizier an, meldeten den heranziehenden Regen und fragten, ob sie Kimberley bewegen dürften.

»Sie müssen sie ganz langsam anheben und in der Horizontalen halten. Haben Sie eine Halskrause im Haus, vielleicht von einer früheren Verletzung her?« Cate wollte schon nein sagen, doch da fiel ihr die Halskrause ein, die ihr Vater vor vielen Jahren einmal gebraucht hatte. Bei ihrem Auszug aus *Ironbark Station* hatte sie sie mit anderem Krimskrams in einen Karton geworfen. Nach dem Funkspruch fuhr sie zum Haus und fand zu ihrer Erleichterung die fleckige und eingerissene Halskrause. Rasch warf sie eine alte Matratze, die zum Trocknen auf der Veranda lag, auf die Ladefläche des Geländewagens, griff nach einem Laken und kehrte zurück zum Unfallort.

Mit Pats Hilfe legte sie Kimberley vorsichtig die Halskrause an und schob das Laken unter sie. Das Kind hatte wieder zu weinen begonnen. Die beiden Frauen hoben es auf die Ladefläche des Wagens. Mit ernster Miene saß Pat neben ihrer Enkelin, während Cate vorsichtig die Schlaglöcher umfuhr und sie zum Haus brachte. Der Weg schien sich ewig hinzuziehen, doch schließlich war es ihnen gelungen, das kleine Mädchen wohlbehalten ins Haus zu schaffen.

Wieder sah Cate auf die Uhr und blickte dann zum Himmel. Nachdem sie Pat rasch umarmt hatte, schlug sie in einem Erste-Hilfe-Buch nach, was man noch tun könne. Pat wurde immer nervöser, schaute ebenfalls dauernd auf die Uhr und setzte sich neben Kimberley, um sie zu trösten. Fünf Minuten später stand sie wieder auf und trat ans Fenster.

»Das Wetter gefällt mir gar nicht.« Sie senkte die Stimme zu einem Flüstern. »Kimberley muss sofort von einem Arzt untersucht werden. Wenn wir noch länger warten, kann uns niemand mehr hier rausholen. Wir müssen einen anderen Weg finden.«

Cate nickte. Die Warterei zehrte auch an ihren Nerven. Sie musste an die inneren Blutungen denken, vor denen der Sanitätsoffizier gewarnt hatte, und malte sich die schrecklichsten Dinge aus. Am Unfallort hatte sie geschätzt, dass das Unwetter noch etwa zwei Stunden entfernt war; doch seitdem war bereits eine knappe Dreiviertelstunde vergangen. Der Flug zum nächsten Neurochirurgen mit CT-Gerät in Townsville dauerte dreieinhalb Stunden. Wenn sie jetzt aufbrachen, konnten sie das Krankenhaus ungefähr um die Zeit erreichen, zu der das Rettungsflugzeug hier landen sollte.

»Es gibt keine andere Möglichkeit. Ich fliege uns nach

Townsville. Wenn wir sofort starten, können wir dem Sturm ausweichen.« Sie zitterte am ganzen Leib.

»Bist du sicher, dass du eine so weite Strecke schaffst?«

Cate nickte trotz ihrer Zweifel. »Ich sehe nach, ob das Flugfeld trocken genug für einen Start ist. Dann bringen wir sie ins Flugzeug.« Die Erleichterung stand Pat ins Gesicht geschrieben. Cate versuchte, nicht auf ihr Herzklopfen und ihre bebenden Glieder zu achten.

Da die Startbahn höher lag als die Weiden, war sie noch nicht überflutet. »Der Start wird nicht angenehm. Aber wenn wir sie hinten im Flugzeug fixieren und ich mich in der Mitte der Piste halte, müssten wir es hinbekommen«, meldete Cate, als sie fünf Minuten später zurückkam.

»Gutes Mädchen«, seufzte Pat dankbar.

Nachdem Pat zusätzliche Verbände, Kissen und Polster geholt und Kekse und Wasserflaschen für die Reise eingepackt hatte, hoben die beiden Frauen Kimberley wieder in den Geländewagen. Auf dem Weg zur Scheune fuhr Cate, so schnell es ging. Pat öffnete das Tor, und dann schoben sie und Cate die Maschine unter Aufbietung all ihrer Kräfte auf die Startbahn, die wegen der frisch ausgetriebenen Gräser kaum zu erkennen war. Sie klappten die hinteren Sitze so weit wie möglich nach vorne, sodass genug Platz entstand, damit Kimberley ausgestreckt liegen konnte. Vorsichtig hoben sie das kleine Mädchen auf dem Laken auf den Boden, stopften dann die Matratze ins Flugzeug, strichen sie glatt und betteten Kimberley zu guter Letzt auf das provisorische Krankenlager. Anschließend klappten sie die Sitze zurück. In stabiler Seitenlage, den Kopf von einem Kissen gestützt und den Körper mit weiteren Polstern und den

Sitzen gesichert, konnte das Kind nun nicht mehr herumgeschleudert werden. Schließlich setzte sich Pat neben Cate, schnallte sich an und drehte sich halb um, um dem kleinen Mädchen die Hand zu halten. Währenddessen funkte Cate den Rettungsdienst an, um ihn von ihrem Vorhaben zu informieren.

»Mein Kopf, mein Kopf!«, jammerte Kimberley. Bedrückt tätschelte Pat ihr Knie.

»Sie raten uns dringend davon ab, sie selbst auszufliegen«, verkündete Cate bestürzt. »Doch sie haben Verständnis für unsere Lage und werden dafür sorgen, dass am Flugplatz von Townsville ein Krankenwagen bereitsteht. Hältst du es für leichtsinnig, Pat?« Nervös trommelten Cates Finger gegen den Rumpf des Flugzeugs.

»Ich übernehme die Verantwortung. Ich habe miterlebt, wie das Kind meiner besten Freundin sterben musste, weil nicht rechtzeitig Hilfe kam. Bei meiner Enkelin werde ich dieses Risiko nicht eingehen. Sie muss so schnell wie möglich in einem Krankenhaus untersucht werden. Wir müssen fliegen, Cate«, beharrte Pat, den Tränen nah.

Cate zögerte. Sollte sie der Empfehlung der Ärzte folgen, wohl wissend, dass auch der spätere Flug womöglich wegen der Bodenbedingungen abgesagt werden würde? Konnte sie es schaffen, ihre Angst vor diesem langen Flug zu überwinden? Erneut blickte sie zum Himmel. Sie musste eine Entscheidung treffen.

»Also los«, sagte sie, stieg ein und schloss die Tür.

Als Cate auf dem Pilotensitz Platz nahm, war ihre Angst angesichts der bevorstehenden Aufgabe so groß, dass sie für einen Moment befürchtete, dem Ganzen nicht gewachsen zu sein. Nach einem Blick auf Pat, die dasaß und ihre Enkelin voller Sorge betrachtete, schnallte Cate sich an. Ohne auf ihre düsteren Vorahnungen zu achten, startete sie den Motor. Die Sonne schien noch, die Zikaden zirpten in den Bäumen, und der Wind wirbelte den Staub zu winzigen Säulen auf. Grüne Papageien flatterten zufrieden im Gras, nicht ahnend, welches menschliche Drama sich ganz in ihrer Nähe abspielte.

»Propeller frei!«, rief Cate. Als der große Propeller sich drehte, raste sie die Startbahn entlang und ließ das Flugzeug in die Luft steigen. Dabei versuchte sie, nicht daran zu denken, was die Gesteinsbrocken und Schlaglöcher ihrer kleinen Passagierin antaten. Mit schweißnassen Händen neigte sie die Maschine und nahm Kurs auf Townsville. Ihre Hände am Steuerhorn zitterten zwar, doch sie war voll und ganz aufs Fliegen konzentriert.

»Voraussichtliche Ankunftszeit siebzehn Uhr fünfunddreißig. Wie geht es ihr?«, fragte sie, als sie in den Horizontalflug übergegangen war und den Kurs überprüft hatte.

»Sie blutet nicht mehr«, erwiderte Pat heiser. »Aber es sieht aus, als hätte sie große Schmerzen.«

»Mein Kopf tut so weh …«, stöhnte Kimberley.

Cate funkte das Traumazentrum im Krankenhaus von Townsville an, um zu melden, dass sie unterwegs waren, und teilte mit, wann sie vermutlich eintreffen würden. Dann kontaktierte sie Daryl und schilderte ihm rasch die Situation. Dabei versuchte sie, sich von seinem entsetzten und verängstigten Tonfall nicht aus der Ruhe bringen zu lassen, denn sie durfte jetzt an nichts anderes als ans Fliegen denken. Jedes Mal, wenn die Maschine in eine Turbulenz geriet, erschauderte sie beim Gedanken an das Risiko, das sie eingingen. Allerdings wäre die Alternative kaum minder gefährlich gewesen.

Die nächsten dreieinhalb Stunden schienen sich eine Ewigkeit hinzuziehen, doch endlich kamen zu ihrer Erleichterung Castle Hill, das Wahrzeichen von Townsville, und die malerische Küste jenseits der Stadt in Sicht. Cate schnürte es die Brust zu, als sie Ausschau nach der Landebahn hielt und den Flughafen anfunkte, um sich nach der Windrichtung zu erkundigen. Verdammt! Der Wind wehte von der Seite. Warum ausgerechnet heute? Cate verabscheute Landungen bei Seitenwind, beim letzten Mal wäre ihr beinahe die Maschine weggekippt. Dann bemerkte sie den Notarztwagen, der auf der Straße neben der Landebahn herfuhr. Mit klopfendem Herzen bat Cate den Tower um eine vorgezogene Landegenehmigung, ging in den Landeanflug und brachte die Maschine ohne den kleinsten Holperer zu Boden. Dann rollte sie wie angewiesen zum Parkplatz für Kleinflugzeuge, wo der Krankentransport schon wartete. Während sie parkte und den Motor abstellte, eilten zwei Sanitäter auf sie zu. Der Größere der beiden warf einen Blick in die Cessna, begrüßte Pat und machte sich rasch ein Bild von der Situation.

»Zuerst müssen wir die Patientin stabilisieren. Sind Sie die Mutter?«, fragte er Cate.

Die beiden Sanitäter verfrachteten Kimberley routiniert in den Krankenwagen. Während der eine die Kopfwunde untersuchte, die Körperfunktionen überprüfte und dem Kind eine antiemetische Injektion gegen möglichen Brechreiz verabreichte, kümmerte sich der andere um die Aufnahme der Patientendaten. Dann raste der Krankenwagen mit Kimberley und Pat an Bord davon. Währenddessen führte Cate die vorgeschriebenen Kontrollen am Flugzeug durch, sicherte die Maschine gegen Wegrollen und hastete zum Ausgang.

»Kann ich Sie irgendwohin mitnehmen?«, fragte ein kräftiger Mann im ölverschmierten Overall, der die ganze Prozedur beobachtet hatte. Am liebsten hätte Cate ihn geküsst. Doch stattdessen sprang sie erleichtert in seinen zerbeulten Geländewagen. Am Krankenhaus angekommen, bedankte sie sich überschwänglich bei ihrem Helfer und eilte dann zum Empfangsschalter der Notaufnahme.

»Ich gehöre zu Kimberley Williams, die vor kurzem im Krankenwagen vom Flugplatz hergebracht wurde«, sagte sie und hielt dann inne, als sie Pat im Wartebereich sitzen sah.

»Der Arzt hat sie gerade untersucht. Nun wird alles für das CT vorbereitet«, teilte Pat Cate bedrückt mit. Cate setzte sich neben sie. Keine der beiden Frauen sprach ein Wort. Rastlos blätterte Cate in einer Zeitschrift, legte sie aber sofort auf den Stapel zurück und starrte aus dem Fenster.

Bitte mach, dass Kimberley wieder gesund wird, betete sie, während Pat zu Kimberley in die Notaufnahme gerufen wurde. Das alles war nur ihre Schuld, dachte sie traurig. Pat hatte guten Grund, ihr wegen des Unfalls ihrer Enkelin Vorwürfe zu machen. Sie hätte der Kleinen niemals erlauben dürfen, zu den Pferden zu gehen. Und das Reiten ohne Sattel hätte sie ihr ebenfalls verbieten müssen. Aber sie hatte Kimberley doch erklärt, wie gefährlich Cheekygirl war! Woher hätte sie denn wissen sollen, dass das kleine Mädchen versuchen würde, auf der Stute zu reiten? Außerdem wurde Cate noch immer von Zweifeln geplagt, ob es richtig gewesen war, entgegen dem ärztlichen Rat hierher zu fliegen.

Kurz darauf kehrte Pat zurück und winkte Cate zu sich und dem Arzt in die Notaufnahme. Kimberley, immer noch recht blass, zart und in dem großen Bett erstaunlich winzig, war inzwischen bei vollem Bewusstsein und beobachtete sie.

»Laut CT hat sie keine inneren Verletzungen davongetragen«, erklärte der Arzt, während er die Aufnahmen von Kimberleys Gehirn an einem Leuchtkasten an der Wand befestigte. »Ihre Enkelin ist ein wenig dehydriert und sehr verängstigt. Um das rechte Auge herum werden sich in den nächsten Wochen wohl ein paar interessante Farbschattierungen entwickeln. Wir behalten die Kleine noch achtundvierzig Stunden zur Beobachtung hier. Vermutlich wird sie ein paar Tage lang über Kopfschmerzen und Konzentrationsstörungen klagen. Aber bald springt sie wieder fröhlich herum.« Er tätschelte die Bettdecke über Kimberleys Bein und verließ lächelnd den Raum.

Pat seufzte erleichtert auf. »Da hast du dir ordentlich was eingebrockt, mein Schatz«, wandte sie sich an ihre Enkelin. »Aber bald bist du wieder gesund.«

»Das ist mal eine gute Nachricht.« Cate fiel ein gewaltiger Stein vom Herzen.

Kimberley lächelte ihre Großmutter zittrig an und blickte dann zu Cate hinüber.

»Sie ist nicht langsamer gelaufen, obwohl ich es wollte«, flüsterte sie. Enttäuschung stand in ihren blauen Augen. Der weiße Kopfverband ließ die dunklen Ringe darunter noch mehr hervortreten.

»Was meinst du damit, Schätzchen?«, fragte Pat.

»Wer ist nicht langsamer geworden?«, hakte Cate sanft nach und nahm Kimberleys Hand.

»Cheekygirl.« Vor Verzweiflung und Scham traten Kimberley die Tränen in die Augen.

»Ach, mein Kleines!«, rief Cate aus und beugte sich vor. Doch als Kimberley ihre Hand wegzog und den Kopf abwandte, hielt sie inne. Eine Träne kullerte von der Wange des kleinen Mädchens aufs Kissen.

»Jetzt hör mir mal gut zu, mein Schatz. Dir ist nichts passiert, und nur das zählt«, meinte Pat streng und küsste Kimberley auf die Wange. Das Mädchen brach in Tränen aus. Pat zog sich einen Stuhl heran, griff nach Kimberleys Hand und sprach in sanftem Ton mit ihr.

Leise schlüpfte Cate aus dem Zimmer und ließ sich auf dem Flur auf eine Bank fallen. Plötzlich begann sie heftig zu zittern. Seit sie beschlossen hatte, Kimberley ins Krankenhaus zu fliegen, hatte sie ihre eigenen Ängste beiseite geschoben. Nun stürmten sie wieder mit ungebrochener Wucht auf sie ein. Was, wenn sie beim Start abgestürzt wären? Was, wenn sie von der Piste abgekommen und im Morast stecken geblieben wäre? Dann hätte Kimberley sicher noch mehr Verletzungen davongetragen. Außerdem hätte sie, Cate, in der Aufregung vergessen können, ein wichtiges Instrument zu überprüfen. So konnte sie sich zum Beispiel nicht daran erinnern, die Treibstoffanzeige kontrolliert zu haben. Allerdings hatte sie es offenbar getan, denn sie waren schließlich wohlbehalten und sogar noch mit einem Rest Sprit im Tank angekommen. Was, wenn ...? Cates Schultern bebten. Sie schlang die Arme um den Leib und zwang sich zur Ruhe. Nach einer Weile beugte sie sich vor und schlug die Hände vors Gesicht. Sie musste sich zusammennehmen. Als sie eine Hand auf der Schulter spürte, fuhr sie hoch. Daryl stand neben ihr. Die Augen in seinem sonnengebräunten Gesicht waren feucht von Tränen.

»Mein kleines Mädchen wird wieder gesund. Pat hat mir alles erzählt, auch dass sie dich gedrängt hat, wegen des schlechten Wetters loszufliegen. Ich weiß, wie schwer dieser Flug für dich gewesen sein muss.«

»Jetzt darf ich mich offenbar wieder Solo-Pilotin nennen«, erwiderte Cate scherzhaft, um ihre Furcht und Erschöpfung zu tarnen. Doch im nächsten Moment verzerrten sich ihre Züge, und sie brach in Tränen aus. Da kam Pat aus dem Krankenzimmer und legte die Arme um sie beide.

»Was wir jetzt brauchen, ist eine schöne heiße Tasse Tee«, verkündete sie.

22

Beinahe über Nacht galt Cate in der gesamten Umgebung als Heldin, und die Nachricht von ihrem Rettungsflug verbreitete sich wie ein Lauffeuer. Allerdings gab es auch Menschen, die Cates Handlungsweise nicht für mutig hielten, sondern für leichtsinnig und verantwortungslos und mit ihrer Kritik nicht hinter dem Berg hielten. Die Auseinandersetzung wegen des Fluges stieß auch bei den Medien auf Interesse, denn schließlich war eine bekannte Musikerin in die Sache involviert. Plötzlich fragten Reporter von Radio, Fernsehen, Zeitungen und Zeitschriften um Interviews an.

»Sogar hier in Darwin wird über dich berichtet«, meldete Tim, als sie wegen *Wedgetail Creek* miteinander telefonierten. »Ich habe die Artikel für dich aufbewahrt und werde sie dir faxen. Sie sind nicht alle positiv. Dein Exfreund hat sich übrigens offenbar auch einigen Ärger eingehandelt.«

Cate hatte keine Gelegenheit, ihn zu fragen, was genau er damit meinte, denn er sagte rasch: »Ich muss jetzt Schluss machen, Cate«, und legte auf. Schon im nächsten Moment läutete das Telefon wieder. Zu Cates Freude war es Claudia aus Tamworth. Die beiden Frauen sprachen lange miteinander und tauschten Neuigkeiten aus. Ginas und Santas Farm wurde von einem engen Freund der Familie versorgt. Die beiden waren in Italien, um die Hinterlassenschaft von Ginas Vater zu ordnen. Dieser war gestorben und hatte ihnen nicht nur einen Weinberg, sondern dazu auch jede Menge juristische Schwierigkeiten vermacht.

»Und Alf?«, fragte Cate, die so gerne mit ihm gesprochen hätte.

»Der pendelt zwischen Queensland und Italien hin und her. Die ganze Familie ist hingeflogen, um zu helfen. Das Letzte, was ich gehört habe, ist, dass er vorhatte, sich eine Farm zu kaufen und dort häuslich einzurichten«, erwiderte Claudia ausweichend. »Die letzten Monate waren nicht leicht für Gina, denn schließlich muss sie sich ja um Santa kümmern und sich außerdem mit den Problemen in Italien herumschlagen. Lucia ist auch dort.«

Und Marcella?, fragte sich Cate, sprach es aber nicht laut aus, denn sie wollte lieber gar nicht so genau wissen, ob Marcella und Alf verheiratet waren oder einfach so glücklich zusammenlebten.

Sie legte auf, nahm Tims Nachrichten aus dem Fax und las die Artikel, während sie auf das nächste Telefoninterview wartete, denn es hatte sich ein Journalist von einem Radiosender angekündigt. HELDENHAFTER FLUG RETTET ACHTJÄHRIGE TIERARZTTOCHTER lautete die Überschrift des ersten Berichts, der Cate in den glühendsten Farben als mutige Frau und ausgezeichnete Musikerin lobte, auf die ganz Top End stolz sein konnte. Beim Anblick der nächsten Schlagzeile – PILOTIN RISKIERT NACH STORNIERUNG EINES RETTUNGSFLUGS MEN-

SCHENLEBEN – verzog sie unwillig das Gesicht. WILDE NACHT FÜR WILD KNIGHT! war der nächste Artikel überschrieben und beschrieb Cate als begabte Sängerin und Gewinnerin von fünf Goldenen Gitarren, die der Band Wild Knights zur Berühmtheit verholfen hätte, bevor sie wegen plötzlichen Stimmverlusts untergetaucht sei. Cate las weiter: »Cate Perrys Nachfolgerin ist eine attraktive Blondine, die talentierte australische Countrysängerin Estelle, von ihren Freunden Legs genannt.« Cate wurde von Enttäuschung ergriffen. Offenbar hatte Legs keine Zeit verschwendet und sofort Cates Platz eingenommen. Doch beim nächsten Absatz schnappte sie erschrocken nach Luft: Nachdem Nat bei einem Konzert ausgebuht worden war, hatte er ein Hotelzimmer verwüstet, was zur Trennung von seiner Freundin Legs geführt hatte. Außerdem war er für vierundzwanzig Stunden im Gefängnis gelandet und zu einer saftigen Geldstrafe, zur Leistung von Schadenersatz und darüber hinaus zu einhundert Sozialstunden verurteilt worden.

»Na, wer hätte das gedacht!«, rief Cate aus. Sie war zwar erschrocken, aber zum ersten Mal wirklich erleichtert, heil aus dieser Beziehung herausgekommen zu sein.

Im nächsten Moment läutete das Telefon, und Cate musste sich auf ihr Radiointerview konzentrieren. Kaum hatte sie aufgelegt, als es erneut klingelte. Es war Angus. Er hatte im lokalen Radiosender ABC von Cates umstrittenem Rettungsflug gehört und aus der Zeitung von Nats katastrophalem Verhalten erfahren und wollte sich nun nach ihrem Befinden erkundigen. Nachdem er sie daran erinnert hatte, dass er ihr schon länger zur Trennung von den Wild Knights geraten hatte, fragte er sie, ob sie ihm neues Material liefern könne. Außerdem wollte er wissen, wann sie das nächste Mal nach Sydney kommen werde. Froh, von ihrem Agenten zu hören, und aufgeregt, dass er sie tatsächlich immer noch unterstützte, erwiderte Cate, sie habe zehn neue Stücke geschrieben, die alle viel fröhlicher seien als die letzten.

»Abwechslung hat auch etwas für sich. Ich kann dir zwar nichts versprechen, aber schick sie mir«, entgegnete Angus und legte auf. Cate konnte kaum fassen, wie sehr sich plötzlich alle für sie interessierten.

Als der Boden trocknete und die Aufmerksamkeit der Medien nachließ, wandte sich Cate wieder den beiden Dingen zu, die ihr am meisten Freude bereiteten: der Arbeit auf der Farm und ihren Songs. Außerdem flog sie regelmäßig und hatte mehr Spaß daran denn je zuvor, was sie, wie sie wusste, Daryl zu verdanken hatte.

Eines Morgens Anfang April war Cate besonders guter Stimmung. Sie rief Tommy, damit er ihr half, die Cessna aus der Scheune zu ziehen, und flog dann mit ihm los, um das Wasserloch im Südosten des Besitzes zu kontrollieren. Seit sie nach *Wedgetail Creek* gezogen und die kleine Familie kennengelernt hatte, die ihr so viel bedeutete, hatte ihr Leben sich sehr zum Positiven verändert. *Ich mag Daryl sehr. Wenn ich mich nur in ihn verlieben könnte, wären alle meine Probleme gelöst*, dachte sie mit einem Seufzer. Am meisten machte es ihr zu schaffen, dass Daryl offenbar Gefühle für sie entwickelt hatte. Und auch Pat schien sie seit dem Rettungsflug schon als ihre zukünftige Schwiegertochter zu betrachten.

In der folgenden Woche bestätigte Daryl Cates Verdacht,

indem er darauf bestand, mit ihr zum Mittagessen nach Townsville zu fliegen. Dort küsste er sie am Strand unter einer Palme, während die Wellen über den strahlend weißen Sand plätscherten. Bei Sonnenuntergang setzte er sie dann vor ihrer Haustür ab und flog los, um ein Pferd zu retten, das in einen Schacht gestürzt war. Cate war ganz schwindelig, als sie ins Haus trat. Seit Nat hatte sie keinen Mann mehr geküsst, und es erschreckte sie, wie angenehm es sich angefühlt und welche Sehnsüchte Daryl in ihr ausgelöst hatte. Sie hatte sich an ihn geschmiegt und seinen Kuss erwidert. Mit klopfendem Herzen malte sie sich aus, was für eine glückliche Familie sie vier sein würden.

Als sie zwei Tage später an einer Koppel standen und zusahen, wie ein neugeborenes Kalb die ersten wackeligen Schritte machte, legte Daryl wieder den Arm um Cate und küsste sie. Auch das gefiel ihr. Doch nachts im Bett überfielen sie bohrende Zweifel, und sie fragte sich, was sie, indem sie sich so bereitwillig hatte küssen lassen, angerichtet hatte.

Inzwischen hatte Kimberley sich vollständig von ihrem Sturz erholt und übte eifriger denn je auf der Gitarre. Ständig lag sie Cate in den Ohren, sie solle doch wieder einen Liederabend am Lagerfeuer veranstalten.

»Das letzte Mal ist schon eine Ewigkeit her«, jammerte sie nach der Gitarrenstunde, wobei sie den Liederabend vor einigen Monaten einfach unter den Tisch fallen ließ.

»Ich glaube, das würde uns allen Spaß machen«, stimmte Daryl zu. »Außerdem habe ich den Verdacht, dass sie etwas plant, um sich bei dir zu bedanken«, meinte er später, als Kimberley außer Hörweite war. Er küsste Cate auf die Wange.

Cate, die in Hochstimmung war, weil sie gerade ihre zehn neuen Lieder an Angus geschickt hatte, ließ sich leicht überzeugen. Sie entschieden sich für die erste Juniwoche, denn die sonnigen tropischen Wintertage und die kühlen Nächte eigneten sich großartig für ein Konzert. Die vier beschlossen, sämtliche Nachbarn einzuladen, und Cate gestaltete Einladungskarten auf ihrem Computer, in denen sie alle aufforderte, zum »Singen unter den Sternen« nach *Wedgetail Creek* zu kommen. Sie flog nach Timber Creek, um Essen für einhundert Gäste zu besorgen und eine PA-Anlage zu mieten, und leistete sich bunte Tischdecken und Servietten. Tommy und Will schlachteten einen Stier zum Grillen, und Pat und ihre Freundin Molly bestanden darauf, das Kochen zu übernehmen. So hatten Cate und Kimberley, die vor Aufregung kaum noch an sich halten konnte, Zeit, das musikalische Programm zu planen. Das Eröffnungsstück sollte Kimberley allein singen, gefolgt von zwei Solos von Cate. Der Höhepunkt des Abends war ein Duett von Cate und Kimberley, von beiden auf ihren Gitarren begleitet.

In den Wochen vor dem Fest sprach Kimberley über nichts anderes mehr, und sie übte wie eine Besessene. Eines sonnigen Junimorgens, zwei Tage vor der Party, war Cate gerade damit beschäftigt, Stühle rings um das bereits auf der Weide hinter dem Haus aufgebaute Lagerfeuer aufzustellen. Da rief Tim an, um zu melden, die Besitzer von *Wedgetail Creek* seien aus dem Ausland zurück und spielten mit dem Gedanken, die Farm zu verkaufen. Er sei zwar nicht sicher, ob sie in diesem Fall ihre Stelle behalten könne, doch sie solle erst einmal abwarten. Die Nachricht bestürzte Cate viel weniger, als sie gedacht hatte. Es bedeutete nur, dass sie sich nun mit der Frage auseinandersetzen musste, die sie schon seit einer Weile beschäftigte, nämlich, ob sie ernsthaft ins Musikgeschäft zurückkehren wollte. Sie beschloss, erst nach dem Liederabend mit den anderen über den Anruf zu sprechen.

Der Tag des Festes war sonnig und kühl. Am frühen Nachmittag wehte eine frische Brise durch den Garten, sodass sich die hübschen bunten Tischdecken bauschten. Die Tische bogen sich bereits unter Tellern, Besteck und blankpolierten Gläsern. In der Küche legten Pat und Molly letzte Hand an Platten mit appetitlichen Salaten, Reis- und Nudelgerichten und bedeckten alles mit Frischhaltefolie, um die Fliegen fernzuhalten. Daryl hatte sich nicht nur um Steaks und Würstchen gekümmert, sondern auch noch vor einer Woche mit zweien seiner Freunde ein Wildschwein erlegt, das die drei Männer nun am Spieß braten wollten. Bald wehte der köstliche Duft von Schweinebraten, brutzelnden Steaks und Grillwürstchen durch den Garten.

Am frühen Nachmittag trafen die ersten Gäste in PKWs, Geländewagen und Pick-ups ein, die mit Schlafsäcken, Kühltaschen und Bierkästen beladen waren. Einige kamen auch mit dem Flugzeug und landeten auf der kleinen Piste. Als es Abend wurde, waren einhundertundzehn Besucher da. Sie brachten köstliche selbstgemachte Kuchen und Nachspeisen und Flaschen mit Rum, Wein und Limonade mit. Die Getränke wurden in zwei großen mit Eis gefüllten Wassertrögen gekühlt. Alle plauderten mit alten Bekannten, tauschten Neuigkeiten aus und halfen, die vielen Platten mit Speisen aus der Küche zu holen. Daryl zündete das große Lagerfeuer an, das bald gemütlich knisterte und winzige rote und gelbe Funken sprühte und die Wangen der Gäste wärmte. Dann füllten alle ihre Teller am Büffett und griffen herzhaft zu. Nachdem alle mit Essen und Getränken versorgt waren, warteten sie gespannt auf den Liederabend.

Cate, die gerade mit einer Schüssel Krautsalat aus der Küche kam, betrachtete die fröhliche Runde. Pat amüsierte sich großartig und plauderte mit ihren Freunden, während Daryl für den Nachschub an Drinks sorgte. Cate fand, dass sie großes Glück hatte, hier mit diesen großartigen Menschen zu leben, und war froh, dass sie eingewilligt hatte, dieses Fest zu veranstalten. Die Familie Williams hatte sich die Feier wirklich verdient, denn sie schenkten ihr so viel Liebe und Unterstützung. Dann jedoch fiel ihr Tims Anruf ein, und mit Schrecken wurde ihr klar, dass das heute vermutlich der letzte Liederabend am Lagerfeuer auf *Wedgetail Creek* war. Außer … Sie spürte Aufregung in sich aufsteigen. Außer sie kaufte *Wedgetail Creek!* Dann könnte sie weiter auf der Farm arbeiten und sich gleichzeitig ihrer Gesangskarriere widmen. Doch wovon sollte sie das bezahlen? Die freudige Erregung verschwand so schnell, wie sie gekommen war. Fest entschlossen, sich von nichts den Abend verderben zu lassen, schob Cate den Gedanken beiseite, steuerte lächelnd auf eine Gruppe von Gästen zu und begann sich mit ihnen zu unterhalten. Nach einer Weile sah sie auf die Uhr. Die Teller leerten sich zusehends. Es war Zeit für den Auftritt.

»Du siehst toll aus. Sollen wir anfangen?«, raunte sie Kimberley zu und rückte das Kettchen mit dem winzigen silbernen Herz zurecht, das sie dem Mädchen am frühen Abend geschenkt hatte.

»Ja!«, rief Kimberley und riss vor Aufregung weit die Augen auf. »Ich habe zwar schreckliches Lampenfieber, aber das geht vorbei, wenn ich erst einmal losgelegt habe.«

»Ganz sicher«, erwiderte Cate und trat ans Mikrofon, das neben dem Lagerfeuer stand. »Ich möchte euch alle begrüßen und freue mich, dass ihr zum ›Singen unter den Sternen‹ nach *Wedgetail Creek* gekommen seid. Wie schön, so viele Freunde hier zu sehen. Der heutige Abend bedeutet mir sehr viel, aber ihr müsst euch bei Kimberley bedanken, es war eigentlich ihre Idee. Ihr habt bestimmt alle von Kimberley Williams' Unfall gehört, aber sicher wissen viele von euch nicht, dass sie vor kurzem den ersten Preis beim Kinder-Gesangswettbewerb in Timber Creek gewonnen hat. Ich freue mich ganz besonders, dass sie zum Auftakt des heutigen Abends ein Solo für uns singen wird. Also, langer Rede, kurzer Sinn: Ich bitte Kimberley, unseren Liederabend zu eröffnen.«

Die Gäste applaudierten. Jemand stieß einen schrillen Pfiff aus, und ein anderer rief: »Los, Mädchen!« Immer noch trafen verspätete Gäste ein. Cate warf einen Blick in Richtung Haus, wo sich in der Abenddämmerung drei schlammbespritzte Geländewagen näherten. Die Autoradios plärrten. Einige junge Männer in Jeans und Arbeitshemden und mit Akubras auf dem Kopf stiegen aus. Die Rockmusik verstummte. *Fremde*, dachte Cate, während die anderen Gäste ärgerlich murrten. Sie griff zur Gitarre und streifte den Gurt über den Kopf. Tja, sie hatte schließlich die gesamte Umgebung eingeladen.

»Warte, bis alle sitzen«, flüsterte sie Kimberley zu und legte dem kleinen Mädchen die Hand auf den Arm. »Jetzt«, meinte sie dann, worauf Kimberley lächelnd die Bühne neben dem Lagerfeuer betrat. Cate spielte ein kurzes Intro, dann begann Kimberley zu singen, sodass ihre klare Kinderstimme über die Weide schwebte. Als sie fertig war, klatschten alle begeistert. Dann stimmten die Gäste ein beliebtes australisches Volkslied an.

Der Abend verging wie im Flug. Die Gäste sangen aus voller Kehle mit, riefen Musikwünsche in die Runde und lauschten gebannt, während Cate mit warmer, sanfter Stimme ihr erstes Solo sang. Sie konnte kaum fassen, wie entspannt und glücklich sie war, und legte all ihre positiven Emotionen in das Lied. Eigentlich hatte sie nur mit ein wenig höflichem Applaus gerechnet und erschrak fast, als die Zuhörer wie wild jubelten und klatschten.

»Los, sing noch etwas für uns!«, rief Daryls Kumpel Gary.

»Mit Vergnügen«, erwiderte Cate und stimmte ihren zweiten Song an, der sogar mit noch größerem Beifall aufgenommen wurde. Sie nützte die ausgelassene Atmosphäre und animierte die Gäste dazu, einige altbekannte und neuere Lieder zu singen. In der nächsten halben Stunde sangen und lachten alle, riefen durcheinander, klatschten und jubelten, taten sich an den Getränken gütlich und hatten großen Spaß.

»Danke, dass ihr so begeistert mitgemacht habt!«, rief Cate, als das Gelächter nach der letzten Strophe erstarb. »Jetzt habe ich eine ganz besondere Überraschung für euch. Ihr habt alle Kimberley singen gehört, aber sicher ahnt ihr nicht, dass sie auch Gitarre spielt. Und zwar sehr gut. Sie wird euch jetzt eine Kostprobe davon geben. Meine Damen und Herren, Miss Kimberley Williams!« Sie streckte den

Arm nach Kimberley aus. Stolz die schimmernde dunkelrote Gitarre umklammernd, stellte sich das kleine Mädchen vor das Publikum, schlug ein paar Akkorde an und schwenkte dann das Instrument. »Schaut, ich kann auch spielen!«, rief sie. Die Gäste lachten.

»Wir werden im Duett singen und spielen«, fuhr Cate fort. »Und zwar ein Lied mit dem Titel ›Magic Happens‹ – Wunder sind möglich –, das ich eigens für den heutigen Abend geschrieben habe.«

Verborgen im Schatten der Bäume und ein wenig abseits von den anderen Gästen, stand Alf Cristelli. Er war unbemerkt kurz nach den fremden jungen Männern eingetroffen und beobachtete nun die Szene. Vor Glück schlug sein Herz schneller, denn er hatte endlich herausgefunden, wo Cate nun lebte und dass sie – Wunder über Wunder – nicht mehr mit dem Schlagzeuger von den Wild Knights zusammen war.

Während er zufrieden der Musik lauschte, dachte er an den glücklichen Zufall, der ihn heute Abend hierher geführt hatte. Der Kunde eines Immobilienmaklers weit im Norden von Queensland, wo er sich nach zum Verkauf stehenden Farmen erkundigt hatte, hatte ihm von Cates umstrittenem Rettungsflug erzählt. Dann hatte jemand beiläufig den Liederabend auf *Wedgetail Creek* erwähnt, worauf Alf sofort alles stehen und liegen gelassen und sich auf den Weg gemacht hatte. Während der fünfhundert Kilometer weiten Fahrt nach Süden hätte er sich ohrfeigen können, weil er Cate nicht früher gefunden hatte. Doch dass er nun hier stand, war jedes Schlagloch auf der endlosen Straße wert gewesen, sagte er sich, als er Cates strahlendes Gesicht betrachtete. Wegen seines klapprigen alten Geländewagens hätte er es beinahe nicht geschafft. Die Rostlaube war auch schuld daran, dass er zu spät gekommen war.

Bei jedem einzelnen Ton dankte er seinem Glücksstern, dass er nun endlich hier bei Cate war. Jetzt hatte er die Chance, etwas gegen die bohrende Sehnsucht in seinem Herzen zu tun, die im Laufe der Jahre nur noch schmerzhafter geworden war, anstatt nachzulassen. »Vermassle es bloß nicht wieder, alter Junge«, murmelte er sich selbst zu und trank einen Schluck eiskaltes Bier.

Die fremden jungen Männer tuschelten. »Eine tolle Frau. Kennst du sie?«, flüsterte einer von ihnen Alf zu. Alf nickte und lächelte in die Dunkelheit hinein, während der Mann leise pfiff und seine Begleiter anstieß. Dann prosteten sie Alf zu.

Alf nahm noch einen Schluck und seufzte zufrieden. Das kleine Mädchen war niedlich. Er wusste zwar nicht genau, wer zu wem gehörte, nahm aber an, dass der Mann in der ersten Reihe ihr Vater war. Keine Konkurrenz also. Alf lehnte sich an sein Auto und ließ die Stimme der Frau, die er heiraten wollte, über sich hinwegbranden.

»Zu diesem Lied hat mich … eine wundervolle kleine Familie inspiriert.« Plötzlich von Gefühlen überwältigt, hielt Cate inne. Dann nickte sie Kimberley zu, die zu spielen begann. Die Gäste lauschten aufmerksam. Dann stimmte Cate ein, und die beiden sangen und spielten gemeinsam. Sie hatte das Stück so angelegt, dass die Stimmen beider Sängerinnen ebenso zur Geltung kamen wie ihre Fertigkeiten auf der Gitarre.

Der Song handelte von einer Frau, deren Leben aus der Bahn geraten und die von den heilenden Kräften eines kleinen Mädchens gerettet worden war. Auch der Rest der Familie hatte sie unterstützt. Insbesondere der Vater. Die Melodie war eindringlich und ging ans Herz, eine Mischung aus den düsteren Anklängen von früher und der Leichtigkeit und Freiheit, die Cate dank ihrer Rückkehr in den Busch gefunden hatte. Als der letzte Ton verklungen war, herrschte Schweigen. Selbst die Zikaden hielten kurz in ihrem endlosen Zirpen inne. Besorgt und fragend sah Kimberley Cate an. Im nächsten Moment begannen die Gäste zu klatschen und zu pfeifen. Einige schnäuzten sich sogar und tupften sich die Augen trocken, während sie ihren Sitznachbarn beifällig zunickten. Die Zikaden stimmten ihr Lied wieder an.

»Sollen wir jetzt unsere Zugabe singen?«, flüsterte Cate Kimberley ins Ohr.

»Ja.« Kimberley nickte mit Nachdruck, und dann schmetterten sie beide »There's a track winding back …«. Cate lächelte unter Tränen. Rasch forderten sie die anderen zum Mitsingen auf. Die ließen sich nicht lange bitten. Die letzte Zeile war zur Feier des Tages geändert worden: »… to an old-fashioned shack along to *Wedgetail Creek*.«

»Ach, war das schön!«, seufzte Kimberley mit strahlenden Augen, verbeugte sich vor dem Publikum und umarmte Cate. Stolz trat Daryl neben Cate, bestand darauf, dass die beiden sich noch einmal verbeugten, worauf der Applaus noch lauter wurde. Als der Beifall endlich verstummte, lud Cate die Gäste ein, sich an den Nachspeisen gütlich zu tun.

»Ein Traum! Du hättest Kimberley kein schöneres

Geschenk machen können!«, sagte Daryl. Er legte den Arm um Cate und küsste sie wie selbstverständlich auf die Wange. Pat gesellte sich zu ihnen. Sie tätschelte Kimberley den Arm und lobte Cates Talent.

Cate schmunzelte. »Kommt, wir wollen uns etwas von dem Nachtisch sichern, bevor die Gäste alles verschlingen.«

»Oh, Daddy, halt! Fast hätte ich es vergessen! Wo ist Daddy?«, rief Kimberley da voller Panik. »Ihr müsst euch alle wieder hinsetzen, weil jetzt etwas ganz Besonderes kommt!«, befahl sie.

Rasch reichte Daryl ihr einen großen, verbeulten Pappkarton.

»Da ist es ja!«, seufzte Kimberley erleichtert auf, während Daryl die Gäste bat, noch einmal Platz zu nehmen. »Das ist ein Geschenk für den Menschen, den ich auf der ganzen Welt am liebsten mag, außer Daddy und Oma Pat natürlich.« Alle lachten.

Kimberley wartete, bis wieder Stille einkehrte, und blickte dann Cate an. »Cate, ich möchte mich dafür bedanken, dass du so eine wunderbare Freundin bist, und dafür, dass du mich gerettet hast, als ich verletzt war. Du hast mir das Gitarrespielen beigebracht, warst mit diesem Konzert einverstanden und hast so schön für uns gesungen«, sprudelte sie atemlos hervor, worauf die Gäste wieder lachten.

Als Kimberley den Karton auf den Boden stellen wollte, trat Daryl rasch vor und hielt ihn für sie. Kimberley kramte in dem Zeitungspapier herum, mit dem er ausgestopft war, und förderte eine grob geschnitzte, golden lackierte Gitarre mit kantigen Wirbeln aus Holz und Saiten aus buntem Nähgarn hervor. Schon vor ihrem Unfall hatte sie angefangen, das kleine Instrument zu basteln, das sie nun Cate hinhielt. »Das ist für dich. Ich hab dich lieb, und deshalb kriegst du von mir auch eine goldene Gitarre. Die kannst du zu den anderen stellen, dann hast du insgesamt schon sechs. Eigentlich wollte ich sie dir schon früher schenken, aber dann bin ich von Cheekygirl gefallen. Ich habe sie ganz allein gebastelt, na ja, fast, Daddy und Pat haben mir ein kleines bisschen geholfen«, gestand sie.

Die Gäste lachten erneut, seufzten bewegt auf und applaudierten, als Cate sich bückte, um sich das Geschenk überreichen zu lassen. Mit Tränen der Rührung in den Augen küsste sie Kimberley und warf Daryl und Pat Kusshände zu. Dann reckte sie die goldene Gitarre in die Luft, damit alle sie sehen konnten.

»Sie bekommt einen Ehrenplatz«, rief sie Kimberley zu und umarmte sie noch einmal. »Daryl, Pat und Kimberley, ich kann euch gar nicht genug dafür danken, dass ihr mich in eure Familie aufgenommen habt. Daryl, du warst mir eine große Hilfe dabei, den Laden hier in Schwung zu bringen. Du bist sofort gekommen, wenn einem der Tiere etwas fehlte, und du hast es geschafft, dass ich mich wieder ans Steuer eines Flugzeugs wage. Ihr könnt euch gar nicht vorstellen, wie wundervoll es ist, wieder zu fliegen. Also noch einmal tausend Dank an die wundervolle Familie Williams. Euch anderen danke ich dafür, dass ihr heute zum ›Singen unter den Sternen‹ gekommen seid. Jetzt reicht es aber mit dem Gerede. Lasst uns die leckeren Nachspeisen essen, die ihr mitgebracht habt.«

Die Gäste wollten schon aufstehen, setzten sich aber erneut, als Daryl vortrat und zu sprechen begann.

»Bevor wir essen, müssen wir noch etwas erledigen, und zwar die Torte anschneiden. Meine Mutter Pat, die sich solche Mühe mit dem Essen gegeben hat, hat sie zusammen mit ihrer Freundin Molly gebacken. Applaus für unsere beiden großartigen Köchinnen.« Er drehte sich um und wies auf Pat und Molly, die stolz hinter einer mit brennenden Kerzen verzierten Torte standen. Auf der Torte prangten die Namen Cate und Kimberley in aprikosenfarbenem Zuckerguss. Außerdem war sie mit winzigen Marzipangitarren und zwei kleinen singenden Figürchen geschmückt. Begeistert und begleitet von Klatschen und Jubeln, pusteten Cate und Kimberley die Kerzen aus.

»Wann fragst du sie endlich, ob sie dich heiraten will, Dad?«, fragte Kimberley plötzlich mit lauter Stimme.

Totenstille entstand, und alle Blicke waren auf Daryl gerichtet. Alf stand wie erstarrt unter dem Baum. Das Herz klopfte ihm bis zum Halse. Cate ließ sich erschrocken auf den nächstbesten Stuhl sinken.

»Nun, eigentlich wollte ich es nicht heute tun, aber da alle unsere Freunde und die Familie beisammen sind, ist es vielleicht der richtige Zeitpunkt«, meinte Daryl, nachdem er sich von seinem Schrecken erholt hatte. »Cate, als du in unser Leben getreten bist, brauchtest du ein Zuhause und ein neues Ziel. Wir hingegen hatten jemanden wie dich dringend nötig. Du warst mir nicht nur eine gute Freundin, Kimberley eine Mutter und meiner Mum eine Tochter, sondern …« – von Gefühlen überwältigt, musste er innehalten – »… sondern auch für sie da, als sie auf deine Hilfe angewiesen waren.« Er räusperte sich und sah Cate an. »Am liebsten würde ich jetzt vor dir auf die Knie fallen und dir einen Heiratsantrag machen, aber ich erwarte nicht sofort eine Antwort von dir. Allerdings möchte ich dir in Gegenwart meiner Familie und meiner Freunde sagen, dass ich dich liebe und bewundere und mich freuen würde, wenn du meine Frau wirst.«

Pat begann leise zu weinen. Alle betrachteten Cate, der es vor Schreck die Sprache verschlagen hatte. Sie starrte Daryl an.

»Danke«, flüsterte sie schließlich mit Tränen in den Augen. Die goldene Gitarre noch immer in den Händen, eilte sie auf ihn zu und küsste ihn rasch auf die Wange. Dann drehte sie sich zu den Gästen um. »Jetzt sollten wir uns aber wirklich über den Nachtisch hermachen. Ich verhungere!«, verkündete sie mit einem gekünstelten Auflachen. Am anderen Ende der Weide raste ein alter schmutziger Geländewagen mit zornig aufheulendem Motor in die Nacht hinein.

Die Szene, deren Zeuge er gerade geworden war, hatte Alf so wütend und traurig gemacht, dass er von den ersten fünf Kilometern Fahrt kaum etwas mitbekam. Der Wagen holperte über den kurvigen Weg, und der gespenstische Umriss der alten Holzhütte sauste an ihm vorbei. Erst als er eine halbe Stunde später die Teerstraße erreichte, hatte er sich wieder ein wenig beruhigt.

Warum hatte er sich überhaupt die Mühe gemacht?, fragte er sich und schlug erbost mit der Faust aufs Lenkrad. Weshalb hatte er sich mit der Hoffnung gequält, er und Cate könnten eine gemeinsame Zukunft haben? Das war doch alles Unsinn! Cate liebte einen dämlichen Tierarzt, der doppelt so alt war wie sie. Wann würde er es endlich kapieren, dass sie sich nicht für ihn interessierte. Nicht einmal als er ihr Blumen geschickt hatte, um ihr zu ihrem sensationellen Erfolg bei der Verleihung der Goldenen Gitarre zu gratulieren, hatte sie sich bei ihm gemeldet. Sie hatte nur kurz mit Gina telefoniert und wusste nicht einmal, dass er an jenem traurigen Abend im letzten Juli vergeblich versucht hatte, sie anzurufen. Cate führte jetzt ihr eigenes Leben und schien glücklich zu sein. Er wünschte ihr von Herzen alles Gute. Sie war eine wunderschöne und mutige Frau, die er immer lieben würde. Er würde niemals aufhören, von ihr zu träumen … Alf ging vom Gas, denn die Tränen verschleierten ihm so sehr den Blick, dass er beinahe im Straßengraben gelandet wäre.

Er hielt an, schaltete den Motor ab und stieg aus. Dann stand er da und starrte in die Dunkelheit. Seine Schultern bebten, als lautlose Tränen ihm die Wangen hinunterliefen.

Schließlich ließ die Trauer nach. Ungeduldig wischte Alf sich mit dem Hemdsärmel über die Augen. »Du musst nach vorne schauen, alter Junge. Zeit, loszulassen«, schalt er sich. Er blickte zur Milchstraße hinauf, deren Sterne an dem mondlosen Himmel strahlend funkelten. »Cate, mein Liebling, irgendwo dort oben geht dein Stern auf. Ich wünsche dir alles Glück der Welt.«

Alf stieg wieder ins Auto und fuhr los, fort von *Wedgetail Creek* und der Frau, die er liebte.

»Der Abend war ein großer Erfolg«, sagte Daryl und legte den Arm um Cate. Sie standen zusammen auf der Veranda und schauten den letzten Gästen nach, die auf dem kurvigen Pfad davonfuhren. Andere hatten beschlossen, unter den Sternen zu campieren, und holten ihre Schlafsäcke aus den Autos. Manche schliefen schon, einige Nachteulen saßen noch immer am glimmenden Lagerfeuer.

Kimberley schob sich zwischen Cate und Daryl und griff nach ihren Händen. »Hat es euch wirklich gefallen, wie ich Gitarre gespielt habe?«, fragte sie mit einem lauten Gähnen.

»Sehr. Und du hast wunderschön gesungen. Ich bin so stolz auf dich«, antwortete Cate, die sich noch immer nicht von Daryls Heiratsantrag erholt hatte und froh über die Ablenkung war.

»So, Schlafenszeit«, verkündete Pat und legte Kimberley die Hand auf die Schulter.

»Ich denke, wir gehören alle ins Bett«, stimmte Cate zu. Doch als sie endlich lag, stellte sie fest, dass sie viel zu aufgewühlt war, um einschlafen zu können. Nachdem sie sich die ganze Nacht nur herumgewälzt hatte, gab sie es kurz vor Morgengrauen auf, zog Jeans und ein Hemd an und schlich aus dem Haus. Sie pirschte sich an den schlafenden Gästen vorbei, sattelte Sox und trabte dann zu ihrem liebsten Aussichtspunkt auf dem Weg zum Wasserloch. Auf der kleinen Anhöhe hielt sie an, stieg ab und schlenderte, Sox' Zügel in der Hand, umher. Die Gedanken an den gestrigen Abend wirbelten ihr wild im Kopf herum.

Daryl liebte sie. Er hatte sie gefragt, ob sie seine Frau werden wollte. An seiner Seite würde sie ein ruhiges Leben führen. Er würde für sie sorgen. Kimberley würde wie eine Tochter für sie sein, und vielleicht würde sie ja auch noch eigene Kinder bekommen. Die Grübeleien, ob sie diese Farm nun kaufen sollte, wären dann hinfällig. Daryl war ein gütiger, liebevoller, großzügiger und einfühlsamer Mensch, alles, was eine Frau sich von einem Ehemann nur wünschen konnte. Weshalb also diese Zweifel? Cate drehte sich um und blickte zu dem Haus hinüber, das sich in der Ferne zwischen Bäume und Viehkoppeln schmiegte. Ein schlaftrunkener Stier kam aus dem Unterholz und glotzte sie an. Wie sie diesen Ort liebte! Vielleicht bedeutete Liebe ja, endlich sesshaft zu werden. Möglicherweise sprühten die Sterne beim ersten Kuss ja keine Funken in allen Farben des Regenbogens. Und dass die Erde dann zu beben begann, war vermutlich nichts weiter als ein Gerücht. Daryl würde ihr sicher all die Liebe schenken, nach der sie sich sehnte.

Doch er war nicht der Mann, der ihr Herz höher schlagen ließ und bei dessen Anblick sie alles um sich herum vergaß, sagte sie sich im nächsten Moment bedrückt.

Cate dachte daran, wie es gewesen war, Nat zu lieben. Aber immer wieder fiel ihr ein, wie ihr die Knie weich geworden waren, sobald Alf in ihrer Nähe war. Selbst während ihrer Beziehung mit Nat hatte sie sich nach Alf gesehnt, auch wenn sie sich das nie hatte eingestehen wollen. Alf war es, der ihr Tag und Nacht fehlte. Cate wurde von einem tiefen Gefühl der Einsamkeit ergriffen. Offenbar waren der Tod ihres Vaters und eine gescheiterte Beziehung nötig gewesen, damit sie es endlich begriff. Denn inzwischen stand es ihr so deutlich vor Augen, dass sie nicht verstehen konnte, wie sie die ganze Zeit über so blind hatte sein können. Wie sehr wünschte sie sich, Alf möge den Pfad entlang gelaufen kommen und wieder Teil ihres Lebens werden. Ihr geliebter, einfühlsamer und anziehender Afredo.

»Verdammt! Das ist so albern und unfair Daryl gegenüber! Und außerdem wird es sowieso nicht passieren!«, rief sie so laut, dass Sox zusammenzuckte. »Cate Perry, du führst dich auf wie ein schwärmerisches Schulmädchen!«

Entschlossen stieg sie wieder in den Sattel. Auf dem Rückweg zum Haus stellte sie in Gedanken eine Liste aller guten Dinge auf, die sie den Williams' verdankte. Sie würde Daryl heiraten, mit ihm glücklich werden und ihm ein hübsches Geschwisterchen für Kimberley schenken. Vielleicht sogar Zwillinge, dachte sie lachend. Außerdem wollte sie singen und Angus anrufen, um ihm zuzusetzen, damit ihr zweites Album endlich realisiert wurde. Es war Zeit, weiter an ihrer Gesangskarriere zu arbeiten. Und als Frau eines Tierarztes würde das um einiges einfacher sein.

Cate sperrte Sox in seine Koppel und kehrte zurück zum Haus. Dabei sang sie leise vor sich hin, kramte schließlich einen Bleistiftstummel und einen Zettel aus der Hosentasche und notierte sich die Melodie, die ihr schon seit zwei Tagen im Kopf herumspukte. In der Küche traf sie Pat und Molly an, die für die Gäste ein Frühstück aus Koteletts, Speck und Eiern vorbereiteten. Molly hatte darauf bestanden zu bleiben und beim Aufräumen zu helfen. Cate suchte Teller und Papierservietten zusammen.

»Schreibst du wieder ein Lied?«, fragte Daryl, als er zehn Minuten später hereinkam. Er legte den Arm um Cates Taille und hauchte ihr einen Kuss auf den Scheitel. Cate stellte die Teller weg. Dann drehte sie sich um und küsste ihn auf dem Mund. Glücklich umfasste er ihr Gesicht mit beiden Händen. Als sie nicht zurückwich, küsste er sie noch einmal. »Hoffentlich habe ich dich gestern nicht zu sehr überrumpelt«, meinte er leise und machte sich widerstrebend los.

»Du bist so ein wunderbarer Mann. Ich glaube, ich hatte schon seit dem Tag, als du mich dazu gebracht hast, die Cessna zu fliegen, den Verdacht, dass du etwas für mich empfindest. Ich war nur nicht sicher, wie ich darauf reagieren sollte«, erwiderte Cate ein wenig atemlos. *Lügnerin! Lügnerin!*, kreischte die Stimme in ihrem Kopf.

»Und weißt du es jetzt?«, fragte Daryl.

Cate beugte sich vor und küsste ihn auf die Wange. »Du bist wirklich ein wunderbarer Mann«, wiederholte sie. Dann schnappte sie sich eine große Platte, auf der sich dampfende Speckstreifen türmten, und eilte nach draußen zu den hungrigen, schläfrigen Gästen.

23

Am späten Vormittag waren Molly und die restlichen Besucher abgereist, und um die Mittagszeit war alles wieder so blitzsauber, als hätte nie ein Fest stattgefunden. Pat, der es großen Spaß gemacht hatte, alles zu organisieren, übertraf sich selbst mit einem Mittagessen, bestehend aus einer köstlichen Quiche, Resten vom Büffett, eiskaltem Bier und Limonade. Doch trotz der fröhlichen Stimmung lag Anspannung in der Luft.

»Habe ich mich gestern sehr zum Narren gemacht?«, fragte Daryl, der das Warten nicht länger ertragen konnte.

»Damit meint Daddy, ob du ihn heiraten willst!«, lieferte Kimberley prompt die Erklärung. »Bitte sag Ja. Seine anderen Freundinnen mochte ich alle nicht, und dich habe ich lieb.«

»Kimberley!«, riefen Daryl und Pat im Chor.

Vor Verlegenheit fing Cate zu lachen an.

»Aber es stimmt«, fügte Kimberley triumphierend hinzu, steckte das letzte Stück Quiche in den Mund und schmatzte genüsslich.

»Es reicht jetzt«, sagte Daryl mit warnendem Unterton.

»Genau. Cate wird uns die Antwort geben, wenn sie bereit dazu ist, Kimberley. Komm und hilf mir beim Abräumen und Teekochen, damit dein Daddy und Cate sich in Ruhe unterhalten können.« Pat stand auf und blickte über die Weide. »Hallo! Offenbar hat einer unserer Gäste etwas vergessen.«

Als Cate den Kopf hob, befürchtete sie, in Ohnmacht zu fallen. Denn den hoch gewachsenen schlanken Mann, der da gerade aus einem schlammigen Geländewagen stieg, und in dessen Haar sich das Sonnenlicht fing, hätte sie überall wiedererkannt.

»Alf?«, flüsterte sie ungläubig. Dann stieß sie einen Schrei aus. »Alf!« Sie sprang auf, rannte ihm entgegen und warf sich ihm in die Arme. »Ich fasse es nicht! Alf!«

»Hallo Cate«, erwiderte Alf mit einem breiten Grinsen und umarmte sie.

»Alf, was machst du denn hier?« Cate verstand die Welt nicht mehr. »Ich traue meinen Augen nicht. Ist das schön, dich zu sehen. Seit Ewigkeiten wollte ich mich mit dir in Verbindung setzen, aber ich wusste nicht, wo du steckst. Du warst einfach verschwunden.« Ihre Worte überschlugen sich. »Ach, wenn du gestern Abend hier gewesen wärst … Wir hatten einen Liederabend am Lagerfeuer. Ich habe gesungen und Kimberley auch. Und wir haben Gitarre gespielt. Dann hat Daryl mir vor den Gästen einen Heiratsantrag gemacht …«

»Ich weiß, ich war dabei«, antwortete Alf leise.

»Was?« Cate entzog ihm ihre Hände und wich zurück. »Was soll das heißen, du warst dabei?« Aufgewühlt vom gestrigen Abend, erschöpft nach der schlaflosen Nacht und unsicher, ob sie Daryls Antrag nun annehmen sollte, konnte sie nicht mehr klar denken. »Das ist ein Scherz, oder?«, versuchte sie, sich zu beruhigen. »Das ist nicht lustig, Alf.«

»Cate, wir müssen miteinander reden«, sagte Alf mit Nachdruck. Seinem Blick war nichts zu entnehmen. »Doch zuerst möchte ich deine Freunde kennenlernen.« Er sah an Cate vorbei und nickte den drei Williams zu, die ihn entgeistert anstarrten. Plötzlich fiel Cate auf, wie müde er wirkte. Sie errötete vor Verlegenheit, weil sie so unhöflich gewesen war, und stellte alle einander vor.

»Daddy heiratet Cate, und dann wird sie meine neue Mummy«, verkündete Kimberley stolz.

»Ja, wird sie das?«, entgegnete Alf, ohne Cate anzusehen.

Pat stand auf und nahm ihren Teller. »Warum geben wir den beiden nicht die Gelegenheit, sich in Ruhe zu unterhalten? Sie haben sicher eine Menge zu bereden. Daryl, wir müssen nach Hause. Kimberley, mein Kind, komm und hilf mir, deine Sachen zu packen. Sicher glaubt Saxon schon, wir hätten ihn verlassen.«

Daryl warf seiner Mutter zwar einen finsteren Blick zu, gehorchte aber. »Ich habe Cate versprochen, den Traktor zu reparieren«, meinte er dennoch brummig.

»Oh«, sagte Pat.

»Ich bin in der Scheune, wenn du mich brauchst, Cate«, fügte Daryl betroffen hinzu und ging davon.

»Danke, Daryl«, erwiderte Cate. Sie schaute ihm nach und hatte ein schlechtes Gewissen, weil sie sich so über das Wiedersehen mit Alf freute. Als sie sich wieder zu ihm umdrehte, fehlten ihr auf einmal die Worte.

»Können wir irgendwo hingehen, wo wir ungestört sind?«, fragte er.

»Tja, such dir was aus. Platz gibt es hier mehr als genug«, entgegnete sie. In ihrer Wut und Enttäuschung, weil Alf gestern Abend schon hier gewesen war und sich erst jetzt gnädigerweise dazu herabließ, mit ihr zu sprechen, flüchtete sie sich in Sarkasmus. »Lass uns einen kleinen Ausflug machen«, schlug sie dann vor, marschierte zum Geländewagen und stieg ein.

Schweigend fuhren sie den kurvigen Weg zu der Stelle, wo Cate erst vor wenigen Stunden unter den verblassenden Sternen gesessen hatte, denn keiner von ihnen wollte zuerst das Wort ergreifen. Beim Gedanken an Daryls verzweifelten Augenausdruck wuchs Cates Zorn. Warum hatte Alf, dieser Idiot, sich während der Party nicht bemerkbar gemacht? Weshalb hatte er nicht schon gestern Hallo gesagt, anstatt erst heute aufzukreuzen und ihr Leben auf den Kopf zu stellen? Dann hätte Daryl ihr nie einen Antrag gemacht, und sie hätte sich nicht so elend fühlen müssen. Doch das alles war ohnehin nur Unsinn, denn schließlich liebte Alf Marcella.

Alf betrachtete Cates wunderschönes Profil und beobachtete, wie die widersprüchlichsten Gefühle sich auf ihrem Gesicht abzeichneten. Er erschrak, als ihm klar wurde, wie sehr er sie liebte und brauchte. Allerdings war seine noch vor wenigen Stunden so feste Entschlossenheit, sie zurückzugewinnen, beim Anblick ihrer traurigen Augen ins Wanken geraten. Seufzend wandte er sich ab und starrte stumpf zum Horizont. Er wusste nicht, was er überhaupt noch hier verloren hatte. Cate liebte Daryl und würde ihn heiraten. Er hatte die einzige Frau, die ihm wirklich etwas bedeutete, zum zweiten Mal verloren.

Cate verließ den Weg, ließ den Wagen über tiefe Furchen und kleine Felsenbrocken rumpeln, trat schließlich auf die Bremse und stellte den Motor ab. Angespannt und mit hochroten Wangen drehte sie sich zu Alf um.

»Zunächst könntest du mir mal verraten, wo du die ganze Zeit gesteckt hast«, begann sie kühl und lauschte dann mit versteinerter Miene, als Alf erwiderte, er habe eine Stelle auf einer Farm in Northern Queensland angenommen, nachdem sie mit Nat zusammengezogen sei. Einige Monate lang habe er hier und da in Top End gelebt und schließlich als Makler in einem Städtchen etwa fünfhundert Kilometer nördlich von Cairns gearbeitet. Er fügte hinzu, Gina und Santa hätten sie vermisst und sich gewundert, dass sie sich nicht gemeldet habe. Aber sie hätten Verständnis dafür, dass sie ihren Weg im Leben finden müsse. Als er gerade im Begriff gewesen sei, sich mit Marcella zu verloben, habe seine Großmutter aus Italien angerufen. Sein Großvater habe im Sterben gelegen. Also sei die ganze Familie nach Italien geflogen, um ihm in seinen letzten Stunden beizustehen. Bei seiner Rückkehr habe er von Cates umstrittenem Rettungsflug gehört und zu seiner Freude festgestellt, dass sie inzwischen auf *Wedgetail Creek* wohnte. Jemand habe ihm von dem Liederabend erzählt, worauf er sich sofort ins Auto gesetzt habe.

»Ich habe dich singen gehört. Du warst so wunderschön, dass ich dich am liebsten sofort geküsst hätte. Dann hat dir dieser Tierarzt einen Antrag gemacht. Ich war so wütend und enttäuscht, dass ich einfach weggefahren bin und mir geschworen habe, dich nie wiederzusehen. Aber bald wurde mir klar, dass ich mir nur etwas vormache, und deshalb bin ich heute Morgen umgekehrt.« Er hielt inne. »Vor einem knappen Jahr habe ich dich einmal angerufen«, gestand er, doch ihr Schweigen zerstörte seine letzte Hoffnung, sie noch zurückgewinnen zu können. »Ich hatte plötzlich das starke Gefühl, dass du mich brauchst. Wahrscheinlich war es nur Einbildung. Aber es war so real. Also habe ich deine Nummer gewählt. Als niemand drangegangen ist, dachte ich, du bist eben nicht zu Hause oder liegst mit diesem Schlagzeuger im Bett. Komisch, welche Streiche einem der Verstand manchmal spielt. Cate, ich möchte wirklich, dass du glücklich wirst …«

Wortlos stieg Cate aus und ging, die Schultern hochgezogen und die Arme vor der Brust verschränkt, ein paar Schritte davon. Tränen verschleierten ihr den Blick und tropften ihr auf die Bluse, und sie musste an den Abend denken, als sie von *Murrarrundi Dams* in das leere Haus in Tamworth zurückgekehrt war. Damals war ihre Beziehung mit Nat fast zu Ende gewesen. Doch anstatt auf ihr Herz zu hören und Alf anzurufen, hatte sie sich ins Studio und in die Musik geflüchtet. Offenbar hatte die Gitarre das Telefon übertönt. Alf hatte sich mit ihr in Verbindung setzen wollen, als sie ihn am meisten gebraucht hatte. Wie immer war er für sie da gewesen, dachte sie erschöpft. Nur, dass das nicht ganz stimmte, denn schließlich war da noch Marcella. Warum musste das Leben so ein grässliches Durcheinander sein?

Als sie spürte, wie er seine Hände um ihre Taille legte, zuckte sie zusammen und drehte sich, Verzweiflung im Blick, zu ihm um. »Warum hast du mich danach nie wieder angerufen?«, flüsterte sie.

Sanft zog Alf sie in die Arme. Cate brach in Tränen aus.

»Pssst, Cate, mein Schatz«, murmelte Alf und streichelte ihre Wange. Als er ihr Haar küsste und sie an sich drückte, ließ das Schluchzen nach.

»Warum hast du es dir anders überlegt und bist heute Morgen zurückgekommen?«, fragte sie leise. Sie fühlte sich geborgen in seiner Wärme und wünschte, die Umarmung würde ewig dauern.

Vorsichtig umfasste Alf ihr Gesicht mit seinen schwieligen Händen und blickte in ihre tiefblauen Augen. »Deinetwegen. Ich wollte dich nicht noch einmal verlieren und habe gehofft, du würdest mir vielleicht eine zweite Chance geben. Cate, ich will, dass du wieder ein Teil von meinem Leben wirst. Ohne dich klappt irgendwie nichts richtig. Ich liebe dich. Du hast mir so gefehlt.« Er ließ die Hände sinken und trat einen Schritt zurück. »Ich wusste, dass ich es für den Rest meines Lebens bereuen würde, wenn ich nicht noch einen letzten Versuch unternommen hätte, dir zu sagen, was ich für dich empfinde. Aber für dich ist die Zeit nicht stehen geblieben, Cate. Du wirst heiraten, und ich hoffe, dass du mit deinem Tierarzt glücklich wirst. Und … und … Ich wollte nur noch ein letztes Mal mit dir sprechen, denn ich glaube, ich könnte es nicht ertragen, dich als Frau eines anderen Mannes zu sehen.«

»Aber du bist doch mit Marcella verlobt!«, stieß Cate, erfüllt von Trauer und Sehnsucht, hervor.

»Oh, habe ich vergessen, das zu erwähnen? Marcella und ich haben uns nach meiner Rückkehr aus Italien getrennt. Als ich wieder hier war, wusste ich, dass ich aufhören musste, mir und anderen etwas vorzumachen. Also habe ich ihr dasselbe gesagt, was ich jetzt auch zu dir sagen werde, Cate.«

Alf hielt inne und betrachtete ihre wunderschönen, aber im Moment geröteten blauen Augen. »In meinem ganzen Leben hat es immer nur eine gegeben, Cate, und das bist du. Ich bete dich an und möchte, dass du meine Frau wirst. Mir ist klar, dass der Zeitpunkt ausgesprochen ungünstig ist, aber ich frage dich trotzdem: Cate, willst du mich heiraten?«

»Oh, Alf, warum hast du mir das nicht schon gestern gesagt? Warum hast du nicht vor dem Konzert mit mir geredet? Dann wäre das alles nie geschehen«, rief Cate aus, und wieder liefen ihr die Tränen über die Wangen. »Was soll ich jetzt tun?«

»Liebst du ihn denn?« Alf wischte ihr mit den Daumen die Tränen weg.

»Daryl? Ich … ja, nein, irgendwie schon. Aber anders als dich«, erwiderte sie seufzend. »Oh, Alf, ich habe im Leben alles falsch gemacht und so viel Zeit vergeudet, die ich mit dir hätte verbringen können. An dem Tag, als du mich nach meinem Soloflug umarmt hast, wusste ich, dass du der Richtige bist. Doch ich war blind und viel zu sehr mit meiner Fliegerei und dem schrecklichen Streit mit Tahlia beschäftigt, um es zu erkennen. Als Dad dann starb und Tahlia *Ironbark Station* übernahm, war das Chaos komplett. Du warst immer in meinem Herzen, geliebter Alf, auch wenn ich dich manchmal verflucht habe.« Als sie auflachte, bekam sie Schluckauf. »Du hast mir so gefehlt.« Sie zitterte am ganzen Körper.

Als Alf sie in die Arme nahm, fühlte Cate, dass ihre Herzen im Gleichtakt schlugen. Die innere Leere, die sie schon so lange verspürte, füllte sich mit Liebe und überschäumendem Glück.

»Mein Schatz, meine wunderschöne Cate. Ich habe dich mehr vermisst, als du dir überhaupt vorstellen kannst. Bitte sag, dass du mich heiraten wirst«, beharrte Alf leise.

»Oh, Alf, wie soll ich das Daryl, Kimberley und Pat erklären?« Wieder traten Cate die Tränen in die Augen.

»Ich nehme an, das heißt Ja?«, erwiderte Alf seelenruhig.

»Ach, ich bin ratlos«, stieß Cate hervor. Wie konnte sie Nein sagen, obwohl sie in diesem Moment außer Alf nichts um sich herum mehr wahrnahm? »Ja, ja, Alf, mein Liebling. Ja.« Alf küsste sie. »Ich liebe dich und möchte deine Frau werden«, jubelte Cate, als sie wieder Luft bekam. »Eigentlich wollte ich nie etwas anderes, als dich zu heiraten, Kinder mit dir zu haben und glücklich zu werden. Und wir haben uns so viel zu erzählen. Da gibt es nämlich eine Menge Dinge, die du noch nicht weißt«, fügte sie spitzbübisch grinsend hinzu.

»Ich kann es kaum erwarten, sie zu erfahren«, erwiderte Alf und küsste sie noch einmal leidenschaftlich.

»Und was sage ich jetzt Daryl?«

»Die Wahrheit«, erwiderte Alf.

Allerdings hätte Cate sich keine Sorgen zu machen brauchen, denn als sie die Scheune betrat, in der Daryl arbeitete, wusste er nach einem einzigen Blick Bescheid. »Offenbar lag ich richtig mit meiner Befürchtung, ich könnte mich gestern zum Narren gemacht haben«, meinte er. »Ich habe mich zwar um deine Tiere und deine Maschinen gekümmert und dich dazu gebracht, wieder zu fliegen. Doch so gelächelt hast du bei mir nie. Also bleibt mir wohl nichts anderes übrig, als ein guter Verlierer zu sein. Wehe, wenn Sie nicht gut auf sie Acht geben«, fügte er mit einem finsteren Blick zu Alf, der auf der Schwelle erschien, hinzu. Es kostete ihn sichtlich Mühe, die beiden anzulächeln.

»Ich kann dich nicht leiden!«, verkündete Kimberley zornig und sprang, die Hände in die Hüften gestemmt, vor Alf auf und nieder. Dann streckte sie ihm die Zunge heraus, lief auf Cate zu und brach in Tränen aus. »Daddy sagt, dass du ihn wegen diesem Blödmann nicht heiraten willst. Warum? Daddy liebt dich doch genauso wie der da, und ich liebe dich auch.«

Als Cate in die Hocke ging und nach der Hand des kleinen Mädchens greifen wollte, zog Kimberley sie weg.

»Ich weiß, dass dein Dad mich liebt. Ich habe euch alle auch sehr lieb, und ich hätte mich wirklich gefreut, wenn du meine Tochter geworden wärst, Kimberley. Doch manchmal entwickeln sich die Dinge eben anders«, erklärte Cate vorsichtig. »Wir werden immer Freunde bleiben, denn dein Vater ist ein ganz wunderbarer Mann. Aber ich liebe ihn nicht genug, um ihn zu heiraten. Es wäre auch nicht fair ihm gegenüber, denn ich liebe Alf und habe ihn schon immer geliebt.«

»Du könntest doch so tun als ob«, schmollte Kimberley und spielte an einer von Cates Locken herum.

»Wenn ich nur so tun würde, würde ich dich, Pat und deinen Vater noch mehr verletzen.« Cate richtete sich auf, sah Daryl an und wünschte, es hätte einen Weg gegeben, den beiden nicht solches Leid zufügen zu müssen. Laut schluchzend rannte Kimberley ins Haus.

»Keine Sorge, Kimberley wird sich schon wieder beruhigen. Du weißt ja, wie emotional sie sein kann«, meinte Daryl rasch. »Cate, das, was ich gestern gesagt habe, habe ich ernst gemeint. Du bist zu uns gekommen, als wir dich gebraucht haben. Dass du mich nicht heiraten möchtest, wird mich immer traurig stimmen. Aber so ist nun einmal das Leben.«

»Was ist mit Pat?«, erkundigte Cate sich besorgt.

»Ich werde ihr alles erklären. Mum will doch nur das Beste für uns alle. Richtig?« Er legte den Arm um Pat, die gerade in die Scheune kam und sich die Tränen aus den Augen wischte.

»Es war ein sehr aufwühlender Tag für uns alle«, meinte sie schniefend und steckte ihr Taschentuch in den Ärmel. »Cate, du bist ein gutes Mädchen und hast so viel für unsere kleine Familie getan. Ich finde es sehr schade, dass es mit dir und Daryl nicht geklappt hat. Aber ich hoffe, dass du uns trotzdem weiter besuchen wirst.« Sie wandte sich an ihren Sohn. »Können wir jetzt aufbrechen? Kimberley ist sehr müde.«

»Ich denke schon, Mum. Nächste Woche komme ich mit den Ersatzteilen vorbei und repariere den Traktor weiter, Cate.«

Eine halbe Stunde später umarmte Cate alle fest zum Abschied und blickte dem Pick-up der Familie Williams nach, der auf dem langen, kurvigen Weg immer kleiner wurde. Während sie zusah, wie sich die Staubwolke hinter dem Wagen auflöste, wünschte sie, sie hätte etwas gegen die Trauer in Daryls Augen tun können.

»Hast du es dir etwa anders überlegt?«, fragte Alf und schlang Cate den Arm um die Taille.

»Ich hasse es, ihnen wehtun zu müssen. Sie haben so viel für mich getan«, erwiderte Cate mit einem Seufzen. Dann blickte sie den Mann, den sie liebte, glücklich an. »Natürlich habe ich es mir nicht anders überlegt. Du etwa? Antworte nicht!« Sie umfasste seine Hände. »Mein wundervoller Alfredo, ich liebe dich so sehr. Du ahnst ja gar nicht, wie sehr! Ich habe das Gefühl, dass meine Welt sich endlich zusammenfügt. Doch eines muss ich dir noch sagen: Ich will dich zwar heiraten und eine Familie gründen, aber meine musikalische Karriere möchte ich trotzdem nicht aufgeben. Das bin ich dir, Gina, Santa und …« – ihre Stimme zitterte – »… auch meinem Dad schuldig. Schließlich ist mir diese wunderbare Stimme geschenkt worden, und ich weiß, er würde wollen, dass ich weitersinge.«

»Ich habe auch ein paar Vorschläge zu machen. Ich habe gehört, dass *Wedgetail Creek* zum Verkauf steht. Wir beide könnten die Farm gemeinsam führen und hätten bestimmt noch genug Zeit, uns ein paar Lieder einfallen zu lassen. Vielleicht sogar Duette. Was hältst du davon, diese Ländereien zu kaufen und zu schauen, was sich daraus machen lässt?« Wieder schloss er sie in die Arme.

»Eine großartige Idee! Aber glaub bloß nicht, dass ich dir hilflos ausgeliefert bin, nur weil wir hier draußen im Busch allein sind«, kicherte Cate, entwand sich seiner Umarmung und lief davon.

Alf lachte, machte sich an die Verfolgung und holte sie ein. Cate schmiegte sich an ihn und spürte, wie ihr die Knie weich wurden, als er seine Lippen auf die ihren presste.

In diesem Moment läutete das Telefon. Als Cate ins Haus rannte und abnahm, war Kimberley am Apparat.

»Daddy sagt, dass ich nett zu dir sein muss, weil du sonst für den Rest deines Lebens unglücklich bist, und das will ich nicht. Deshalb möchte ich mich dafür entschuldigen, dass ich vorhin geweint habe. Darf ich trotzdem deine Brautjungfer sein, auch wenn du Daddy nicht heiratest?«

Cate bog sich vor Lachen. »Natürlich darfst du das, mein Schatz. Es wäre mir eine große Ehre«, antwortete sie erleichtert und legte den Hörer auf. »Kimberley möchte meine Brautjungfer werden«, meinte sie mit leuchtenden Augen zu Alf.

»Sehr gut. Wo waren wir stehen geblieben?« Alf zog sie fest in seine Arme und beugte sich hinunter, um sie zu küssen. Im nächsten Moment läutete das Telefon schon wieder. Als Alf abhob, war es Angus, der verkündete, er habe sich um den Aufnahmetermin für Cates zweites Album und eine Reihe von Engagements gekümmert, um ihrer Karriere wieder auf die Sprünge zu helfen. »Im Moment ist sie ziemlich beschäftigt, aber ich richte ihr aus, sie soll Sie zurückrufen, sobald sie Zeit hat«, erwiderte Alf mit Nachdruck und beendete das Gespräch. Anstatt den Hörer einzuhängen, legte er ihn neben die Gabel. »Die anderen können warten«, meinte er.

Dann nahm er Cate in die Arme und küsste sie leidenschaftlich. Draußen kreisten die Keilschwanzadler am Himmel und ließen ihre melodiösen Schreie in die milde Luft hinaufsteigen. Der orangefarbene Schein der untergehenden Sonne fiel auf den langen, kurvigen Weg, der nach *Wedegetail Creek* führte, zu dem Fleckchen Erde, wo Cate das Glück und die Liebe wiedergefunden hatte.

Genau so muss es sich anfühlen, sagte Cate sich selig, während Alf sie küsste. Dann konnte sie an nichts anderes mehr denken als daran, wie sehr sie sich nach ihm sehnte.